Marcel Häußler

KANT

und der Schachspieler

Kriminalroman

WILHELM HEYNE VERLAG
MÜNCHEN

Sollte diese Publikation Links auf Webseiten Dritter enthalten,
so übernehmen wir für deren Inhalte keine Haftung,
da wir uns diese nicht zu eigen machen, sondern lediglich
auf deren Stand zum Zeitpunkt der Erstveröffentlichung verweisen.

Penguin Random House Verlagsgruppe FSC˚ N001967

Originalausgabe 11/2022
Copyright © 2022 by Marcel Häußler
Copyright © 2022 dieser Ausgabe
by Wilhelm Heyne Verlag, München,
in der Penguin Random House Verlagsgruppe GmbH,
Neumarkter Str. 28, 81673 München
Redaktion: Lars Zwickies
Printed in Germany
Umschlaggestaltung: Nele Schütz Design, München,
unter Verwendung von Motiven von © Shutterstock.com
(Sahara Prince, amyrxa, Malivan_Iuliia)
Satz: Satzwerk Huber, Germering
Druck und Bindung: CPI books GmbH, Leck
ISBN: 978-3-453-42701-3

www.heyne.de

1

Die Woche hat schon gut angefangen, dachte Kant, während er den Abschlussbericht zum Fall Bergmann schrieb.

Am Montag hatte er Streit mit seiner Tochter Frida gehabt. Er hatte mit der ersten Tasse Kaffee am Küchentisch gesessen und einen Artikel darüber gelesen, wie die Kriminalstatistik oft für politische Zwecke verzerrt wurde – ein Thema, das ihn wirklich interessierte –, als sie mit nassen Haaren zur Tür hereingestürmt kam. Schranktüren knallten, Geschirr klapperte, und sie begann auf ihn einzureden, während sie einen Apfel und eine Banane in ihr Müsli schnitt. Es ging um dasselbe Thema wie immer beim Frühstück oder Abendessen: um den Klimawandel. Kant sah auf und nickte. Er war vollkommen ihrer Meinung, es musste etwas unternommen werden. Und nicht nur das, er war auch froh, dass sie etwas gefunden hatte, für das sie sich engagieren konnte. Etwas anderes als ältere Jungen, durchgefeierte Nächte und allgemeinen Nihilismus.

Er sah ihr einen Moment lang zu, wie sie im Unterhemd am Kühlschrank lehnte und mit jugendlicher Gier ihre Körnernahrung in sich hineinschaufelte. Im Großen und Ganzen lief es in letzter Zeit gut, dachte er. Frida ging regelmäßig zur Schule, ihre Noten hatten sich gebessert, und wenn nichts dazwischenkam, würde sie übernächstes Jahr schon Abitur machen.

Kant las weiter, während er ihr mit einem Ohr zuhörte und gelegentlich nickte. Frida zitierte aus den neuesten Studien des Weltklimarats. Die Polkappen schmolzen, der Meeresspiegel stieg, extreme Wetterlagen häuften sich. Je tiefer sie in die Materie einstieg, desto weniger bekam er mit, bis ihre Stimme schließlich zu einer angenehmen Begleitmelodie für diesen strahlenden Sommermorgen wurde. Kant war bei den letzten Zeilen seines Artikels angekommen, als er merkte, dass sie plötzlich verstummte. Hatte er etwas Wichtiges verpasst? Er ließ die Zeitung sinken und sah sie an.

»Und?«, fragte Frida. »Kommst du jetzt am Donnerstag oder nicht?«

Er hätte irgendwas antworten können – mal sehen, vielleicht, muss ich mir noch überlegen –, aber die Falte zwischen ihren Augen warnte ihn, dass sie sich damit nicht abspeisen lassen würde. Sie redete über das entscheidende Thema, und er hörte nicht zu. Sofort bekam er ein schlechtes Gewissen.

»Wohin?«, fragte er möglichst beiläufig.

Die Sonne schien durch das ungeputzte Fenster, und obwohl es erst kurz nach acht war, fühlte es sich schon an, als hielte ihm jemand einen Heizstrahler vors Gesicht. Frida ließ ihren Löffel in die Schüssel fallen. »Vergiss es. Fahr zur Arbeit. Es ist ja nicht deine Zukunft.«

Sie lief aus der Küche, bevor er auch nur den Versuch unternehmen konnte, sie zu beruhigen. Ihre Zimmertür knallte, der Schlüssel wurde umgedreht, und sie ließ sich nicht mehr blicken, bis er das Haus verließ.

Am Dienstag hatte dann Katja im Präsidium angerufen und ihre Verabredung mit ihm abgesagt. Sie habe Bauchschmerzen, sagte sie, aber er hörte ihr an, dass etwas anderes dahintersteckte. Kant gab sich Mühe, sich seine Enttäuschung nicht anmerken zu lassen. Den ganzen Vormittag lang, während er sich im stickigen Vernehmungszimmer die halbgaren Anschuldigungen der Tochter des Juweliers Bergmann anhörte, hatte er sich auf den Abend mit ihr gefreut. Eine Flasche Wein auf dem Balkon, während eine leichte Brise ihn mit dem Apfelduft ihres Shampoos umhüllte. Die leichte Belustigung in ihrer Stimme, als gäbe es nichts, worüber man sich den Kopf zerbrechen musste. Die Spitzen ihrer Haare, die seine Brust kitzelten, wenn sie sich im bläulichen Schein der Laterne vor dem Fenster auf seinem Bett liebten.

Er hatte Katja vor einem knappen halben Jahr bei Mordermittlungen in Schelfing kennengelernt. Zunächst war sie nur eine Polizistin gewesen, die ihm nach dem Tod seines alten Kollegen Klaus Weber Trost gespendet hatte. Doch seitdem trafen sie sich ein- oder zweimal pro Woche, unverbindlich, ohne irgendwelche Pläne für die Zukunft zu schmieden. Er selbst war zufrieden mit diesem Arrangement, aber wenn er genauer darüber nachdachte, schien sie bei ihren letzten Verabredungen gedrückter Stimmung gewesen zu sein.

»Ich ruf dich morgen an«, sagte sie am Telefon. »Dann besprechen wir alles Weitere.«

Also saß er am Abend allein auf dem Balkon. Ohne Apfelshampoo. Oder Belustigung. Eine leichte Brise gab es auch nicht, nur die Hitze, die vom Asphalt der Straße aufstieg. Während er sich fragte, was Katja mit »alles Weitere« gemeint hatte, leerte sich die Flasche Wein wie von allein.

Deshalb musste er sich jetzt, am Mittwoch, auch noch mit einem leichten Kater herumschlagen, während er die Ermittlungsergebnisse zum Tod des Juweliers zusammenfasste. Der ältere Mann war vor zwei Wochen mit einer Kopfverletzung auf dem Boden seiner Küche aufgefunden worden. Seine Tochter hatte ihren Bruder beschuldigt, ihn erschlagen zu haben, um an das Erbe zu gelangen, und Nachbarn hatten angeblich einen Streit gehört. Bei der Obduktion und den nachfolgenden Untersuchungen stellte sich allerdings heraus, dass der Mann bei dem Versuch, die Neonröhre über dem Herd zu reparieren, einen Stromschlag erlitten hatte und mit dem Hinterkopf gegen die Tischkante geschlagen war. Bei Weitem nicht jeder Todesfall, mit dem sie sich beschäftigten, entpuppte sich als Tötungsdelikt. Trotzdem musste der Sachverhalt natürlich in aller Ausführlichkeit dokumentiert werden.

Kant saß also an seinem Schreibtisch und überlegte, ob er lieber bei geschlossenem Fenster ersticken oder vom Straßenlärm wahnsinnig werden wollte, als das Telefon klingelte. Es war Katja.

»Wie geht es dir?«, fragte er.

»Besser.« Er hörte, wie sie Luft holte. »Aber ich kann so nicht mehr weitermachen.«

Es war keine Überraschung, als sie ihm erklärte, dass sie ihn eine Weile nicht mehr sehen wolle. Sie brauche einfach Zeit zum Nachdenken. Kant wusste, was das bedeutete. Es war nicht seine erste Beziehung, die so endete.

Als sie auflegte, empfand er neben Traurigkeit auch Erleichterung. Wenn er ganz ehrlich zu sich selbst war – und bei all den Lügen, die ihn in seinem Beruf zwangsläufig umgaben, schien ihm das von großer Bedeutung –, hatte er sie nie richtig geliebt. Auch wenn Katja es nicht ausgesprochen hatte, spürte er, dass sie einen Mann wollte, der ganz für sie da war. Dieser Mann konnte er nicht sein. Er fragte sich, ob er überhaupt fähig wäre, sich noch einmal so auf eine Frau einzulassen, dass ihm alles andere egal wäre. Vielleicht war er zu alt dafür. Oder zu abgestumpft.

Er war froh, als Rademacher in sein Büro kam und ihn aus seinen trüben Gedanken erlöste.

»Die Kollegen haben einen Leichenfund gemeldet. Wir müssen nach Allach fahren, zu der alten Farbenfabrik, um uns die Sache anzusehen.«

Die Stadt summte wie ein Bienenstock. Es war Mitte Juli, kurz bevor die Ferien begannen, und alle schienen in ihre Autos gesprungen zu sein, um auf die Schnelle noch etwas zu erledigen. An einer Baustelle, wo armdicke Kabel aus der Erde quollen wie Gedärme, wechselte Rademacher die Spur. Jemand hupte wütend. Der Geruch von Benzin wehte Kant in die Nase, als Rademacher das Fenster herunterließ und den Fahrer des Cabrios neben ihnen anbrüllte.

Kant fragte sich, was mit ihm los war. Normalerweise hätte er die Situation mit einem Achselzucken abgetan und weiter von Mareikes Pfannkuchen oder ihrem geplanten Campingplatz am Meer geschwärmt, aber seit Tagen wirkte er mürrisch und unzugänglich. Vielleicht lag es nur an der Hitze, die die Stadt schon seit Wochen im Griff hielt und das allgemeine Aggressionslevel in die Höhe trieb. Mit seinen hundertzehn Kilo machte sie Rademacher noch mehr zu schaffen als den anderen. Er betrachtete den Sommer sowieso als reine Schikane.

Vor der Einfahrt zu den Kolorit-Werken ragte eine Plakatwand auf, die eine strahlend weiße Wohnsiedlung inmitten dunkelgrüner Wiesen zeigte. »Investieren Sie jetzt in Ihre Zukunft« stand neben der Internetadresse des Maklerbüros.

Die Gegenwart sah nicht ganz so rosig aus. Als sie durch das Rolltor neben dem verlassenen Pförtnerhäuschen fuhren, sah Kant zwei langgestreckte Flachbauten vor sich. Die meisten Fensterscheiben waren eingeschlagen, und Graffiti bedeckten die Mauern. Aus dem rissigen Kopfsteinpflaster neben der Straße wuchs das Unkraut einen halben Meter hoch. Nirgendwo war ein Mensch zu sehen.

»Wo sind die Deppen?«, fragte Rademacher, während er zwischen den alten Fabrikgebäuden entlangsteuerte. »Soll ich jetzt das ganze Gelände abfahren?«

Je weiter sie auf das Grundstück vordrangen, desto deutlicher hörte Kant den Baulärm. Eine Staubwolke trübte die Luft und tauchte die Backsteingebäude in unwirkliches Licht.

»Da vorne«, sagte Kant, und Rademacher bog scharf rechts ab. Der Streifenwagen parkte in einer Gasse zwischen einem großen Tank und einem umzäunten Gelände voller rostiger Metallfässer. Zwei Polizisten standen vor der Treppe, die zum Tank hinaufführte. Hinter ihnen lag eine freie Fläche, auf der eine Planierraupe Bauschutt zusammenschob. Ächzend kippte ein Bagger seine Ladung auf einen Lastwagen.

Staub hatte sich auf die Uniformen der Beamten gelegt. Rademacher fuhr so dicht an sie heran, dass sie einen Schritt zurückwichen. Die Hitze traf Kant mit voller Wucht, als er aus dem klimatisierten Dienstwagen stieg. Er sah den verzerrten Schatten eines Krans über den Boden gleiten. In der Ferne ging ein Bauarbeiter mit tief in die Stirn gezogenem Helm auf einen Container zu.

Kant zog sein Jackett aus und warf es auf den Rücksitz. In Anzughose und Hemd war ihm natürlich immer noch zu warm, aber er weigerte sich, weitere Zugeständnisse zu machen. Rademacher hingegen hatte die Hemdsärmel bis zum Bizeps hochgekrempelt und trug eine Art Gesundheitssandalen, in denen seine klobigen Füße weiß leuchteten.

Kant reichte den Uniformierten die Hand und stellte sich vor. »Und das ist mein Kollege, Oberkommissar Anton Rademacher.«

Rademachers Gesicht war gerötet, als er um die Motorhaube herumkam. »Wie lange seid ihr schon hier?«, brüllte er über den Baulärm hinweg.

Polizeiobermeister Bednarek, ein dürrer Mann mit scharfen Gesichtszügen, wischte sich ein paar Tropfen Schweiß von der Stirn. »Seit 14:35 Uhr. Eine knappe Stunde. In der Scheißhitze. Der Bauleiter hat den Notruf gewählt. Herr Waldmann. Der ist da drüben in seiner Hütte.« Er zeigte auf den Metallcontainer, der mitten auf dem Brachland in der Sonne glitzerte. »Im Schatten.«

»Und die Leiche?«, fragte Kant.

»Treppe hoch und durch die Luke.« Kant bemerkte, dass Bednarek Rademacher einen skeptischen Blick zuwarf. »Wir sind nicht reingestiegen. Man konnte auch von oben genug sehen. Ich meine, dass der keine Hilfe mehr braucht.«

»Gut«, sagte Kant. »Danke. Könnt ihr uns eine Lampe leihen?«

Bednarek zog seine Stablampe aus dem Gürtel und reichte sie ihm. Rademacher sah mit gerunzelter Stirn die Stufen hinauf. »Was ist das überhaupt für eine Metallbüchse?«, fragte er.

»Irgendein Chemikalientank. Ist aber leer. Ungefährlich. Sagt Herr Waldmann.« Bednarek grinste. »Die Frage ist natürlich, inwieweit ein Bauingenieur das beurteilen kann.«

Kant hörte Rademacher hinter sich schnaufen, als er die Metallstufen hinaufstieg. Die schmale Treppe führte im Zickzack an der Stirnseite nach oben. Der Tank war etwa drei Meter hoch und acht Meter lang und erinnerte mit seinen Anschlüssen und der Luke auf dem Dach an ein in der Einöde gestrandetes U-Boot.

Oben angekommen spürte Kant, wie der blaue Lack unter seinen Ledersohlen abblätterte. Die Luke, die sich mit einem Drehrad verschließen ließ, war nur angelehnt. Kant schaltete die Taschenlampe ein. Der Tank vibrierte, als Rademacher hinter ihm ebenfalls das Dach betrat.

Kant verharrte einen Moment und ließ den Blick über die alte Farbenfabrik schweifen. Der vordere Teil war noch überwiegend intakt, während weiter hinten die Planierraupen und Bagger schon ganze Arbeit geleistet hatten. Erinnerungen stiegen in ihm auf. Wie er als Jugendlicher in Duisburg mit seinem Freund Paul auf das Gelände des stillgelegten Hüttenwerks eingedrungen war. Wie sie im Schatten des Hochofens Dosenbier getrunken hatten. Wie unheimlich es gewesen war, wenn sie nachts mit ihren Taschenlampen durch dieselben Hallen geschlichen waren, in denen sein Vater ein Jahrzehnt zuvor noch sein Geld verdient hatte.

»Worauf wartest du?«, fragte Rademacher.

Kant klappte die Luke auf. Sonnenlicht ergoss sich über die Leiter, die in den Tank führte, und bildete eine helle Pfütze am Boden. Neben der untersten Sprosse lag eine Hand. Bräunlich verfärbt und verkrampft. Ein muffiger Geruch schlug Kant entgegen, als er in die Hocke ging. Der Strahl seiner Lampe drang tiefer in den Tank. Und fiel auf die Arme, den Kopf, den Brustkorb, die Beine. Der Tote lag mit ausgestreckten Armen auf dem Rücken. Sein Gesicht glänzte, als wäre es von einer Fettschicht bedeckt.

Kant spürte das Prickeln, das jeder ungeklärte Todesfall bei ihm auslöste. Mit einem Mal verblassten seine privaten Sorgen. Seine Gedanken hatten ein neues Ziel; sie mussten nicht länger umherschweifen. Merkwürdig, dachte er, wie der Tod eines anderen meinem Leben Sinn verleiht.

Er hörte Rademacher hinter sich tief einatmen. »Ausgerechnet heute«, murmelte er, während er in den Tank blickte. »Du hättest auch noch ein paar Tag länger hier liegen bleiben können.«

»Ruf die Spurensicherung«, sagte Kant. »Ich sehe mir das mal genauer an.«

Sie gingen zurück zum Auto. Während Rademacher telefonierte, holte Kant einen weißen Schutzanzug und Überzieher aus dem Kofferraum und schlüpfte hinein, auch wenn er bezweifelte, dass es in dem Tank noch viele Spuren gab, die man zerstören oder verfälschen konnte.

»Sprich schon mal mit dem Bauleiter«, sagte er. »Sämtliche Arbeiten müssen eingestellt werden, bis wir Genaueres wissen.«

Rademacher nickte mit dem Telefon am Ohr.

Die Kapuze klebte schon an Kants Wangen, als er zum zweiten Mal die Stahltreppe hinaufstieg. Ohne die Kühlwesten, die die Kollegen von der Spurensicherung trugen, hielt man es bei solchen Temperaturen unter der Plastikhülle nicht lang aus. Und in dem Tank, der in der prallen Sonne stand, wurde es erst richtig heiß. Sobald Kant durch die enge Luke geklettert war, hatte er das Gefühl, keine Luft mehr zu bekommen. Er sah auf die Uhr. Fünf Minuten, das musste reichen. Er dachte daran, was Polizeiobermeister Bednarek gesagt hatte. Vielleicht war das Opfer ja an irgendwelchen giftigen Dämpfen erstickt.

Er leuchtete von der Leiter aus auf den Boden, der von einer dünnen Staubschicht bedeckt war. Keinerlei Abdrücke. Offenbar hatte seit Langem niemand mehr den Tank betreten. Vorsichtig setzte er die Füße auf den Boden. Der Dreck knirschte unter seinen Sohlen, während er die Leiche umrundete und in alle Ecken leuchtete.

Nichts. Nur Staub und Metall.

Erst jetzt wandte er sich der Leiche selbst zu. Sie trug verdreckte weiße Turnschuhe, deren Schnürsenkel sich größtenteils aufgelöst hatten. Die Beine steckten in zerschlissenen, von trockenen braunen Flecken bedeckten Jeans. Wahrscheinlich ausgetretene Fäulnisflüssigkeiten aus einem frühen Stadium der Verwesung, dachte Kant. Ein Gürtel mit silberner Schnalle schlang sich um die schmale Taille des Toten. Oberhalb und unterhalb des spröden Leders war das Fleisch aufgequollen. Ein Wollpullover und eine Lederjacke bedeckten den Oberkörper. Eindeutig Winterkleidung.

Kant richtete die Taschenlampe auf das Gesicht. Die Haut glänzte wie Bronze und wirkte noch gut erhalten, wenn man bedachte, dass der Mann aller Wahrscheinlichkeit nach seit mindestens einem halben Jahr tot war. Vermutlich hatten Trockenheit und Sauerstoffmangel die Verwesung verlangsamt. Trotzdem waren die Gesichtszüge so entstellt, dass sich das Alter des Toten schlecht schätzen ließ. Weder ein Jugendlicher noch ein Greis, dachte Kant.

Der Mund stand halb offen, als hätte der Mann noch etwas sagen wollen. Seine eingetrockneten Augen starrten zur Decke. An dem kahlen Schädel waren auf den ersten Blick keine Verletzungen zu erkennen.

Kant betrachtete die über dem Kopf ausgestreckten Arme. Er konnte sich nicht vorstellen, dass jemand in dieser Position starb, wenn er in einem Tank eingeschlossen um sein Leben rang. Was die Frage aufwarf, ob das Opfer erst nach seinem Ableben hergebracht worden war.

Die Finger der linken Hand waren ausgestreckt, die der rechten schienen etwas zu umklammern. Einen zylindrischen Gegenstand. Kant ging in die Hocke. Er konnte das Objekt nicht aus den Fingern lösen, ohne eine Beschädigung der Leiche zu riskieren, aber er hatte auch so keine Zweifel, worum es sich handelte: eine Damefigur aus einem Schachspiel.

Das Dröhnen eines Presslufthammers drang dumpf durch die Stahlwände. Kant spürte, dass er Kopfschmerzen bekam.

Er wischte sich mit dem Ärmel den Schweiß von der Stirn. Es wurde Zeit, diesen Backofen zu verlassen.

Die beiden Uniformierten hatten sich in den kümmerlichen Schatten einer Eberesche zurückgezogen, die sich aus einem alten Schutthaufen bohrte. Rademacher stand bei ihnen und redete mit einem untersetzten Mann in kurzer Hose und T-Shirt. Kant stieg die Stufen hinab und befreite sich aus dem Schutzanzug, bevor er zu ihnen ging.

»Sind Sie Herr Waldmann?«, fragte er.

»Ja«, sagte der Mann. »Und bevor Sie das nächste Mal in irgendwelche Tanks klettern, melden Sie sich bei mir. Ich bin für die Baustelle verantwortlich. Wenn Sie sich den Schädel einschlagen, weil Sie hier ohne Helm rumrennen, habe ich den Ärger am Arsch.«

»Kriminalhauptkommissar Kant.« Er reichte Waldmann die Hand. Der Bauleiter sah ihm herausfordernd in die Augen und drückte zu, als wollte er ihm die Fingerknochen brechen. »Mein Kollege hat Ihnen sicher schon gesagt, dass die Arbeiten hier leider unterbrochen werden müssen.«

Waldmann setzte seinen Helm ab und strich sich die dunklen schweißnassen Locken aus der Stirn. »Wegen einem toten Penner? Wissen Sie, was ein Tag Stillstand kostet?«

»Kennen Sie den Toten?«

»Nein, natürlich nicht.«

»Das ist ein möglicher Tatort«, sagte Kant. »In fünf Minuten will ich hier nicht mal mehr das leiseste Kratzen einer Schaufel hören, sonst belange ich Sie wegen Strafvereitelung.«

Waldmann sah ihn einen Moment lang an, dann drehte er sich um, legte einen Daumen an die Nase und schnaubte Rotz auf den Boden. »Dieser verdammte Staub hier.« Er nahm sein Funkgerät vom Gürtel und sprach mit schnarrender Stimme zu seinen Leuten. Nach und nach verstummte der Baulärm. Im Geäst der Eberesche über ihnen stieß eine Krähe ein triumphierendes Krächzen aus.

»Na also«, sagte Rademacher. »Jetzt lassen Sie uns mal vernünftig miteinander reden. Es ist doch in unser aller Interesse, dass wir die Sache so schnell wie möglich hinter uns bringen.«

»Kommen Sie in mein Büro.« Waldmann marschierte mit seinen kurzen Beinen entschlossen los, und Kant und Rademacher folgten ihm zu seinem würfelförmigen Container.

Die Jalousien waren heruntergelassen, und eine Neonröhre tauchte den Raum in grünliches Licht. Waldmann setzte sich an den Plastiktisch und legte seinen Helm zwischen die Kaffeetassen und den halb vollen Aschenbecher. An der Pinnwand hinter ihm flatterten Geländekarten und Schichtpläne im Luftstrom des Ventilators. Da der Bauleiter offenbar keinen gesteigerten Wert auf Höflichkeitsformen legte, setzte sich Kant auf den erstbesten Stuhl. Rademacher blieb an der Tür stehen.

»So was kann ich jetzt überhaupt nicht gebrauchen«, sagte Waldmann. »Wir sind sowieso schon hinter dem Zeitplan.« Er schnippte sich eine Marlboro aus der Schachtel und zündete sie an.

Kant begann, sich eine Zigarette zu drehen. Er hatte das Rauchen vor zwei Wochen aufgegeben, weil Katja sich daran störte, aber die Prozedur half ihm, seine Gedanken zu ordnen. Am Abend warf er die Zigaretten immer in seine Schreibtischschublade. Die Anzahl korrespondierte mit der geistigen Anstrengung. In den letzten Tagen waren nicht besonders viele hinzugekommen. »Haben Sie den Toten gefunden?«

»Nein«, antwortete Waldmann. »Unser Schweißer. Der sollte den Tank zerlegen. Das sind ja wertvolle Rohstoffe.«

Rademacher zückte seinen Notizblock. »Name?«

»Drago.«

»Und weiter?«

»Müsste ich in den Unterlagen nachsehen.« Rademacher wippte ungeduldig mit dem Fuß.

»Würden Sie ihn bitte herholen?«, fragte Kant.

»Der Mann ist Pole. Spricht kaum Deutsch.« Waldmann lehnte sich auf seinem Stuhl zurück und blies einen dünnen Strahl Rauch zur Decke.

»Wir müssen ihn trotzdem befragen. Notfalls mit Dolmetscher«, sagte Kant.

»Er stand ziemlich unter Schock.«

»Ach so«, sagte Rademacher. »Ein sensibles Gemüt. Holen Sie ihn her. Wir fragen auch nicht nach seinem Sozialversicherungsstatus. Vorläufig.«

Waldmann stand auf und lehnte sich aus der Tür. Er stieß einen schrillen Pfiff aus. »Der Drago soll in mein Büro kommen«, rief er jemandem zu, den Kant nicht sehen konnte. »Aber schnell.«

»Was wird hier eigentlich gebaut?«, fragte Kant, als Waldmann sich wieder auf seinen Stuhl fallengelassen hatte.

»Im Moment gar nichts. Erst mal wird abgerissen. Alles, was belastet ist, muss weg. Ein halber Meter Erde bei einer Fläche von fast einem Quadratkilometer. Können Sie ja mal ausrechnen, wie viel Lkw-Ladungen das sind. Fast alles Sondermüll. Damals haben die ihren ganzen Dreck einfach versickern lassen.«

»Was sind das für Schadstoffe?«, fragte Rademacher.

»Überwiegend Arsen und Schwermetalle. Ein netter Cocktail.« Waldmann drückte seine Zigarette aus. »Ich muss jetzt den Mahler anrufen und Bescheid sagen, dass Sie die Arbeiten blockieren.«

»Ist das der Eigentümer des Geländes?«, fragte Kant.

»Ja. Konstantin Mahler. Von Beruf Maler. Und Kunstsammler. Und Gourmet. Und Erbe.« Waldmann griff nach seinem Handy.

»Lassen Sie mal«, sagte Kant. »Wir informieren ihn schon. Geben Sie uns einfach die Adresse.«

Waldmann zuckte mit den Achseln und kramte eine Visitenkarte aus seinem Portemonnaie. »Wie Sie meinen.« Er nahm seinen Helm vom Tisch. »Wollen Sie sonst noch was wissen?«

»Allerdings. Was war in dem Tank?«

»So ungefähr das Harmloseste, was es in der ganzen Fabrik gab. Leinöl.«

Kant hielt sich die fertige Zigarette unter die Nase. Der Geruch des Tabaks ließ seinen Puls ein wenig schneller schlagen. Früher oder später würde er wieder anfangen, wenn niemand da war, der ihn daran hinderte.

»Wieso glauben Sie, dass es sich bei dem Toten um einen Obdachlosen handelt?«

Die Frage schien Waldmann zu überraschen. »Was denn sonst? Die haben sich hier ja richtig eingenistet. In jeder zweiten Ecke liegt eine alte Matratze. Überall leere Flaschen. Müll. Scheißhaufen. Es ist zum Kotzen.«

»Gab es da schon mal Konflikte?«, fragte Rademacher.

»Mir persönlich ist noch keiner über den Weg gelaufen. Zum Glück. Die sind alle abgehauen, als wir vor zwei Monaten angefangen haben. Vermutlich, weil man bei dem Lärm nicht ausschlafen kann.« Waldmann lachte.

Kant wartete, bis er fertig war. »Ist das Gelände nicht gesichert?«

»Mit einem zwei Meter hohen Zaun«, sagte Waldmann. »Aber die graben sich unten durch oder schneiden Löcher rein.«

Motorengeräusche drangen durch die dünne Metallwand. Rademacher ging zum Fenster und schob die Jalousie zur Seite.

»Na endlich«, sagte er. »Die Spurensicherung.« Er lief nach draußen, um die Kollegen in Empfang zu nehmen.

»Sind wir jetzt fertig?«, fragte Waldmann.

»Vorläufig.«

Vor der Tür prallte Kant beinahe mit einem schlaksigen Mann in dunklem Overall zusammen.

»Darf ich vorstellen«, sagte Waldmann. »Kommissar Kant, Drago. Drago, Kommissar Kant. Bis später dann.« Er ging mit schnellen Schritten davon.

»Sie haben die Leiche gefunden?«, fragte Kant.

Drago sah ihn mit seinen wässrig blauen Augen an und nickte. Er wirkte ein wenig blass, aber von einem Schock konnte wohl kaum die Rede sein.

»Dann erzählen Sie doch mal.«

»Treppe hoch, Klappe auf, toter Mann«, sagte Drago.

»Aha. Und was haben Sie dann gemacht?«

»Chef geholt.«

»Waren Sie oder jemand anders in dem Tank?«

Drago schüttelte den Kopf. »Niemand. Chef sagt, woanders schweißen.« Er warf einen kurzen Blick über die Schulter. »Arbeit muss immer weitergehen.«

»Heute nicht mehr«, sagte Kant. »Nur eine Frage noch, dann lasse ich Sie in Ruhe. War die Klappe zu? Musste man das Rad drehen, um sie aufzumachen?« Er demonstrierte es mit einer Geste.

»Ja, ja«, sagte Drago. »Zu. Rost wie von hundert Jahre.«

»Sicher?«

»Ja.«

»Gut. Die Kollegen nehmen noch Ihre Personalien auf, dann können Sie gehen.«

Kant schickte ihn zu den beiden Uniformierten.

Die Kollegen von der Spurensicherung begannen, ihr Equipment aus den beiden Kleinbussen zu laden und die Umgebung abzusperren. Zwei Männer stiegen in den Tank, während die anderen ein großes weißes Zelt aufbauten. Kant blieb etwas abseits stehen und sah ihnen zu. Nach der Aussage des Schweißers wies einiges darauf hin, dass ein Fremdverschulden vorlag. Jemand hatte entweder das Opfer in dem Tank eingeschlossen und dort sterben lassen oder die Leiche dort abgelegt. In beiden Fällen musste der Täter mit dem Fabrikgelände vertraut gewesen sein.

Rademacher, der mit dem Leiter der Spurensicherung geredet hatte, schleppte sich durch den grellen Sonnenschein und blieb vor Kant stehen. »Ich glaub, wir werden hier nicht mehr gebraucht«, sagte er.

Kant nickte. »Lass uns mal dem Herrn Mahler einen Besuch abstatten. Mich würde interessieren, wann zum letzten Mal jemand in den Tank gesehen hat.«

Rademacher schaute auf die Uhr. »Hm. Schon halb vier. Das Problem ist, ich habe Mareike versprochen, dass ich um vier zu Hause bin, um mich um die Kinder zu kümmern. Sie hat einen Arzttermin.«

Kant sah ihn forschend an. Er fragte sich, warum er erst jetzt damit herausrückte. War das der Grund für seine schlechte Laune? »Ist es was Ernstes?«

Rademacher winkte ab. »Vorsorgeuntersuchung oder so. Nicht der Rede wert.«

»Okay. Ich setze dich auf dem Weg ab.«

»Wirklich? Ich kann sie auch anrufen und …«

»Nein«, sagte Kant. »Das schaff ich auch alleine.«

2

Von der alten Fabrik bis zu Konstantin Mahlers Wohnung in Nymphenburg fuhr man nur fünfundzwanzig Minuten, aber nach der Hitze, dem Lärm und dem Staub auf der Baustelle hatte Kant das Gefühl, in einer anderen Welt gelandet zu sein, als er unter den Linden am Ufer des Kanals parkte. Auf der Böschung hatten junge Leute, die wie Studenten aussahen, ihre Decken ausgebreitet und lasen oder unterhielten sich. Jogger und Spaziergänger bevölkerten den schmalen Uferweg. Eine alte Frau fütterte die Schwäne mit Brot.

Kant hatte Rademacher an der U-Bahn-Station abgesetzt und war zu der Adresse gefahren, die Waldmann ihm gegeben hatte, ohne sich telefonisch anzukündigen. Er wollte sehen, wie Mahler spontan auf die Nachricht von dem Leichenfund reagierte, falls er ihn überhaupt zu Hause antraf. Und falls Waldmann ihn nicht doch schon informiert hatte.

Er überquerte die Straße und klingelte an der Tür des dreistöckigen Neubaus, der mit seiner schlichten weißen Fassade und den großzügigen Fensterfronten zwischen den Gründerzeitvillen deplatziert wirkte. Kant stellte sich vor, dass die alteingesessenen Nachbarn nicht gerade begeistert von dem Haus waren. Es wirkte wie ein Statement: So lebt der moderne Mensch.

Vor dem kugelförmigen Auge der Kamera wartete Kant, bis der Türsummer ertönte. Mahler ließ ihn ein, ohne die Gegensprechanlage zu benutzen. Kant fuhr mit dem gläsernen Aufzug in den obersten Stock. Die Tür zu Mahlers Wohnung stand offen. Er klopfte auf das Metall des Türrahmens.

»Komm rein!«, rief jemand. Mahler schien ein vertrauensseliger Mensch zu sein, wenn er jeden Fremden in seine Wohnung ließ. Oder er erwartete jemanden.

Kant durchquerte einen langen Flur mit nackten Wänden und Marmorboden. In dem großen Wohnzimmer auf der linken Seite standen ein weißes Ledersofa, ein Fernseher, zwei Boxen und ein Sideboard mit einer Obstschale darauf. Nichts lag herum, niemand war zu sehen. Auf der rechten Seite befand sich die Küche. Die dunklen Steinoberflächen glänzten, als wären sie noch nie benutzt worden. Hinter dem Esstisch führte eine Schiebetür auf die Dachterrasse. Dort entdeckte Kant einen Mann in weißem Hemd und weißer Hose, der mit einem langstieligen Glas in der Hand neben einer Staffelei stand. Sein Blick richtete sich in die Ferne.

Kant trat auf die Terrasse und blieb überwältigt vom Ausblick stehen. Das Schloss Nymphenburg schien zum Greifen nahe. Im Licht der Abendsonne spiegelte sich die Fassade auf dem glatten Wasser des Teichs davor. Zarte rosafarbene Wolken dekorierten den Himmel wie Luftschlangen.

Mahler drehte sich zu ihm um. Leise klimperten die Eiswürfel in seinem Glas. Der Wind fuhr durch sein halblanges Haar. Mahler lächelte milde.

»Kennen wir uns?«

»Noch nicht.« Kant stellte sich vor. Falls Mahler beunruhigt war, sah man es ihm nicht an. Er setzte sein Glas neben der Staffelei auf dem Boden ab und reichte Kant seine weiche, schlaffe Hand.

»Störe ich Sie beim Malen?« Kant sah auf die Leinwand. Ein Aquarell des Schlosses. Nur dass sich statt der feinen

Schönwetterwolken dunkle Gewitterwolken am Himmel drängten und eine bedrohliche Stimmung schufen.

»Nein«, sagte Mahler. »Ganz und gar nicht. Jede Ablenkung ist willkommen.«

»Sie sind der Eigentümer der Kolorit-Werke?«

»Ja. Ich habe das Gelände von meinem Vater geerbt. Vor drei Jahren.« Er steuerte auf eine Gruppe von Korbsesseln zu, die um einen niedrigen Glastisch standen. »Setzen wir uns doch. Ist es nicht seltsam? Ich meine, abzureißen, was der eigene Vater aufgebaut hat?«

Kant fiel auf, dass Mahler beim Lächeln die Oberlippe unnatürlich weit hochzog. Wahrscheinlich, damit man sah, wie weiß seine Zähne waren. Aber die Falten um seine Augen verrieten, dass er die Vierzig schon deutlich überschritten hatte.

»Immerhin arbeite ich auch mit Farben«, fügte Mahler hinzu, als müsste er sich rechtfertigen.

»Auf dem Gelände ist eine Leiche gefunden worden«, sagte Kant.

»Das ist ja schrecklich.« Mahler senkte den Blick auf seine frisch manikürten Fingernägel. Dann strich er sich eine Fluse von der Hose. Weder auf seinen Händen noch auf seiner Kleidung waren Farbflecken zu sehen. »Wissen Sie schon, was passiert ist?«

Kant ignorierte seine Frage. »Wann waren Sie zum letzten Mal in der Fabrik?«

»Vor fast drei Jahren«, antwortete Mahler, ohne lange nachzudenken. »Im August 2015. Das war kurz nach dem Tod meines Vaters. Wissen Sie, ich kümmere mich nicht persönlich darum. Das Ganze ist für mich eher eine Belastung.«

»Kennen Sie den Tank, in dem das Leinöl war?«

»Leinöl? Keine Ahnung. Da gibt es jede Menge Tanks.«

»Blau, mit einer Metalltreppe davor?«

»Ich kann mich nicht erinnern«, sagte Mahler. »Wurde da die Leiche gefunden?«

Kant nickte. »Was haben Sie damals auf dem Gelände gemacht?«

»Einen Rundgang. Mit ein paar Technikern und Ingenieuren. Ich wollte die Fabrik verkaufen. So schnell wie möglich. Das hat dann leider nicht geklappt. Wegen der Bodenbelastung. Aber die Techniker haben damals alle Anlagen inspiziert, auch die Chemikalientanks. Da kann die Leiche also noch nicht drin gelegen haben, falls Sie darauf hinauswollten.«

Mahler schlug die Beine übereinander und legte einen Arm auf die Sofalehne. Kant fragte sich, ob er wirklich so entspannt war, wie er vorgab. »Ihr Bauleiter ist davon überzeugt, dass der Tote ein Obdachloser ist.«

»Ach so«, sagte Mahler. »Sie haben ihn noch nicht identifiziert?«

»Nein.« Kant versuchte, Mahlers Blick aufzufangen, aber der wanderte ruhelos durch die Gegend. »Haben Sie eine Idee, wer es sein könnte?«

Mahler strich sich sein mahagonifarbenes Haar aus dem Gesicht. Kant überlegte, ob es gefärbt war. Sein verstorbener Kollege Weber hatte einmal gesagt, er traue keinem Mann, der sich die Haare färbe.

»Nein«, sagte Mahler. »Vielleicht hat Herr Waldmann recht. Es gab ja eine Zeit lang viele Obdachlose auf dem Gelände.«

»Und Sie haben nichts dagegen unternommen?«

»Ich habe den Zaun reparieren lassen«, sagte Mahler. »Aber nur, weil die Anwohner sich beschwert haben. Sie kennen das ja wahrscheinlich. Einen halben Kilometer weiter gibt es einen Kindergarten. Und einen Spielplatz. Da rufen die besorgten Bürger bei der Stadt an, und dann kommt irgendein

Sesselfurzer zu mir und sagt, ich soll dafür sorgen, dass da kein Brennpunkt entsteht.«

»Wurden die Abrissarbeiten denn nicht durch die Obdachlosen behindert?«

Mahler schüttelte langsam den Kopf. »Das war vorher. Als die Arbeiten anfingen, sind die von alleine gegangen. Ich persönlich hatte nichts dagegen, dass die auf dem Gelände übernachten. Das sind doch arme Schweine.«

Kant fiel auf, dass sich sein Tonfall nicht geändert hatte. Er sprach immer noch in dem unbeteiligten, leicht ironischen Singsang, mit dem er wahrscheinlich auch eine Vernissage kommentieren würde. Als ginge ihn das alles in Wirklichkeit nichts an.

»Was soll eigentlich auf dem Gelände gebaut werden? Eine Wohnsiedlung?«

»Ja, aber keine normale. In die alten Hallen, die man noch nutzen kann, kommen Ateliers und Veranstaltungsräume. Die klassische Trennung zwischen Arbeit, Wohnen und Kultur wird aufgehoben. Das wird eine ganz neue Form des Zusammenlebens. Stellen Sie sich vor, Kinder, die schon in so einem kreativen Umfeld aufwachsen!«

Mahler sah sich suchend um. Er entdeckte sein Glas neben der Staffelei. Barfuß schlenderte er über die Holzdielen, holte es zum Tisch und benetzte sich im Stehen die Lippen. Von so viel Engagement schien er einen trockenen Mund bekommen zu haben.

»Wissen Sie«, fuhr er fort, »ich glaube, dass in jedem von uns ein Künstler steckt. Bei den meisten liegt das Talent nur verschüttet unter einem riesigen Haufen gesellschaftlichem Mist.«

Das gedämpfte Hupen eines Autos drang von der Straße herauf. Kant wandte sich um. Von hier oben sah die Stadt aus wie das Bild auf einer Postkarte. Hinter den Türmen der Frauenkirche zeichneten sich im Dunst die fernen Berggipfel ab. Nichts zu spüren von all der Hektik und Aggressivität. Wenn man lang genug auf dieser Terrasse saß, kam man vermutlich auf eine Menge merkwürdiger Ideen.

»Warum haben Sie fast drei Jahre gewartet, bis Sie mit den Abrissarbeiten begonnen haben?«

Mahler sah auf ihn herab, als wäre eine so profane Frage eine Beleidigung für seine Vision. »Was tut das zur Sache?«

»Wahrscheinlich nichts. Ich versuche mir nur ein Bild zu machen.«

»Es hat einfach eine Weile gedauert, bis ich eine Bank gefunden habe, die das Ganze finanziert. Die steigenden Preise für Bauland sind mir da natürlich entgegengekommen.« Mahler trank den letzten Schluck aus seinem Glas und verzog das Gesicht. »Pisswarm«, sagte er. »Entschuldigung. Ich habe Ihnen noch gar nichts angeboten.«

Kant winkte ab. Seine Kehle war ausgedörrt, aber er hatte keine Lust, sich von Mahler bewirten zu lassen. Plötzlich widerte ihn die ganze Strandklubatmosphäre an. Er hatte gerade eine halb mumifizierte Leiche gefunden, und Mahler beklagte sich, weil seine Eiswürfel geschmolzen waren.

»Die Bauarbeiten müssen auf unbestimmte Zeit eingestellt werden«, sagte er schärfer, als er beabsichtig hatte.

Mahler schien seinen Stimmungsumschwung nicht zu bemerken. »Selbstverständlich. Ich rede mit Waldmann. Das kostet mich zwar eine Menge Geld, aber Ihre Ermittlungen sind natürlich wichtiger. Was ist schon Geld? Nur ein Mittel zur Freiheit.«

Nach dieser kleinen Weisheit konnte er sich ein selbstzufriedenes Lächeln nicht verkneifen. »Ich brauche sowieso nicht viel mehr als einen Pinsel und eine Leinwand«, fügte er hinzu. Gerade als er sich wieder in seinen Sessel sinken lassen wollte, läutete es an der Tür.

»Bin sofort wieder da.«

Mahler verschwand in der Wohnung. Kant stand auf. In den Glasscheiben der Terrasseneinfassung brachen sich die letzten Sonnenstrahlen, als er sich über das Geländer beugte, um auf die Straße zu sehen. Ein großer weißer Hut schwebte vor der Haustür, mehr konnte er aus dieser Perspektive nicht erkennen. Er hörte das leise Summen des Türöffners, dann verschwand der Hut im Hausflur.

Kant drehte sich um. Mahler stand schon wieder neben der Staffelei, den Blick in die Ferne gerichtet, in der Hand sein leeres Cocktailglas. Wahrscheinlich war das sein Empfangsritual. Kant hatte keine Lust, es noch einmal mitzuerleben. »Ich muss Sie bitten, mir eine Liste mit den Namen der Techniker zu schicken, die an der Inspektion beteiligt waren«, sagte er. »Und sämtlicher Personen, die Zugang zum Gelände haben oder hatten.«

»Natürlich«, erwiderte Mahler.

Kant hielt ihm seine Karte hin. Nach einem Moment nahm Mahler sie und schob sie achtlos in die Hemdtasche. Aus dem Hausflur näherten sich klackernde Schritte.

»Nur eines noch.« Kant wartete, bis Mahler ihn endlich ansah. »Spielen Sie Schach?«

Zum ersten Mal bemerkte Kant eine echte Reaktion bei ihm. Verwirrung. »Schach?«

»Das Spiel mit den hübschen kleinen Figuren auf vierundsechzig Feldern.«

Mahlers Lächeln wirkte angestrengt. »Das letzte Mal zu meiner Schulzeit. Danach war mir nie mehr so langweilig.«

»Kennen Sie jemanden, der sich damit beschäftigt? Vielleicht unter denjenigen, die Zugang zum Fabrikgelände hatten?« Er startete den Versuchsballon, weil es die einzige konkrete Spur war, die er hatte.

Der Hut kam durch die Terrassentür. Darunter befand sich eine kleine Frau. Ihr rotes Haar war zu einem Pagenschnitt frisiert und nass, als käme sie gerade vom Baden. Sie trug ein Männerunterhemd und eine kurze Hose, die an ihren dünnen Beinen schlackerte. Als sie Kant bemerkte, blieb sie vor der Glastür stehen und sah ihn aus ihren grünen Augen forschend an.

»Mal überlegen«, sagte Mahler. »Anita, spielst du vielleicht Schach?«

Anita kicherte unsicher. Sie sah von Kant zu Mahler und wieder zurück. »Störe ich irgendwie?«

»Herr Kant ist Polizist«, sagte Mahler. »Und das ist Anita Kowsky, meine Lebensgefährtin.« Er nahm mit der freien Hand einen feinen Pinsel von dem Tischchen neben der Staffelei und rührte eine Farbe an. »Stell dir vor, Anita, auf dem Fabrikgelände wurde eine Leiche gefunden.«

Kant beobachtete, wie Anita sich am Türrahmen abstützte und die Hand sofort zurückzog, als hätte sie sich an dem Metall verbrannt. »Ein Unfall?«, fragte sie.

»Wir wissen noch nichts Genaues«, sagte Kant. »Waren Sie schon mal auf dem Gelände?«

»In der Fabrik? Nein. Was soll ich da?« Sie ging zu Mahler und sah ihm über die Schulter. »Immer noch dasselbe Bild?«

Mahler drehte sich zu ihr um. »Wärst du so nett und würdest für uns drei noch was zu trinken holen?« Er streckte ihr sein Glas entgegen.

Kant winkte ab. »Lassen Sie nur«, sagte er. »Ich wollte sowieso gerade gehen.«

3

Frida lag tot auf dem Marienplatz.

Kant hatte beobachtet, wie sie mit dreißig oder vierzig anderen zu Boden sank. Ein Massensterben. Er hatte in seinem Leben schon zu viele Leichen gesehen, um sich von der Darstellung auch nur im Entferntesten täuschen zu lassen, trotzdem konnte er den Anblick kaum ertragen. Frida war das Leben, nicht der Tod. Aber genau darum ging es ja.

Ein bärtiger junger Mann in einer Warnweste beugte sich über sie und deutete Wiederbelebungsversuche an. An einem ausgemusterten Feuerwehrwagen, der zwischen der Gruppe und dem Rathaus parkte, hing eine schlaffe Fahne mit der Aufschrift »Kohlekraftwerke abschalten«. Ein paar Hundert Zuschauer hatten in der Morgensonne einen Kreis um die Aktivisten gebildet. Jugendliche, die an ihren Milchshakes nuckelten, eine Gruppe Rentner, die sich auf ihre E-Bikes stützte, Familien mit prall gefüllten Einkaufstüten, asiatische Touristen. Die ganze Aktion wirkte improvisiert, fand Kant, nicht wie das Werk einer schlagkräftigen Organisation.

Kant sah auf die Uhr. Er musste ins Präsidium. In einer halben Stunde begann die Besprechung, die er selbst anberaumt hatte, da würde es nicht besonders gut aussehen, wenn er zu spät käme. Aber vorher musste er kurz mit seiner Tochter reden. Wie lange wollte sie noch auf den heißen Steinen liegen bleiben?

Der Bärtige mit der Weste holte ein Megafon aus dem Feuerwehrwagen. Er stellte sich mitten in die Gruppe der Toten und begann, eine Rede zu halten. Seine blecherne Stimme konkurrierte mit dem Schlagbohrer der Bauarbeiter, die gerade ein Gerüst an der Fassade des Kaufhauses gegenüber anbrachten. Kant hatte Mühe, ihn zu verstehen, aber er kannte seine Forderungen, denn Frida hatte sie ihm schon hundertmal erklärt. Im Grunde war es ganz einfach: Die Regierung solle endlich die Wahrheit über die Klimakrise sagen, es müsse sofort gehandelt werden, Bürgerversammlungen sollten einberufen werden, um die nötigen Maßnahmen zu beschließen.

Die Rentner neben ihm verloren schnell das Interesse und besprachen lautstark ihre Pläne für den Nachmittag, die im Wesentlichen aus einem Biergartenbesuch bestanden. Die Jugendlichen warfen ihre leeren Pappbecher auf den Boden und zogen weiter. Einer der Touristen packte seine teure Kamera aus und schoss ein paar Fotos.

Die letzten Worte des Redners gingen im spärlichen Applaus unter. Kant war froh, als die Toten wiederauferstanden. Er winkte Frida aus der Menge zu, aber sie bemerkte ihn nicht. Ihre Aufmerksamkeit war ganz auf den Bärtigen gerichtet, der ihr die Hand gereicht hatte, um ihr beim Aufstehen zu helfen, und ihr jetzt etwas ins Ohr flüsterte. Kant sah Frida nicken. Ihr Gesicht war gerötet, entweder von der Sonne oder vor Aufregung. Einen Moment lang brach Unruhe aus, weil niemand zu wissen schien, wie es jetzt weiterging. Dann nahm Frida dem Bärtigen das Megafon ab, strich sich das geblümte Kleid glatt, das sie neulich im Secondhandladen gekauft hatte, und richtete den Blick in die Menge.

Das Megafon knackte. Kant sah, wie ihre Lippen sich bewegten. »Extinction«, rief sie mit fester Stimme. »Rebellion«, antwortete der Chor ihrer Mitstreiter. Zweimal. Dreimal. Kant bekam eine Gänsehaut. War das wirklich seine Tochter, die er vor einem Wimpernschlag noch im Kinderwagen durch den Zoo geschoben hatte? Die geweint hatte, wenn in der Eisdiele ihre Lieblingssorte – Zitrone – ausverkauft war? Die vor einem knappen Jahr erst zu ihm gezogen war, weil sie es bei ihrer Mutter nicht mehr aushielt?

Kant winkte erneut. Frida sah ihn nicht. Er wollte sich gerade durch die Menge nach vorn schieben, als einer der Rentner neben ihm, ein sehniger Mann mit braun gebrannten Unterarmen, seine in Funktionskleidung verpackte Begleiterin anstupste. »Aber jedes Jahr ein neues Handy«, sagte er grinsend. »Und zum Shoppen nach London fliegen.«

»Wieso sind die eigentlich nicht in der Schule?«, fragte die Frau. »Ist schon wieder Freitag?« Sie hatte bemerkt, dass Kant stehen geblieben war, und sah ihn Beifall heischend an. Er schüttelte nur den Kopf.

Die Menge um ihn herum dünnte sich weiter aus. Die Attraktion war vorbei, und die Leute hatten Besseres zu tun, als zuzusehen, wie die XR-Aktivisten ihre Fahnen einrollten. Kant musste ins Präsidium. Er hatte weder Zeit noch Lust, sich mit Fremden herumzustreiten, er wollte nur ein paar Worte mit seiner Tochter wechseln oder wenigstens ihr Lächeln sehen, wenn sie ihn bemerkte, aber der Mann neben ihm kam gerade erst in Schwung. Obwohl er seine Frau ansah, richtete er sich an alle, die nicht schnell genug verschwanden.

»Wenn es nach denen ginge, würden wir bald wieder in der Steinzeit leben«, sagte er. »Und weißt du auch, woran das liegt?«

Seine Begleiterin bemerkte Kants Blick. »Nicht so laut, Hans.« Sie legte ihm die Hand auf den Arm. Aber es war zu spät, er ließ sich nicht mehr aufhalten.

»Weil das verwöhnte kleine Schlampen sind.« Der Mann wendete sein E-Bike, schwang sich den Rucksack über die Schulter und wollte aufsteigen. Kant stellte sich ihm mit drei langen Schritten in den Weg.

»Was haben Sie eben gesagt?«, fragte er.

Der Mann hielt in der Bewegung inne. Er schob sich die Sonnenbrille auf die Stirn und bedachte ihn mit einem abfälligen Blick. »Mit Ihnen habe ich nicht geredet. Gehen Sie mir aus dem Weg.«

Kant rührte sich nicht von der Stelle. »Kennen Sie die Teilnehmer persönlich?«

»Natürlich nicht.« Er schob das Fahrrad so weit vor, bis der Vorderreifen fast Kants Hose berührte.

»Dann halten Sie doch einfach den Mund, Sie Arschloch.«

Kant wandte sich ab. Während er auf das Grüppchen der Demonstranten zusteuerte, hörte er den Mann hinter sich zetern, aber das kümmerte ihn nicht mehr. Er fühlte sich gut, fast so, als hätte er selbst gegen die Verwüstung des Planeten demonstriert. Leider hatte Frida nichts davon mitbekommen. Sie stieg gerade, gefolgt von dem bärtigen Redner, in das Feuerwehrauto. Die Tür wurde zugeschlagen, und der altersschwache Dieselmotor sprang mit einem Röcheln an. Kant hatte seine Chance verpasst.

Im Besprechungsraum hatte es subtile Veränderungen gegeben, seit Kant ihn zum letzten Mal betreten hatte. Die grauen Tische standen nicht mehr schief in der Gegend herum, sondern waren zu einem ordentlichen Rechteck zusammengeschoben. Jemand hatte einen Ventilator aufgestellt und Staub gewischt. Auf dem Aktenschrank neben der Tür thronte eine Vase mit einem Nelkenstrauß. Selbst die Neonröhre, deren unregelmäßiges Flackern seit Monaten alle nervte, war ausgetauscht worden.

Kant musste nicht lange überlegen, wer dahintersteckte. Die Neue natürlich. Hanna. Seit sie vor zwei Monaten zu ihnen gestoßen war, hatte sich die gesamte Atmosphäre verändert. Kein Wunder, dachte Kant, wenn man sie mit seinem alten Kollegen und Freund Klaus Weber verglich. Natürlich war sie kein Ersatz für den gestandenen Ermittler, dessen Tod auf ewig eine Lücke hinterlassen würde. Aber das war auch nicht ihre Aufgabe. Sie sollte das Team vor allem bei Recherchearbeiten unterstützen, und darin war sie gut. Wenn Kant ihre Finger über die Tastatur hüpfen sah, wurde ihm fast schwindelig.

Hanna saß aufrecht auf ihrem Stuhl, das flache silberne Notebook im rechten Winkel zur Tischkante ausgerichtet, und betrachtete ihn mit dem wachsamen Blick, der für sie so typisch war. Aufmerksam, aber ohne ihre Gefühle zu verraten. Es fiel ihm schwer, die Farbe ihrer Augen zu bestimmen. Sie changierte zwischen Blau und Grün und Grau wie ein aufgewühltes Meer.

Die anderen waren auch schon da. Rademacher pellte ein Ei und schob es sich lustlos in den Mund. Er wirkte müde und in sich gekehrt. Petra Lammers stand am Flipchart und malte mit schwarzem Filzstift Kreise auf das Blatt, in dessen Mitte sie »unidentifiziertes Todesopfer« geschrieben hatte. Ben Dörfner wippte mit seinem Stuhl und beobachtete sie. Er konnte nicht gut still sitzen. Die muskulösen Arme, die aus seinem lachsfarbenen T-Shirt herausragten, waren so braun, als käme er gerade aus dem Karibikurlaub.

Kant setzte sich auf den freien Stuhl am Kopfende. Überrascht stellte er fest, dass dort schon ein Glas Wasser für ihn bereitstand. Er sah zu Hanna und nickte ihr zu, aber sie reagierte nicht.

»Guten Morgen«, sagte Kant. Allgemeines Gemurmel. Niemand hatte Lust, sich mit Förmlichkeiten aufzuhalten. Umso besser. »Petra, willst du anfangen?«

Sie drehte sich zu ihnen um. Kant fiel auf, dass sie trotz der Hitze einen schwarzen Kapuzenpullover trug.

»Klar«, sagte sie. »Zunächst mal die vorläufigen Ergebnisse der Spurensicherung. Das ist leider nicht besonders viel. Das Opfer ist männlich und dem ersten Anschein nach zwischen zwanzig und fünfzig Jahre alt.« Sie schrieb »männlich« und »20–50 J« in die Kreise auf dem Papier. »Der Leichnam ist nur teilweise verwest, was aber vermutlich an den besonderen Bedingungen in dem geschlossenen Tank liegt. Er trägt Winterkleidung: Jeans, Pullover, Lederjacke, hohe Turnschuhe. Das deutet auf eine Liegezeit von mindestens einem halben Jahr hin. Die Kleidung ist einigermaßen erhalten, aber stark mit ausgetretenen Leichenflüssigkeiten beschmutzt.« In die nächsten beiden Kreise trug sie die Namen der Kleidungsstücke und »> 0,5 Jahre« ein.

»In dem Tank wurden außer den Schuhabdrücken unseres Hauptkommissars keine weiteren Spuren gefunden.« Sie bedachte Kant mit einem süffisanten Lächeln. »Die Wartungsklappe war vor dem Leichenfund verschlossen und konnte von innen nicht geöffnet werden. Wir sollten also davon ausgehen, dass der Leichnam dort abgelegt wurde. Was auf ein Tötungsdelikt hindeutet.«

»Oder der Mann wurde versehentlich da eingeschlossen«, sagte Rademacher. »Vielleicht war es ein Arbeiter, der den Tank reinigen wollte.«

Lammers nickte. »Möglich. Allerdings gibt es keine Kratzspuren oder dergleichen, die darauf hindeuten, dass jemand versucht hat, den Tank von innen zu öffnen. Außerdem – und das ist wohl das Entscheidende – haben die Spurensicherer an seinem Knie eine Verletzung entdeckt, die sie für eine Schusswunde halten.« Sie wartete, bis alle sie ansahen. »Es gibt keine Austrittswunde. Wenn es wirklich eine Schussverletzung ist, steckt das Projektil vermutlich noch im Knie. Das wird sich dann bei der Obduktion zeigen.«

Hanna tippte auf ihrer Tastatur, ohne Lammers aus den Augen zu lassen. Dörfner wippte weiter mit seinem Stuhl. Rademacher packte die Reste seines Frühstücks in die Brotdose und zog ein Gesicht, als wäre ihm der Appetit vergangen.

»In der Hand des Toten wurde ein zylindrischer Holzgegenstand gefunden«, fuhr Lammers fort. »Die Spurensicherer konnten noch nicht feststellen, worum es sich dabei handelt.«

»Um eine Dame«, sagte Kant. »Aus einem Schachspiel.«

»Ah.« Lammers lächelte. »Die Jungs haben wahrscheinlich andere Hobbys.«

»Eine Dame?«, fragte Hanna. Da keiner sie beachtete, widmete sie sich wieder ihrem Laptop.

»Das passt auch nicht so gut zu deiner Theorie von dem Reinigungsarbeiter, oder, Anton?«, bemerkte Dörfner, der sich selten eine Gelegenheit entgehen ließ, Rademacher eins auszuwischen.

Rademacher schnaubte nur.

Lammers malte eine Schachfigur in ihren letzten Kreis. Es war zwar keine Dame, sondern ein König, aber natürlich ging es genau auf: für jede Spur ein ordentlicher kleiner Kreis. Sie musste es vorher abgezählt haben.

»Danke, Petra«, sagte Kant. »Was den Todeszeitpunkt angeht, kann ich noch ergänzen, dass der Eigentümer der Fabrik ausgesagt hat, die Tanks wären im August 2015 inspiziert worden. Wir können also vorläufig davon ausgehen, dass die Leiche zwischen damals und dem letzten Winter da abgelegt wurde.«

Hanna klickte neben ihm unaufhörlich mit ihrer Maus. Kant sah sie an, aber sie war ganz auf ihren Bildschirm konzentriert. »Zunächst sollten wir versuchen, die Identität des Toten aufzuklären«, sagte Kant. »Vielleicht hilft Grumann uns ja weiter. Die Obduktion ist für heute Nachmittag angesetzt.«

»Ich weiß, wer es ist«, sagte Hanna.

Alle sahen sie an. Dörfner vergaß einen Moment lang, mit seinem Stuhl zu wippen. Bis auf das Summen des Ventilators war es still im Raum. Hanna fixierte einen Punkt irgendwo an der Wand zwischen Kant und Rademacher, wo die blassgrüne Farbe abblätterte. »Jakob Holler«, sagte sie.

»Und wie kommst du darauf?«, fragte Lammers.

»Ich habe die unaufgeklärten Vermisstenfälle der letzten drei Jahre rausgesucht.« Hannas Stimme klang kontrolliert wie immer, aber Kant bemerkte, dass sie nervös war, weil sie nach jedem zweiten Wort blinzelte. »Es ist Jakob Holler.«

»Schön«, sagte Rademacher. »Dann ist der Fall ja mehr oder weniger aufgeklärt.« Hanna warf ihm einen irritierten Blick zu.

»Das müssen ja reichlich Fälle sein«, sagte Kant.

»Ja«, sagte Hanna. »Zweitausendeinhundertvierundvierzig Menschen werden aktuell in Bayern vermisst. Etwa fünfzig Fälle wurden im betreffenden Zeitraum gemeldet. Aber nur einer davon ist Schachspieler. Jakob Holler.«

»Was heißt hier Schachspieler?«, sagte Rademacher. »Mein Bruder spielt Schach, Napoleon hat Schach gespielt, und sogar der Kollege Kant schiebt manchmal ein paar Figuren übers Brett, soweit ich weiß.«

»Deutscher Meister U16«, las Hanna unbeeindruckt von ihrem Laptop ab. »Zweiter Platz bei der europäischen Blitzmeisterschaft, dritter bei der offenen ungarischen Meisterschaft, mehrere Jahre 1. Bundesliga …«

»Verstehe«, sagte Rademacher kleinlaut. »Das ist natürlich was anderes. Und wann ist der Mann verschwunden?«

»Am 30. November 2015. Seine Mutter hat drei Tage später Vermisstenmeldung erstattet. Jakob Holler war zu diesem Zeitpunkt neunundzwanzig. Ich drucke für jeden eine Kopie der Akte aus.«

»Danke«, sagte Kant. »Gute Arbeit.«

Andere hätten sich über das Lob gefreut, aber Hanna stand nur schnell auf und ging ins Nebenzimmer, wo der Drucker stand, als wäre es ihr unangenehm.

Kant dachte nach. Auch wenn Jakob Holler ein guter Kandidat war, mussten sie noch weitere Nachforschungen anstellen, bevor sie sich an seine Eltern wandten. Es gab keinen Grund, jetzt schon alte Wunden aufzureißen. Zumindest nicht, solange sie noch andere Spuren hatten, denen sie nachgehen konnten.

»Petra und Ben«, sagte er. »Ihr nehmt euch die Kleidung vor. Vielleicht könnt ihr ja rausfinden, wo oder wann sie gekauft wurde. Anton und ich reden mit den Obdachlosen, die auf dem Gelände übernachtet haben, falls wir die auftreiben können. Möglicherweise hat einer von denen was beobachtet.«

Hanna kam zurück. Statt die Ausdrucke der Vermisstenakte einfach mitten auf den Tisch zu werfen, wie alle anderen es getan hätten, drehte sie eine Runde und legte jedem von ihnen ein Exemplar hin.

»Ach so«, sagte Kant. »Jemand sollte bei der Obduktion dabei sein.« Früher hatte das Klaus Weber übernommen, aber seit er in Kants Armen verblutet war, musste Kant jedes Mal jemanden bestimmen.

»Ich«, sagte Hanna mit leiser Stimme. Sie räusperte sich. »Ich kann das machen.«

Kant war sich nicht sicher, was er davon halten sollte. Hannas Engagement beeindruckte ihn, aber sie hatte nicht einmal die Polizeischule besucht, sondern sich nach ihrem Informatikstudium als Quereinsteigerin beim LKA beworben und war dann ihrer Dienststelle zugeteilt worden. Außerdem machte sie auf ihn nicht den Eindruck einer gefestigten Persönlichkeit. Warum wollte sie sich das antun?

»Gute Idee«, sagte Rademacher. »Wir haben sowieso schon genug um die Ohren.«

»Außerdem hat sie sich ja schon hervorragend in den Fall eingearbeitet«, meinte Dörfner. Lammers sah ihn an und verzog das Gesicht.

»Also gut«, sagte Kant. »Aber wenn es dir zu viel wird, gehst du raus. Dann muss Oldenburg das eben alleine machen.«

Hannas Lächeln flackerte einmal auf wie eine Glühbirne mit Wackelkontakt.

4

Sie mussten sich mit den Fotos und Protokollen der Spurensicherer begnügen, denn die Kleidung selbst befand sich im kriminaltechnischen Labor, wo sie in den nächsten Tagen Millimeter für Millimeter unter dem Mikroskop untersucht werden würde. Zumindest die Teile der Kleidung, die nicht mit dem toten Fleisch verschmolzen waren und erst bei der Obduktion abgelöst werden konnten.

Lammers sah sich die Aufnahmen mit der Lupe an, während Dörfner die Wände ihres gemeinsamen Büros abschritt wie ein traumatisierter Gefängnisinsasse.

»Hör auf damit«, sagte Lammers.

Dörfner blieb am Fenster stehen und sah nach draußen. »Was soll das alles bringen? Wir wissen doch schon, wer der Tote ist.«

Lammers nahm sich die Turnschuhe vor. Zwei Streifen auf der Seite. Vermutlich eine Billigmarke vom Discounter. Das Profil war stark abgenutzt, was auf einen Träger schließen ließ, der entweder wenig Geld hatte oder keinen großen Wert auf sein Äußeres legte. »Falls die Neue recht hat«, sagte sie, ohne aufzusehen.

»Natürlich hat sie recht. Wenn jemand im letzten Augenblick seines Lebens eine Schachfigur umklammert, muss er wohl irgendeine besondere Verbindung dazu haben.«

»Vielleicht hat sie ihm jemand in die Hand gedrückt. Nach seinem Tod«, sagte Lammers.

Die nächsten Fotos zeigten die Jeans. Ebenfalls kein Markenprodukt. Am linken Knie war das Loch zu sehen, das laut Spurensicherung von einem Projektil aus einer Schusswaffe stammen könnte. Auch das rechte Hosenbein war beschädigt. Offenbar abgewetzt vom ständigen Tragen. Die Gürtelschnalle zeigte starke Korrosionsspuren. Ein einfaches rechteckiges Modell, wie man es in jedem Billigladen kaufen konnte.

»Außerdem hat sie einen Namen«, sagte Dörfner.

»Wer?«

»Die Neue.«

Allmählich ging er ihr auf die Nerven. Es war so typisch Mann. Seit er vor gut zwei Jahren aus der Drogenfahndung zu ihnen gekommen war, suchte er ihre Nähe. Und warum? Weil sie eine gute Ermittlerin war und er von ihr lernen wollte? Weil er von ihrer Persönlichkeit beeindruckt war? Bis vor Kurzem hatte sie sich das noch eingeredet, aber allmählich wurde ihr die Wahrheit klar. Es lag nur daran, dass sie die einzige Frau im Team gewesen war.

Okay, wahrscheinlich konnte er nicht anders. Und abgesehen von seinem defizitären Chromosom war er ein netter Mensch. Sie musste zugeben, dass sie sich manchmal sogar zu ihm hingezogen fühlte. Aber sobald die nächste Frau in ihrer Abteilung aufgetaucht war – jeden Morgen noch mit feuchten Haaren von der Dusche, frisch parfümiert und zurechtgemacht –, hatte er nur noch Augen für sie. Wenn die Neue den Mund aufmachte, vergaß er manchmal sogar das Kaugummikauen.

Natürlich konnte er tun und lassen, was er wollte, sie war ja nicht eifersüchtig. Aber sein Verhalten entwertete doch die Zuneigung, die er ihr entgegenbrachte. Sie hatte gedacht, sie wäre für ihn etwas Besonderes. Offenbar hatte sie sich getäuscht.

Von der Lederjacke gab es acht Fotos. Sie war noch gut erhalten, nur der Reißverschluss hatte Rost angesetzt. Am Kragen war der Waschzettel herausgeschnitten worden, sodass sich die Marke nicht sofort ermitteln ließ. Lammers sah sich die Fotos der Messingknöpfe an. Unter der Lupe konnte sie eine Gravur erkennen. Zwei miteinander verschränkte Buchstaben: GC.

»Mach dich mal nützlich«, sagte sie, »und sieh im Internet nach, was GC für eine Marke sein könnte.«

Dörfner drehte sich zu ihr um und grinste. »Nicht nötig. Giorgio Capone. Unser Toter hat Stil.«

Immerhin, wenn es um Mode ging, war Ben auf dem Laufenden. »Dann weißt du bestimmt auch, wo man in München so eine Jacke kaufen kann.«

»Das könnte schwierig werden.«

»Umso besser«, sagte Lammers, »dann find's raus.«

Eine halbe Stunde später saßen sie im Auto. Dörfner hatte nur zwei Geschäfte gefunden, die die Marke überhaupt im Angebot hatten, und mit den Inhabern telefoniert. Der Chef von Lederwaren Brumbacher beklagte sich, dass er wegen des exorbitanten Preises kein einziges Exemplar losgeworden sei, aber bei Jacke&Hose, einer Boutique ein paar Hundert Meter vom Stachus entfernt, wusste man immerhin von drei Verkäufen in den letzten Jahren. Lammers fragte sich, wieso jemand Billigkleidung vom Discounter mit einer Lederjacke im Wert von über tausend Euro kombinierte.

Der Inhaber namens Roth empfing sie persönlich. Lammers, die das Tragen von Tierhäuten aus prinzipiellen Gründen ablehnte, war schon lang nicht mehr in einem entsprechenden Geschäft gewesen. Sie hatte mit einem dunklen muffigen Laden voller Kleiderständer gerechnet, aber jetzt traten sie in einen sonnendurchfluteten Raum, in dem nur wenige Einzelstücke an Schaufensterpuppen ausgestellt waren. An den Wänden hingen große Schwarz-Weiß-Fotos von Schnittmustern. Antike Nähmaschinen standen in staubfreien Vitrinen. Das Ganze erinnerte sie eher an ein Museum als an ein Geschäft. Wahrscheinlich kam man auch nicht hierher, um sich das Leben mit Luxusartikeln zu versüßen, sondern um sich ein wenig über die Geschichte der Lederindustrie zu informieren.

Wie immer drängte sich Dörfner vor. Er klatschte seinen Ausweis auf die Theke, sodass die Glasplatte bedenklich vibrierte. Herr Roth zog kurz die buschigen Brauen hoch. Er war ein kleiner Mann Ende fünfzig mit wachen Augen in einem zerknitterten Gesicht.

»Wie kann ich den Herrschaften behilflich sein?«, fragte er.

Lammers breitete die Fotos vor ihm aus. »Können Sie diese Jacke anhand der Fotos identifizieren?«

»Eindeutig von Giorgio Capone. Lammleder. Es gibt nur ein einziges Modell, das mit Knöpfen und Reißverschluss ausgestattet ist. Sehen Sie hier, im Krageninnenfutter ist eine Kapuze eingelassen. Genau das Richtige für den Großstadtdschungel. Cognacfarben.« Seine Mundwinkel zuckten, und Lammers war sich nicht sicher, ob er sich über sie lustig machte.

»Wenn Sie den Kassenzettel noch haben, nehme ich das gute Stück gerne zurück«, sagte er.

Okay, der feine Herr erlaubte sich ein paar Scherze auf ihre Kosten. Sie hatte es kapiert. Dörfner auch.

»Ich weiß aber nicht, ob Sie den Verwesungsgestank wieder rauskriegen«, sagte ihr Kollege freundlich.

Roths Grinsen wich einem beleidigten Ausdruck. Er fuhr sich durch seine vor Haarspray steife Stirnlocke. »Ach so, die Jacke wurde bei einem Toten gefunden? Das hätten Sie doch gleich sagen können.«

»Wir wollten Sie nicht mit Einzelheiten belästigen«, sagte Lammers. »Sind die Verkäufe in Ihrer Buchhaltung dokumentiert?«

»Selbstverständlich.« Er ging zu seinem Laptop, der auf einer alten Singer-Nähmaschine in der Ecke stand. »Alles in bester Ordnung. Was ist denn genau passiert?«

Lammers sah Dörfner an. Beide schwiegen und warteten ab.

»Hier«, sagte Herr Roth nach einer Weile. »Zwei Verkäufe im letzten Herbst. Beide mit Kreditkarte bezahlt. Einer im Winter 2015. Bar. Da war die Kollektion gerade auf dem Markt. Bei den letzten beiden Jacken musste ich schon mit dem Preis runtergehen, um sie überhaupt loszuwerden.«

Im letzten Herbst lag unser Mann höchstwahrscheinlich schon im Tank, dachte Lammers. Trotzdem schrieb sie sich die Kreditkartendaten auf, um die Käufer später ausfindig machen zu können. »Und die erste Jacke? Wann genau im Winter 2015 war das?«

»Am 29. November.«

»Können Sie sich zufällig an den Käufer erinnern?«, fragte Dörfner.

Herr Roth brauchte nicht lang. »O ja. Schreckliche Menschen.« Theatralisch ließ er sich auf seinen Stuhl sinken.

»Menschen?«, fragte Lammers. »Plural?«

»Man glaubt ja gar nicht, was es für Leute gibt. Normalerweise kommt so was hier nicht rein, das regeln wir schon über den Preis.«

Lammers vermutete, dass Dörfner und sie auch zu »so was« gehörten. Wahrscheinlich gab es überhaupt nur ein paar Auserlesene, die es wert waren, in Roths prachtvollen Hallen empfangen zu werden. Aber jetzt war nicht der richtige Zeitpunkt, um sich darüber aufzuregen.

»Na dann, erzählen Sie doch mal«, sagte Dörfner unbekümmert. »Falls das nicht zu belastend ist.«

»Am meisten ist mir der Gestank in Erinnerung geblieben. Es waren zwei Männer. Völlig ungepflegt. Ich dachte erst, die wollen was klauen. Oder mich überfallen.« Er sah zu Lammers, als wollte er sich vergewissern, dass sie die Tragweite seiner Aussage begriff. Sie nickte aufmunternd.

»Der eine ist an der Tür stehen geblieben und hat sich an der Klinke festgehalten. Betrunken war der, glaube ich. Der andere hat sich umgesehen. Ich habe schon überlegt, ob ich die Polizei rufen soll, aber man konnte ihnen ja noch nichts nachweisen. Da hat der eine die Jacke gesehen. Die hing da vorne an der Puppe. Er hat sie einfach genommen und angezogen. Ich weiß noch, dass sie saß wie angegossen. Er hat nach dem Preis gefragt und bar bezahlt. Ich war wirklich froh, als sie gegangen sind.« Roth goss sich ein Glas Wasser ein und stürzte es hinunter, als könnte er so die traumatischen Erinnerungen loswerden.

»Können Sie sich noch an irgendwelche Details erinnern?«, fragte Lammers. »Körpergröße, Kleidung, Haarfarbe?«

»Nein.« Er zögerte. »Also, der eine, der die Jacke gekauft hat, muss schlank gewesen sein, sonst hätte sie ja nicht gepasst. Und an seine Hände kann ich mich erinnern. Als er bezahlt hat, habe ich mich richtig geekelt. Die Fingernägel waren abgebrochen und schmutzig.«

Bevor Lammers etwas dagegen unternehmen konnte, zog Dörfner das Foto aus der Vermisstenakte, die die Neue für sie ausgedruckt hatte, und hielt es Roth unter die Nase. Keine gute Idee, dachte sie, während Herr Roth es mit zusammengekniffenen Augen studierte.

Das Foto stammte aus einem Passbildautomaten und war ein halbes Jahr vor Jakob Hollers Verschwinden aufgenommen worden. Es zeigte einen Mann mit schmalem, glattrasiertem Gesicht. Eine eckige Brille verlieh ihm trotz seiner jugendlich weichen Züge Ernsthaftigkeit. Die blasse Haut war von den Narben einer heftigen Akne gezeichnet, das dunkle Haar etwas unregelmäßig kurzgeschoren, als hätte er es selbst mit einem Rasierer gestutzt.

Trotzdem konnte sich Lammers nicht vorstellen, dass dieser Mann stinkend und mit abgebrochenen schmutzigen Fingernägeln zum Shoppen ging. Vielleicht hatte die Neue voreilige Schlüsse gezogen. Andererseits gab es natürlich auch noch keinen Beweis, dass es sich bei dem Käufer der Jacke um den Mann handelte, der gerade auf Grumanns Stahltisch lag.

»Ich weiß nicht«, sagte Roth schließlich. »Er könnte es schon gewesen sein. Andererseits sieht er auf dem Foto so harmlos aus.«

Dörfner wirkte enttäuscht. »Was haben Sie denn gedacht? Der Mann hat ja nur eine Jacke gekauft«, sagte er.

»Ich bin wirklich nicht sicher.« Roth stand auf. »Vielleicht hat Ihr Mann seine Jacke ja auch in einer anderen Stadt gekauft. Oder im Internet bestellt. Ich möchte eigentlich nicht, dass mein Geschäft mit irgendwelchen dubiosen Machenschaften in Verbindung gebracht wird, wenn Sie verstehen, was ich meine.«

»Klar.« Umständlich packte Dörfner das Foto zurück in die Akte. »Die Leute scheinen Ihnen ja sowieso nicht gerade die Hütte einzurennen.«

»Vielen Dank für Ihre Hilfe«, sagte Lammers schnell. »Wir melden uns dann, falls wir eine offizielle Zeugenaussage brauchen.«

Sie ließen Herrn Roth in seinem Modetempel allein und gingen über den in der Mittagshitze glühenden Bürgersteig zum

Auto. Mit Fotoapparaten und Einkaufstaschen behängte Menschen kamen ihnen entgegen. In der engen Straße staute sich der Verkehr und trieb mit seinen Abgasen die Ozonwerte in die Höhe. Jemand hupte, weil die Männer von der Müllabfuhr nicht schnell genug die Tonnen von der Straße schoben. Lammers fragte sich wieder einmal, wieso die Leute bei so einem Wetter nichts Besseres zu tun hatten, als zum Einkaufen in die Innenstadt zu fahren.

»Das war keine besonders gute Idee«, sagte sie, während sie den Autoschlüssel aus der Tasche zog.

Dörfner sah sie unschuldig an. »Was meinst du?«

»Ihm das Foto zu zeigen. Wir hätten ihn aus mehreren Bildern auswählen lassen sollen. So ist seine Aussage völlig wertlos.«

»Sorry«, sagte Dörfner. »Ich war sicher, dass er ihn identifiziert.«

»Klar. Weil du beweisen wolltest, dass die Neue recht hat.«

Dörfner schob seine Sonnenbrille hoch und blinzelte sie im Gegenlicht an. »Hanna. Sie heißt Hanna. Probier es mal, ist gar nicht so schwer.«

»Leck mich doch«, sagte Lammers.

»Darf ich fahren?«, fragte Dörfner.

Sie wusste, dass er gern am Steuer saß. Besonders wenn er sie durch die Gegend kutschieren konnte. Wahrscheinlich kam er sich dabei besonders männlich vor. »Na gut«, sagte sie. »Wir haben es ja nicht eilig.«

Als sie ihm über das Dach den Autoschlüssel zuwarf, fragte sie sich, warum sie ihm eigentlich nie länger als fünf Minuten böse sein konnte.

5

»Da vorne«, sagte Bernd Stoller.

Auf einer Parkbank im Schatten der Bäume am Gollierplatz saßen zwei Männer und eine Frau. Zwei weitere Männer, die mit Bierdosen in den Händen neben ihnen standen, drehten sich zu den Neuankömmlingen um. Unter dem Einkaufswagen voller Kleidung und Pfandflaschen kam ein krummbeiniger Schäferhundmischling hervorgeschossen, um sie als Einziger freudig zu begrüßen. Seine menschlichen Begleiter wussten, dass sie mit Ärger rechnen mussten. Sie waren es gewohnt, übersehen zu werden; Aufmerksamkeit war immer ein schlechtes Zeichen.

»Der Zweite von rechts«, sagte Stoller.

Der Zweite von rechts bemerkte, wie Kant und Rademacher ihn ansahen. Er umklammerte die Griffe seiner Plastiktüte, als befürchtete er, bestohlen zu werden.

Kant blieb drei Meter vor ihm stehen und zückte seinen Ausweis. Aus den Augenwinkeln sah er, wie einer der Männer zum Einkaufswagen ging und ihn gebückt davonschob. Die Frau trank den letzten Schluck aus ihrer Dose und stand von der Bank auf. »Wir sind sozusagen gar nicht da«, sagte sie mit verwaschener Stimme.

»Sind Sie Gregor Kaminsky?«, fragte Kant.

Der Mann mit der Tüte nickte. Er kratzte sich nervös am Handrücken, während seine Begleiter ihre Sachen packten und ihn allein ließen, sobald sie bemerkt hatten, dass das Interesse nicht ihnen galt. Kaminsky stellte resigniert seine Tüte auf den Boden und lehnte sich zurück. »Geht das jetzt hier auch schon los?«, sagte er. »Irgendwo muss ich ja sitzen. Ich kann mich nicht in Luft auflösen.«

»Niemand hat was dagegen, dass Sie hier sitzen«, sagte Kant.

»Der da schon.« Kaminsky zeigte auf Bernd Stoller. »Ich habe ein gutes Gedächtnis. Der ist immer ganz vorne dabei, wenn es Platzverbote gibt.«

Als Kant und Rademacher die Akten zu sämtlichen Polizeieinsätzen auf dem Gelände der Kolorit-Werke durchforstet hatten, war ihnen der Name eines Mitarbeiters des Kreisverwaltungsreferats ins Auge gesprungen. In den letzten drei Jahren hatte Bernd Stoller viermal uniformierte Polizisten angefordert, um Anwohnerbeschwerden über das gehäufte Auftreten von Obdachlosen in der Umgebung des Fabrikgeländes nachzugehen. Die Beamten hatten die Personalien derjenigen aufgenommen, die dort übernachteten, und eine Entsorgungsfirma damit beauftragt, deren provisorische Behausungen einzureißen. Dreimal gehörte Gregor Kaminsky zu den Personen, die sich illegal auf dem Gelände aufhielten. Da der Eigentümer von einer Anzeige absah, begnügte man sich mit Verwarnungen.

Rademacher hatte beim Kreisverwaltungsreferat angerufen und mit Stoller gesprochen. Der Mann hatte sich bereit erklärt, sich sofort mit ihnen zu treffen. Er selbst konnte sich weder an den blauen Chemikalientank erinnern, noch hatte er sonst etwas Hilfreiches beobachtet, aber da er sich in der Obdachlosenszene gut auskannte, war er zuversichtlich gewesen, Kaminsky zu finden. Also hatten sie im Laufe des Nachmittags zu dritt eine kleine Stadtrundfahrt absolviert. Sie waren unter der Sendlinger Brücke, am Goetheplatz und auf der Parkharfe am

Olympiastadion gewesen, wo die Weltstadt mit Herz sich von ihrer anderen Seite präsentierte.

»Wir brauchen Ihre Hilfe«, sagte Kant.

»Das ist ja mal was ganz Neues.« Gregor Kaminsky sah von Kant zu Rademacher und schließlich zu Stoller. Er nahm die schwarze Strickmütze ab, die er trotz der Hitze getragen hatte, und knetete sie zwischen den Händen. Sein Haar war kurzgeschoren und ging ihm in der Mitte schon aus, obwohl er kaum älter als dreißig sein konnte. Er trug eine saubere Jeans und ein kariertes Hemd. Mit einer Aktentasche unter dem Arm hätte er sich bei der Post als Schalterbeamter bewerben können. Vorausgesetzt, er hätte sich vorher irgendwo ein Paar Schuhe besorgt.

Er deutete mit seinem spitzen Kinn auf Stoller. »Mit dem da rede ich nicht.«

»Jetzt entspannen Sie sich mal«, sagte Stoller. »Das ist doch nichts Persönliches. Glauben Sie, mir macht das Spaß? Ich mache meinen Job wie jeder andere auch.«

Kaminsky kniff die Lippen zusammen und schwieg.

Kant drehte sich zu Stoller um. »Also dann, vielen Dank für Ihre Unterstützung. Ich glaube, wir kommen jetzt alleine klar.«

Stoller wirkte enttäuscht. Wahrscheinlich hatte er sich von der Zusammenarbeit mit der Kripo einen aufregenden Tag versprochen. Kant war froh, als er mit den Schultern zuckte und zu seinem Dienstwagen trottete. Die Leute vom KVR waren in der Stadt ungefähr so beliebt wie Politessen und Finanzbeamte. Man rief sie nur, wenn es um den Nachbarn ging. Und sie brachten die Leute nicht unbedingt dazu, einem das Herz auszuschütten.

Kaminsky fehlte ein Schneidezahn, aber das machte sein Grinsen nicht weniger fröhlich. »Da sieht er mal, wie sich das anfühlt. Ein Platzverweis, meine ich.«

Ächzend ließ sich Rademacher neben ihm auf die Bank sinken. Der Hund sprang hoch, setzte sich zwischen ihn und Kaminsky und legte den Kopf auf den Schoß seines Herrchens. »Können wir jetzt langsam mal zur Sache kommen?«, fragte Rademacher.

Kant erklärte Kaminsky, weswegen sie hier waren, während er im Stehen eine Zigarette drehte. »Wie lange leben Sie schon auf der Straße?«, fragte er schließlich.

»Seit ich sechzehn bin«, sagte Kaminsky. »Da wurde es zu eng in unserer Zweizimmer-Luxuswohnung. Der neue Freund von meiner Mutter brauchte Platz für seine Modelleisenbahn.«

»Und wann haben Sie angefangen, auf dem Gelände der Kolorit-Werke zu übernachten?«, fragte Rademacher.

Kaminsky dachte kurz nach. »Das muss vor drei Jahren im Sommer gewesen sein. Da wurde es mir an der Isar zu voll. EU-Osterweiterung. Die Ausländer nehmen uns die Schlafplätze weg, oder wie heißt das noch mal?« Wieder zeigte er sein ansteckendes Grinsen. »Die Fabrik war ja schon ewig stillgelegt. Ein paar Monate hatte ich es da richtig gemütlich. Im Verwaltungsgebäude gab es sogar noch Teppichboden.«

Kant hielt ihm die fertig gedrehte Zigarette hin, aber da Kaminsky den Kopf schüttelte, steckte er sie sich in die Hosentasche. »Wie viele Leute haben denn durchschnittlich da übernachtet?«

»Weiß ich nicht. Fünf oder zehn vielleicht. Wir sind ja keine Familie, die abends zusammen vor dem Fernseher sitzt. Eigentlich gibt es gar kein Wir. Keinen Zusammenhalt. Deswegen nennt man uns auch Asoziale.«

»Die Zeiten sind zum Glück vorbei«, sagte Kant.

»Kennen Sie den blauen Tank?«, fragte Rademacher. »Wo man so eine Metalltreppe hochgehen muss?«

»Kann sein, dass ich den schon mal gesehen habe. Ja, ich glaub, ich weiß, was Sie meinen. Was ist damit?«

»Hat da manchmal jemand drin übernachtet?«

Kaminsky wirkte erstaunt. »Kann ich mir nicht vorstellen. Würden Sie in so einer Blechbüchse schlafen wollen?«

»Ich passe nicht mal durch die Luke«, sagte Rademacher. »Aber vielleicht haben Sie ja bei Gelegenheit einen Blick reingeworfen. Nur so aus Neugier.«

»Wenn ich neugierig bin, gucke ich nach, ob von gestern noch was zu trinken übrig ist. Apropos.« Er kramte in seiner Tüte und zog eine Dose Karlskrone heraus. »Stört Sie doch nicht, oder?«

Kant schüttelte den Kopf. Er wartete, bis Kaminsky die Dose geknackt und den Schaum vom Deckel geschlürft hatte. »Aber die Polizei hat Sie von dem Gelände vertrieben?«

»Später, ja.«

»Und vorher?«

»Die waren nicht von der Polizei.«

Er trank einen Schluck und schloss einen Moment lang die Augen. Kant war sich nicht sicher, ob er sich zu erinnern versuchte oder nur das Bier genoss.

»Jedenfalls hatten die keine Uniform an«, fuhr Kaminsky fort. »Das waren zwei Männer mit Knüppeln. Die sind im Morgengrauen gekommen. Ich wurde mit einem Tritt geweckt, aber ich will mich nicht beschweren. Da war ein Kollege aus Rumänien, den haben sie richtig rangenommen. Dann haben sie ein Feuer angezündet und alles verbrannt, was sie gefunden haben. Matratzen, Klamotten, Planen, Decken. Hat ganz schön gequalmt. Die haben uns klargemacht, dass wir besser nicht mehr wiederkommen.«

Das klang nach angeheuerten Schlägern, überlegte Kant. Oder nach einem privaten Sicherheitsdienst, der seine Kompetenzen überschritten hatte. Hatte Konstantin Mahler ihm etwas vorgespielt und in Wirklichkeit versucht, die Obdachlosen zu vertreiben? Oder wer könnte sie sonst beauftragt haben?

»Können Sie die Männer beschreiben?«, fragte Rademacher.

»Nee, die hatten ja Masken auf. Ich weiß nur noch, dass der eine mittelgroß und kräftig war und der andere eher so ein langer Dünner.« Kaminsky kraulte seinen Hund hinter den Ohren. »Nachdem sie uns zum Tor rausgejagt haben, bin ich noch mal zurückgekommen. Um meinen Schlafsack zu retten. Aber der lag schon im Feuer. Daneben stand der Lange und hat gemütlich eine Zigarette geraucht. Ohne Maske.«

»Würden Sie den Mann wiedererkennen?«

»Ich weiß nicht. Ich habe ihn nur von Weitem gesehen.«

»Wissen Sie noch, wann das passiert ist?«

»Das muss im Herbst gewesen sein, vor knapp drei Jahren. Auf jeden Fall wurde es nachts schon frisch. Deswegen musste ich mir einen neuen Schlafsack besorgen«, sagte Kaminsky mit einem Achselzucken, als hätte er gerade festgestellt, dass ihm die Nespresso-Kapseln ausgegangen waren.

Kant bewunderte ihn für seine Gelassenheit. Dafür, dass er sein halbes Leben auf der Straße verbrachte hatte, schien er zumindest geistig in einem guten Zustand zu sein. Seine Aussage war klar und stringent; es gab keinen Grund, an ihrem Wahrheitsgehalt zu zweifeln. Womöglich hatte der Bauleiter recht gehabt, und bei ihrem Toten handelte es sich tatsächlich um einen Obdachlosen. Vielleicht waren die beiden Schläger übermotiviert gewesen oder hatten den geschwächten Zustand vieler Obdachloser nicht einberechnet und versehentlich einen von ihnen getötet. Um ihr Verbrechen zu vertuschen, hatten sie dann die Leiche in dem Tank versteckt. Das klang logisch, wenn da die Sache mit der Schachfigur nicht gewesen wäre.

»Was ist aus Ihrem rumänischen Kollegen geworden?«, fragte Kant.

»Der hatte ein paar gebrochene Rippen, glaub ich. Soweit ich weiß, ist er nicht mehr in der Stadt.«

»Wissen Sie vielleicht von irgendwelchen Obdachlosen, die in den letzten Jahren verschwunden sind?«, erkundigte sich Rademacher.

»Soll das ein Witz sein?« Kaminsky räusperte sich und spuckte zwischen seinen Beinen auf den Boden. »Jeden Tag verschwindet einer, und ein neuer taucht dafür auf.«

Kant zog das Foto von Jakob Holler aus der Tasche.

»Haben Sie diesen Mann schon mal gesehen?«

Kaminsky kniff die Augen zusammen. »Nein.«

»Sind Sie sicher?«

»Zu neunundneunzig Prozent. Ist das der Tote?«

»Wir wissen es nicht genau«, musste Kant zugeben. »Nachdem Sie von dem Gelände vertrieben wurden, was haben Sie da gemacht?«

»Ich bin wieder an die alten Plätze gegangen. Ein paar Tage konnte ich bei einem Bekannten übernachten.«

»Warum gehen Sie nicht in eine Unterkunft?«, fragte Rademacher.

»Die nehmen keine Hunde.«

»Aber irgendwann sind Sie auf das Fabrikgelände zurückgekehrt«, sagte Kant. »Obwohl Sie von den Männern mit den Knüppeln bedroht wurden. Die Polizei hat dort dreimal Ihre Personalien aufgenommen. Sind die beiden Schläger noch mal aufgetaucht?«

»Nein«, sagte Kaminsky. »Manchmal kam die Polizei, aber sonst war alles ruhig. Erst die Abrissbirne hat uns endgültig vertrieben.«

»Danke.« Kant reichte ihm seine Karte. »Falls Ihnen noch was einfällt.«

»Wie wär's mit einem kleinen Obolus?«, fragte Kaminsky. Der Hund hob den Kopf und sah Kant mit seinen braunen Augen erwartungsvoll an.

»Wir bezahlen grundsätzlich kein Geld für Zeugenaussagen«, sagte Rademacher, während er sich mühsam von der Bank hievte.

»Andererseits«, meinte Kant, »hat Ihr Hund ja nichts mit der Sache zu tun.« Er kramte einen Zwanziger aus dem Portemonnaie. »Vielleicht hat er Hunger auf ein Stück Leberpastete.«

»Das könnte schon sein.« Kaminsky strich dem Hund über den Kopf. »Und weil wir so gute Freunde sind, gibt er mir vielleicht ein Stück ab.«

6

Während sie in dem Vorraum auf einem an der Wand befestigten Plastikstuhl herumrutschte und auf Staatsanwalt Oldenburg wartete, fragte sie sich, warum sie sich das angetan hatte. Sie hätte jetzt im Büro sitzen, Kaffee aus ihrem Marienkäferbecher trinken und Informationen zum Fall sammeln können, die in die eindeutigen Kategorien von Einsen und Nullen zerlegt worden waren und durch den beruhigenden Filter des Computersystems wiedergegeben wurden. Schließlich entsprach das ihrer Stellenbeschreibung: Unterstützung der Mordkommission bei der Beschaffung von Informationen mittels EDV. Hin und wieder ließ es sich nicht vermeiden, zum Telefon zu greifen, okay. Aber niemand konnte sie zwingen, das Präsidium zu verlassen, wo sie sich einigermaßen geborgen fühlte, und sich unter unberechenbare Fremde zu begeben.

Sie sah auf ihr Handy. Es war genau 15:10 Uhr. In diesem Augenblick sollte die Obduktion beginnen. Hinter der Tür aus gebürstetem Stahl hörte sie Geräusche. Rollen, die über den Fliesenboden glitten. Metallisches Klirren. Schubladen, die geöffnet und geschlossen wurden. Aber wo blieb Oldenburg? Hatte sie etwas falsch verstanden? Oder kam man bei Obduktionen grundsätzlich eine Viertelstunde später, wie bei manchen Seminaren an der Uni, und sie war wieder einmal die Einzige, die nichts davon wusste? Hör auf, den Fehler bei dir selbst zu suchen, sagte sie sich.

Sie mochte keine Abweichungen vom Plan. Schon als Kind hatte sie Überraschungen gehasst. Guck mal, wen ich mitgebracht habe. Hol schnell deinen Bikini, wir gehen schwimmen. Morgen ziehen wir in eine neue Wohnung. Vielleicht lag es daran, dass ihre Mutter, die als Violinistin in verschiedenen Orchestern gespielt hatte, sich nie auf irgendetwas hatte festlegen wollen. Zwanghafte Spontaneität, so hätte man das Krankheitsbild nennen können.

Hannas Leben war der Gegenentwurf dazu. Sie stand jeden Morgen um sieben Uhr auf, duschte, aß eine Schüssel Cornflakes zum Frühstück und fuhr mit ihrem Fiat 500 auf dem immer gleichen Weg zur Arbeit. Dort trank sie Kaffee aus ihrem geliebten Becher, dessen Rand schon gesprungen war. Nach der Arbeit kaufte sie einmal in der Woche auf dem Rückweg bei REWE ein. Und wenn sie nach Hause kam, duschte sie noch einmal, bevor sie sich ihren blauen Jogginganzug anzog, von dem sie vorausschauend gleich zwei Exemplare gekauft hatte. Ihr Hautarzt hatte sie darauf hingewiesen, dass man es mit der Körperhygiene auch übertreiben könne, aber ein bisschen trockene Haut nahm sie gern in Kauf, wenn sie sich dafür sicher sein konnte, niemanden mit ihrem Körpergeruch zu belästigen. Da sie fast jeden Abend allein zu Hause verbrachte und Sudokus löste oder Naturdokus im Fernsehen ansah, war die Gefahr allerdings nicht besonders groß. Solange nichts Unvorhergesehenes geschah. Ding dong, hallo Nachbarin, kann ich kurz reinkommen? Schon bei der Vorstellung schüttelte sie sich.

Aber insgesamt konnte man sagen, alles lief blendend. Nachdem sie das Bewerbungsgespräch überstanden hatte, gewöhnte sie sich verhältnismäßig schnell an die neuen Kollegen und unbekannten Räumlichkeiten. Sie verdiente ihr eigenes Geld, hatte ihre eigene hübsche kleine Wohnung und war nicht mehr von ihrer Mutter abhängig. Die Arbeit machte ihr sogar Spaß. Vielleicht hatte sie deshalb bei der Teambesprechung der Übermut gepackt. Und Kants Lob hatte eine Art Selbstverarschungsmechanismus bei ihr ausgelöst. Um nicht zu geschmeichelt zu wirken, hatte sie gar kein Gefühl gezeigt. Dann wiederum war ihr die eigene Reaktion zu kühl vorgekommen, was sie kompensierte, indem sie sich freiwillig für die Obduktion meldete. Wenn man in dem Fall noch von freiem Willen sprechen konnte. Vielleicht steckte auch etwas anderes dahinter, etwas wesentlich Beunruhigenderes als bloße Gefallsucht. Was, wenn ihr Unterbewusstsein eine Revolution plante? Was, wenn es nach Veränderung strebte?

Sie sollte nicht ständig auf die Uhr sehen. Seit dem letzten Mal waren gerade zwei Minuten vergangen. Oldenburg würde schon kommen. Aber jetzt fing auch noch die Neonröhre an der Decke zu flackern an. Sie durfte gar nicht erst anfangen, darüber nachzudenken.

Verstohlen sah sie sich um. Hier gab es doch keine Kameras oder durchsichtigen Spiegel wie im Vernehmungszimmer? Sie schob eine Hand in ihre Bluse, tippte mit der Fingerspitze in die linke Achselhöhle und prüfte den Geruch. Ein kaum wahrnehmbarer süßlicher Duft. Sie wusste, dass ihr Geruchssinn außergewöhnlich ausgeprägt war und sich niemand an ihrem Körpergeruch störte, trotzdem nahm sie ihr Deo aus der Handtasche und arbeitete ein wenig nach.

Die Neonröhre flackerte. Sie sah auf die Uhr. 15:15 Uhr. Vielleicht sollte sie Oldenburg anrufen. Oder einfach gehen. Selbst schuld, wenn er nicht kam. Sie beschloss, ihm noch fünf Minuten zu geben, bevor sie etwas unternahm.

Allmählich wurde das Flackern der Neonröhre unerträglich. Sie stand auf, streifte ihre Sandalen ab und stieg auf den Stuhl.

Mit ausgestreckten Armen versuchte sie, die Röhre zu erreichen, aber durch die schmalen Schlitze in dem Plastikgitter bekam sie das Ding nicht richtig zu fassen. Sie wusste, dass sie die Röhre nur ein Stück drehen musste, um sie auszuschalten, es war schließlich nicht das erste Mal. Als sie fester zupackte, löste sich das Gitter aus der Verankerung. Sie fing es mit der freien Hand auf, bevor es auf den Boden knallen konnte. Leider riss sie durch die ungestüme Bewegung auch die Lampe aus dem Sockel, und so stand sie mit dem Gitter und der Röhre in der Hand barfuß auf dem Stuhl, als die Tür zum Flur aufging.

»Frau Weiß«, sagte der Staatsanwalt. »Kann ich Ihnen irgendwie behilflich sein?«

Es war der Super-GAU. Einen Moment lang stellte sie sich tot, in der irrwitzigen Hoffnung, Oldenburg würde das Interesse an ihr verlieren und einfach weitergehen. Aber Oldenburg tat, als wäre es das Normalste der Welt, dass eine Assistentin aus der Abteilung für Gewaltdelikte barfuß die Beleuchtung im rechtsmedizinischen Institut reparierte. Oder kaputt machte. Er grinste nicht, er gab keinen blöden Spruch zum Besten, und er versuchte nicht, die Situation mit Ironie oder Sarkasmus zu überspielen. Ohne zu zögern, nahm er ihr die Neonröhre und das Plastikgitter ab, lehnte beides in der Ecke an die Wand und wartete, bis sie ihre Sandalen wieder angezogen hatte.

»Ich sage nachher der Haustechnik Bescheid.«

Er roch nach Zigarettenrauch und den Lakritzpastillen, mit denen er seine schlechte Angewohnheit zu verbergen versuchte. Schwungvoll riss er die Tür zum Obduktionsraum auf und ließ ihr den Vortritt. Als eine Welle von neuen Gerüchen über sie hinwegschwappte – Desinfektionsmittel, Blut, Kot und irgendwo darunter das klare, solide Aroma von Metall – und es endlich losging, war das Schlimmste vorbei. Die Angst vor der Angst.

Grumann und sein Assistent hatten die unidentifizierte Leiche bereits auf dem Stahltisch platziert. Hanna betrachtete die dünnen Beine, den aufgequollenen Bauch, die dunkle Gesichtshaut, die unter den extrastarken Röhren an der Decke fettig glänzte. Sie musste sich in Erinnerung rufen, dass das, was vor ihr lag, nur ein Haufen Moleküle war, die sich für ein paar Jahre zu einer halbwegs stabilen Struktur zusammengeballt hatten.

Hanna hatte keine Angst vor Toten. Es waren die Lebenden, die ihr Schweißausbrüche bereiteten.

Oldenburg dirigierte sie in den hinteren Teil des Raums, wo sie sich an die gekachelte Wand stellten, während Grumann das Aufnahmegerät einschaltete und mit seiner nasalen Stimme zu reden begann. »Obduktion des unidentifizierten Leichnams Nummer 3/18. Männlich, schmal gebaut, Körpergröße über ein Meter achtzig. Vollständig bekleidet.«

Grumann wandte sich zu Oldenburg um. »Es handelt sich um eine sogenannte Wachsleiche. Durch den Sauerstoffmangel in dem Tank kam der Fäulnisprozess vermutlich nach einigen Monaten zum Stillstand. Die Körperfette werden dann zu einer wachsähnlichen Schicht umgewandelt. Deshalb die glänzende Haut. Insekten und so weiter gab es ja in dem Tank auch nicht. Der Mann sieht also frischer aus, als er ist.«

Er vermaß Arme und Beine. Mit Hilfe seines Assistenten entkleidete er den Leichnam. Einige Stofffetzen blieben an der Haut hängen. Er zupfte sie mit einer Pinzette ab und füllte sie in Plastiktüten. Mit einer Lupe begutachtete er das Gebiss. »Guter Zahnzustand, geringe Abnutzungserscheinungen. Alter vermutlich zwischen zwanzig und dreißig.«

Hanna schaltete ab, als er in seinem monotonen Singsang den Zahnstatus in allen Einzelheiten beschrieb. Sie erinnerte sich, wie sie als Kind mit ihrer Mutter beim Zahnarzt gewesen war – ein spontaner Besuch, natürlich – und gedacht hatte, sämtliche Zähne müssten ihr gezogen werden, weil der schlecht gelaunte Mann über ihr irgendwelche Zahlen vor sich hin murmelte. Seitdem löste jeder Zahnarzttermin bei ihre eine kleine Lebenskrise aus.

Erst als Grumann sich an dem Leichnam weiter nach unten arbeitete und das Kniegelenk betrachtete, hörte sie wieder zu.

»Ich entnehme den Akten, dass die Kollegen von der Spurensicherung hier eine Eintrittswunde gefunden haben.« Grumann sah an ihr vorbei zu Oldenburg, als wäre sie gar nicht da. Ihr sollte es recht sein.

Oldenburg nickte, aber Grumann hatte sich schon wieder abgewandt. Hanna kniff kurz die Augen zu, als er mit einer Zange in die Wundöffnung eindrang. »Aha«, sagte er. »Wen haben wir denn da?«

Er betrachte das Projektil unter der Lampe, bevor er es in eine Plastiktüte verpackte. »Das Geschoss hat offenbar die Patella durchschlagen und ist oberhalb des Schienbeinknochens steckengeblieben. Dem ersten Anschein nach würde ich vermuten, dass der Schuss von schräg oben in einem Winkel von etwa fünfundvierzig Grad ausgeführt wurde.«

Grumann trat einen Schritt zur Seite und zeigte auf den Brustkorb der Leiche. »Was den Kollegen von der Spurensicherung entgangen ist, ist die Verletzung, die von der Lederjacke verdeckt wurde. Zwischen der dritten und der vierten Rippe links befindet sich ebenfalls eine Eintrittswunde. Offenbar eine weitere Schussverletzung.«

Mit Hilfe seines Assistenten drehte er die Leiche auf den Bauch. Er zeigte auf eine kraterförmige Vertiefung im Fleisch. »Das Projektil ist allerdings wieder ausgetreten.«

»Könnte das die Todesursache gewesen sein?«, fragte Oldenburg.

»Ein Durchschuss an dieser Stelle würde aller Wahrscheinlichkeit nach zum Tode führen. Aber Genaueres kann ich erst nach der Leichenöffnung sagen.«

Oldenburg sah Hanna an. »Gehen wir«, sagte er. »Oder wollen Sie zusehen, wie er die Gedärme abwiegt?«

»Nicht unbedingt.«

»Ich schicke Ihnen dann den Bericht.« Grumann ging zu dem Tisch, auf dem seine Instrumente lagen.

»Augenblick«, sagte Hanna und erschrak, als ihre Stimme überraschend laut von den gekachelten Wänden widerhallte. Sie unterdrückte den Impuls, die Hand vor den Mund zu halten.

Grumann drehte sich um. »Ja?«

»Können Sie den Todeszeitpunkt eingrenzen? Ich meine, unter dem Aspekt, dass die Leiche in einem geschlossenen Tank lag.«

Er wirkte erstaunt, dass die junge Frau in seinem Obduktionssaal in ganzen Sätzen sprechen konnte. »Das steht dann auch in dem Bericht«, sagte er mürrisch, aber dann überlegte er es sich anders. »Wenn Sie mich später nicht darauf festnageln: zwei bis fünf Jahre.«

»Danke.«

Hanna folgte dem Staatsanwalt in den Innenhof, wo er sein Auto geparkt hatte. Die Nachmittagssonne traf sie wie ein Hammerschlag. Sie spürte, wie alles feucht und klebrig wurde. Kurz wünschte sie sich in den kühlen Obduktionssaal zurück.

»War das Ihr erstes Mal?«, fragte Oldenburg, während er den Autoschlüssel aus der Sakkotasche kramte.

»Ja.«

»Glückwunsch. Ich habe mir damals die Seele aus dem Leib gekotzt.« Er drückte auf den Knopf, und die Blinker seiner Audi-Limousine leuchteten zur Begrüßung auf. »Kann ich Sie ein Stück mitnehmen?«

»Ich habe schon ein eigenes Auto.«

Oldenburg sah sie irritiert an. Dann lächelte er. »Tut mir leid, so war das nicht gemeint. Also dann, einen schönen Tag noch.«

Hanna sah ihm nach, während er zur Schranke fuhr und seinen Ausweis vor das Lesegerät hielt. Ihre Hand zuckte Richtung Achselhöhle, aber sie hielt sie zurück.

»Ihnen auch einen schönen Tag«, rief sie ihm, von plötzlicher Fröhlichkeit erfüllt, nach.

7

Kant hatte vorgeschlagen, sich beim Italiener ein spätes Mittagessen zu gönnen, bevor sie zurück ins Präsidium fuhren. Er hatte das Gefühl, Rademacher könne eine kleine Aufmunterung gebrauchen. Aber als sie im Schatten der Kastanien auf der Terrasse saßen und sein Kollege lustlos ein Glas stilles Wasser und einen gemischten Salat bestellte, begann er sich ernsthaft Sorgen um ihn zu machen. War er etwa krank? Kant konnte sich nicht an einen einzigen Tag erinnern, an dem Rademacher aus gesundheitlichen Gründen gefehlt hatte. Oder hatte er Probleme mit Mareike? Liebeskummer schlug ja bekanntlich auf den Magen. Er hatte nicht vor, das Thema anzusprechen.

»Wir sollten noch mal mit Mahler reden«, sagte er stattdessen. »Der muss doch wissen, wer die Schläger auf das Gelände geschickt hat, wenn er es nicht selbst war.«

»Ja.« Rademacher stützte die Ellenbogen auf das wacklige Holztischchen und legte das Kinn in die Hände. »Das könnte man machen.«

Der Kellner brachte ihre Teller, und sie aßen schweigend. Danach bestellte Kant einen Espresso. Er drehte sich eine weitere Zigarette für die Schreibtischschublade, aber dann kam er sich plötzlich albern vor und beschloss, dass er genauso gut gleich wieder anfangen konnte. Er ließ sich vom Kellner Streichhölzer bringen und zündete die Zigarette an. Während er rauchte, starrte Rademacher mit unbewegter Miene in die Ferne. »Willst du einen Nachtisch?«, fragte Kant. »Ich zahle.«

Rademacher schüttelte den Kopf.

»Fahrt ihr eigentlich diesen Sommer nicht nach Holland?«

»Mal sehen.«

Jetzt hielt Kant es nicht länger aus. »Was ist eigentlich los mit dir?«

»Nichts«, sagte Rademacher. »Ich kann bloß die Hitze nicht gut vertragen.«

»Ja, man hat das Gefühl, die Sommer werden von Jahr zu Jahr heißer.«

»Jetzt fang du nicht auch noch damit an.«

»Wieso?«, fragte Kant.

»Ich hab langsam die Schnauze voll vom Klimawandel. Man schwitzt nicht nur wie ein Schwein, man muss auch noch andauernd darüber reden.«

»Ach so.« Kant hatte das Gefühl, einen wunden Punkt getroffen zu haben. »Nerven dich deine Kinder damit?«

Rademacher winkte ab. »Lass uns zurück ins Präsidium fahren.«

Kant bestellte die Rechnung. Sein Handy summte. Eine E-Mail von Hanna Weiß. Als er sie öffnete, hatte er ein schlechtes Gewissen, weil er sie zur Obduktion hatte gehen lassen. Wer wusste schon, was es bei einem sensiblen Menschen anrichten konnte, wenn er mitansehen musste, wie Grumann eine halb verweste Leiche zerpflückte? Aber ihr Tonfall gab keinen Anlass zur Sorge.

Hallo, Chef. Körperliche Merkmale könnten auf Jakob Holler passen. Alter und Todeszeitpunkt ebenfalls. Im Warteraum muss eine Neonröhre ausgetauscht werden. Genauer Bericht folgt. Hanna.

Kant dachte kurz nach. »Ich habe es mir anders überlegt«, sagte er. »Lass uns bei den Eltern des vermissten Schachspielers vorbeifahren.«

»Von mir aus.« Rademacher stand auf. »Wenn du meinst, dass die mehr wissen, als in der Vermisstenakte steht.«

»Zumindest können sie uns sagen, zu welchem Zahnarzt ihr Sohn gegangen ist.«

Sobald Rademacher sich hinter das Lenkrad gezwängt hatte, drehte er die Klimaanlage bis zum Anschlag auf. »Willst du auf dem Mittleren Ring im Stau stehen oder woanders?«, fragte er. Es klang nicht, als erwarte er eine Antwort, also zuckte Kant nur mit den Schultern und überließ ihm die Entscheidung.

So schlängelten sie sich über die verstopften Nebenstraßen nach Sendling, wo die Familie Holler in einer Siedlung mit Blick auf die Schallschutzmauer der Autobahn wohnte. Zwischen den grauen Fassaden langgestreckter Wohnblöcke gab es immer wieder Einfamilienhäuser mit schmalen Vorgärten und Nestern von Antennen auf den Dächern.

Das Haus, das sie suchten, stand zwischen einem kleinen Getränkemarkt und einem flachen Neubau. Eine hohe Hecke verbarg es vor neugierigen Blicken. Sie parkten davor, und Kant ging zum Gartentor und klingelte. Nach einer Weile schleppte sich ein übergewichtiger blasser Mann über den von der Sonne verdorrten Rasen. Sein weißes Unterhemd war durchgeschwitzt und das lockige Haar verfilzt. Er sah sie misstrauisch an.

Kant zeigte seinen Ausweis und stellte sich vor. »Wegen Jakob?«, fragte Herr Holler. »Oder wegen Stefan?«

»Wer ist Stefan?«

»Der Bruder. Also wegen Jakob.«

Herr Holler öffnete das Tor. Die rostigen Angeln quietschten, als würden sie nur selten benutzt.

»Entschuldigung.« Holler strich sich durchs Haar und rückte seine zeltartige Jeans zurecht. »Ich muss eingeschlafen sein. Das Fernsehprogramm ist auch nicht mehr, was es mal war.«

»Nein«, erwiderte Kant. »Ich entschuldige mich, dass wir Sie so überfallen. Wir hätten vorher anrufen sollen.«

Holler winkte ab. »Gehen wir auf die Terrasse. Drinnen ist es wie im Backofen.«

Er führte sie durch den schmalen Gang zwischen der Garage und der mit grauen Schindeln verkleideten Hauswand. Dunkle Vorhänge verdeckten das einzige Fenster auf dieser Seite, aber Kant konnte einen Blick durch den Schlitz werfen. Er sah ein Wohnzimmer mit schweren Ledersesseln und Bauernschränken. Aus dem Fernseher drangen die schrillen Stimmen von Laienschauspielern im Gerichtssaal. Zeitschriften bedeckten den Teppichboden. Auf dem Couchtisch stapelte sich schmutziges Geschirr.

Hinter dem Haus stiegen sie drei wacklige Holzstufen zur Terrasse hinauf, wo sich Vogeldreck und trockenes Laub angesammelt hatten. Sie setzten sich an den ovalen Plastiktisch. Mit einem Geschirrtuch versuchte Herr Holler halbherzig, den Film aus Ruß und Reifenabrieb abzuwischen, der von der Autobahn herüberwehte und auf allen Oberflächen klebte.

»Ist Ihre Frau nicht zu Hause?«, fragte Rademacher.

Herr Holler drehte langsam den Kopf und sah ihn an. Die winzigen Augen glitzerten in seinem aufgequollenen Gesicht wie Steine am Grund eines Sees. »Luise ist gestorben. Vor zwei Jahren. Lungenkrebs.«

»Das tut mir leid«, sagte Rademacher.

Kant sah sich im Garten um. Auf der linken Seite überwucherte ein Brombeerstrauch die bleichen Balken eines Spielgerüsts mit Schaukel und Rutsche. Die Beete an der Hauswand waren leer und vertrocknet. Weiter unten im Garten stand eine Laube, auf deren Kamin sich ein Spatzenpaar eingenistet hatte. Die Fensterläden waren geschlossen.

»Wollen Sie mir nicht sagen, warum Sie gekommen sind?« Herr Holler sah auf seine fleischigen Hände, die still vor ihm auf dem Tisch lagen wie etwas, das nicht zu ihm gehörte. »Haben Sie ihn gefunden? Er ist auch tot, oder?«

»Wir wissen es nicht«, sagte Kant. »Wir haben eine unbekannte Leiche, die wir identifizieren müssen. Es gibt Hinweise, dass es sich dabei um Jakob handeln könnte.«

»Welche Hinweise?«, fragte Holler leise.

»Das kann ich Ihnen leider nicht sagen.«

»Wissen Sie, wie er gestorben ist?«

»Wir stehen noch ganz am Anfang der Ermittlungen«, sagte Rademacher. »Zuerst müssen wir die Identität feststellen.«

Kant zog sein Handy aus der Hemdtasche und zeigte Holler das Foto der Lederjacke, das Lammers aus dem Internet kopiert hatte. »Hat Ihr Sohn so eine Jacke besessen?«

»Genau genommen ist Jakob nicht mein Sohn«, sagte Holler. »Ich bin nur der Stiefvater. Jakob war schon vier, als ich Luise kennengelernt habe. Aber der Stefan, der ist von mir.«

»Und die Jacke?«, fragte Rademacher überraschend sanft.

»Die kenne ich nicht.« Er betrachtete sie ein zweites Mal. »Jakob hat keinen großen Wert auf Kleidung gelegt. Die sieht teuer aus. Extravagant. Passt überhaupt nicht zu ihm. Aber natürlich kenne ich nicht alle seine Klamotten.«

»Als Jakob verschwunden ist«, sagte Rademacher, »da hat er doch noch hier gewohnt, oder?«

Holler nickte. »Da unten. In dem Gartenhaus.«

»Wäre Ihnen die Jacke dann nicht aufgefallen? Ich meine, Sie haben ja selbst gesagt, dass es ein extravagantes Stück ist.«

»Ich weiß nicht. Wahrscheinlich. Andererseits habe ich ihn zum Schluss auch nicht so oft gesehen. Er hatte sich ziemlich zurückgezogen. Und damals musste ich ja noch arbeiten. Oder konnte.« Er klopfte sich auf den unteren Rücken. »Alles kaputt hier. Ich bin seit eineinhalb Jahren in Frührente. Habe ich mir irgendwie anders vorgestellt.« Er zog kurz die Mundwinkel hoch, aber es gelang ihm nicht, die Bitterkeit aus seiner Miene zu vertreiben.

Kant konnte seine Frustration verstehen. Er hatte seine Frau, seine Arbeit und seinen Stiefsohn verloren, und jetzt saß er hier in dem Haus mit Blick auf die Schallschutzmauer, während die Uhr mitleidslos tickte.

»Wissen Sie, zu welchem Zahnarzt Jakob gegangen ist«, fragte Rademacher. »Durch einen Gebissvergleich könnten wir uns Gewissheit verschaffen.«

Herr Holler schüttelte langsam den Kopf. »Kein Zahnarzt, soweit ich weiß. Er hatte immer gute Zähne. Und er war nicht der Typ, der freiwillig zum Arzt geht.«

»Kann ich verstehen«, murmelte Rademacher.

»Erzählen Sie doch mal von dem Tag, an dem Sie Jakob zuletzt gesehen haben«, bat Kant.

»Das war der 30. November 2015. Ich hatte Frühschicht. Da bin ich immer um Viertel nach sechs losgefahren. Ich war Triebwerksmechaniker. Bei MTU.« In seiner Stimme schwang eine Spur von Stolz mit. Er lehnte sich zurück und verschränkte die Hände über seinem gewaltigen Bauch. Mit einem Mal wirkte er selbstbewusster, und Kant konnte sich vorstellen, dass er früher ein lebensfroher, vielleicht sogar attraktiver Mann gewesen war.

»Sind Sie schon mal mit einem Airbus A320 geflogen? Dann können Sie mir dankbar sein, dass ich alle Schrauben richtig angezogen habe.« Er stieß eine Mischung aus Schnauben und Lachen aus, bevor er fortfuhr. »Jedenfalls hat im Gartenhaus Licht gebrannt, als ich zum Auto gegangen bin. Im ersten Moment dachte ich, der Jakob wäre zur Abwechslung mal früh aufgestanden. Wir hatten ihm ja schon tausendmal gesagt, dass er sich auf die Hinterbeine stellen muss. Sich Arbeit suchen. Irgendwas machen. Nicht nur vor seinem Computer sitzen. Aber dann wurde mir klar, dass er wahrscheinlich die ganze Nacht wach gewesen war.«

Er sah zum Gartenhaus, das sich unter die überhängenden Äste einer Fichte duckte, und als er weitersprach, klang seine Stimme plötzlich hart. »Wir hätten ihm gar nicht erst erlauben sollen, da einzuziehen. Es wäre besser gewesen, wenn er sich eine eigene Wohnung gesucht hätte. Für uns alle. Aber so war Luise eben. Sie konnte ihm nie was abschlagen.«

»Und haben Sie ihn tatsächlich gesehen, an dem Morgen?«, fragte Kant.

Herr Holler zögerte einen Augenblick. »Ich bin nicht besonders stolz darauf, dass unsere letzte Begegnung so verlaufen ist. Plötzlich bin ich wütend geworden. Da hatte das schon angefangen mit den Rückenschmerzen. Ich schleppe mich jeden Morgen zur Arbeit, habe ich gedacht, und der faule Hund hat Tag und Nacht nichts Besseres zu tun, als Schach zu spielen. Ich bin dann runter und habe an die Tür geklopft. Er hat nur das Fenster aufgemacht und den Kopf rausgestreckt. Und wissen Sie, was er gesagt hat?«

Rademacher trommelte einmal mit den Fingern auf den Tisch. »Klären Sie uns auf.«

»Ich habe jetzt keine Zeit.« Wieder gab er dieses Geräusch von sich, von dem man nicht wusste, ob es Verachtung oder Belustigung ausdrücken sollte. »Ist das nicht komisch? Das war das Letzte, was ich von ihm gehört habe. Ich habe jetzt keine Zeit.«

Kant fragte sich, ob Holler den bitteren Humor benötigte, um seine wahren Gefühle zu verbergen, oder ob der Verlust seines Stiefsohns ihn weniger schmerzte, als es zunächst den Anschein gehabt hatte. »Und als Sie von der Arbeit gekommen sind, war er weg?«

»Nein«, sagte Herr Holler. »Da habe ich noch gesehen, wie Rauch aus dem Kamin aufstieg. Ich weiß noch, dass ich dachte, kein Geld, aber am Nachmittag schon den Ofen anmachen. Dabei war es nicht mal besonders kalt. Das klingt jetzt wahrscheinlich herzlos, aber damals wusste ich ja nicht, dass ich ihn nicht mehr wiedersehen würde.« Er unterbrach sich, weil auf der Autobahn ein schwerer Laster vorbeidonnerte. »Am Abend wollte Luise ihm was zu essen bringen, aber da war er dann weg. Drei Tage später ist meine Frau mit dem Ersatzschlüssel in die Laube gegangen. Seine Sachen waren noch da, soweit wir wissen. Keine Nachricht, nichts. Da ist sie zur Polizei gegangen.«

Kant stand auf. »Können wir uns das Gartenhaus mal ansehen?«

Herr Holler beugte sich vor und stützte sich mit den Ellbogen auf den Tisch. Er wirkte plötzlich unendlich müde. »Der Schlüssel liegt unter dem Blumentopf neben der Fußmatte«, sagte er. »Wenn Sie mich nicht brauchen, würde ich mich so lange ausruhen. Mein Rücken bringt mich noch um.«

Sie gingen durch das trockene Gras den Hügel hinab. Kant fand den Schlüssel an der beschriebenen Stelle. Der Bart war verrostet, und das Schloss klemmte, aber mit ein wenig Kraft ließ die Tür sich schließlich öffnen. Die stickige Luft, die ihnen entgegenschlug, roch nach Mäusepisse. Rademacher blieb mit verschränkten Armen auf der Schwelle stehen, als Kant in den halbdunklen Raum trat.

»Meinst du nicht, dass wir hier unsere Zeit vergeuden?«, sagte er. »Die Neue lag falsch. Das ist nicht unser Mann.«

»Woher willst du das wissen?«

»Warum sollte er sich so eine Angeberjacke kaufen? Außerdem hatte der Käufer einen Freund dabei. Und beide waren betrunken. Jakob war Einzelgänger. Kannst du dir vorstellen, dass er mit einem besoffenen Kumpel durch die Läden zieht? Das passt doch hinten und vorne nicht zusammen.«

»Warten wir die DNS-Analyse ab. Wir müssen nur eine Vergleichsprobe von dem Halbbruder besorgen.«

Die Laube war spartanisch eingerichtet. Ein schmales Bett stand an der hinteren Wand neben einem Holzofen mit rußiger Scheibe. Ein wackliger IKEA-Schrank lehnte an der Wand. Vorne am Fenster gab es einen Schreibtisch mit einem Drehstuhl. Auf der rechten Seite diente ein Sideboard als Unterlage für einen zweiflammigen Gaskocher. Kein Teppich, keine Bilder an den Wänden, keine persönlichen Gegenstände. Kant zog den vergilbten Vorhang zurück, der auf der linken Seite eine Ecke abtrennte. Dahinter stand ein Chemieklo, und an der Wand hing ein von feinen Rissen durchzogenes Waschbecken.

Kant ging zum Kleiderschrank und zog die Türen auf. An der Stange baumelten drei Hemden und eine Jeansjacke. Das kleine Fach darüber war mit Pullovern und Unterwäsche vollgestopft. Auf dem Boden standen zwei Paar Schuhe. Frida hatte ungefähr fünfmal so viele Klamotten.

»Die Kollegen von der Vermisstenstelle waren doch nach Jakobs Verschwinden hier«, sagte Kant. »Sah es da auch schon so aus, oder haben die Eltern aufgeräumt?«

Wortlos stellte Rademacher seine Aktentasche auf den Boden und zog einen Ordner heraus. Er blätterte eine Weile darin, bevor er antwortete. »Auf den Fotos sieht es ziemlich genauso aus. Hier gibt es eine Liste der vorgefundenen Gegenstände. Nicht gerade umfangreich. Ein Laptop wurde zur Auswertung mitgenommen.«

Kant warf einen Blick unter das Bett, wo es nur Spinnweben und Staubflocken gab, und in das Sideboard, in dem ein Teller und zwei Tassen ein einsames Leben führten. »Sieht das für dich aus wie das Zimmer eines Sechsundzwanzigjährigen?«

»Entweder er hat gelebt wie ein Mönch«, sagte Rademacher, »oder er hat seine persönlichen Sachen mitgenommen. Was gegen ein Verbrechen spricht.« Er blätterte in seinen Unterlagen. »Die Eltern waren sich damals nicht sicher, ob was fehlt. Jakob hatte nach ihren Angaben seit Monaten niemanden mehr in die Laube gelassen.«

Kant trat aus der Tür in das Licht der Abendsonne. »Merkwürdig«, sagte er. »Sollte man nicht erwarten, dass ein Schachspieler zumindest ein Schachspiel hat?«

Rademacher folgte ihm und zog die Tür hinter sich zu. »Man kann auch am Computer spielen. Vielleicht sind geschnitzte Holzfiguren mehr was für so alte Säcke wie dich.« Er schob den Schlüssel ins Schloss. Zögerte. Stieß die Tür wieder auf. »Moment mal. Apropos Holz. Hast du irgendwo Brennholz gesehen? Kaminanzünder?«

Erstaunlich flink für einen Mann seiner Gewichtsklasse lief er durch die Laube und hockte sich vor den Ofen. »Es war sowieso zu warm zum Heizen, hat Herr Holler gesagt.«

Kant hörte das Quietschen der Ofentür. Rademachers Stimme hallte dumpf aus der Brennkammer wider. »Bring mir mal eine Tüte.«

Kant ging zurück in die Laube und reichte Rademacher seine Aktentasche. Sein Kollege zog sich Handschuhe über, nahm eine Asservatentasche heraus und griff in den Ofen. Dann drehte er sich zu Kant um.

»Sieht so aus, als wollte unser Freund vor seinem Verschwinden schnell noch was verbrennen.« Er schwenkte den durchsichtigen Beutel mit den verkohlten Überresten eines mehrseitigen Dokuments in der Luft.

»Du bist ja doch noch zu was nütze«, sagte Kant und klopfte ihm auf die Schulter.

Als sie zurück zur Terrasse kamen, lag Herr Holler mit angewinkelten Beinen rücklings auf der Bank. Auf dem Tisch stand ein Schuhkarton, der vor angebrochenen Medikamentenpackungen überquoll.

»Herr Holler?«

Holler schlug die Augen auf und sah Kant einen Moment lang an, als überlegte er, wen er vor sich hatte, bevor er sich mühsam auf die Ellbogen stemmte.

»Bleiben Sie ruhig liegen. Ich habe nur noch zwei kurze Fragen, dann sind wir weg. Kennen Sie die Kolorit-Werke?«

Holler schüttelte den Kopf.

»Okay. Wir müssten mit Jakobs Halbbruder sprechen. Würden Sie uns seine Adresse geben?«

»Mir wäre lieber, Sie würden ihn in Ruhe lassen.«

»Wieso?«

»Er hat nichts damit zu tun. Und ausgerechnet jetzt, wo er sich gerade was aufgebaut hat ...« Holler kniff die Augen zu. Vor Schmerz oder weil er den Anblick der Welt nicht mehr ertragen konnte, dachte Kant. »Egal. Sie haben die Adresse sowieso in Ihrem Polizeicomputer. Probieren Sie es am besten gleich im Boxkeller.«

Sie ließen Holler allein und fuhren zurück ins Präsidium. Rademacher verabschiedete sich bald, aber Kant schrieb noch Berichte und fügte sie den Ermittlungsergebnissen seiner Kollegen hinzu, damit alle eine gemeinsame Basis hatten. Als er schließlich nach Hause kam, war es in der Wohnung still und dunkel.

Er setzte sich an den Küchentisch und trank langsam eine Flasche Bier, während er aus dem offenen Fenster auf die Straße sah. Warme Luft stieg vom Asphalt auf und wehte den Geruch von Lindenblüten in die Wohnung. Von der Terrasse der Kneipe gegenüber drangen laute Stimmen und Lachen herauf. Ein Sommerabend, den man nicht allein zu Hause verbringen sollte, dachte Kant. Aber der Mann, der im Laufe der Jahre in dem Chemikalientank verwest war, nahm ihn so gefangen, dass er sich zu nichts anderem aufraffen konnte.

Hatte ihn jemand vermisst? Oder war er einer der Stadtbewohner gewesen, die erst einen Namen und ein Gesicht bekamen, wenn sie auf Grumanns kaltem Stahltisch landeten? Kant würde alles geben, um es herauszufinden, denn er mochte keine namenlosen Gräber.

Seine Gedanken schweiften zu Familie Holler. Er fragte sich, ob es einmal eine normale, glückliche Familie gewesen war, bevor Krankheit, Tod und Jakobs Verschwinden sie zerrissen hatte, oder ob die Ereignisse gewissermaßen ihren Schatten vorausgeworfen hatten. Ein Mann, der mit Mitte zwanzig im Gartenhaus seiner Eltern wohnte, war sicherlich keine alltägliche Erscheinung. Offenbar hatte er sich völlig in die geistige Welt des Schachspiels zurückgezogen. Vielleicht ließ sein außergewöhnliches Talent keinen Raum für soziale Interaktion.

Ein Geräusch, das wie ein unterdrücktes Schluchzen klang, unterbrach seine Überlegungen. Mit einem Mal fiel ihm ein, dass Fridas Zimmertür geschlossen gewesen war, als er den Flur betreten hatte. Normalerweise ließ sie sie sperrangelweit offen stehen, wenn sie unterwegs war, damit er ihr totales Chaos bewundern konnte.

Er klopfte an ihrer Tür. Sie antwortete nicht. Nach dem zweiten Klopfen hörte er ein leises »Ja«. Sie saß im T-Shirt in dem dunklen Zimmer auf ihrem Bett und hörte Musik. Als er hereinkam, nahm sie den Kopfhörer ab.

»Darf ich mich kurz zu dir setzen?«, fragte er.

»Okay.«

Vor zwei Wochen hatte sie das alte Bett, das sie noch aus der Wohnung ihrer Mutter mitgebracht hatte, vor dem Haus auf die Straße gestellt und sich stattdessen eine Doppelmatratze vom Sperrmüll besorgt. Kant ließ sich neben ihr in dem Haufen von Decken nieder und lehnte sich mit dem Rücken an die Wand. Als sie sich den schwarz gefärbten Pony aus dem Gesicht strich, schimmerten ihre Augen feucht im Licht der Straßenlaterne, das durch das Fenster fiel.

»Hast du schon was gegessen?«, fragte er.

»Nein.« Aus dem Kopfhörer in ihrem Schoß drang das Wummern der Bässe.

»Soll ich dir was machen?«

Sie schüttelte stumm den Kopf.

»Was machst du hier im Dunkeln?«

»Nachdenken.«

»Mh«, sagte er. »Damit war ich auch gerade beschäftigt. Ohne großen Erfolg.«

Schweigend saßen sie nebeneinander und lauschten den Geräuschen der Stadt. Eine Katze schrie wie ein Baby. Ein Verrückter heulte den Mond an. Ein Motorradfahrer versuchte, die Schallmauer zu durchbrechen.

»Bei der Demo heute«, sagte sie nach einer Weile, »da bin ich richtig wütend geworden.«

»Das habe ich gesehen.« Vorsichtig legte Kant den Arm um ihre schmalen Schultern. Sie ließ es sich gefallen.

»Du warst da?«

»Warum warst du so wütend?«

»Die Leute hat das alles überhaupt nicht interessiert. Die sind nur stehen geblieben, weil ihr Leben so scheißlangweilig ist. Leonie meinte, die Alten wollten uns nur unter den Rock glotzen, als wir auf dem Boden lagen.«

»Leonie?«

»Rademacher. Die Tochter von deinem Kollegen.«

»Aha«, sagte Kant. »Ich weiß nicht. Vielleicht habt ihr auch manche zum Nachdenken gebracht.«

Frida griff nach seinem Handgelenk und zog sich seinen Arm von der Schulter. Sie nahm seine Finger und drückte sie zusammen, bis sie eine Faust bildeten. »Hast du manchmal Lust, einfach was kaputt zu machen?«, fragte sie.

Kant wusste nicht, was er darauf antworten sollte. Frida beugte sich vor und sah ihm durchdringend in die Augen. Mit Schweigen kam er nicht davon. »Es kommt schon mal vor. Aber das heißt nicht, dass ich es auch mache«, sagte er schließlich.

Frida ließ seine Hand los. »Weil du Polizist bist.«

»Nein, weil ich nicht mehr jung bin.«

Frida setzte ihren Kopfhörer wieder auf. Das war das Zeichen, dass die Audienz beendet war. Er ging in den Flur und zog die Tür hinter sich zu, aber bevor sie ganz ins Schloss fiel, sah er durch den Spalt, wie sie den Kopf in seine Richtung drehte und lächelte.

8

Es war noch nicht mal neun Uhr, und alles klebte.
Ihre Oberschenkel am Bürostuhl. Die Bluse am Rücken. Die Kaffeetasse am Tisch. Der Telefonhörer am Ohr. Die Finger auf der Tastatur. Dörfners Blick, als er auf dem Flur an ihrem Büro vorbeischlenderte. Die Stimme, die wie flüssiger Honig in ihr Ohr tröpfelte und ihr Denken verlangsamte.

»Ich würde Ihnen ja wirklich gerne weiterhelfen«, schnurrte Konstantin Mahler, »aber zu dem betreffenden Zeitpunkt gehörte mir das Gelände gar nicht.« Ein schlürfendes Geräusch ließ sie erschaudern.

Hanna stellte sich einen dicken Mann vor, der noch im Bett lag und frühstückte. Womöglich nackt. Hatte Kant nicht gesagt, er wäre Maler? Sie hatte das Gefühl, ihn riechen zu können. Eine Mischung aus Zimt, Schweiß und Ölfarben. Sie versuchte, alles auszublenden und sich auf das Gespräch zu konzentrieren.

»Ich weiß«, sagte sie. »Ich habe hier nämlich einen Auszug aus dem Grundbuch vorliegen. Am 28. August 2015 gingen die Kolorit-Werke in den Besitz der Immobilienholding Groß über, am 3. November 2015 haben Sie das Gelände zurückgekauft.«

Mahler schmatzte. »Eben. Wenn Sie schon alles wissen, was wollen Sie dann?«

»Sie haben also keinen Sicherheitsdienst engagiert, um die Obdachlosen zu vertreiben?«

»Im Herbst 2015?«

»Ja.«

»Nein, wie gesagt, zu dem Zeitpunkt gehörte mir das Gelände gar nicht. Wie soll ich da einen Sicherheitsdienst engagieren?«

Er wollte sie quälen, indem er das Gespräch unnötig in die Länge zog. Wahrscheinlich spürte er, dass sie sich unwohl fühlte, und genoss es.

»Und zu einem anderen Zeitpunkt?«

»Nein, warum sollte ich? Niemand hat das Gelände genutzt, wieso sollten die armen Menschen da nicht übernachten? Ich habe Ihrem Chef schon gesagt, wie ich zu der Sache stehe.«

Das Rascheln von Laken. Ein Schaben, als er die Handfläche über den Hörer schob. Ein gedämpftes Kichern. Lag da noch jemand im Bett und kraulte das drahtige Haar auf seiner Brust, während sie telefonierten? Hanna konzentrierte sich auf den Monitor vor ihr, um diese Vorstellung schnellstmöglich zu vertreiben.

»Und warum haben Sie ihm nicht gesagt, dass die Fabrik zwischenzeitlich nicht in Ihrem Besitz war?«

»Weil er nicht danach gefragt hat?«

»War das eine Frage oder eine Antwort?« Sie wusste, dass sie einen zu scharfen Ton anschlug, aber sie hasste es, wenn jemand ein halbes Fragezeichen hinter einem Aussagesatz hängen ließ.

»Jetzt werden Sie mal nicht spitzfindig«, sagte Mahler. »Ich gebe mir ja größte Mühe, Ihnen zu helfen.«

Sie schob den Zeigefinger unter die Achsel und roch daran. Atmete einmal tief durch. »Gut. Danke. Wieso haben Sie das Gelände verkauft und dann wieder zurückgekauft?«

Mahler schwieg einen Augenblick. Wieder hörte sie ein Schmatzen und ein Rascheln. Im Hintergrund zwitscherten Vögel. »Es gab juristische Komplikationen bei dem Geschäft, deshalb musste es rückabgewickelt werden.«

»Welcher Art?«

Mahler schnaufte. »Mit den Einzelheiten befasse ich mich nicht persönlich. Das macht mein Anwalt. Warten Sie, ich gebe Ihnen seine Nummer.«

Die Aussicht, mit dem nächsten arroganten Typen zu telefonieren, der sie höchstwahrscheinlich auch nur hinhalten und in die Irre führen wollte, machte sie wütend. »Wollen Sie mir erzählen, Sie wüssten nicht, woran das Geschäft gescheitert ist?«

»Was hat das alles mit dem toten Penner zu tun?«, entgegnete Mahler.

Hanna hielt den Hörer ein Stück von ihrem Ohr weg. Plötzlich floss kein Honig mehr in ihr Ohr, sondern Säure. Sie wunderte sich, wie schnell Mahlers Stimmung umgeschlagen war. Oder vielleicht hatte sie gerade einen kurzen Einblick in seinen wahren Charakter bekommen. »Stellen Sie sich darauf ein, dass wir Sie vorladen, wenn Sie Informationen zurückhalten.«

»Halt endlich mal still«, sagte Mahler.

»Bitte?«

»Ich habe nicht mit Ihnen gesprochen.« In Hannas Vorstellung zog die Frau, die neben Mahler im Bett lag, ihre Hand zurück und rollte sich zu einer kleinen nackten Kugel zusammen. »Ich versuche gerade, ein Bild zu malen. Aber wenn die Agentur mir ein Modell mit ADHS schickt, ist das nicht so einfach.«

»Ach so«, sagte Hanna. Schlagartig veränderte sich das Bild vor ihrem geistigen Auge. Das schmatzende Geräusch entsprang jetzt dem Ausdrücken von Tuben mit Ölfarbe, das Rascheln stammte von dem Pinsel auf der Leinwand. Mahler war auch nicht mehr dick, sondern ein dürrer Mann mit Schnurrbart, der mit scharfem Blick sein Modell fixierte. Das war einer der Gründe, warum sie das Telefonieren so verabscheute; in ihrem Kopf lief unaufhörlich ein Film, von dem sie nicht wusste, wie weit er von der Realität entfernt war.

»Wir melden uns dann bei Ihnen«, sagte sie.

Sie wartete auf eine Reaktion, aber Mahler hatte offenbar schon aufgelegt. Arschloch.

Okay, das Schlimmste war vorbei. Sie goss sich ein Glas stilles Wasser ein, trank einen Schluck und schrieb in winzigen lotrechten Buchstaben »Immobilienholding Groß« auf ihren Notizblock. Mit dem Lineal zog sie einen Strich darunter. Dann begann sie, im Internet zu recherchieren.

Google spuckte jede Menge Treffer aus, aber eine Homepage war nicht darunter. Sie sah im Handelsregister nach. Dort war die Immobilienholding im März 2013 eingetragen und im Februar 2016, also etwa drei Monate nach dem Rückkauf des Fabrikgeländes, gelöscht worden. Als Geschäftsführer hatte ein Felix Groß fungiert. Sie gab den Namen in die Suchmaschine ein.

Die Bilder zeigten einen offenbar sehr vielseitigen Mann. Groß in Anzug und Krawatte vor grauem Hintergrund, das braune Haar nach hinten gekämmt, den Blick ernst in die Kamera gerichtet. Groß grinsend unter dem Neonschild eines Nachtklubs, das bunte Hemd fast bis zum Bauchnabel aufgeknöpft, den Arm um die Schultern einer magersüchtigen Blondine gelegt. Groß vor der Glasfassade des Münchner Amtsgerichts, den Daumen trotzig in die Höhe gereckt.

Hanna las einen Zeitungsartikel über einen Prozess gegen ihn. Im April 2016 war er wegen Immobilienbetrugs zu einer zweijährigen Haftstrafe verurteilt worden. Mitangeklagt waren eine Maklerin namens Sonja Bruckmayr, die mit einer Bewährungsstrafe davonkam, und Herbert Schwarzenberger, ein

Notar, der jedoch mangels Beweise freigesprochen wurde. Sie notierte sich die Namen auf ihrem Block.

Das Geschäftsmodell der drei war einfach, aber effektiv gewesen. Die Immobilienholding kaufte nahezu wertlose Wohnhäuser in den östlichen Bundesländern, ließ die Fassaden streichen und hübsche Fotos davon machen. Die Maklerin überredete ihre Kunden, die einmalige Gelegenheit sofort zu nutzen, und der Notar ließ jegliche Sorgfaltspflicht gegenüber seinen Klienten vermissen – oder zumindest war ihm das vorgeworfen worden. Da es sich bei den Betrogenen oft um Selbstständige handelte, die auf diese Weise Schwarzgeld in den Wirtschaftskreislauf zurückführen wollten, war deren Bereitschaft, Anzeige zu erstatten, naturgemäß nicht besonders groß.

Hanna rief bei INPOL-neu die Akte der Kollegen für Betrugs- und Vermögensdelikte auf. In sechs Fällen hatte die Staatsanwaltschaft Ermittlungen gegen Groß eingeleitet, vier davon waren schließlich vor Gericht verhandelt worden. Der Kauf und Verkauf der Kolorit-Werke tauchte in der Akte nicht auf.

Sie fragte sich, was das alles mit dem Toten in dem Tank zu tun haben könnte. Vielleicht hatte Felix Groß einen Sicherheitsdienst angeheuert, um die Obdachlosen von dem Gelände zu vertreiben, und dann war die Situation eskaliert. Aber die Leiche wies Schussverletzungen auf, wie Grumann festgestellt hatte. Und wieso hielt sie eine Schachfigur in der Hand? Das konnte doch kein Zufall sein.

Sie rief Jakob Hollers Vermisstenakte auf und betrachtete das eingescannte Foto auf dem Monitor. Mit seinem kurzgeschorenen Haar, den hervortretenden Wangenknochen und dem zu weiten Pullover sah Jakob Holler aus wie ein Kriegsgefangener. Oder wie ein Waisenkind aus dem letzten Jahrhundert. Die blassblauen Augen in dem schmalen Gesicht blickten sie hilfesuchend an. Was willst du von mir, dachte sie, jetzt ist es zu spät. Oder bist du doch noch irgendwo da draußen?

Hanna war so in Gedanken versunken, dass sie Dörfner nicht hatte kommen hören. Sein Geruch eilte ihm voraus. Pfefferminze und ein zu süßes Deo, das den beunruhigenden animalischen Duft, der manchmal nach einem langen Arbeitstag zum Vorschein kam, noch vollständig überdeckte. Ganz anders als Kant, der nach Rauch roch und nach einer Straße im Sommerregen. Oder Rademacher mit seinem Duft eines frisch gepuderten Babys. Oder Lammers, die irritierenderweise überhaupt keinen Eigengeruch hatte.

Sie fragte sich, wie lange Dörfner schon Kaugummi kauend da im Türrahmen stand und sie beobachtete. »Kann ich dir helfen?«, fragte sie.

Sie hatte mit einem Grinsen oder einem blöden Spruch gerechnet, aber Dörfner wirkte plötzlich schüchtern. »Ich wollte dich nur erinnern, dass in fünf Minuten Teambesprechung ist.«

Das wusste sie schon, weil sie es in ihren Terminplaner eingetragen hatte. Und weil sie diejenige war, die die Besprechungen organisierte, wenn Kant darum bat. Außerdem kam sie nie zu spät, im Gegensatz zu einigen anderen.

»Okay. Danke.«

Dörfner blieb stehen, die Hände hinter dem Rücken verschränkt, und warf einen Blick über die Schulter, bevor er sie wieder mit seinen intensiven blauen Augen ansah. »Außerdem wollte ich noch sagen, dass es echt mehr Spaß macht, ins Büro zu kommen, seit du hier bist.«

Bevor sie reagieren oder auch nur rot anlaufen konnte, war er im Gang verschwunden.

9

Rademacher kannte keine familiären Probleme. Als er Mareike kennengelernt hatte, war seine Leidenschaft für andere Frauen schlagartig erloschen. Damals, als junger Kommissaranwärter, war er im Rahmen von Ermittlungen gegen eine deutsch-niederländische Drogenbande nach Amsterdam geschickt worden. Er hatte noch auf dem Bauernhof seiner Eltern gewohnt, die mit ihm nie weiter weg fuhren als zum Attersee in Österreich, und die Dienstreise versprach ein großes Abenteuer zu werden. Zum ersten Mal gab es keine Eltern, Nachbarn oder Ausbilder, die ihn kontrollierten. Und sein unmittelbarer Vorgesetzter Stefan Kronke, der in dem Ruf stand, jeden Puff in Deutschland zu kennen, nahm ihn am Freitagabend mit in das Rotlichtviertel. Während Kronke in einer Bar an der Oude Kerk in irgendwelchen Hinterzimmern verschwand, kam Rademacher mit einer jungen Kellnerin ins Gespräch. Sie jobbte dort neben ihrer Ausbildung zur Altenpflegerin. Rademacher hatte bis auf eine kurze Beziehung mit einem Mädchen aus dem Nachbardorf noch keine Erfahrung mit Frauen gehabt, und so wunderte er sich, als die Kellnerin ihn nach Feierabend kurzerhand mit auf das Hausboot nahm, wo sie zusammen mit einer Freundin wohnte. Dort blieb er bis kurz vor Dienstbeginn am Montagmorgen.

Zwei Monate und etwa zwanzig Briefe später beschloss Mareike, nach München zu kommen und ihre Ausbildung dort fortzusetzen. Rademacher besorgte gegen den Protest seiner Eltern eine kleine Wohnung am Stadtrand für sich und Mareike. Kurz darauf wurde sie zum ersten Mal schwanger. Als Rademacher seinen Sohn Peter in die Arme schloss, wusste er, dass er seine Bestimmung gefunden hatte.

Seine Kinder Anna-Lena, Jan, Hank, Leonie und Peter entwickelten sich so, wie Mareike und er es sich immer gewünscht hatten. Alle – außer natürlich der Nachzüglerin Anna-Lena, die gerade erst mühsam ihre ersten Wörter formte – waren gut in der Schule, konnten sich bei Tisch benehmen und halfen alten Leuten, ihre Einkäufe die Treppe hinaufzutragen.

Kaputte Familien hatte Rademacher genug gesehen. Und kaputte Polizisten. Säufer wie den armen Weber. Zyniker. Oder Besessene wie Kant, die niemals ein normales Familienleben würden führen können. Bei allem Respekt für seinen Chef, das war das Letzte, was er wollte. Er liebte seinen Beruf und ging ihm mit größter Sorgfalt und Pflichtschuldigkeit nach, aber es war eben ein Beruf, nicht sein Leben.

Als Kant also mit dem Thema anfing, während sie die enge Treppe in den Boxkeller hinabstiegen, musste er innerlich lachen, obwohl seine Mundwinkel seit ein paar Tagen am Boden schleiften wie die Lefzen einer alten Dogge, wie Mareike es auf ihre äußerst einfühlsame Weise ausgedrückt hatte.

»Frida hat mir erzählt, dass Leonie auch dabei war. Beim Die-in am Marienplatz«, sagte sein Vorgesetzter.

Der Geruch von altem Schweiß strömte Rademacher entgegen, als Kant die schwere Stahltür aufstieß, und erinnerte ihn an die gute alte Zeit im Polizeisportverein.

»Deswegen brauchst du dir aber keine Sorgen zu machen. Okay, sie haben die Schule geschwänzt, aber immerhin wollen sie die Welt verbessern«, fuhr Kant fort.

Rademacher machte sich deswegen nicht die geringsten Sorgen. Wenn Kant sich den Kopf zerbrach, dann hatte er wahrscheinlich seine Gründe. Frida war schon immer schwierig gewesen, Leonie hingegen hatte einen gefestigten Charakter, was natürlich an den familiären Verhältnissen lag. Für Leonie war das Ganze nur eine Phase, ein lehrbuchhaftes pubertäres Aufbegehren, das spätestens vorbei sein würde, wenn sie sich auf die Abiturprüfungen vorbereiten musste. Aber da Kant offenbar glaubte, endlich den Grund für seine schlechte Laune gefunden zu haben, wollte er ihn nicht enttäuschen.

»Ich weiß ja nicht«, sagte Rademacher. »Da gibt es auch radikale Elemente. Krawallmacher. Man will ja nicht, dass die eigene Tochter in irgendwas Ungesetzliches reingezogen wird. Vor allem als Polizist.«

Kant blieb neben einem Regal voller Hanteln stehen, weil zwei Seilspringer ihm den Weg versperrten, und drehte sich um. »Das stimmt natürlich. Andererseits …«

»Eigentlich will ich nicht darüber reden«, sagte Rademacher.

Der Boxtimer schrillte, und die wenigen Sportler, die am Vormittag schon auf die an der niedrigen Betondecke baumelnden Säcke einschlugen, Seil sprangen oder sich Medizinbälle zuwarfen, hielten mit einem Mal inne. Bis auf ein vielstimmiges Keuchen und das asthmatische Rasseln der Lüftung wurde es still in dem fensterlosen Raum.

»Wie du meinst«, sagte Kant. »Dann hören wir uns mal an, was der kleine Bruder zu sagen hat.«

Sie gingen in die hintere linke Ecke, wo Stefan Holler sich mit den Unterarmen auf den Seilen des Rings abstützte und zwei Jugendlichen zusah, die sich im Infight verbissen hatten. »Locker bleiben«, rief er. »Nicht so verkrampft. Schnelle leichte Hände.«

Wenn er das Foto aus der Akte nicht gesehen hätte, wäre Rademacher nie auf die Idee gekommen, dass er Jakobs Halbbruder vor sich hatte. Stefan Holler reichte ihm gerade einmal bis zur Schulter, aber durch die von oben bis unten tätowierten Arme zogen sich dicke Muskelstränge. Er trug ein ärmeloses T-Shirt mit Tarnmuster und eine schwarze Jogginghose. Sein Gesicht war so breit und rund und flach wie Mareikes Pfannkuchen und wurde von einem albernen Bürstenschnitt gekrönt.

»Herr Holler?«, sagte Kant.

Der Boxtrainer drehte sich halb zu ihnen um. Seine grünen Augen flackerten, und die Muskeln spannten sich an, als wollte er die Flucht ergreifen. »Einen Moment.«

Er wandte sich wieder den Jugendlichen zu, die unvermindert aufeinander einprügelten. »Emil, Samira, das reicht für heute. Ihr könnt duschen gehen.«

Erst als die schwarzen Dreadlocks unter dem Kopfschutz zum Vorschein kamen, bemerkte Rademacher, dass einer der beiden Boxer ein Mädchen war. Samira tauchte elegant durch die Seile und sprang auf den Betonboden. »Bin ich nächste Woche dabei?«, fragte sie.

Holler legte ihr die Hand auf die Schulter. »Das ist noch ein bisschen früh. Beim nächsten Turnier vielleicht.«

Enttäuschung breitete sich auf ihrem verschwitzten Gesicht aus. Sie riss die Klettverschlüsse auf und schleuderte ihre Handschuhe in die Sporttasche neben dem Ring, bevor sie mit ihrem Sparringspartner Richtung Umkleiden verschwand.

»Ein echtes Talent«, sagte Holler. »Man muss nur den Ehrgeiz ein bisschen dämpfen, sonst kriegt sie beim ersten Kampf so auf die Fresse, dass die Eltern sie nicht mehr herkommen lassen. Wollen Sie sich anmelden? Wir stehen allen Altersklassen offen.«

Holler wirkte nicht gerade überrascht, als Rademacher ihm seinen Ausweis zeigte und sie beide vorstellte. »Es geht um Ihren Bruder.«

»Halbbruder«, entgegnete Holler.

Merkwürdig, dachte Rademacher, während hinter ihnen die nächste Runde des Zirkeltrainings eingeläutet wurde, der Vater hat auch schon auf der korrekten Verwandtschaftsbezeichnung bestanden. »Können wir uns irgendwo in Ruhe unterhalten?«

Holler führte sie eine kurze Treppe hinauf in eine Bürokabine mit Schreibtisch, Aktenschrank und vier Plastikstühlen. Er lehnte sich mit dem Rücken gegen das Fenster, durch das man einen guten Blick auf die Trainingsgruppe hatte. »Haben Sie ihn gefunden?«

»Wir haben *jemanden* gefunden«, sagte Kant. »Der Leichnam ist leider in einem Zustand, der keine einfache Identifizierung ermöglicht.«

Falls Holler Angst, Sorge oder Hoffnung empfand, konnte Rademacher es ihm nicht anmerken. Sein Pfannkuchengesicht blieb glatt und ausdruckslos.

»Deswegen würden wir gern einen Wangenabstrich bei Ihnen durchführen«, fuhr Kant fort. »Als Vergleichsprobe. Natürlich nur, wenn Sie nichts dagegen haben.«

Holler schüttelte den Kopf. Rademacher packte das Testkit aus, zog sich Handschuhe über und entnahm mit einem Wattestäbchen die Probe. Reglos ließ Holler die Prozedur über sich ergehen.

»Aber deswegen sind Sie nicht gekommen«, sagte er, während Rademacher die Probe verpackte. »Ich meine, da hätten Sie auch irgendeine Tussi aus dem Labor schicken können oder so.«

»Wir wollten mit Ihnen über die Ereignisse vor Jakobs Verschwinden sprechen«, sagte Kant.

Holler sah ihn an, als wüsste er nicht, wovon er redete. »Welche Ereignisse? Ich hatte praktisch keinen Kontakt zu meinem Halbbruder. Der hatte ja nur noch Schach im Kopf. Ich kann Ihnen nicht helfen. Das habe ich damals auch schon gesagt. Steht das nicht in Ihren Akten?«

Rademacher missfiel sein Ton. »In unseren Akten steht einiges«, sagte er. »Unter anderem, dass Sie wegen schwerer Körperverletzung im Gefängnis gesessen haben.«

Holler wandte sich ab und sah zu seinen Schülern, die jetzt auf Matten lagen und Dehnübungen machten. »Das war ja klar, dass Sie damit wieder anfangen«, sagte er leise. »Ein kleiner Fehler, und man ist für alle Zeiten abgestempelt. Nur weil ich irgendwann mal in eine Prügelei geraten bin, habe ich noch lange nichts mit dem Verschwinden von meinem Bruder zu tun.«

»Halbbruder«, sagte Kant.

»Und das Opfer Ihrer Prügelei, wie Sie es nennen, hat drei Monate im Krankenhaus verbracht«, fügte Rademacher hinzu.

Ruckartig drehte sich Holler zu ihm. »Glauben Sie, das weiß ich nicht? Ich hab mich tausendmal dafür entschuldigt. Und was meinen Sie, warum ich das Ganze hier mache?« Er starrte Rademacher an, als überlegte er, wo er seinen Haken platzieren sollte, aber seine Stimme blieb ruhig. »Genau darum geht es doch. Ich will, dass die Jugendlichen was Sinnvolles zu tun haben. Dass sie Respekt lernen. Dass sie ihre Aggressionen im Ring ausleben, nicht auf der Straße. Das ist meine Art von Wiedergutmachung.«

Rademacher wollte Holler gerade fragen, ob er die Rede extra für solche Anlässe eingeübt hatte, aber sein Vorgesetzter sah ihn an und machte eine beschwichtigende Geste, deshalb hielt er vorsichtshalber den Mund.

»Niemand will Ihnen irgendwas anhängen«, sagte Kant und begann, in seinen Unterlagen zu blättern. »Sie haben damals ausgesagt, Sie hätten Jakob zuletzt am Sonntag, dem 27. November 2015 gesehen. Das war … drei Tage vor seinem Verschwinden. Beim Mittagessen bei Ihren Eltern.«

»Ja.«

»Wissen Sie noch, in welcher Stimmung Jakob da war? Worüber er geredet hat?«

»Ich kann mich an nichts Spezielles erinnern. Aber es war ja sowieso immer das Gleiche. Wir haben jeden Sonntag zusammen gegessen, als unsere Mutter noch gelebt hat. Jakob hat nur auf seinen Teller gestarrt und sich den Braten reingeschaufelt. Wahrscheinlich hat er über irgendwelche Eröffnungen nachgedacht. Mutter hat über die Krankheiten von fremden Leuten geredet, damit sie nicht über ihre eigene sprechen musste. Und Vater war so müde, dass er halb eingenickt ist.« Er lachte bitter. »Ich war immer froh, wenn ich das hinter mir hatte.«

Noch so eine kaputte Familie, dachte Rademacher. Ohne kaputte Familien gäbe es keine Morde und keine verschwundenen Personen. Wenn man wirklich etwas bewegen wollte auf der Welt, musste man Sozialarbeiter werden. Oder Familientherapeut oder wie das hieß. Das könnte was für seinen Sohn Hank sein. Sensibel genug war der Junge ja. Aber im Moment wollte er noch Meeresforscher werden.

»Sie hatten also keine gute Beziehung zu Ihrem Bruder?«, fragte Rademacher. Das klang doch schon nach zwei Semestern Psychologie.

»Eigentlich hatten wir gar keine Beziehung. Der hat in seiner eigenen Welt gelebt. Genau wie sein Vater. Wussten Sie, dass der Mathematiker war?« Holler verzog den Mund, als wäre das etwas Anstößiges. »Früher hat Jakob ständig von ihm geredet. Angeblich stand sein Vater kurz davor, irgendein wichtiges mathematisches Problem zu lösen. Bis er sich aufgehängt hat.«

»Wollen Sie damit andeuten, dass Jakob sich auch was angetan haben könnte?«

Holler zuckte die Achseln. »Ich will überhaupt nichts andeuten.«

»Wann war das?«, fragte Kant. »Der Selbstmord seines Vaters?«

Holler dachte einen Augenblick nach. »Vor vierzehn Jahren. Kurz nach Jakobs achtzehntem Geburtstag.«

Kein Wunder, dass der Junge ein bisschen seltsam war, überlegte Rademacher. Sein Stiefvater schien auch nicht dazu geeignet, ihm Halt zu geben. Offenbar hatte Jakob sich völlig abgekapselt, in seiner Gartenlaube und mit seinen Holzpüppchen für Erwachsene. Unvermittelt schoss Rademacher ein anderer Gedanke durch den Kopf: Was wohl aus seinen eigenen Kindern werden würde, wenn er nicht mehr da wäre?

Er stützte sich mit einer Hand am Türrahmen ab, um das Schwindelgefühl zu bekämpfen, aber als er Kants Blick spürte, zog er den Arm zurück und richtete sich auf.

»Hat Jakob irgendwelche Feinde gehabt?«, fragte er schnell. »Gab es mit jemandem Streit? Vielleicht irgendwas, das Ihnen damals unbedeutend vorkam?«

»Nicht dass ich wüsste.« Holler zögerte. »Außer in seinem Schachverein. Wenn ich mich richtig erinnere, ist er da rausgeflogen.«

»Warum?«, fragte Kant.

»Keine Ahnung.« Holler ging zur Tür und streckte den Kopf nach draußen. »Macht Schluss für heute!«, rief er. »Und vergesst nicht wieder, die Matten wegzuräumen.« Er wandte sich zu Rademacher und Kant um. »Hören Sie, Sie sind hier an der falschen Adresse. Ich weiß nicht, was aus meinem Halbbruder geworden ist. Und wenn ich ehrlich bin, ist es mir auch ziemlich egal. Ich habe genug mit meinem eigenen Leben zu tun.«

Er ging zu einem Metallspind in der Ecke und nahm seinen Rucksack heraus. »Ich muss jetzt los. Treffen mit einem Sponsor. Wenn Sie noch Fragen haben, schicken Sie mir doch einfach eine Vorladung.«

»Wie Sie meinen«, sagte Kant. »Nur eine Sache noch. Kurz vor seinem Verschwinden hat Jakob was in seinem Ofen verbrannt. Ein Dokument. Sie wissen nicht zufällig, was das war?«

Holler schwang sich den Rucksack über die Schulter und wippte ungeduldig auf den Fußballen. Er wirkte so angespannt, als würde gleich der Gong zur ersten Runde geschlagen. »Vielleicht wollte er nur den Ofen anzünden?«

»Ohne Holz?«, fragte Rademacher.

»Ich muss jetzt wirklich los.«

»Gut«, sagte Kant. »Dann müssen wir wohl abwarten, was die Kriminaltechnik sagt.«

Die schweißgetränkte Luft fühlte sich in Rademachers Lunge dickflüssig an, während sie vorbei an den Boxsäcken zur Treppe gingen. Er hörte irgendwo eine Dusche rauschen. Es war noch Vormittag, aber selbst hier, ein paar Meter unter der Erde, schon so heiß, dass er sich am liebsten die Kleider vom Leib gerissen und sich unter den kalten Wasserstrahl gestellt hätte. Und als sie die steile Treppe hinaufstiegen, spürte er plötzlich ein Stechen in den Eingeweiden. Normalerweise hätte er den leichten Schmerz sofort wieder vergessen, aber unter den veränderten Umständen machte er ihm Angst. Unauffällig drückte er zwei von den Pillen, die der Arzt ihm verschrieben hatte, aus der Packung und schob sie sich in den Mund.

10

Der Mann hat auch schon bessere Tage gesehen, dachte Dörfner, als Felix Groß sie in die Altbauwohnung im ersten Stock ließ. Sein Gesicht war unrasiert und teigig und so aufgedunsen, dass die kleinen dunklen Augen fast darin versanken. An den Schläfen gingen ihm die Haare aus, und auf der Brust unter dem halb offenen Seidenbademantel wurden sie allmählich grau. Selbst als er sich auf sein Ledersofa fallen ließ, die Beine übereinanderschlug, einen Arm über die Lehne legte und lässig eine Zigarette aus der Schachtel klopfte, hatte Dörfner Mühe, ihn mit dem Bild in Übereinstimmung zu bringen, das sich ihm bei einer ihrer wenigen Begegnungen vor drei oder vier Jahren eingeprägt hatte.

Es war auf einer der Partys gewesen, die Dörfners Bruder in seinem Klub veranstaltete. Frank hatte mit Ben eine Runde gedreht, um ihm die mehr oder weniger prominenten Gäste vorzustellen, und nachdem sie die Hände von Filmproduzenten, Start-up-Gründern und Fußballspielern geschüttelt hatten, waren sie schließlich vor Groß' Loge stehen geblieben. Eine Traube junger Frauen umgab den mit bunten Cocktails überladenen Tisch. Auf der Box in der Ecke tanzte ein durchtrainierter Mann mit nacktem Oberkörper. Zwei Bedienungen, die extra abgestellt worden waren, fegten gerade Scherben zusammen. Alle lachten und brüllten sich an, um sich im Dröhnen der Bässe zu verständigen. Frank zeigte auf einen Mann, der in der

Mitte der Bank saß und den Kopf in den Nacken gelegt hatte. Bunte Lichter huschten über sein Gesicht. Er hatte die Augen halb geschlossen und lächelte, als wäre er dem Treiben um sich herum entrückt.

»Das ist Felix Groß. Ein arrogantes Arschloch«, sagte Frank nahe an Bens Ohr. »Aber solche Leute halten den Laden am Laufen.«

»Und wo hat er sein Geld her?«

»Irgendwas mit Immobilien. Keiner weiß was Genaues.«

Als hätte er gemerkt, dass über ihn geredet wurde, drehte Groß den Kopf und sah Ben durchdringend an. Frank winkte ihm überschwänglich zu, aber Groß ignorierte ihn. Er sah Ben weiter in die Augen. Mit einem Mal wirkte er hellwach, und Ben hatte das Gefühl, sich vor ihm in Acht nehmen zu müssen. Was wahrscheinlich der Zweck dieses Blicks war. Schließlich zog Frank ihn weiter, und Ben hatte die Begegnung vergessen, bis Kant sie hierherschickte.

Jetzt wirkten Groß' Augen stumpf. Vielleicht haben die zwei Jahre Knast das Feuer in ihm gelöscht, dachte Dörfner. Er bemerkte das Zittern seiner Finger, als Groß sich mit einem goldenen Feuerzeug die Zigarette anzündete.

»Sie wollten mit mir über die Kolorit-Werke reden?«

»Dürfen wir uns setzen?«, fragte Lammers. Ohne eine Antwort abzuwarten, legte sie einen Stapel Zeitschriften – *Men's Health, auto motor und sport, Capital* – vom Sessel auf den Glastisch und ließ sich nieder. Dörfner lehnte sich an die Fensterbank und sah sich um. Parkettboden, hohe Decken, minimalistische Einrichtung. An der Wand über dem Sofa hing ein Aktfoto. Die Schwarz-Weiß-Aufnahme einer Frau in zerwühlten Laken. Schatten und lange Haare verbargen ihre Geschlechtsmerkmale. Wahrscheinlich galt so etwas in Groß'

Kreisen als guter Geschmack. Dörfner fand die abgerissenen Kalenderblätter in Autowerkstätten ehrlicher.

»Also?«, sagte Groß. »Was wollen Sie wissen?«

»Sie haben das Gelände im August 2015 von Konstantin Mahler erworben«, sagte Lammers. »Knapp drei Monate später wurde das Geschäft rückgängig gemacht. Warum?«

»Haben Sie schon mit Mahler darüber gesprochen?«

Er versuchte, die Asche in den schweren Marmoraschenbecher auf dem Tisch zu schnippen, aber die Hälfte flog daneben.

»Würden Sie bitte die Frage beantworten?«, sagte Dörfner.

»Das war ein blitzsauberes Geschäft. Jedenfalls von meiner Seite aus. Der Staatsanwalt hat das ja alles unter die Lupe genommen. Ich weiß nicht, was es da noch zu bereden gibt.«

Groß stand auf, ging zu dem Sideboard neben dem überdimensionierten Fernseher und klappte die Tür auf. Eine Lampe ging an und beleuchtete ein Sortiment teuer aussehender Whiskyflaschen. Er nahm eine heraus, goss sich ein Glas halb voll und wandte sich zu ihnen um. »Kann ich Ihnen was anbieten?«

»Nein, danke«, erwiderte Dörfner.

»Wieso eigentlich nicht?«, sagte Lammers, obwohl sie, wie Dörfner wusste, Alkohol verabscheute.

Groß schenkte ihr ein. Lammers nippte an dem Whisky, ohne eine Miene zu verziehen, als wäre es für sie das Normalste der Welt, sich an einem Sommermittag ein Gläschen zu genehmigen. Sie wartete mit ihrer nächsten Frage, bis Groß den Mund voller Whisky hatte. »Wissen Sie, dass auf dem Gelände eine Leiche gefunden wurde?«

Groß verschluckte sich und musste husten. »Nein.«

»Heute noch keine Zeitung gelesen?«, fragte Dörfner.

»Ich war seit Ewigkeiten nicht mehr auf dem Gelände. Warum kommen Sie damit zu mir?«

»Weil die Leiche möglicherweise dort abgelegt wurde, als Sie der Besitzer waren«, sagte Lammers.

Groß zerquetschte seine Zigarette im Aschenbecher. »Hat Ihnen der Mahler das erzählt?«

»Nein«, sagte Dörfner. »Der Rechtsmediziner.«

Groß schien einen Moment zu brauchen, um die neue Information zu verarbeiten. »Jede Menge Leute hatten Zugang zu dem Gelände.«

»Verstehen Sie jetzt, dass wir wissen möchten, warum das Geschäft rückgängig gemacht wurde?«, fragte Lammers.

»Nicht wirklich.«

»Okay«, sagte Dörfner, »dann helfe ich Ihnen mal auf die Sprünge. Sie wollten Ihre übliche Nummer abziehen und das Gelände übertevert weiterverkaufen, aber da Sie keinen Interessenten gefunden haben, haben Sie den Kaufvertrag mit irgendwelchen juristischen Tricks rückgängig gemacht. Richtig?«

»Falsch«, sagte Groß. »Ich hatte einen Interessenten.«

»Aber?«, fragte Lammers.

Groß schwieg. Langsam ging er Dörfner auf die Nerven. Er bekam Lust, ihn ins Präsidium zu schleifen und erst einmal ein paar Stunden im Vernehmungszimmer schmoren zu lassen, aber dafür gab es leider keine rechtliche Grundlage.

»Dann reden wir am besten mit Mahler.« Lammers ließ den Whisky in ihrem Glas kreisen und lächelte Groß an. »Ich habe gehört, der soll ziemlich gesprächig sein.«

Groß zündete sich eine neue Zigarette an und blies den Rauch aus den Nasenlöchern. »Von dem hören Sie nur Lügen.«

»Also?«

Groß richtete sich auf dem Sofa auf. Allmählich wirkten seine Augen etwas wacher. »Frau ... wie war noch mal Ihr Name? Lamberts?«

»Lammers.«

»Frau Lammers. Eines möchte ich mal klarstellen. Im Immobiliengeschäft gibt es einen großen Graubereich. Bei dem Prozess, da wurde es immer so dargestellt, als wäre ich der Böse gewesen und alle anderen die Guten. Klar, ich habe betrogen, auch wenn ich nur reichen Leuten ihr Schwarzgeld abgenommen habe.« Er breitete die Arme aus. »Ich bin nicht stolz darauf. Aber ich habe meine Strafe abgesessen. Andere sind nie vor Gericht gekommen.«

Er legte eine Pause ein, um die Aufmerksamkeit, die ihm zuteilwurde, bis zum letzten Tropfen auszukosten. Wahrscheinlich leidet er darunter, dass er nicht mehr genug im Mittelpunkt steht, dachte Dörfner. Das war seine Schwachstelle. Er redete gern, und dazu brauchte er Zuhörer.

»Wissen Sie, ich komme aus einfachen Verhältnissen. Ich habe mir alles selbst erarbeitet. Wenn jemand wie ich auf die Schnauze fällt, freut das die Leute. Endlich ist er wieder da, wo er hingehört, denken sie.«

Dörfner fragte sich, wie lange Lammers sich seinen Schwachsinn noch anhören wollte. Groß hatte noch keine einzige Frage vernünftig beantwortet, aber sie saß nur da und sah ihn mit großen Augen an, als wäre sie von seinen Einsichten fasziniert.

»Bei Mahler liegt die Sache natürlich anders. Dem stand von Geburt an ein Platz an der Sonne zu.« Groß lachte bitter. »Dieser kleine geldgeile Fabrikantensohn, der in seinem Leben noch nichts allein auf die Reihe gekriegt hat, hat versucht, mich zu betrügen. Er dachte wahrscheinlich, dass ich Angst habe, den Rechtsweg zu beschreiten. Als er mir das Grundstück verkauft hat, hat er mir verschwiegen, dass da jeder Quadratzentimeter mit Schwermetallen und Arsen verseucht ist. Dumm nur, dass die Sache dann rauskam. Mein Investor ist natürlich abgesprungen.«

Groß trank seinen Whisky aus und knallte das Glas auf den Tisch. Langsam kommt er in Schwung, dachte Dörfner.

»Aber zum Glück gelten bei uns Recht und Ordnung nicht nur für Reiche. Der Notar, bei dem wir den Kaufvertrag abgeschlossen hatten, hat da keine Zweifel aufkommen lassen. Durch das Verschweigen der Schadstoffbelastung war der Kaufvertrag nichtig. Ich habe mein Geld zurückbekommen.«

Jetzt konnte Groß ein triumphierendes Grinsen nicht länger zurückhalten. »Anscheinend bringt ihm das Grundstück nicht gerade Glück.«

»Wie meinen Sie das?«, fragte Lammers.

»Na ja, wenn da jetzt auch noch eine Leiche gefunden wurde.«

Seine Selbstzufriedenheit kotzte Dörfner an. »Eine Leiche, die dort abgelegt wurde, als das Gelände in Ihrem Besitz war.«

»Angeblich.« Als Groß sich rekelte, öffnete sich der Spalt seines Bademantels und man sah, dass sein Oberkörper immer noch schlank und muskulös war. Dörfner fragte sich, ob er es absichtlich machte, um Lammers zu beeindrucken. Wahrscheinlich konnte er nicht anders. Er musste einfach mit ihr flirten, auch wenn sie wohl kaum in sein Beuteschema passte. Lammers trug weder hochhackige Schuhe, noch ließ sie sich die Lippen aufspritzen, noch hatte sie den leeren Blick, der Männern das nötige Gefühl von Überlegenheit verschaffte. Auch wenn sie sich im Moment große Mühe gab.

»Wer ist überhaupt der Tote?«, erkundigte sich Groß beiläufig.

»Wer hat denn von einem Mann geredet?«, fragte Dörfner.

»Denken Sie sich das Gendersternchen dazu.« Groß lächelte Lammers an. »Den haben Sie ja schon gut erzogen.«

Lammers spiegelte seine Körpersprache, indem sie die Beine übereinanderschlug. »Wir haben die Leiche noch nicht eindeutig identifiziert. Zurzeit versuchen wir rauszufinden, wie sie dort hingelangt ist. Wer hatte denn alles Zugang zur Fabrik, als Sie der Eigentümer waren?«

»Das Gelände ist umzäunt. Man brauchte also einen Schlüssel für das Rolltor. Einen hatte ich, den anderen die Maklerin. Ich weiß natürlich nicht, ob Mahler nicht noch welche behalten hat. Außerdem war das ja nicht gerade ein Hochsicherheitstrakt. Jemand könnte ein Loch in den Zaun geschnitten haben oder einfach drüber geklettert sein.«

»Logisch«, sagte Dörfner. »Mit einer Leiche über der Schulter.«

Groß ignorierte ihn. Er schien jetzt ganz auf Lammers konzentriert.

»Würden Sie uns den Namen der Maklerin geben?«, bat sie.

»Natürlich. Sonja Bruckmayr. Wir haben damals öfter zusammengearbeitet.«

Dörfner schrieb den Namen auf. Er fragte sich, wo er ihn schon einmal gehört hatte.

»Die Frage ist ja«, flötete Lammers, »warum sich jemand die Mühe gemacht hat, die Leiche dort zu deponieren. Hätten Sie da vielleicht eine Idee?«

Groß strich sich über seine Bartstoppeln, als wollte er Nachdenklichkeit demonstrieren. »Vielleicht dachte der Mörder, dass sie da nicht gefunden wird. Oder im Gegenteil, er wollte gerade, dass man sie findet. Um jemandem zu schaden. Mir zum Beispiel.«

Lammers nickte. »Das wäre natürlich eine Möglichkeit.«

Dörfner setzte sich auf die Lehne des freien Sessels und zog einen Ordner aus seinem Fahrradrucksack. »Wir haben hier die Aussage eines Obdachlosen, der ab dem Sommer 2015 häufig auf dem Gelände der Kolorit-Werke übernachtet hat. Er behauptet, zwei maskierte und mit Knüppeln bewaffnete Männer hätten sie von dort vertrieben.«

»Und?«, sagte Groß. »Vielleicht sollte man den Privatbesitz anderer Leute respektieren.«

»Hatten Sie einen Sicherheitsdienst engagiert?«

»Nein.«

»Waren Sie selbst daran beteiligt?«, fragte Dörfner.

Groß sah zu Lammers und schwieg.

»Wir haben einen Zeugen, der einen der Männer ohne Maske gesehen hat«, sagte Dörfner. »Vielleicht könnten wir eine Gegenüberstellung arrangieren.«

»Was hat das überhaupt mit Ihrer Leiche zu tun?« Groß gehörte zu den Menschen, die leiser sprachen, wenn sie wütend wurden. »Wir haben denen nur ein bisschen Angst eingejagt. Niemand wurde ernsthaft verletzt. Die sollten einfach abhauen, weil ich in der Woche darauf einen Besichtigungstermin mit dem Investor hatte.«

Er nahm die Whiskyflasche, um sich nachzuschenken, überlegte es sich jedoch anders und stellte sie mit einer äußerst kontrollierten Bewegung zurück auf den Tisch.

»Wer war Ihr Begleiter?«, fragte Dörfner.

»Ich will niemanden anschwärzen.«

»Wenn wirklich niemand zu Schaden gekommen ist, hat er ja nichts zu befürchten«, sagte Lammers. »Und Sie natürlich auch nicht.«

Groß kniff die Lippen zusammen, als müsste er eine schwere Gewissensentscheidung treffen. Nachdem er lang genug gezögert hatte, um seine Loyalität zu bekunden, rückte er mit der Sprache heraus. »Früher oder später würden Sie sowieso über seinen Namen stolpern. Es war ein Angestellter von mir. Mein Fahrer. Stefan Holler.«

Dörfner musste sich zusammenreißen, um sich seine Verblüffung nicht anmerken zu lassen. Der Halbbruder des Schachspielers hatte für Groß gearbeitet? Und »Fahrer« war wohl eher ein Euphemismus für Bodyguard oder Schläger, nahm er an. Er sah zu Lammers. Sie hing jetzt mit ihrem Whiskyglas im Sofa, als wäre sie kurz vor dem Einschlafen.

»Ich weiß, dass es ein Fehler war«, sagte Groß. »Vor allem hätte ich Stefan nicht da reinziehen sollen. Er ist ein guter Junge, aber er verliert schnell die Beherrschung. Ich hoffe, er hat nicht zu fest zugeschlagen. Kann ich mir aber eigentlich nicht vorstellen. Jedenfalls habe ich nichts davon mitbekommen.«

Dörfner fragte sich, ob Groß sich seine Verteidigungsstrategie spontan zurechtgelegt oder sie schon länger vorbereitet hatte. Jedenfalls hatte er für alle Fälle schon einen Schuldigen parat. Einen vorbestraften Boxer. Sehr praktisch.

Lammers klopfte ihm aufs Knie. »Zeigst du Herrn Groß mal das Foto?«

Dörfner zog es aus der Akte und legte es auf den Glastisch. »Haben Sie diesen Mann schon mal gesehen?«

Groß ließ sich Zeit. Seine nikotinverfärbten Finger zitterten nicht mehr, als er das Foto aufhob und ins Licht hielt. »Nein. Ist das der Tote? Sieht nicht gerade aus wie ein Obdachloser.«

»Wie gesagt, wir wissen es noch nicht definitiv«, antwortete Lammers.

»Spielen Sie zufällig Schach?«, fragte Dörfner. »Ich meine, wenn Sie nicht gerade Obdachlose zusammenschlagen?«

Groß sah ihn mit seinen winzigen Augen an. Er wirkte eher gelangweilt als empört. »Erstens verbitte ich mir solche Unterstellungen. Zweitens habe ich niemanden zusammengeschlagen.«

Lammers stellte ihr Glas auf den Tisch und stand auf. »Vielen Dank für Ihre Kooperation.«

»War mir ein Vergnügen.« Groß warf einen Blick auf ihr Glas, das noch genauso voll aussah wie vorher. »Was für eine Verschwendung«, sagte er. »Das ist ein Single Malt. Fünfundzwanzig Jahre alt. So was Gutes haben Sie noch nie getrunken.«

»Das Problem ist«, sagte Lammers, »dass ich von Schnaps immer kotzen muss.«

Falls Groß beleidigt war, ließ er es sich nicht anmerken. Dörfner folgte Lammers zum Flur, blieb aber an der Tür stehen. »Sind Sie eigentlich noch im Immobiliengeschäft?«, fragte er.

»Nein«, sagte Groß. »Ich habe mein Hobby zum Beruf gemacht. Ich betreibe eine gut gehende Bar. Wenn Sie wollen, können Sie ja mal vorbeikommen. Finden Sie allein raus?«

Lammers wartete im Treppenhaus auf Dörfner. Sobald er die Tür hinter sich ins Schloss gezogen hatte, sagte er: »Einen Moment lang dachte ich, du stehst auf dieses Arschloch.«

Lammers stieg ein paar Stufen hinab, bevor sie sich zu ihm umdrehte. Auf ihrem Gesicht lag dieses feine Lächeln, bei dem er sich nie ganz sicher war, was es bedeutete. »Und ich dachte einen Moment lang, du wärst eifersüchtig.«

Lammers schüttelte sich wie ein nasser Hund, bevor sie nach unten gingen. »Wenn der Typ einen länger als zwei Minuten anguckt, hat man das Gefühl, man müsste erst mal heiß duschen.«

11

Gabriel Blau, der zweite Vorsitzende des SK Springergabel München-West, empfing sie am frühen Abend im Spiellokal des Vereins. Er war ein kleiner Mann mit rundem Kopf und runder Brille und einer Glatze, von der er sich mit einem Stofftaschentuch ständig den Schweiß wischte. Kant und Rademacher folgten ihm vorbei an den Spielern, die sich an zwei langen Tischreihen über ihre Bretter beugten. Drei oder vier Jugendliche und eine Frau saßen inmitten einer deutlichen Überzahl von älteren Männern. Die Gesichter der Spieler wirkten angespannt. In der konzentrierten Stille kam Kant das Quietschen seiner Schuhe auf dem Parkettboden wie ein Frevel vor, aber niemand hob auch nur den Blick.

Blau führte sie durch einen Vorhang in den Gastraum, wo die Tische mit karierten Decken und Plastikblumen dekoriert waren. Ein einziger Mann saß mit dem Rücken zu ihnen vor einem Teller und einem Glas Bier. Der Duft von Schweinsbraten hing in der Luft. Im Radio lief leise Bayern 3. Blau zeigte auf einen Tisch, auf dem ein paar Aktenordner und eine Metallschatulle standen.

»Ich war gerade mit Papierkram beschäftigt«, sagte er. »Wir können es uns nicht leisten, eigene Räume anzumieten. Der Schachsport boomt zwar, aber Geld ist trotzdem keins da.«

»Sport?« Rademacher ließ sich auf einen Stuhl sacken, der unter seinem Gewicht bedenklich knarrte. Seit sie das Boxstudio verlassen hatten, schleppte er sich nur noch wortkarg und mürrisch hinter Kant her.

Blau warf ihm einen irritierten Blick zu, ging aber nicht auf seine Bemerkung ein. Rademacher lehnte den Kopf an die Holzverkleidung der Wand. Seine Lider hingen auf halber Höhe, als würden ihm gleich die Augen zufallen.

»Wir möchten mit Ihnen über Jakob Holler reden«, begann Kant.

»Unser Jahrhunderttalent«, sagte Blau. »Der könnte blind und simultan gegen den ganzen Haufen da draußen spielen und würde neunzehn von zwanzig Partien gewinnen. Wirklich schade, dass wir uns von ihm trennen mussten.«

»Wie lange war Jakob hier Mitglied?«

»Das kann ich Ihnen gleich sagen.« Blau schlug einen der Ordner auf. »Bei uns ist alles noch auf gutem altem Papier. Ich hasse Computer. Sie machen die Menschen arrogant. Ein Großmeister denkt eine halbe Stunde über einen Zug nach, und jeder Anfänger zu Hause vor dem Bildschirm lacht ihn aus, weil der Computer anzeigt, dass es einen besseren gegeben hätte.« Er blätterte ein paar Seiten um. »Ah, hier. Eingetreten 2002. Mit sechzehn Jahren. Viel zu spät eigentlich. Offenbar hatte niemand Interesse, sein Talent zu fördern. Nach ein paar Monaten systematischen Trainings hatte ich schon keine Chance mehr.« Er lachte leise. »Ausgetreten 2015. Im März. Auf mein Betreiben.«

Ein halbes Jahr vor seinem Verschwinden, dachte Kant. »Warum wollten Sie ihn loswerden?«, fragte er.

»Weil Jakob moralisch ungeeignet war, die Werte unseres Sports zu vertreten.«

Rademacher erwachte aus seinem Dämmerzustand. »Was denn? Hat er gedopt?«

»So in der Art. Natürlich hat er kein Epo gespritzt. Aber er hat verbotene technische Hilfsmittel benutzt.« Blau verschränkte die Arme vor seiner schmalen Brust und lehnte sich auf dem Stuhl zurück. »Was hat er denn überhaupt verbrochen?«

Kant war überrascht. »Nichts, soweit wir wissen. Jakob ist vor drei Jahren verschwunden. Haben Sie das nicht mitbekommen?«

Blau nahm seine beschlagene Brille ab und wischte sie mit dem Taschentuch sauber. »Nein, das wusste ich nicht. Warum kommen Sie nach all der Zeit …« In seinen wässrigen blauen Augen blitzte eine Erkenntnis auf. »Er wurde vermisst … und jetzt haben Sie ihn gefunden? Ist er tot?«

»Wir haben eine unidentifizierte Leiche, die dem ersten Anschein nach Jakob Holler sein könnte«, entgegnete Kant. Mehr brauchte Blau nicht zu wissen. »Sie wollten uns gerade erzählen, warum Sie Jakob aus dem Verein ausgeschlossen haben.«

Blau lächelte mild, als hätte er Kant bei einer durchschaubaren Finte ertappt. »Ach ja? Also gut. Es gab einen Vorfall auf einem internationalen Turnier in Karlsruhe. Das Preisgeld war für unsere Verhältnisse hoch, und Jakob lag am letzten Tag auf dem zweiten Platz. Er brauchte nur noch ein Remis gegen einen jungen französischen Großmeister, um das Turnier zu gewinnen. Während des Spiels war er dreimal auf der Toilette. Und jedes Mal, wenn er wiederkam, hat er genau die richtigen Züge gespielt. Unmenschliche Züge. Computerzüge. Der Sekundant des Gegners hat sich beschwert, und der Schiedsrichter hat die Toilette durchsucht und in einer Plastiktüte im Spülkasten Jakobs Handy gefunden.« Schwungvoll klappte Blau den Aktenordner zu. »Das war's. Eine Schande für den ganzen Verein.«

Im Radio lief leise ein spanischer Sommerhit. Blau stand auf und schaltete es aus. Aus dem Nebenraum hörte man jetzt das

Knarren von Stühlen und das gelegentliche Klappern von Figuren. »Wieso macht jemand so etwas?«, fragte Kant, als Blau sich wieder zu ihnen setzte. »Ich meine, damit ist man in der Schachwelt doch erledigt, oder?«

»Ich weiß es nicht. Jakob war unzugänglich. Schon immer. Aber ich vermute, dass er einfach Geld brauchte. Soweit ich weiß, wohnte er ja noch bei seinen Eltern. Ich kann mir vorstellen, dass die Situation da nicht ganz so einfach war.«

»Wieso?«, fragte Kant.

»Er hatte ja keine Arbeit. Keinen Beruf. Und beim Schach ist es nicht leicht, Geld zu verdienen, wenn man nicht zur absoluten Spitze gehört. Ich schätze mal, die wenigsten Eltern hätten Verständnis dafür.«

Rademacher rieb sich die Augen. »Das kann ich bestätigen«, brummte er. »Kannten Sie Jakobs Eltern?«

»Nein«, sagte Blau. »Die Mutter habe ich ein paarmal gesehen, als sie Jakob hergebracht hat. Aber das ist schon lange her.«

»Hatte Jakob Freunde im Verein? Oder Feinde?«, fragte Kant.

»Ich bezweifle, dass er irgendeinen seiner Vereinskameraden auf der Straße erkannt hätte«, sagte Blau. »Er ist nur zum Spielen gekommen. Hat kaum mal den Mund aufgemacht.«

Kant bemerkte, wie sein Kollege sich neben ihm streckte und leise stöhnte. »Und Sie?«, fragte Rademacher. »Was hatten Sie für eine Beziehung zu Jakob?« Immerhin schien er beschlossen zu haben, sich sporadisch an der Befragung zu beteiligen.

»Am Anfang habe ich versucht, einen Draht zu ihm zu kriegen.« Blau kniff seine dünnen Lippen zusammen. »Aber das habe ich schnell aufgegeben. Ich bin ja kein Sozialarbeiter. Zwei oder drei Jahre habe ich mit ihm vor allem an seinen Eröffnungen gearbeitet, dann konnte ich ihm nichts mehr beibringen.«

Er lachte leise. »Ehrlich gesagt, war ich froh darüber. Der Junge hatte etwas Beunruhigendes an sich.«

»Wie meinen Sie das?«, fragte Kant.

»Ich weiß nicht.« Blau tüpfelte sorgfältig seine Stirn ab. »Das klingt jetzt komisch. Aber in den seltenen Momenten, wenn er einen angesehen hat, da hatte man nicht das Gefühl, dass er einen Menschen vor sich sieht. Man kam sich vor wie ein *Objekt*.«

»Wollen Sie damit sagen, er war eine Art Soziopath?«, fragte Rademacher.

»So weit würde ich nicht gehen. Aber ich bin nur Schachspieler, kein Psychologe.«

Allmählich füllte sich das blasse Bild, das Kant von Jakob hatte, mit Leben. Der Mann auf dem Passfoto bekam eine Vergangenheit. Er war in einer Familie aufgewachsen, die sein besonderes Talent offenbar nicht gefördert hatte. Sein Vater, der Mathematiker, hatte seinem Leben selbst ein Ende gesetzt, und der neue Mann seiner Mutter schien nicht viel von seiner Begabung zu halten. Sein Halbbruder hatte offenbar andere Interessen. Jakob musste sich einsam gefühlt haben. Unverstanden.

Niemand wusste von irgendwelchen Freunden zu berichten. Nachdem er auch noch aus dem Schachverein ausgeschlossen worden war, hatte er die Tage allein im Gartenhaus seiner Eltern verbracht. Mit damals neunundzwanzig Jahren. Mittellos. Unfähig, aus seiner zweifellos vorhandenen Intelligenz Kapital zu schlagen. Was war in seinem Kopf vorgegangen? Hatte er die Welt außerhalb des Schachbretts gehasst? Oder hatte sie ihm Angst gemacht?

Der Vorfall bei dem Turnier in Karlsruhe deutete auf ein gewisses Maß an krimineller Energie hin. Vielleicht war es nicht der einzige seiner Art geblieben. Vielleicht hing sein Verschwinden in irgendeiner Form damit zusammen.

»Nachdem Jakob aus dem Verein ausgeschlossen wurde«, fragte Kant, »haben Sie ihn da noch mal gesehen?«

»Gelegentlich«, sagte Blau. »Aber nur von Weitem.«

»Wo?«

»Im Sommer komme ich immer mit dem Fahrrad her. Manchmal, wenn ich Lust auf ein bisschen Grün habe, fahre ich durch diesen kleinen Park am Alten Nordfriedhof. Da gibt es so ein Schachbrett auf dem Boden.« Er verzog das Gesicht, als wäre das etwas Anstößiges. »Bei schönem Wetter hängen da immer ein paar Leute rum und spielen. Und trinken Bier. Viele Osteuropäer. Ich habe gehört, dass da auch um Geld gespielt wird. Das Niveau soll gar nicht mal so übel sein. Egal. Jedenfalls habe ich Jakob da drei- oder viermal gesehen. Wie gesagt, nur von Weitem.«

»Wann zum letzten Mal?«, fragte Kant.

Blau dachte einen Augenblick nach. »Das muss 2015 gewesen sein. Im August, vermutlich. Im September war ich nämlich mit meiner Frau in Italien. Danach fing es an zu regnen, und ich bin nicht mehr mit dem Fahrrad gefahren.«

Kant bedankte sich bei ihm und stand auf. Rademacher blieb sitzen. Sein Blick war ins Leere gerichtet. Erst als Kant ihm eine Hand auf die fleischige Schulter legte, kehrte er zu ihnen zurück.

»Wolltest du Herrn Blau noch was fragen?«

»Ja ... Wie viele Figuren hat so ein Schachspiel eigentlich?«, sagte er schleppend.

Blau blinzelte hinter seiner Brille. Er schien sich nicht sicher, ob Rademacher versuchte, einen Witz auf seine Kosten zu machen. »Zweiunddreißig.«

»Und bringen die Spieler ihre eigenen Figuren mit?«

»Nein. Wir stellen die Bretter und Figuren zur Verfügung.«

»Mh«, sagte Radmacher. »Ist Ihnen vielleicht aufgefallen, dass bei einem der Spiele eine Figur verloren gegangen ist? Insbesondere im Herbst oder Winter 2015?«

Blau sah ihn ernst an. »Ich bin seit dreiunddreißig Jahren Mitglied in diesem Verein. Soweit ich weiß, ist in dem Zeitraum noch nicht eine einzige Figur verloren gegangen. Wir gehen pfleglich mit unserem Material um.«

Sie gingen durch das Spielzimmer, wo die Vereinsmitglieder in heiligem Ernst ihre Armeen über das Brett navigierten. Kant fragte sich, was für ein Mensch man sein musste, um sein Leben einem Spiel zu widmen, das mehr unterschiedliche Verläufe kannte, als es Atome im Universum gab. Machte das die Faszination aus? Das Gefühl, an etwas teilzuhaben, das größer war als das eigene Leben? Oder ging es nur darum zu beweisen, dass man schlauer war als andere Menschen? Er wusste es nicht, und vermutlich hätte ihm auch keiner der Spieler eine Antwort auf diese Frage geben können.

Draußen ließ Kant sich den Autoschlüssel geben, weil er befürchtete, dass Rademacher den Kampf gegen seine Müdigkeit bald verlieren würde. Und tatsächlich, kaum waren sie losgefahren, sackte ihm das Kinn auf die Brust. Erst auf dem Parkplatz des Präsidiums wachte er wieder auf. Wortlos stieg er aus, klopfte einmal aufs Dach und stapfte zu seinem eigenen Auto.

Kant fuhr nach Hause. In der Wohnung war es so still, dass das Brummen des Kühlschranks in seinen Ohren wehtat. Er warf einen Blick in Fridas Zimmer. Ihre Matratze, auf der sie immer saß, war leer. Natürlich. Es war noch nicht mal 22 Uhr. Ein heißer Sommertag ging zu Ende. Wahrscheinlich hockte sie mit ihren Freundinnen auf einer Parkbank, hörte Musik, lachte, sah den Jungs nach. Oder was man mit sechzehn so machte, wenn die Nächte noch mehr waren als reine Erholungspausen zwischen anstrengenden Tagen.

Er ging ins Wohnzimmer und kramte das zusammenklappbare Schachspiel, das er vor vielen Jahren auf dem Flohmarkt gekauft hatte, aus der Schublade. Nachdem er es abgestaubt hatte, stellte er die Figuren ordentlich auf. Dann drehte er sich eine Zigarette. Während er rauchte, beobachtete er die Figuren scharf. Nichts bewegte sich.

12

Kant beschloss, zu Fuß zum Präsidium zu gehen. Statt sich mit dem Auto durch die überfüllten Straßen zu quälen, würde er die verhältnismäßig kühle Morgenluft genießen. In der Wohnung war es über Nacht kaum abgekühlt, und er hatte sich unruhig auf dem verschwitzten Laken gewälzt, den Kopf voller sinnloser Gedanken. Auch nach einer Dusche und zwei Tassen Kaffee fühlte er sich noch benommen. Vielleicht würde ein kleiner Spaziergang seinem Gehirn auf die Sprünge helfen. Außerdem könnte er Gabriel Blaus Beispiel folgen und einen Abstecher zum Park am Alten Nordfriedhof machen.

Er ging schnell und mit großen Schritten, wie es seine Gewohnheit war, und versuchte, an nichts zu denken. Ein hoffnungsloses Unterfangen. Obwohl sie noch nicht einmal mit Sicherheit wussten, ob Jakob Holler die Leiche in dem Chemikalientank war, drängte er sich immer wieder in seinen Kopf. Spätestens wenn der DNS-Test ihren Verdacht bestätigte, müsste er mehr über Jakobs Leben herausfinden. Im Moment schien es, als beschränkten sich seine früheren Kontakte auf seine Familie und den einen oder anderen Schachspieler, aber das war nur das Offensichtliche. Kant wusste aus Erfahrung, dass die wenigsten Menschen so lebten, wie es auf den ersten Blick wirkte. Familienväter gingen in den Puff, Steuerberaterinnen verzockten ihr Geld auf der Pferderennbahn, Gymnasiasten in Polohemden verkauften Ecstasy auf dem Schulhof. Was trieb ein Schachgenie, wenn es nicht im Gartenhaus seiner Eltern vor dem Computer saß?

Nach zwanzig Minuten, in denen er überwiegend auf seine im Sonnenlicht glänzenden Schuhspitzen gestarrt hatte, hob Kant den Kopf und stand plötzlich vor dem Eingang des kleinen Parks. Auf der quadratischen Wiese pickten die Krähen im Müll von gestern. Ein dicker Junge schoss seinen Ball gegen das Gitter des Ascheplatzes. Auf einer steinernen Tischtennisplatte im Schatten der Kastanien saß ein jugendliches Pärchen und knutschte. Daneben war zwischen zwei Bänken ein Schachfeld mit grauen und weißen Betonplatten in den Boden eingelassen.

Ein dunkelhaariger Mann mit der Statur eines Bauarbeiters hievte gerade mit beiden Händen die Figuren aus einem großen Holzkasten, während ein Zigarettenstummel in seinem Mundwinkel qualmte. Ein anderer, kleiner und älter, stellte sie auf und rückte sie mit der Fußspitze zurecht. Die beiden wirkten so gut gelaunt wie zwei Gerüstbauer am Montagmorgen vor der Frühstückspause.

Kant nickte ihnen höflich zu und setzte sich auf eine der Bänke. Die Schachspieler ignorierten ihn. Wortlos begannen sie ihre erste Partie. Kant sah ihnen zu. Er verstand die ersten Züge, aber dann musste er sich eingestehen, dass er ihren Plänen nicht mehr folgen konnte. Ein weiterer Mann kam, setzte sich auf die Bank gegenüber und goss sich Kaffee in den Deckel seiner Thermoskanne. Die Sonne drang durch die Baumkronen und sprenkelte das Spielfeld und die beiden Kontrahenten mit goldenen Punkten.

Kants Handy vibrierte. Er sah aufs Display. Rademacher. Bestimmt warteten sie schon alle ungeduldig im Besprechungszimmer. Kant nahm den Anruf an und sagte leise: »Fangt schon mal ohne mich an.«

»Das wollte ich auch grad sagen«, entgegnete Rademacher. »Ich muss Mareike kurz zum Arzt fahren.«

»Okay. Bis später.«

Kant legte auf. Hatte Rademacher sich nicht neulich schon absentiert, weil Mareike krank war? Er nahm sich vor, ihn zu fragen, ob sie etwas Ernstes hatte. Vielleicht war das der Grund für seine schlechte Laune.

Die Schachspieler zogen schnell, als wollten sie die erste Partie des Tages möglichst bald hinter sich bringen. Der stämmige Mann schlurfte in Badelatschen und Trainingsanzug über das Feld und brachte den weißen König in Bedrängnis. Der andere begann, hektisch zwischen den Figuren auf und ab zu gehen. Bald brach seine Defensive in sich zusammen. Als Zeichen der Aufgabe kippte er mit dem Knie seinen König um. Der Stämmige gönnte sich ein kurzes Lächeln, bevor er sich zu Kant umwandte.

»Du bist dran«, sagte er mit slawischem Akzent. »Gewinner bleibt am Brett.«

»Ich will Ihre Zeit nicht vergeuden«, entgegnete Kant.

»Zeit ist das Einzige, wovon wir hier jede Menge haben.« Der Mann sah ihm durchdringend in die Augen, bevor er mit einer herrischen Geste auf das Spielfeld zeigte. »Wenn du nicht spielen willst, kannst du dich auch woanders hinsetzen.«

Der einsame Junge auf dem Bolzplatz hämmerte wieder seinen Ball gegen das Gitter. Eine erschrockene Krähe flog von der Wiese auf und ließ dabei eine leere Hamburgerschachtel fallen. Der Verlierer des ersten Spiels setzte sich neben den Mann mit der Thermoskanne und beobachtete Kant interessiert.

»Also gut.«

Sein Herausforderer reichte ihm die Hand. »Ivica.«

»Joachim.«

Sie losten, und Kant bekam die schwarzen Figuren. Er spielte die Sizilianische Verteidigung, aber nach fünf Zügen wich Ivica von der Hauptvariante ab, und Kant geriet ins Schwimmen. Er dachte nicht allzu lang nach, um seinen Gegner nicht zu langweilen. Ivicas Läufer zerlegten seine Stellung wie Filetiermesser. Nach weniger als zwanzig Zügen gab Kant sich geschlagen.
»Danke für die Partie«, sagte Ivica.
»Können wir uns einen Moment unterhalten?«
»Das letzte Mal, dass ich das gehört habe, war kurz vor meiner Scheidung.«
»Ganz so schlimm wird's nicht«, sagte Kant.
Nach kurzem Zögern gab Ivica den beiden Männern auf der Bank ein Zeichen, woraufhin sie begannen, die Figuren für eine neue Partie aufzustellen. Kant und Ivica setzten sich ein paar Meter weiter an einen kleinen Picknicktisch.
»Ich will Ihre Intelligenz nicht beleidigen«, begann Kant. »Ich bin Polizist.«
Ivica wirkte nicht gerade beeindruckt. »Ein besserer Polizist als Schachspieler, hoffentlich.«
Kant lachte. »Ja, das hoffe ich auch. Kennen Sie einen Schachspieler namens Jakob Holler?«
»Wir benutzen hier keine Nachnamen. Aber ich nehme an, du meinst den dünnen Jakob. Der war schon lange nicht mehr hier.« Ivica warf einen Seitenblick auf seine Kollegen am Schachfeld. »Dagegen sind das alles Flaschen. Ich war der Einzige, der ihn ein bisschen gefordert hat.« Er versuchte nicht, den Stolz in seinen Augen zu verbergen. »Was willst du von ihm?«
Kant gab sich zum zweiten Mal geschlagen. Es hatte keinen Sinn, am Siezen festzuhalten. »Ich dachte, du könntest mir ein bisschen was über ihn erzählen.«

»Warum?«

»Er wird vermisst.«

»Ich bin Serbe«, sagte Ivica. »Meine halbe Familie wird vermisst, seit diesem scheiß Krieg.«

»Dann weißt du ja, was das für die Angehörigen bedeutet«, sagte Kant.

Ivica lehnte sich auf der Bank zurück und spielte mit dem kleinen goldenen Kreuz, das an seiner Halskette baumelte. Der geschäftige Lärm der Stadt wurde durch die Büsche um sie herum gedämpft, nur das Dröhnen des Metallgitters drang von dem Fußballplatz herüber. Der Junge war unermüdlich. Wenn er so weitermacht, wird er es noch zu etwas bringen, dachte Kant.

»Jakob war eine Zeit lang zwei- oder dreimal pro Woche hier«, sagte Ivica schließlich. »Er hat nicht viel geredet. Nur gespielt. Wenn Fremde gekommen sind, so wie du, dann hat er ihnen ein paar Euro abgeknöpft. Was soll ich sagen? Wir kommen nicht her, um uns gegenseitig unsere Lebensgeschichte zu erzählen. Hier hat jeder sein Päckchen zu tragen, und das von Jakob war bestimmt nicht das leichteste.«

Kant sah zu den beiden Schachspielern. So wie sie gekleidet waren, hätte man sie auch für Obdachlose halten können, aber auf dem Spielfeld waren sie Könige, die ihre eigenen Armeen befehligten. »Gibt es jemanden, der Grund hatte, Jakob zu hassen?«, fragte er.

»Außer, weil er immer gewonnen hat? Kann ich mir nicht vorstellen.«

»Weißt du noch, wann du ihn zuletzt gesehen hast?«

»Ja«, antwortete Ivica, ohne zu zögern. »Am 30. November 2015. Mittags.«

Kant war erstaunt. »Das ist fast drei Jahre her. Wieso erinnerst du dich so genau?«

»Das ist mein Scheidungstag. Ich weiß noch, wie ich hier auf der Bank gesessen und das Urteil gelesen habe. Alle haben mich beglückwünscht.«

Derselbe Tag, an dem sein Stiefvater ihn zuletzt gesehen hatte, dachte Kant. Bevor Jakob ein Dokument in seinem Holzofen verbrannte und für immer verschwand. »Hat er sich an diesem Tag auffällig verhalten?«

Ivica dachte einen Moment lang nach. »Erst nicht. Wir haben eine Partie gespielt. Königsindisch. Später kam ein Fremder und hat mit ihm geredet. Dann ist er gegangen, ohne sich zu verabschieden, aber das war ja normal.«

»Hast du gehört, worüber die beiden geredet haben?«

»Nein. Sie sind ein Stück weggegangen. Zu den Tischtennisplatten da drüben.«

»Haben sie sich gestritten?«

»Nicht gestritten. Aber es sah aus, als wären sie … ich weiß nicht … nervös.«

»Kannst du den Fremden beschreiben?«, fragte Kant.

»Er war kleiner als Jakob. Kräftiger. Mehr weiß ich nicht. Ich kann mich an jeden Zug erinnern, den ich gespielt habe, aber Gesichter kann ich mir nicht merken.« Ivica zögerte. »Irgendwas war mit seiner Nase. Ich glaube, er hatte ein Pflaster drauf oder so. Vielleicht war sie gebrochen.«

Soweit Kant wusste, hatte Jakob nur zu wenigen Menschen Kontakt gehabt. Wie viele davon waren klein und kräftig und prädestiniert, sich das Nasenbein zu brechen? Spontan fiel ihm nur einer ein: Stefan Holler. Natürlich könnte es auch ein anderer gewesen sein, der ihnen im Laufe der Ermittlungen noch nicht begegnet war, aber er nahm sich vor, Stefan damit zu konfrontieren. Er hatte behauptet, Jakob drei Tage vorher, am 27. November, zuletzt gesehen zu haben. Außerdem hatten

Lammers und Dörfner herausgefunden, dass er für Felix Groß gearbeitet und somit im fraglichen Zeitraum Zugang zu dem Fabrikgelände gehabt hatte. Sollte er sie über seine letzte Begegnung mit seinem Halbbruder belogen haben, würde er eine gute Erklärung parat haben müssen, wenn er nicht zu ihrem Hauptverdächtigen werden wollte. Auch wenn Kant noch keine Ahnung hatte, worin sein Motiv bestehen könnte.

Es würde sich nicht vermeiden lassen, dass Ivica ins Präsidium kam und eine offizielle Aussage machte. Bei der Gelegenheit könnten sie ihm auch ein Foto von Stefan Holler zeigen. Vielleicht würde er ihn ja identifizieren.

»Wenn du nichts dagegen hast, würde ich gerne deine Personalien aufnehmen«, sagte Kant.

»Und wenn doch?«

Kant grinste. »Dann erst recht.«

Ivica zog die Reißverschlusstasche seiner Jogginghose auf und kramte seinen Ausweis heraus. »Unbeschränkte Aufenthaltsgenehmigung.« Er reichte Kant das schmutzige und an den Ecken zerknickte Dokument. »Drei Jahre lang war ich nur geduldet. Dann habe ich eine Deutsche geheiratet. Das hier ist das einzig Gute, was dabei rausgekommen ist«

Kant schrieb die Personalien auf, notierte sich Ivicas Telefonnummer und bedankte sich bei ihm. »Ich melde mich bald.«

»Komm doch einfach vorbei, wenn du eine Partie verlieren willst«, sagte Ivica. »Du scheinst ja nicht völlig untalentiert zu sein.«

Als Kant aus dem Park auf die Straße trat, war von der halbwegs frischen Luft nichts mehr zu spüren. Die Sonne schien grell aus einem blassen Himmel, als wollte sie sämtliches Leben in der Stadt versengen. Kant musste an Frida und ihren Kampf gegen die Klimaerwärmung denken. Sie hatte sich vorgenommen, die Welt zu retten. Mit sechzehn vergeudete man seine Zeit nicht mit unbedeutenderen Zielen. Ab einem gewissen Alter hingegen war man schon froh, wenn man die Welt nur ein kleines bisschen besser machen konnte. Vielleicht sollte man öfter an seine Jugend zurückdenken, überlegte er, damit man seine Messlatte nicht zu niedrig ansetzt.

Sobald er im Präsidium ankam, rief er sein Team zusammen. »Ist Anton immer noch nicht da?«, fragte er von plötzlicher Ungeduld erfüllt, als sich alle versammelt hatten.

Hanna Weiß, die so kühl und frisch wirkte, als wäre sie gerade aus dem H&M-Katalog gestiegen, sah auf die Uhr. »Er wollte eigentlich vor einer halben Stunde kommen.«

Dörfner grinste. »Der ist auch nicht mehr, was er mal war.«

»Seit wann hast du denn um diese Uhrzeit schon so gute Laune?«, fragte Lammers.

»Antons Frau ist krank«, sagte Hanna trocken.

Dörfner hob die Hände. »Entschuldigung. Das wusste ich nicht. Ist es was Ernstes?«

»Können wir langsam mal anfangen?«, sagte Kant. »Hanna, was gibt es Neues aus der Kriminaltechnik?«

Sie sah auf ihren Laptop. »Die Kollegen haben das Projektil aus dem Kniegelenk des Opfers untersucht. Es handelt sich um ein Kaliber 9x19. Die Spuren, die der Lauf hinterlassen hat, weisen auf eine Zastava CZ-99 hin. Die Pistole wird seit den Neunzigerjahren bei der serbischen Armee eingesetzt und ist auch in Deutschland auf dem Schwarzmarkt verbreitet.«

»Und der DNS-Abgleich?«, fragte Lammers. »Wissen wir jetzt definitiv, ob der Tote Jakob Holler ist?«

»Das kann leider noch ein paar Tage dauern«, sagte Hanna. »Die müssen erst DNS aus der Leiche extrahieren und mit der Speichelprobe von Stefan Holler ...«

»Klar«, unterbrach Dörfner sie. »Aber wer würde sonst eine Schachfigur umklammern, wenn er erschossen wird?«

»Vielleicht hat sie ihm jemand in die Hand geschoben«, wandte Lammers ein. »Damit der Tote für Jakob Holler gehalten wird.«

»Möglich«, sagte Kant. »In dem Punkt müssen wir uns einfach noch ein bisschen gedulden.« Er berichtete den anderen von seinem Besuch im Park und Ivicas Beobachtung sowie seinem Verdacht, dass es sich bei dem Fremden um Jakobs Halbbruder handeln könnte.

»Den sollten wir uns vornehmen«, sagte Dörfner. »Stefan Holler hat uns schließlich auch verschwiegen, dass er für diesen schmierigen Immobilienbetrüger gearbeitet hat. Das kann doch kein Zufall sein.«

»Auf jeden Fall müssen wir ihn noch mal befragen«, sagte Kant. »Aber im Moment haben wir nicht mal den Hauch eines Motivs. Deshalb möchte ich vorher die Hintergründe des Fabrikverkaufs aufklären. Da ging es immerhin um ein paar Millionen. Also schlage ich vor, dass ihr beide, du und Petra, zu dieser Maklerin fahrt. Sonja Bruckmayr.«

Dörfner wirkte enttäuscht. Lammers verpasste ihm mit ihrer kleinen Faust einen Schlag gegen die Schulter. »Komm schon, vielleicht ist sie ja hübsch.« Es sah aus, als müsste es wehtun, aber Dörfner verzog keine Miene.

Kant beauftragte Hanna, Stefan Holler für den nächsten Tag vorzuladen. Vielleicht würden sie in der kühlen Atmosphäre des Vernehmungszimmers mehr aus ihm herausbekommen.

»Ich fahre jetzt gleich zu dem Notar, der das Geschäft beurkundet hat«, fuhr er fort. »Allerdings würde ich nur ungern alleine mit ihm reden.« Er sah zu Hanna, die sich ganz auf ihren Laptop konzentrierte. »Da Anton anscheinend aufgehalten wurde, wäre es gut, wenn mich jemand anders begleiten könnte.«

Alle sahen Hanna an. Sie schien es nicht zu bemerken.

»Hanna?«

»Ja?«

»Würdest du mitkommen?«

Kant sah, dass sie schluckte. Eine Hand flatterte von der Tastatur in Richtung ihrer Schulter, stürzte aber kurz vor dem Ziel ab. Sie sah mit ihren Kaleidoskopaugen knapp an Kant vorbei.

»Natürlich, gerne.«

13

Auf der Fahrt zum Büro von Immobilien Kaul in Schwabing las Lammers Sonja Bruckmayrs Akte. Bei dem Prozess gegen Felix Groß hatte die Maklerin mit der Staatsanwaltschaft kooperiert. Sie hatte zugegeben, in mehreren Fällen Kunden akquiriert zu haben, die daraufhin von Groß unter Vorspiegelung falscher Tatsachen Immobilien erworben hatten und um ihr Vermögen gebracht worden waren. Aufgrund ihres Geständnisses war sie mit einer Bewährungsstrafe davongekommen.

Bruckmayr war jetzt neununddreißig Jahre alt. Bis das Betrugsdezernat bei den Ermittlungen gegen Groß auf sie gestoßen war, hatte sie keinerlei Einträge in der Polizeidatenbank gehabt. Auch deshalb war ihre Strafe milde ausgefallen. Aber nach dem Prozess hatte sie ihre eigene Firma aufgeben müssen und sich eine Stelle bei einem Immobilienbüro gesucht. Alles wies darauf hin, dass sie nur eine kleine Nummer war, eine Maklerin, die die unscharfe Grenze zwischen Skrupellosigkeit und Strafbarkeit ein wenig zu weit überschritten hatte.

Lammers hatte noch nie viel für Makler übriggehabt, und seit sie für ihre Zweizimmerwohnung in einem gesichtslosen Wohnblock in Neuhausen knapp zweitausend Euro Provision auf den Tisch gelegt hatte, war ihre Abneigung noch gestiegen. Aber sie konnte sich beim besten Willen nicht vorstellen, was Sonja Bruckmayr mit der Leiche im Chemikalientank zu tun haben sollte. Es war allein Kants Gründlichkeit geschuldet, dass sie sich an diesem strahlenden Sommertag, den man eigentlich an einem kühlen Bergsee verbringen sollte, mit den schlimmsten Auswüchsen der freien Marktwirtschaft herumschlagen musste. Andererseits musste sie zugeben, dass sie schon oft genug erlebt hatte, wie bei scheinbar belanglosen Befragungen die entscheidende Information aufgetaucht war.

Dörfner fand eine zu enge Parklücke vor der Glasfassade des Büros und fuhr schräg hinein, sodass sie halb auf dem Bürgersteig standen. Er grinste zufrieden. Lammers verdrehte die Augen. Sie hatte ihm schon hundertmal erklärt, warum er einen regulären Parkplatz suchen sollte, wenn es sich nicht um einen Notfall handelte. Es hatte etwas mit Respekt vor den anderen und dem Bild der Polizei in der Öffentlichkeit zu tun, aber heute hatte sie keine Lust, darüber zu diskutieren. Manchmal brauchte Ben eine kleine Rebellion, und solange sein Geltungsbedürfnis sich auf so harmlose Weise äußerte, konnte man ruhig einmal darüber hinwegsehen.

Ein Praktikant oder Auszubildender mit streng gescheiteltem Haar und zu weitem Anzug sprang von seinem Schreibtisch auf und fing sie an der Tür ab. »Haben Sie einen Termin?«, fragte er mit um Ernsthaftigkeit und Autorität bemühter Stimme.

Lammers und Dörfner zeigten ihre Ausweise.

»Herr Kaul ist gerade beim Mittagstisch«, sagte der knochige junge Mann.

Lammers sah sich um. Graue Trennwände schirmten die vier Arbeitsplätze in dem geräumigen Büro voneinander ab. Die Schreibtische waren leer und aufgeräumt. Entweder liefen die Geschäfte so schlecht, dass es nichts zu tun gab, oder so gut, dass alle unterwegs waren.

»Macht nichts«, sagte Dörfner. »Wir wollten sowieso mit Frau Bruckmayr sprechen.«

Lammers fragte sich, ob der Praktikant von ihrer Vorgeschichte wusste, als sie sein nervöses Blinzeln bemerkte. »Frau Bruckmayr hat gerade einen Kundentermin«, sagte er. »Am besten rufen Sie an und vereinbaren ...«

Er verstummte, als hinter ihnen die Tür geöffnet wurde. Lammers drehte sich um. Eine Frau kam herein und blieb in dem Flecken Sonnenlicht vor der Glastür stehen. Sie trug einen weißen Blazer und einen weißen Rock, der gerade noch lang genug war, um nicht unseriös zu wirken. Ihr schwarzes Haar flatterte im Durchzug, und Lammers konnte das künstliche Erdbeeraroma ihres Shampoos riechen. Trotz der Hitze wirkte sie frisch, als käme sie gerade aus der Dusche.

»Danke, Lars«, sagte sie. »Ich kümmere mich schon darum.« Sie sah mit ihren dunklen Augen von Dörfner zu Lammers. »Kommen Sie.«

Lars wirkte enttäuscht, dass sein kurzer Moment der Wichtigkeit ein plötzliches Ende gefunden hatte. Er verzog sich hinter seinen Laptop, während Sonja Bruckmayr auf Absätzen, mit denen Lammers sich die Knöchel gebrochen hätte, zu ihrem Schreibtisch in der hinteren Ecke balancierte. Sie hatte ein neutrales Lächeln aufgesetzt, das keine Risse bekam, als Lammers und Dörfner sich vorstellten.

»Wie kann ich Ihnen helfen?«, fragte sie, als hätte sie ein Paar auf der Suche nach einem Eigenheim vor sich.

Alles an ihr ist perfekt, dachte Lammers, die kleinen weißen Zähne, das unauffällige Make-up, die feingliedrigen Hände mit den frisch manikürten Nägeln. Es machte sie misstrauisch, wenn jemand so viel Zeit vor dem Spiegel verbrachte.

»Wir möchten Ihnen ein paar Fragen zum Kauf des Geländes der ehemaligen Kolorit-Werke stellen«, begann Dörfner. »Nur als Hintergrundinformation.«

Lammers beobachtete, wie Bruckmayr ihren Kollegen ansah, bevor sie antwortete. In ihren großen Augen lag eine Naivität, die nicht zu der Branche passte, in der sie arbeitete. Lammers fragte sich, ob sie sich diesen Blick antrainiert hatte. Sie konnte sich vorstellen, dass er hin und wieder ganz nützlich war.

»Bitte«, sagte Bruckmayr schließlich, »tun Sie sich keinen Zwang an.«

»Wie lief das Geschäft ab? Wurden Sie von Herrn Mahler beauftragt, das Gelände zu verkaufen?«

»Nein. Ich hatte einen Kunden, der ein Grundstück im Münchner Norden suchte, um ein Einkaufszentrum zu bauen. Ein Investor. Also habe ich mich bei meinen Kontakten umgehört, ob jemand von einem entsprechenden Grundstück wusste. Daraufhin hat sich Felix Groß bei mir gemeldet. Damals habe ich öfter mit seiner Immobilienholding zusammengearbeitet. Der schlimmste Fehler meines Lebens.« Sie mischte eine wohldosierte Prise Traurigkeit in ihr Lächeln. »Jedenfalls hatte Herr Groß gerade das Fabrikgelände gekauft. Es passte geradezu perfekt. Ich habe es meinem Kunden gezeigt, und er war sofort überzeugt. Wir hatten sogar schon einen Vorvertrag abgeschlossen, aber dann kam heraus, dass das Gelände mit Schwermetallen belastet war. Da ist er natürlich abgesprungen.«

»Wie hat er von der Schadstoffbelastung erfahren?«, fragte Lammers.

»Er kam plötzlich mit einem Bodengutachten an. Ich weiß bis heute nicht, wo er das herhatte.«

»Und wie hieß Ihr Kunde?«

Bruckmayr senkte den Blick. »Ich weiß nicht, ob ich Ihnen das sagen darf.«

»Soweit ich weiß, wurden bei den Ermittlungen gegen Herrn Groß Ihre Akten beschlagnahmt«, sagte Dörfner. »Darin dürfte der Name sowieso auftauchen. Wir können natürlich jemanden abstellen, der das alles noch mal durchstöbert, aber im Moment ist die Personallage bei uns ziemlich angespannt. Wollen Sie uns die Arbeit nicht ein bisschen erleichtern?«

Bruckmayr trommelte dreimal mit den Nägeln auf den Schreibtisch. »Kann ich mich darauf verlassen, dass Sie das vertraulich behandeln?«, fragte sie.

»Wir interessieren uns nicht für Immobilienbetrug. Wir ermitteln in einem Mordfall«, sagte Lammers.

Bruckmayr zog ihre perfekt getrimmten Brauen hoch. »Das ist ja schrecklich«, sagte sie, aber es klang so betroffen, als wäre ihr ein Fingernagel abgebrochen. »Wer ist denn das Opfer?«

Lammers ignorierte ihre Frage. »Damit will ich sagen, ihr Kunde braucht sich keine Sorgen zu machen, solange er nicht darin verwickelt ist.«

»Also gut«, sagte Bruckmayr. »Der Investor heißt Rudolf Sattler. Er ist sehr auf Diskretion bedacht. Ein netter Mann. Ich kann mir wirklich nicht vorstellen, was er damit zu tun haben sollte.«

Lammers notierte sich den Namen, während Dörfner in seinen Unterlagen blätterte. »Herr Groß hat ausgesagt, Sie hätten einen Schlüssel für das Rolltor gehabt«, sagte er.

»Ja, kurz. Damit mein Kunde das Gelände jederzeit besichtigen konnte. Mit seinen Architekten oder Beratern. Aber dazu kam es ja nicht.«

»Und Sie selbst? Wie oft waren Sie auf dem Fabrikgelände?«

»Zweimal«, antwortete Bruckmayr, ohne nachzudenken. »Einmal mit Herrn Groß und einmal mit Herrn Sattler.«

»Wann war das?«

»Irgendwann im Herbst 2015. Genau weiß ich das nicht mehr. Ich müsste in meinem Terminkalender nachsehen. Anfang

November habe ich den Schlüssel zurückgegeben. Nachdem der Kunde abgesprungen war.«

Jakob Holler war zuletzt am 30. November gesehen worden. Falls er der Tote in dem Chemikalientank war, konnte Bruckmayr nicht bei der Deponierung der Leiche geholfen haben. Lammers fragte sich, was sie noch hier sollten. Die ganze Befragung war reine Zeitverschwendung. Sie hatten ihre Pflicht erfüllt und sich lang genug das puppenhafte Lächeln angesehen. Lammers warf Dörfner einen Blick zu, aber er tat so, als bemerkte er es nicht, und beugte sich zu Bruckmayr vor.

»In welcher Beziehung standen Sie zu Felix Groß?«

»Wir waren Geschäftspartner. Der größte Fehler ...«

»Ja, das haben Sie schon erwähnt«, unterbrach Dörfner sie in scharfem Tonfall. Sie lächelte noch immer, aber in ihren Augen ging eine Veränderung vor. Statt Naivität strahlten sie jetzt Wachsamkeit aus. »Und darüber hinaus?«

»Das war alles.«

Lammers war sich ziemlich sicher, dass Dörfner selbst nicht wusste, worauf er hinauswollte, aber sie lehnte sich zurück und beschloss, ihn sich austoben zu lassen.

»Kennen Sie einen Jakob Holler?«, fragte Dörfner.

»Nein.« Sie antwortete immer schmallippiger.

Dörfner griff in den Fahrradrucksack, der zwischen seinen Beinen stand, und sah zu Lammers. Sie nickte. Er knallte das Foto auf den Schreibtisch. Ein bisschen übertrieben, fand Lammers.

»Noch nie gesehen?«

Sie wollte nach dem Bild greifen, überlegte es sich aber anders. Nach einem Augenblick schüttelte sie den Kopf.

»Und Stefan Holler? Seinen Bruder?«

Offenbar brauchte sie eine Millisekunde, um sich klar zu werden, dass es keine gute Idee wäre, sie in dem Punkt zu belügen.

»Ich habe ihn ein paarmal gesehen. Er hat bei Groß als Fahrer gearbeitet.«

»Wussten Sie, dass sein Bruder spurlos verschwunden ist?«

»Nein.«

»Und in welcher Beziehung stehen Sie zu Stefan Holler?«

Sie kniff die Lippen zusammen. »In gar keiner.«

»Mal in seinem Boxstudio gewesen?«

»Nein.«

Hinter ihnen wurde die Tür geöffnet, und ein älterer Mann kam auf seinen Stock gestützt herein. Er fing Bruckmayrs Blick auf und nickte ihr zu, bevor er sich an den Schreibtisch am Fenster setzte.

»Ihr Chef?«, fragte Lammers.

»Herr Kaul. Ja.«

»War bestimmt nicht einfach, mit der Vorstrafe eine Stelle zu finden«, sagte Dörfner.

Sie blinzelte einmal, dann kehrte der naive Ausdruck in ihre Augen zurück. Anscheinend befand sie sich wieder auf sicherem Terrain.

»Ich habe mit der Staatsanwaltschaft kooperiert. Ich versuche, Ihnen zu helfen, so gut ich kann, auch wenn ich nicht weiß, was Sie von mir wollen. Das Geschäft mit dem Fabrikgelände war absolut legal, zumindest was unsere Seite anging. Herr Mahler hat versucht, uns – beziehungsweise die Immobilienholding Groß – zu betrügen, indem er die Schwermetallbelastung verschwiegen hat. Aber das wissen Sie ja alles schon.«

Dörfner packte das Foto wieder ein und sah zu Lammers. »Hast du noch Fragen?«

»Ja«, sagte Lammers. »Hätten Sie vielleicht eine günstige Wohnung in Innenstadtlage? Ich bin alleinstehende Nichtraucherin ohne Haustiere und Kinderwunsch.«

Sie wusste selbst nicht, warum sie das gesagt hatte. Vielleicht um Bruckmayr einmal eine normale menschliche Reaktion zu entlocken. Es gelang ihr nicht; das Lächeln würde sie noch im Schlaf verfolgen.

»Im unteren Preissegment ist die Lage momentan ein bisschen schwierig.« Frau Bruckmayr stand auf und reichte ihnen die Hand. »Melden Sie sich einfach, wenn Sie noch Fragen haben.«

Draußen auf der Straße revanchierte sich Dörfner für den Schlag auf die Schulter, den sie ihm im Präsidium verpasst hatte. So sanft, dass sie es kaum spürte. »Na«, sagte er. »Wie war ich?«

»Ich weiß nicht. Irgendwie hatte ich das Gefühl, dass du mir etwas demonstrieren wolltest. Vielleicht ›Ich bin ein harter Bulle, der sich nicht um den Finger wickeln lässt‹?«

Dörfner lachte. »Du immer mit deinem Psychokram.«

14

In dem engen Aufzug begann sie zu schwitzen, weil sie Angst hatte, dass Kant ihren Schweiß riechen könnte. Sie wich zurück, bis sie das Prickeln der kalten Metallwand am Rücken spürte, und trat wieder einen winzigen Schritt vor. Kant stand ungerührt an der Tür und blätterte in der Akte. Auf dem Weg vom Präsidium zur Kanzlei des Notars hatte er kein Wort gesprochen. Während die Eindrücke auf sie eingeprasselt waren wie ein Starkregen – Ampeln, die nervös die Farbe wechselten, Chromleisten, die im Licht blitzten, das insektenhafte Summen des Verkehrs –, saß er am Steuer, als ginge ihn das alles nichts an. Normalerweise klammerte sie sich an den Haltegriff über der Tür, wenn sie bei jemandem im Auto mitfuhr, aber Kant fuhr nicht, er schwamm inmitten des Schwarms der anderen Fahrzeuge. Wie viel einfacher das Leben doch wäre, dachte sie, wenn er mir nur einen Bruchteil seiner Ruhe abgeben könnte.

»Scheint ja eine fruchtbare Zusammenarbeit gewesen zu sein«, brummte Kant, als die Tür sich lautlos öffnete. »Aber er wusste natürlich von nichts.«

Sie gingen durch einen Flur, in dem es nach Leder und dem Jasminparfüm der Sekretärin roch, und warteten eine Minute neben einem leise blubbernden Wasserspender, bis Schwarzenberger sie hereinrief. Hinter seinem Schreibtisch wirkte er wie ein großer Mann, aber als er zur Begrüßung aufstand, fiel

Hanna auf, wie kurz seine Beine waren. Obwohl er die Fünfzig schon überschritten haben musste, war sein zu einem scharfen Seitenscheitel frisiertes Haar dicht und schwarz. Aus den Hemdsärmeln mit den goldenen Manschettenknöpfen kroch ein dichter Pelz über seine Handrücken, und Hanna musste sich überwinden, ihm die Hand zu geben.

Schwarzenberger dirigierte sie zum Besprechungstisch und rückte ihr einen Stuhl zurecht. Sie schob ihn dezent einen halben Meter zurück, bevor sie sich setzte. Ihre Rolle hier war klar definiert, und sie war froh darüber. Kant hatte sie als Beobachterin und Zeugin mitgenommen. Sie konnte sich zurücklehnen und sich – ha, ha – entspannen.

Die Sekretärin brachte Kaffee, und Schwarzenberger lächelte Hanna aufmunternd zu, während er seine schon blitzblanken Brillengläser putzte. Sie wich seinem Blick aus und betrachtete die wertvollen Ledereinbände in den Regalen, die Kunstdrucke an den Wänden, das Fischgrätmuster des Parketts. Kant trank einen Schluck und wartete, bis die schallgedämpfte Tür ins Schloss gezogen wurde.

»Ich würde gern mit Ihnen über den Verkauf der Kolorit-Werke sprechen«, sagte er dann.

»Das hat Ihre Kollegin am Telefon schon erwähnt.« Schwarzenberger sprach mit Kant, aber er sah sie dabei durch seine eckigen Brillengläser an. Unter seinem Blick kam sie sich nackt vor. Sie lächelte gezwungen und nickte. Er zwinkerte ihr zu, bevor er sich endlich abwandte. Oder vielleicht hatte auch nur sein Augenlid gezuckt. »Eine unglückselige Geschichte«, fuhr er fort. »Aber wieso interessieren Sie sich dafür?« Seine Stimme war leise, aber schnarrend, sodass Hanna das Gefühl hatte, die Vibrationen würden sich auf ihr Inneres übertragen und sämtliche Moleküle in Schwingung versetzen.

»Auf dem Gelände wurde eine Leiche gefunden«, sagte Kant. Schwarzenberger nickte. »Das habe ich in der Zeitung gelesen.« Er machte nicht den Eindruck, als verschaffte ihm das schlaflose Nächte. »Aber der Verkauf liegt fast drei Jahre zurück. Ich sehe da keinen Zusammenhang.«

»Wissen Sie, was mich wundert?«, fragte Kant unbekümmert. »Jedes einzelne Geschäft, das Groß und Bruckmayr über Ihr Notariat abgewickelt haben, kam bei dem Betrugsprozess gegen die beiden zur Sprache, bloß die Sache mit dem Fabrikgelände nicht.«

Schwarzenberger runzelte die Stirn. »Was ist daran so verwunderlich? Man kann doch niemanden erfolgreich betrügen und dabei eine Million verlieren.«

»Eine Million?«, fragte Kant. »Das müssen Sie mir erklären.«

»Unter normalen Umständen dürfte ich Ihnen gar keine Auskunft erteilen. Aber da meine Mandanten mich bei der damaligen Ermittlung in diesem Punkt von der Verschwiegenheitspflicht befreit haben und ich nicht sehe, wie ihnen aus den Informationen Nachteile entstehen können, kann ich wohl eine Ausnahme machen.« Schwarzenberger hatte das mit gesenktem Blick vor sich hingemurmelt wie die immer gleichen Paragrafen eines Kaufvertrags, aber jetzt sah er Kant mit zusammengekniffenen Augen an. »Ich gehe davon aus, dass das unter uns bleibt.«

Kant nickte. Hanna machte es ihm nach und merkte im selben Moment, wie überflüssig es war, denn Schwarzenberger schien ihre Anwesenheit schon vergessen zu haben. Nachdem er anfangs seine guten Manieren demonstriert hatte, konzentrierte er sich jetzt nur noch auf ihren Chef.

»Herr Groß, beziehungsweise die Immobilienholding Groß, hat die ehemaligen Kolorit-Werke für 6,5 Millionen Euro erworben. Einige Monate später erfuhr er von der

Schadstoffbelastung, wodurch ein Weiterverkauf nahezu unmöglich wurde. Ich habe ihm geraten, auf einen Aufhebungsvertrag zu drängen. Herr Mahler war im Prinzip einverstanden. Ich nehme an, er wollte strafrechtlichen Konsequenzen aus dem Weg gehen. Allerdings hatte er – laut eigenen Angaben – etwa eine Million des Kaufpreises schon zur Schuldentilgung verwendet. Um einen langwierigen Prozess zu vermeiden, hat Herr Groß sich auf einen Rückkauf für den Betrag von 5,5 Millionen eingelassen.«

»Und die Million einfach abgeschrieben?«, fragte Kant ungläubig. Nach allem, was Hanna über Groß gelesen hatte, kam ihr das auch ziemlich unwahrscheinlich vor. Es passte einfach nicht zu seinem Charakter, und wenn jemand gegen seine Natur handelte, musste es dafür gute Gründe geben.

Schwarzenberger zuckte mit den Achseln.

»Oder hat er versucht, das Geld auf andere Weise einzutreiben?«, hakte Kant nach.

»Darüber habe ich keinerlei Informationen. Und ehrlich gesagt, interessiert es mich auch nicht.«

Kant saß ganz ruhig mit den Händen im Schoß da, aber Hanna hörte, wie er beim Einatmen leicht schnaufte, und das deutete darauf hin, dass es gleich ungemütlich werden konnte. »So wie es Sie nicht interessiert hat, dass er die Leute mit Schrottimmobilien um ihr Geld gebracht hat?«

Statt einer Antwort lächelte Schwarzenberger kühl.

»Ich weiß nicht, wie Sie sich damals rausgewunden haben, aber wenn sich rausstellt, dass Sie Informationen zurückhalten und die Ermittlungen in einem Mordfall behindern, kommen Sie nicht so glimpflich davon.«

Die Klimaanlage im Büro war so hoch eingestellt, dass Hanna fröstelte, aber als Schwarzenberger sich auf seinem Stuhl zurücklehnte, hinterließen seine Handflächen feuchte Flecken auf der Tischplatte. »Ich bestreite jegliches Wissen über die Geschäftspraktiken von Herrn Groß«, sagte er.

»Okay«, sagte Kant. »Belassen wir es erst mal dabei. Aber Sie können mir doch sicher sagen, wie Herr Groß von der Schadstoffbelastung erfahren hat.«

Schwarzenberger dachte einen Augenblick nach. Hanna glaubte nicht, dass er Mühe hatte, sich zu erinnern. Vermutlich überlegte er, ob er sich mit seiner Aussage in Schwierigkeiten bringen konnte. »Frau Bruckmayr hatte einen potenziellen Käufer, wenn ich mich recht erinnere. Ich glaube, der hat ein Bodengutachten erstellen und es Herrn Groß zukommen lassen.«

»Kennen Sie diesen potenziellen Käufer?«

»Nein.«

»Sagt Ihnen der Name Jakob Holler etwas?«

Schwarzenberger zögerte einen Moment. »Nein. Ich kenne keinen Jakob Holler. Aber Herr Groß hatte einen Angestellten namens Stefan Holler, wenn ich mich nicht täusche. Eine etwas zwielichtige Gestalt.«

Jetzt zog Kant das Dokument aus der Tasche, das Hanna am Vormittag aus der Kriminaltechnik erhalten hatte. Es war die Rekonstruktion der Blätter, die Jakob Holler in seinem Ofen zu verbrennen versucht hatte.

»Jakob Holler ist Ende November 2015 spurlos verschwunden. Das Bodengutachten wurde an seinem letzten bekannten Aufenthaltsort gefunden. Haben Sie eine Idee, wie er daran gekommen sein könnte?«

Schwarzenberger warf einen kurzen Blick auf den Ausdruck. Es gab nicht viel zu sehen. Das Dokument war so stark beschädigt, dass man neben der Adresszeile nur einzelne Wörter und

Zahlen hatte wiederherstellen können. »Woher soll ich das wissen? Wie gesagt, ich kenne den Mann nicht mal.«

Kant legte das Foto von Jakob Holler auf den Schreibtisch. »Sicher?«

»Absolut.«

»Aber das hier ist das Gutachten, wegen dem Herr Groß das Geschäft rückgängig machen wollte?«

Er hob die Hände. »Da kann ich Ihnen nicht weiterhelfen. Ich habe das Gutachten ja nie zu Gesicht bekommen.«

»Aber Frau Bruckmayr hat gesagt, der Investor habe eines erstellen lassen?«

Schwarzenberger schnaufte. Hanna hatte das Gefühl, dass er kurz davorstand, die Geduld zu verlieren. »Soweit ich mich erinnere. Die Angelegenheit ist drei Jahre her. Ich habe seitdem eine Menge Klienten gehabt. Auch wenn meine Reputation beschädigt wurde, weil Gerne-Groß den Hals nicht voll bekommen hat.«

Gerne-Groß, dachte Hanna, keine unpassende Bezeichnung. Wenn Schwarzenberger seinen ehemaligen Geschäftspartner so nannte, könnte das auf eine Feindschaft zwischen den beiden Männern hindeuten. Kant ging nicht darauf ein. Er schrieb etwas in sein kleines graues Notizbuch. Schwarzenberger sah ihn an und wartete. Hanna rutschte auf ihrem Stuhl herum. Das Schweigen der beiden Männer zerrte an ihren Nerven. Schließlich stand Schwarzenberger auf. »Wenn Sie keine Fragen mehr haben …«

Kant machte Anstalten, sich ebenfalls zu erheben. Jetzt oder nie, dachte Hanna. »Augenblick noch«, sagte sie. »Das Datum auf dem Gutachten ist nicht lesbar.« Ihre Stimme klang hoch wie die eines Clowns, der eine Ladung Helium eingeatmet hatte. Schwarzenberger sah sie irritiert an. »Aber ich habe bei dem Institut nachgefragt. Die Bodenproben wurden schon im Juli in Auftrag gegeben. Von einem Mann namens Robert Hölderlin. Der Name und die Adresse waren offenbar frei erfunden. Die zugehörige E-Mail-Adresse existiert auch nicht mehr.«

Kant ließ die Armlehnen los und sank zurück auf seinen Stuhl. Schwarzenberger lächelte, als hätte er gerade entdeckt, dass das Püppchen seiner Tochter sprechen konnte. »Interessant. Und was folgt daraus?«

Sofort bereute sie, sich eingemischt zu haben. Sie hatte nur auf eine Unstimmigkeit aufmerksam machen wollen. Die Anzahl der Schlüsse, die man daraus ziehen konnte, überforderte sie gerade. Unter dem herablassenden Blick des Notars konnte sie keinen klaren Gedanken fassen. Außerdem ging ihr das Bild von dem Püppchen nicht mehr aus dem Kopf. Wenn sie jetzt den Mund aufmachte, würde wahrscheinlich so etwas wie »Dadada« oder »Pippi« herauskommen. Ihre Hand zuckte zur Achsel, aber im letzten Moment konnte sie sich zurückhalten.

»Zumindest dass jemand schon vor dem Verkauf über die Bodenbelastung Bescheid wusste«, kam Kant ihr zur Hilfe.

Hanna war froh, als Schwarzenberger sich wieder auf ihren Chef konzentrierte. »Wie überraschend«, sagte er. »Ich nehme an, Ihr Hölderlin ist Herr Mahler. Selbst bei einem falschen Namen muss er seine Kultiviertheit demonstrieren. Also wusste er von vornherein Bescheid und hat versucht, Herrn Groß zu betrügen.«

»Wovon Sie natürlich nichts wussten.« Jetzt stand Kant wirklich auf. Abrupt. »Ziemlich erschreckend, wie wenig Sie sich für die Geschäfte Ihrer Klienten interessieren. Ich dachte immer, als Notar hätte man eine gewisse Sorgfaltspflicht.«

Schwarzenberger blieb am Tisch sitzen. »Sie finden sicher allein raus. Ach so, wenn Sie mich das nächste Mal sprechen wollen, schicken Sie mir doch einfach eine Vorladung. Falls Sie einen Staatsanwalt finden, der die ganzen alten Geschichten noch mal aufwärmen will.«

Hanna war froh, als sie endlich das Büro verließen. Sie folgte Kant zum Aufzug. Schweigend warteten sie, bis der Gong ertönte und die Tür aufging. Sobald sie in der Kabine standen, sagte Kant: »Ich wusste gar nicht, dass du schon mit dem Analyseinstitut telefoniert hast.«

Eigentlich hatte sie es ihm schon sagen wollen, als sie das Präsidium verließen, aber er hatte so konzentriert und in sich gekehrt gewirkt, dass sie sich nicht getraut hatte, ihn zu stören. Und dann hatte sie es vergessen, bis das Thema zur Sprache gekommen war. Wie sollte sie das erklären?

»Ich weiß, dass solche Ausflüge nicht deiner Stellenbeschreibung entsprechen«, fuhr Kant fort. »Du hast dich schließlich auf einen Bürojob beworben.«

Hanna sah zu Boden. Auf Kants große schwarze Lederschuhe. Einmal nahm er sie mit, und schon verdarb sie alles. »Tut mir leid«, sagte sie. »Ich hätte mich nicht einmischen sollen.«

»Nein«, sagte Kant. »Ich wollte darauf hinaus, dass ich in nächster Zeit gezwungen sein könnte, dich öfter mitzunehmen. Angesichts der angespannten Personalsituation. Falls das für dich okay ist.«

15

Die Sonne ging auf, als wäre es nur ein weiterer ganz normaler Tag in Rademachers Leben. Wie immer war er als Erster auf den Beinen, trank im Morgenmantel am Küchentisch eine Tasse Kaffee und las den Lokalteil der Zeitung, bevor der ganze Trubel losging. Aber heute konnte er sich auf keinen einzigen Artikel konzentrieren. Die Buchstaben verschwammen vor seinen Augen. Und im Vorgarten des Reihenhauses, das sie vor sechs Jahren gemietet hatten, zwitscherten die Vögel, als wollten sie ihn verspotten.

Überall erwachte das Leben. Der Nachbarsjunge trat seinen Motorroller an. Der Postbote kam auf seinem Fahrrad pfeifend die Straße entlang. Im Haus rauschte das Wasser durch die Rohre, als Mareike unter die Dusche stieg. Rademacher fragte sich, wie oft er diese Geräusche, die er bis heute nur als Störung seiner morgendlichen Ruhe betrachtet hatte, wohl noch hören würde.

Seit gestern hatte er Gewissheit. Die Tage nach der Darmspiegelung, zu der Mareike ihn überredet hatte, waren schon ein Albtraum gewesen, aber als der Gastroenterologe ihn mit übertriebener Herzlichkeit in das Sprechzimmer gebeten hatte, war ihm sofort klar gewesen, dass es noch viel schlimmer kommen würde. Die Tumore waren bösartig. Es gab keinen anderen Ausweg: Man würde ihn aufschneiden, in seinem Innersten herumfuhrwerken und ihn wieder zusammenflicken. Und zwar so bald wie möglich.

Dr. Weiler, der Arzt, der seine Eingeweide auf links gedreht hatte, war optimistisch, aber was hatte das schon zu bedeuten? Mit einem Mal rückte der Traum, in ein paar Jahren mit Mareike einen kleinen Campingplatz an der Nordsee zu eröffnen, in weite Ferne. Stattdessen musste er sich mit der Frage auseinandersetzen, ob er noch erleben würde, wie Anna-Lena in die Schule kam. Vielleicht würde sie sich in ein paar Jahren gar nicht mehr an ihn erinnern.

Rademacher faltete die ungelesene Zeitung zusammen und steckte sie in den Ständer in der Ecke. Er begann, den Tisch zu decken, aber als er hörte, wie Hank die Treppe hinuntergehüpft kam und dabei Walfischlaute imitierte, wurde ihm klar, dass er ein gemeinsames Frühstück nicht durchstehen würde. Nicht heute, dafür saß der Schock noch zu tief. Er flüchtete ins Gästebad, zog sich schnell an und schnappte sich den Autoschlüssel vom Haken im Flur. Während der kleine Meeresforscher sich in der Küche Smacks in eine Schüssel schüttete, lief Rademacher aus dem Haus. Auf der Flucht vor seiner eigenen Familie.

Natürlich war er viel zu früh am Präsidium. Er parkte am Straßenrand und wartete eine Dreiviertelstunde im Auto, um zu vermeiden, dass jemand blöde Fragen stellte. In dieser Zeit fasste er einen Entschluss. Niemand durfte etwas erfahren. Er würde seiner Arbeit nachgehen und sich um seine Familie kümmern, ohne sich etwas anmerken zu lassen. Mareike musste ihn decken, zumindest bis zur Operation. Danach konnten sie sich immer noch an seinem Krankenbett versammeln, während seine Scheiße in einen Plastikbeutel floss. Oder Blumen auf sein Grab legen.

Das Letzte, was er gebrauchen konnte, war Mitleid. Ein aufmunterndes Schulterklopfen, und er würde auf der Stelle zusammenbrechen.

Als er Kant um die Ecke kommen sah, sprang er aus dem Auto und fing ihn vor der Treppe zum Eingang ab.

»Morgen, Chef«, sagte er mit aller Munterkeit, die er aufbringen konnte. »Sollen wir gleich los?«

Kant blieb mit der Aktentasche unter dem Arm stehen und bedachte ihn mit einem merkwürdigen Blick. »Wie geht es Mareike?«, fragte er.

Lag da eine Spur Ironie in seiner Stimme? Es würde nicht leicht werden, diesen misstrauischen Hund zu täuschen.

»Ach«, sagte er, »kompletter Fehlalarm. Du weißt doch, wie die Frauen sind. Ein bisschen Kopfschmerzen, schon glauben sie, sie hätten einen Gehirntumor.«

Kant lächelte. »Meiner Erfahrung nach sind Männer wesentlich wehleidiger.«

Rademacher konnte nicht zulassen, dass sich das Gespräch in diese Richtung entwickelte. »Ich kann's kaum erwarten, diesen halbseidenen Boxer in die Zange zu nehmen. Seine Aussage hat mehr Löcher als mein Spätzlesieb.«

»Also gut«, sagte Kant. »Schmeißen wir ihn aus dem Bett.«

Sie fuhren mit dem Dienstwagen zu Stefan Hollers Wohnung, die praktischerweise gleich über dem Boxstudio lag. Holler öffnete nach dem dritten Klingeln und empfing sie mit nacktem Oberkörper und nassen Haaren an der Wohnungstür. »Sie schon wieder«, sagte er. »Kann man nicht mal mehr in Ruhe duschen?«

»Wir hätten noch ein paar Fragen«, sagte Kant.

Holler sah ihn mit seinem stechenden Blick an. »Na, dann kommen Sie doch rein.« Er drehte sich um und ging durch den unmöblierten Flur in ein kleines Wohnzimmer. Zwei Klappstühle und ein wackliger Resopaltisch dienten als Essecke. Ein einsamer Sessel stand direkt vor dem Fernseher, der auf dem

Karton thronte, in dem er geliefert worden war. An der Decke baumelte eine nackte Glühbirne. Durch die offene Tür konnte man die Schlafzimmereinrichtung sehen, die lediglich aus einer auf dem Boden liegenden Matratze und einer Kleiderstange bestand.

Rademacher wunderte sich, dass kein einziges Bild an der Wand hing und nirgendwo ein persönlicher Gegenstand herumlag. Wie konnte man nur so leben? Hollers gesamten Besitz hätte man in zwei Stunden mit ein paar Umzugskartons und einem Kombi abtransportieren können.

»Gemütlich haben Sie es hier«, sagte er. »Dürfen wir uns setzen?«

Holler zeigte auf die Klappstühle und ließ sich auf den Sessel fallen. »Machen Sie es kurz. In einer halben Stunde kommt mein erster Schüler. Einzeltraining. Ein grauhaariger Architekt ohne jedes Talent. Früher haben so Leute Minigolf gespielt. Aber Boxen ist eben angesagt. Der Mann zahlt jede Menge Kohle und wartet nicht gern.«

»Das trifft sich gut«, sagte Rademacher. »Wir sind nämlich auch sehr beschäftigt. Kommen wir also gleich zur Sache. Warum haben Sie uns verschwiegen, dass Sie für Felix Groß gearbeitet haben?«

»Felix Groß?« Holler versuchte offenbar, Zeit zu gewinnen, um nachzudenken, was bei ihm eine Weile dauerte. Komisch, wie ungerecht in der Familie das Hirn verteilt ist, dachte Rademacher. »Das ist ja schon ewig her. Woher sollte ich wissen, dass Sie das interessiert?«

»Worin bestand Ihre Tätigkeit für Herrn Groß?«, fragte Kant.

»Fahrer. Ich war sein Fahrer.«

»Ach ja?«, sagte Rademacher. »Hat der keinen Führerschein oder wieso braucht der einen Chauffeur?«

Statt zu antworten, sah Holler auf seine Hände und massierte die Haut zwischen den Knöcheln. Rademacher trommelte demonstrativ mit den Fingern auf der Tischplatte. »Das ist ja nicht verboten, oder?«, brachte Holler schließlich hervor.

»Obdachlose verprügeln aber schon«, sagte Rademacher.

»Was?«

»Sparen Sie sich das Theater. Groß hat alles zugegeben.«

Holler zuckte mit den Schultern. »Wir haben denen nur ein bisschen Angst gemacht.«

»Und Sie dachten, das würde uns auch nicht interessieren?«, fragte Rademacher. »Dass Sie auf dem Gelände waren, auf dem die Leiche gefunden wurde, die möglicherweise Ihr Bruder ist?«

Holler rieb sich das Gesicht. Er konnte keine Sekunde stillhalten. »Ich habe niemandem was getan. Ich hatte bloß Angst, dass Sie mir was anhängen wollen. Vielleicht sollte ich mir lieber einen Anwalt nehmen.«

»Niemand will Ihnen was anhängen«, sagte Kant. »Wir wollen nur die Wahrheit wissen.«

Holler sprang auf und machte einen Schritt nach vorn, aber dann blieb er stehen, als hätte er vergessen, wo er hinwollte. »Ja, das war ein Fehler. Die Sache mit den Obdachlosen. Ich hätte mich nie darauf einlassen sollen. Groß hat mich überredet. Er hat mir Arbeit gegeben, als ich aus dem Gefängnis kam und keiner was mit mir zu tun haben wollte. Ich dachte, ich bin es ihm schuldig, deswegen habe ich mitgemacht.« Er atmete einmal tief durch. »Aber von der Leiche, die da gefunden wurde, weiß ich nichts. Ich war nur dieses eine Mal auf dem Gelände. Und ich weiß auch nicht, was aus Jakob geworden ist.«

»Den Sie laut Ihrer Aussage zuletzt am 27. November 2015 im Haus Ihrer Eltern gesehen haben«, sagte Rademacher.

»Ja. Genau. Ich muss jetzt runter ins Studio.« Er ging auf die Tür zu. Rademacher stand auf und verstellte ihm den Weg. »Wir sind noch nicht fertig.«

Holler blieb so dicht vor ihm stehen, dass Rademacher die Schlagader an seinem Hals pochen sehen konnte. Er war größer und schwerer als Holler, aber natürlich hätte er gegen einen austrainierten Boxer keine Chance, selbst wenn er noch so in Form wäre wie damals, als er in seiner Gewichtsklasse einer der besten Judokas Münchens gewesen war. Trotzdem wünschte er sich einen kurzen Moment lang, dass Holler handgreiflich werden würde.

»Waren Sie am 30. November 2015 im Park am Nordfriedhof?« Kants scharfe Stimme erstickte die Wut, die in Hollers Augen aufgeflackert war.

Holler drehte sich langsam um. »Vor drei Jahren? Weiß ich nicht mehr. Wieso?«

»Weil wir einen Zeugen haben, der Jakob da gesehen hat. Im trauten Gespräch mit einem Mann mit gebrochener Nase.«

»Und?«

»Haben Sie Ihren Bruder da getroffen? Ja oder nein?«

»Nein.«

»Hatten Sie im November 2015 zufällig eine gebrochene Nase?«

Holler sah Rademacher an, als er antwortete. »So ein Nasenbein ist schnell durch.« Er wippte ungeduldig auf den Fußballen. »Ich kann mich nicht erinnern. Meine Nase war schon oft gebrochen. Und jetzt lassen Sie mich durch.«

Rademacher sah zu Kant. Sein Chef nickte. Widerwillig trat Rademacher zur Seite. Holler verschwand im Schlafzimmer und kam mit einem engen schwarzen T-Shirt über dem muskulösen Oberkörper zurück. Im Flur schwang er sich seine

Sporttasche über die Schulter. »Ich möchte Sie bitten, meine Wohnung zu verlassen«, sagte er mit einer Förmlichkeit, die aus seinem Mund aufgesetzt klang.

Sobald sie im Hausflur standen, zog Holler die Tür hinter sich zu und schloss zweimal ab. Sie gingen nach unten in den Hof, wo ihnen heiße Luft und der Gestank von Müll entgegenschlugen. Ohne sie weiter zu beachten, stieg Holler die Betontreppe zu den Trainingsräumen hinab.

»Wir sprechen uns noch«, rief Rademacher ihm nach.

Auf dem Rückweg zum Präsidium bekam er mit einem Mal einen solchen Hungeranfall, dass er unverzüglich handeln musste. Kein Wunder, schließlich hatte er das Frühstück ausfallen lassen. Er hielt in zweiter Reihe vor einer Metzgerei und kaufte sich zwei Leberkässemmeln mit süßem Senf.

Erst als Kant das Steuer übernommen hatte und er mit der Alufolie auf dem Schoss gierig den ersten Bissen nahm, fiel ihm wieder ein, dass er wahrscheinlich bald sterben musste. Unglaublich, dieses Leben, dachte er, man tut einfach, als würde es weitergehen, und dann geht es tatsächlich irgendwie weiter.

»Übrigens«, sagte er mit vollem Mund, um gar nicht erst wieder in Schwermut zu versinken. »Du solltest mal besser auf dein Töchterchen aufpassen. Leonie hat mir erzählt, dass Frida irgendwas aushecke. Irgendwas Illegales. Um den Leuten die Augen zu öffnen, hat sie gesagt.«

Die Skepsis in Kants Miene war unübersehbar. »Und was soll das sein?«

»Nichts Genaues weiß man nicht«, sagte Rademacher, weil er wusste, dass Kant sich über diese Formulierung ärgern würde. Schließlich war es normal, sich unter Kollegen gegenseitig ein bisschen zu quälen. Und im Moment gab es nichts, wonach Rademacher sich mehr sehnte, als Normalität.

16

Manchmal hatte Dörfner das Gefühl, das halbe Leben bestünde aus Besprechungen. Oder dem Warten auf Besprechungen. Nachdem er den Morgen am Schreibtisch verbracht hatte, saß er jetzt mit Lammers in dem vorbereiteten Raum, während Hanna im Nebenzimmer irgendwelche Unterlagen zu exakten Stapeln zusammenklopfte, aber Kant und Rademacher waren noch nicht zurück. Die sommerliche Luft, die durch das halb offene Fenster wehte, steigerte seine Ungeduld. Er wippte mit dem Stuhl, bis Lammers den Blick von ihrem Laptop hob und ihn scharf ansah. Er hatte noch nie gut still sitzen können. Deswegen war er schlecht in der Schule gewesen, deswegen war er zweimal durch die theoretische Führerscheinprüfung gefallen, deswegen konnte er kein Buch zu Ende lesen. Das war das eine Problem. Das andere bestand darin, dass er sich zu schnell verliebte. Normalerweise in Frauen, die aus irgendeinem Grund unerreichbar waren. Wie Petra Lammers. Und, neuerdings, Hanna Weiß. Er wusste, dass nichts daraus werden würde, und vielleicht war genau das der Grund, aus dem diese Frauen ihn anzogen.

Gestern war er in den Nachtklub seines Bruders gefahren. Mitten in der Woche. Weil er sich in seiner Wohnung plötzlich eingesperrt gefühlt hatte. Bei dröhnend lauter Musik hatte er in dem fast leeren Laden an der Theke gesessen und einen Wodka Lemon nach dem anderen getrunken, bis Frank endlich

Zeit für ihn hatte. Er hatte sich nur ein bisschen amüsieren und ein paar von Franks verrückten Geschichten hören wollen, aber dann war er so betrunken gewesen, dass er Frank seine Theorie erzählte. Die von den unerreichbaren Frauen. Unvorsichtigerweise äußerte er die Vermutung, er könne an einer Art Bindungsangst leiden. Und das habe vielleicht irgendetwas mit dem Verhältnis zu ihrem Vater zu tun.

Frank lachte bloß. Für ihn war das ganze Leben nur ein ausgeklügelter Scherz. Aber er war auch pragmatisch veranlagt. »Weißt du, was meine Theorie ist?«, sagte er, während er ihm noch ein Glas einschenkte. »Ich glaub, du brauchst mal wieder einen richtigen Fick. Warte mal, du kennst doch Janine, die neue Kellnerin? Die hat grad keinen Freund.« Er drehte sich zu dem Regal um, wo Janine gerade die Lücken in den Reihen der Schnapsflaschen auffüllte. »Janine, komm doch mal kurz zu uns.«

Dörfner rutschte von seinem Barhocker, lief aus dem Laden und fuhr mit seinem Fahrrad durch die milde Sommernacht nach Hause. Und jetzt saß er hier mit einem nervigen Pochen im Hinterkopf und fragte sich, ob Frank vielleicht nicht ganz unrecht hatte. Es war wirklich schon viel zu lange her.

Endlich kamen Kant und Rademacher durch die Tür. Dörfner hielt sich selbst nicht für besonders sensibel, aber er spürte sofort, dass in Rademacher eine Veränderung vorgegangen war. Normalerweise stellte er eine gewisse Brummigkeit zur Schau, um seine grundlegende Gutmütigkeit zu verbergen, aber heute lag in seinen braunen Augen eine unterdrückte Wut. Oder war es Schmerz? Er wirkte wie ein Bär, der mit einem Fuß in der Falle hing.

Aus diesem Grund verkniff sich Dörfner eine Bemerkung zu dem Senffleck auf Rademachers kurzärmeligem Hemd, als dieser sich auf den Stuhl gegenüber sinken ließ. Stattdessen beobachtete er Hanna, die den Tisch umkreiste und ihre Unterlagen verteilte. Auch bei ihr meinte er eine Veränderung feststellen zu können. Gewöhnlich gab sie sich alle Mühe, eine neutrale und unbeteiligte Miene aufzusetzen, aber heute strahlte etwas durch diese Fassade hindurch, als hätte jemand in ihr eine Lampe angeknipst.

»Aufwachen, Ben«, sagte Kant. »Wir fangen an.« Wenigstens Kant war wie immer. Der Fixstern, um den alles kreiste.

»Anton und ich haben gerade mit Stefan Holler geredet. Eins ist sicher, er ist auf irgendeine Weise in den Fall verwickelt. Er hat für Felix Groß gearbeitet, der das Fabrikgelände im fraglichen Zeitraum besaß. Und er hat zugegeben, dass er an der Vertreibung der Obdachlosen beteiligt war. Allerdings bestreitet er, Jakob am 30. November 2015 im Park getroffen zu haben. Wie glaubwürdig das ist, sei mal dahingestellt.«

Dörfner sah Hanna zusammenzucken, als Rademacher mit der flachen Hand auf den Tisch schlug. »Warum nehmen wir ihn nicht vorläufig fest? Vielleicht macht er dann endlich den Mund auf.«

»Oldenburg lacht uns aus«, sagte Kant. »Kein Staatsanwalt der Welt wird Haftbefehl beantragen, solange wir weder das Motiv kennen noch beweisen können, dass Jakob Holler überhaupt der Tote ist.«

»Also haben wir im Grunde genommen nichts«, schaltete sich Lammers ein. »Kann man da im Labor nicht mal Druck machen, Hanna?«

»Ich habe heute Morgen angerufen und nachgefragt«, sagte Hanna. »Sie rechnen übermorgen mit einem Ergebnis des DNS-Abgleichs.«

»Na toll.« Dörfner kannte niemanden, der so schön die Augen verdrehen konnte wie Lammers.

»Reden wir über das Motiv«, sagte Kant. »Jakob Holler war im Besitz der Bodenanalyse, die Groß sein schönes Geschäft versauen konnte. Vielleicht hat er Groß erpresst? Und der hat Stefan Holler beauftragt, ihn umzubringen?«

»Den eigenen Bruder?«, wandte Dörfner ein. »Das kann ich mir nicht vorstellen.«

»Halbbruder«, sagte Rademacher. »Außerdem sind ja nicht alle Geschwisterpaare so aufeinander fixiert wie du und dein kleinkrimineller Bruder.«

Dörfner dachte gerade über eine Antwort auf diese unverschämte Unterstellung nach, als Lammers ihm die Hand auf den Unterarm legte. »Lass gut sein«, flüsterte sie.

»Jedenfalls ist das Geschäft geplatzt«, fuhr Kant unbeirrt fort, »weil dieser Investor, Rudolf Sattler, an die Bodenanalyse gelangt ist. Wir müssen rausfinden, wo er die herhatte. Die halb verbrannten Unterlagen, die wir in Jakobs Gartenhaus gefunden haben, wurden von dem Labor schon im Juli erstellt. Wahrscheinlich war Konstantin Mahler selbst der Auftraggeber. Hat Jakob sie sich irgendwie verschafft und an Sattler weitergegeben?«

Hanna räusperte sich. »Ja?«, sagte Kant. »Wolltest du etwas sagen?«

Wenn alle sie ansahen, wirkte Hanna wie ein Reh im Scheinwerferlicht. Sie brauchte einen Augenblick, um sich aus ihrer Starre zu lösen. »Ich habe versucht, Rudolf Sattler zu finden«, sagte sie leise. »Leider vergeblich. Er hat nämlich keinen festen Wohnsitz. Dafür aber ein paar Einträge bei INPOL-neu.« Sie sah auf ihren Laptop. »Zwei Festnahmen wegen Ladendiebstahls. 2013 und 2015. Mehrere Verstöße gegen Platzverweise. Unter anderem am Hauptbahnhof und am Sendlinger Tor. Im selben Zeitraum. Danach nichts mehr.«

Langsam verlor Dörfner den Überblick. Ein millionenschwerer Investor, der im Laden klauen ging und auf der Straße herumlungerte, bis die Polizei ihn vertrieb? Das passte doch hinten und vorne nicht zusammen.

»Das muss ein anderer Rudolf Sattler sein«, sagte Lammers, der offenbar ähnliche Gedanken durch den Kopf gegangen waren.

Hanna schüttelte den Kopf. »Unwahrscheinlich. Es gibt nur drei Personen mit diesem Namen in München. Einer ist zwei Jahre alt, einer sechsundneunzig. Die kommen wohl kaum infrage.«

»Das ist doch lächerlich«, sagte Rademacher. Es klang, als wäre er persönlich beleidigt.

»Irgendwelche Anhaltspunkte, wie wir ihn finden können?«, fragte Kant.

»Viele Wohnsitzlose haben eine Postadresse, an die die Behörden ihre Briefe schicken«, sagte Hanna. »In Sattlers Fall ist das die Obdachlosenhilfe Morgenröte.«

Kant stand auf. »Gute Arbeit, Hanna.« Er sah zu Dörfner und Lammers. »Das ist doch eine schöne Aufgabe für euch. Ihr müsst den Mann finden. Fangt bei der Obdachlosenhilfe an. Anton und ich sprechen noch mal mit dem feinen Herrn Mahler. Der hat uns schließlich auch belogen, was den Verkauf der Fabrik angeht.«

Dörfner war alles andere als begeistert. Jeder Obdachlose, der ihm über den Weg lief, erinnerte ihn an seinen Vater. Absurderweise führte ihn seine Arbeit immer wieder in genau das Milieu zurück, dem er durch sie hatte entfliehen wollen.

»Komm«, sagte Lammers. »Oder willst du lieber hierbleiben und Papierkram erledigen?«

Sie fuhren durch die Mittagshitze nach Milbertshofen. Die Obdachlosenhilfe Morgenröte war im Erdgeschoss eines

Bürogebäudes untergebracht, das selbst im hellen Sonnenschein trostlos und grau wirkte. Aber die Räume, die sich hinter der Fassade aus Beton und Glas verbargen, strahlten Wärme und Behaglichkeit aus. Dörfner und Lammers durchquerten ein großes Zimmer voller Holztische mit bunten Tischdecken und Postern an den Wänden. In einer Ecke stand ein Kicker, in der anderen ein Regal mit Gesellschaftsspielen. Die Einrichtung erinnerte Dörfner eher an ein Jugendzentrum als an einen Obdachlosentreff. Im Moment saß nur ein einziger Mann mit einer Tasse Kaffee in der Hand still am Tisch und sah auf die viel befahrene Straße hinaus.

Hinter dem Aufenthaltsraum lag das Büro von Cordula Simbach, der Leiterin der Einrichtung. Sie begrüßte sie so überschwänglich, als hätte sie sich schon lang darauf gefreut, einmal Bekanntschaft mit der Kriminalpolizei zu machen, und geleitete sie in die Sitzecke, wo sie ihnen selbstgemachten Eistee servierte.

»Wir möchten mit Ihnen über Rudolf Sattler sprechen«, begann Lammers ohne lange Einleitung.

Frau Simbach ging zu dem Regal neben dem Fenster und musste sich strecken, um den Ordner aus dem obersten Fach zu erreichen. Die Puffärmel ihres Kleids schnitten in ihre drallen Oberarme. Sie setzte sich zu ihnen und legte sich den Ordner auf den Schoß. Als sie lächelte, kamen ihre winzigen Zähne zum Vorschein. Dörfner mochte sie sofort. Insgesamt schien sich der Termin angenehmer zu entwickeln, als er befürchtet hatte.

»Was möchten Sie denn wissen?«, fragte Frau Simbach.

»Wann haben Sie ihn zuletzt gesehen?«, erwiderte Lammers.

»Hm, das ist schon eine ganze Weile her. Vielleicht vor drei Jahren.«

»Aber er lässt sich nach wie vor die Post hierherschicken?«

Frau Simbach schlug den Ordner auf. Sie leckte sich die Fingerspitzen, bevor sie durch die Seiten blätterte. »Alles schon ein paar Jahre alt«, sagte sie nach einer Weile. »Der letzte Brief ist ein Mahnbescheid wegen einer unbezahlten Rate. Vor sechs Jahren hatte er kurz eine Mietwohnung in Aussicht. Da hat er sich als Erstes mal einen Fernseher gekauft. Auf Kredit. Wie auch immer er das hingekriegt hat. Der Mahnbescheid ist vom 12. Oktober 2015. Manche geben echt nie auf.«

Das war etwa einen Monat vor Jakobs Verschwinden, dachte Dörfner. Wenn er noch in der Stadt war, musste doch auch bei einem Obdachlosen irgendwelche Korrespondenz anfallen. Und wenn es nur Anzeigen oder Mahnungen waren. »Haben Sie eine Idee, wo sich Herr Sattler zurzeit aufhalten könnte?«, fragte er.

Frau Simbach klappte den Ordner zu. Das Telefon auf ihrem Schreibtisch klingelte. »Entschuldigung.« Sie stand auf, um es stumm zu stellen. »Warum suchen Sie ihn denn überhaupt?«

»Wir ermitteln in einem Mordfall«, sagte Lammers. »Er könnte ein wichtiger Zeuge sein.«

Das brachte Frau Simbach offensichtlich zum Nachdenken. Dörfner beobachtete, wie sich ein Doppelkinn bildete, als sie angestrengt die Lippen zusammenpresste. Aber nach einem kurzen Moment hellte sich ihre Miene wieder auf. »Vielleicht hat er es ja wirklich geschafft. In meinem Beruf hört man so viele Lügengeschichten, dass man irgendwann selbst die Wahrheit nicht mehr glaubt.«

»Das kommt mir bekannt vor«, sagte Dörfner.

»Was meinen Sie damit?«, fragte Lammers.

»Wissen Sie, viele Wohnungslose entwickeln Fantasien, um ihren trostlosen Alltag zu bewältigen. Manche erzählen mir, sie würden bald eine Million erben, andere stehen kurz vor ihrem Durchbruch als Schriftsteller oder haben irgendwelche genialen Geschäftsideen. Mich macht das immer traurig, weil ich weiß, dass das alles nur Träume sind.«

Dörfner beobachtete, wie sich ihre Mimik ständig veränderte. Jede Empfindung trat ungefiltert an die Oberfläche. In seiner wöchentlichen Pokerrunde wäre sie ein gern gesehener Gast gewesen.

»Der Rudi und ich, wir hatten ein ganz gutes Verhältnis. Er war ja eigentlich eher ein schüchterner Mensch, aber nachdem er Vertrauen zu mir gefasst hatte, hat er mir manchmal von seinem Traum erzählt. Er wollte auswandern. Nach Spanien. Wo die Winter mild sind. Wo man nicht aus den Innenstädten vertrieben wird. Wo die Leute nicht auf einen herabsehen. Na ja, das war jedenfalls seine Vorstellung. Ich nehme an, die Realität sieht ein bisschen anders aus.«

»Und Sie haben Grund zu der Annahme, dass er wirklich in Spanien ist?«, fragte Lammers mit einer Spur Ungeduld in der Stimme.

»Er hat mir keine Postkarte geschrieben, falls Sie das meinen.« Einen Augenblick lang wirkte sie gekränkt. »Und er hat sich auch nicht von mir verabschiedet.« Sie blinzelte dreimal, dann kehrte ihre gute Laune zurück. »Es fiel mir nur gerade ein, dass er immer davon geredet hat, und da hatte ich die Hoffnung, er hätte seinen Traum verwirklicht.«

»Okay«, sagte Lammers. »Hoffnungen bringen uns aber nicht weiter, wir brauchen Fakten. Hat er von einem konkreten Ort gesprochen?«

»Nein. Er hatte immer so einen halb zerfetzten Reiseführer dabei. Aber ich glaub nicht, dass er wirklich wusste, wo er hinwollte.«

»Ich hätte noch eine andere Frage«, schaltete sich Dörfner ein. »Wissen Sie, was Herr Sattler gearbeitet hat, bevor er in die Obdachlosigkeit rutschte?

»Gearbeitet?« Frau Simbach lächelte. »Der Rudi hat noch nie richtig gearbeitet. Höchstens mal irgendwo ein paar Tage, dann wurde er rausgeworfen oder ist von selbst nicht mehr hingegangen.«

Dörfner kam sich dumm vor, als er die nächste Frage stellte, aber irgendjemand musste es ja tun. »Dann kann man wohl ausschließen, dass er an irgendwelchen Immobiliengeschäften beteiligt war?«

Immerhin brach Frau Simbach nicht in Gelächter aus. »Ich kenne Rudi seit ungefähr fünfzehn Jahren. Da muss er gerade siebzehn oder achtzehn gewesen sein und hat schon auf der Straße gelebt. Also ja, ich würde sagen, das kann man ausschließen. Er war zwar einer unserer nettesten Besucher, aber er hatte auch gewisse intellektuelle Einschränkungen.«

Die Theorie können wir wohl definitiv abhaken, dachte Dörfner. Es musste eine Namensverwechslung vorliegen.

»Hatte Rudolf Sattler irgendwelche Freunde oder Bekannte, die uns helfen könnten, ihn zu finden?«, fragte Lammers.

Frau Simbach schüttelte den Kopf. »Rudi war ein Einzelgänger. Ich habe ihn eigentlich kaum mit den anderen reden sehen.« Sie zupfte einen Ärmel zurecht, der ihr an der Schulter hochgerutscht war. »Nur zuletzt, da kam er öfter zusammen mit Ludwig her. Im Nachhinein kommt mir das irgendwie merkwürdig vor. Die beiden passten gar nicht zusammen. Der Rudi war ein Stiller, der Ludwig hatte immer eine große Klappe. Wo der auftauchte, gab es Ärger. Ich habe ihm vor zwei Jahren sogar Hausverbot erteilen müssen. Die anderen haben sich beschwert, dass er sie bestohlen hat.«

»Mhm«, sagte Lammers. »Und wissen Sie vielleicht, wo wir diesen Ludwig finden können? Oder ist der zufällig auch ausgewandert?«

Frau Simbach sah Lammers verwirrt an. Sarkasmus prallte an ihrer weichen Schicht aus Gutmütigkeit einfach ab. »Nein, wieso? Der wohnt nicht weit weg. Im Männerwohnheim. Falls sie ihn da nicht wieder rausgeworfen haben.«

Lammers ließ sich die Adresse geben. »Sie haben doch sicher nichts dagegen, wenn wir Herrn Sattlers Post mitnehmen, oder?« Sie streckte die Hand nach dem Ordner aus, aber Frau Simbach kam ihr zuvor. Erstaunlich flink schnappte sie die Akte vom Tisch und drückte sie sich mit ihren kleinen Händen an die Brust. Dörfner musste ein Grinsen unterdrücken, als er Lammers' Miene sah.

»Das geht leider nicht«, sagte Frau Simbach. »Rudi hat sie mir anvertraut. Ich meine, es gibt ja so was wie ein Briefgeheimnis. Oder haben Sie eine ... richterliche Verfügung?«

Lammers stand auf. »Vielen Dank für Ihre Kooperation«, sagte sie kalt, bevor sie zur Tür ging. Dörfner zuckte mit den Achseln und folgte ihr. Damit er sich nicht zu sehr wie ihr Hündchen vorkam, drehte er sich noch einmal zu Frau Simbach um und sagte: »Danke für den Eistee. Wirklich lecker.« Sie lächelte, als er ihr zuzwinkerte.

Was sollte er machen? Wenn es nicht gerade Mörderinnen oder Psychopathinnen waren, mochte er eben alle Frauen.

17

Am Telefon hatte Mahler behauptet, er habe keine Zeit. Erst als Kant die Möglichkeit einer Vorladung ins Spiel brachte, schlug er vor, sie im Café in der Alten Pinakothek zu treffen, wo er ohnehin zu tun habe. Obwohl Kant den Verdacht hegte, dass Mahler den Ort ausgesucht hatte, weil er sich für eine weitere Selbstinszenierung eignete, willigte er ein. Immerhin sparte er so Zeit und Papier.

Sie überquerten die Wiese vor der Pinakothek, auf der ein paar hartgesottene Sonnenanbeter in der Hitze brieten. Kant hörte Rademacher hinter sich schnaufen, als sie die Steinstufen hinaufstiegen. In der Eingangshalle war es überraschend kühl. Licht fiel durch die Fenster in den hohen Bögen und sprenkelte die Wände. Eine weitere Treppe führte zum Café Klenze hinauf. Nur wenige Gäste saßen weit verstreut an den quadratischen Holztischen, die in zwei langen Reihen vor den Fenstern standen. Kant entdeckte Mahler unter einer Säule mit einer Engelsfigur. Neben ihm saß ein hagerer Mann mit dunklem Anzug und Fliege. Auch Mahlers Freundin Anita war bei ihnen. Sie saß ein wenig abseits und hatte die nackten Füße auf einen Stuhl gelegt. Mit gelangweilter Miene blätterte sie in einer Zeitschrift. Auf dem Tisch war neben ihrem Hut gerade noch Platz für eine Flasche Weißwein im Kühler.

Als er sie kommen sah, stand Mahler auf und breitete die Arme aus. »Darf ich vorstellen? Der Generaldirektor der

Bayerischen Staatsgemäldesammlung, Professor Graz. Die Herren sind von der Polizei. Anita kennen Sie ja schon.«

Rademacher zeigte auf die Weinflasche. »Stören wir beim Frühstück?«

Professor Graz warf ihm einen irritierten Blick zu. Anita kicherte und widmete sich wieder ihrer Zeitschrift. »Wir waren gerade in einer Besprechung«, begann Mahler. »Ich plane nämlich einige Kunstwerke als Leihgabe …«

»Wir wollten Sie eigentlich allein sprechen«, unterbrach Kant ihn.

Professor Graz sah auf die Uhr und griff nach seiner Aktentasche. »Ich muss sowieso noch etwas erledigen. Wir sehen uns nachher im Archiv.« Er verabschiedete sich von Mahler und entfernte sich mit schnellen Schritten. Anita nahm die Füße vom Stuhl.

»Sie können von mir aus bleiben«, sagte Kant. »Vielleicht haben Sie ja etwas Sinnvolles beizutragen.« Achselzuckend legte sie die Füße wieder hoch.

»Kann ich Ihnen was zu Trinken bestellen?«, fragte Mahler.

»Nein, danke.« Der filigrane Stuhl wackelte bedenklich unter Rademachers Gewicht, als sie sich setzten. »Warum haben Sie uns verschwiegen, dass Sie das Fabrikgelände an die Immobilienholding Groß verkauft hatten?«

»Ich wüsste nicht, was diese alte Geschichte mit Ihrem Fall zu tun hat«, sagte Mahler. »Außerdem wurde das Geschäft ja rückgängig gemacht.«

»Weil Sie die Schadstoffbelastung verschwiegen haben«, sagte Rademacher.

Kant bemerkte, wie Anita sich hinter ihrer Modezeitschrift verkroch. Nur wenn sie sich unbeobachtet fühlte, huschten ihre grünen Augen kurz in ihre Richtung. »Wieso verschwiegen?«, fragte Mahler. »Ich wusste ja selbst nichts davon. Der Investor kam plötzlich mit einem Bodengutachten an. Eine unangenehme Überraschung für alle Beteiligten.«

Kant zog das rekonstruierte Dokument aus seiner Aktentasche. »Das hier?«

Mahler nahm es mit spitzen Fingern entgegen, als hätte er Angst, sich mit Dreck zu besudeln. »Mmh, könnte schon sein. Viel kann man ja nicht gerade erkennen. Wo haben Sie das her?«

»Man kann das Datum zwar nicht lesen«, sagte Rademacher, »Aber wir haben bei dem Labor nachgefragt: Das Gutachten wurde eindeutig vor dem Verkauf erstellt.«

Mahler schwieg.

»Wollen Sie uns immer noch erzählen, Sie hätten beim Verkauf nichts von der Bodenbelastung gewusst?«, fragte Kant.

Mahler winkte dem Kellner. »Zahlen, bitte!«

Anitas Zeitschrift flog durch die Luft, landete auf Mahlers Brust und rutschte zu Boden. Als Kant sich zu Mahlers Freundin umdrehte, waren ihre Augen feucht. »Warum deckst du diese Arschlöcher?«, fragte sie. »Haben die noch nicht genug kaputt gemacht?«

Bedächtig hob Mahler die Zeitschrift auf und legte sie auf den Tisch. »Vielleicht solltest du doch besser draußen warten.«

Anita schwang die Füße vom Stuhl und sprang auf. »Weißt du, warum du kein einziges Bild mehr fertigkriegst?«, fragte sie mit schriller Stimme. »Weil die Vergangenheit dich total blockiert.«

Sie schnappte sich ihre Sandalen, setzte den Hut auf, zog die Krempe so tief ins Gesicht, dass man ihre Augen nicht mehr sehen konnte, und marschierte barfuß davon.

Mahler sah ihr nach. »Entschuldigung. Sie reagiert manchmal ein bisschen übertrieben emotional.« Der Kellner kam an den

Tisch, um zu kassieren. »Ich habe es mir anders überlegt«, sagte Mahler. »Ich nehme noch einen Kaffee und einen Cognac.«

Kant bestellte zwei Gläser Wasser und wartete, bis der Kellner sich entfernt hatte. »Welche Arschlöcher?«, fragte er dann.

»Anita meint die Leute, die meinen Vater betrogen haben.« Mahler lehnte sich auf seinem Stuhl zurück. »Wollen Sie die ganze Geschichte hören?«

»Wir haben jede Menge Zeit«, sagte Rademacher. »Wer will schon bei der Scheißhitze draußen rumlaufen?«

Als Rademacher seinen Notizblock zückte, schloss Mahler die Augen. Einen Moment lang saß er still da. Sonnenlicht tüpfelte sein mahagonifarbenes Haar. Hätte man ihn in seinem weißen Hemd und seiner weißen Hose auf einen Sockel gestellt, wäre er mit der Architektur des Museums verschmolzen.

»Die Kolorit-Werke haben einmal zu den größten Farbenherstellern Deutschlands gehört«, begann er schließlich. »Mein Vater hat die Fabrik aufgebaut. Sie war sein Leben. Die Angestellten waren seine Familie. Ich glaube, sie standen ihm näher als sein eigener Sohn. Als er die Fabrik vor sechs Jahren schließen musste, war er mit den Nerven am Ende. Die Banken haben sich aus der Konkursmasse bedient, und die Angestellten sind leer ausgegangen, das war das Schlimmste für ihn. Dann tauchte diese Verbrecherbande auf. Ich weiß nicht, wie sie auf ihn gekommen sind, aber solche Menschen haben ja ein Gespür für ihre Opfer. Mein Vater hatte noch ein kleines Privatvermögen. Der Groß, dieses Schwein, hat ihn überredet, es in irgendwelche Immobilien in Ostdeutschland zu investieren. Mein Vater dachte, er könnte von der Rendite die ausstehenden Löhne zahlen, aber natürlich hätte er das Geld genauso gut in den Gully werfen können. Irgendwann wurde ihm klar, dass er betrogen worden war. Zu dem Zeitpunkt war sein

Stolz schon gebrochen. Er hat diese Leute angebettelt, dass sie ihm sein Geld zurückgeben, wenigstens einen Teil. Sie haben ihn nur ausgelacht. Als er versucht hat, mit Groß persönlich zu sprechen, haben sie ihn auf die Straße geworfen wie einen betrunkenen Randalierer. Das hat ihm den Rest gegeben. Zwei Monate später bekam er den ersten Schlaganfall, fünf Monate später war er tot.«

Und dein ganzes Erbe war weg, dachte Kant, während der Kellner kam und ihre Getränke servierte. Mahler nippte einmal an seinem Kaffee, dann leerte er den Cognac in einem Zug. Kant war sich nicht sicher, ob sie gerade der Wahrheit näherkamen oder ob die rührselige Geschichte sie in die Irre führen sollte. Er wartete geduldig, bis Mahler weitersprach.

»Wissen Sie, was der größte Hohn ist? Ein paar Monate, nachdem ich meinen Vater beerdigt hatte, ruft dieser Groß bei mir an. Aber nicht um sich zu entschuldigen oder sein Beileid auszusprechen, sondern um mich zu fragen, ob ich nicht zufällig am Verkauf des Fabrikgeländes interessiert wäre. Können Sie sich das vorstellen? Er wollte unter anderem mit dem Geld bezahlen, um das er uns betrogen hatte.«

Mahler sah sich um, als wollte er sich vergewissern, dass niemand mithörte. »Ja, Sie hatten recht«, sagte er mit gedämpfter Stimme. »Da wusste ich schon von der Verseuchung. Es war mir egal. Eigentlich habe ich mich sogar darüber gefreut. So hatte ich die Gelegenheit, es diesem Blutsauger heimzuzahlen. Ich habe es ihm verschwiegen und ihm das Gelände für 6,5 Millionen verkauft. Ein echtes Schnäppchen, wenn dieses kleine Problem nicht gewesen wäre.«

Rademacher sah von seinen Notizen auf, als Mahler ein bitteres Lachen ausstieß. »Das war natürlich naiv von mir. Ich bin Künstler, kein Geschäftsmann. Ich hätte mich niemals mit diesen Leuten einlassen sollen. Die Probleme fingen an, als dieser Investor, an den Groß weiterverkaufen wollte, an das Gutachten gelangt ist. Ich weiß nicht, wie er Wind davon bekommen hat. Vielleicht hat er einen meiner Mitarbeiter bestochen. Keine Ahnung. Es ist auch egal. Jedenfalls ist er abgesprungen, und dann hat Groß gedroht, mich zu verklagen, wenn ich das Geschäft nicht rückgängig mache. Ich habe mich einverstanden erklärt. Das Problem war nur, dass schon eine Million fehlte. Davon hatte ich die ausstehenden Löhne bezahlt. Das war ich meinem Vater schuldig.«

Kant bezweifelte, dass Mahler so altruistisch war, wie er vorgab, aber es war nicht seine Aufgabe, ein moralisches Urteil zu fällen. »Und Groß hat den Verlust von einer Million einfach so hingenommen?«, fragte er.

»Ihm blieb ja nichts anderes übrig. Ich glaube, er war froh, glimpflich aus der Nummer rauszukommen.« Mahler konnte sich einen triumphierenden Unterton nicht verkneifen. Er hatte sein kleines Geständnis abgelegt und war jetzt wieder obenauf. »Wollen Sie gegen mich ermitteln, weil ich die Betrüger betrogen habe?«

»Das wird sich noch zeigen«, sagte Kant. »Kommen wir zurück auf die Bodenanalyse. Wir haben die Überreste des Dokuments im Ofen des verschwundenen Schachspielers Jakob Holler gefunden. Wissen Sie, wie es in seine Hände gelangt sein könnte?«

»Keine Ahnung«, sagte Mahler. »Ich kenne den Mann ja nicht mal.«

»Aber vielleicht kannte der Mann Sie«, schaltete Rademacher sich ein. »Und hat versucht, Sie mit dem Dokument zu erpressen. Woraufhin Sie zu geeigneten Gegenmaßnahmen gegriffen haben.«

Mahler lächelte gezwungen. »Glauben Sie wirklich, ich hätte ihren Schachspieler getötet und die Leiche auf meinem eigenen Gelände versteckt? Das ist doch lächerlich. Ich habe nur versucht, für ein bisschen Gerechtigkeit zu sorgen. Was eigentlich in Ihre Zuständigkeit fallen sollte.« Er sah demonstrativ auf die Uhr. »Wenn Sie keine weiteren Fragen haben, müsste ich jetzt los. Professor Graz wartet sicher schon auf mich.«

Er hielt den Kellner auf, der gerade mit einem Tablett voller Geschirr vorbeikam, und steckte ihm ein paar Scheine zu. »An Ihrer Stelle würde ich mich auf die richtigen Verbrecher konzentrieren«, sagte er, bevor er sich mit seinem schwebenden Schritt durch das Foyer entfernte.

»Wir melden uns dann, wenn wir Fragen haben«, rief Rademacher ihm nach.

»Glaubst du wirklich, er wäre zu einem Mord fähig?«, fragte Kant.

Rademacher leerte sein Wasserglas. »Keine Ahnung. Vielleicht hat er jemanden beauftragt. Ich weiß nur, wie man Kaffee mit Cognac nennt. Pharisäer.«

»Das ist mit Rum«, sagte Kant. »Außerdem muss man es zusammenschütten, damit ...«

»Egal. Du weißt schon, was ich meine.«

18

Das Grüne Haus, wie sich das Männerwohnheim nannte, war ein dreistöckiger Betonklotz neben einem verwahrlosten Park in der Maxvorstadt. Die Flure waren frisch gewischt, aber es lag ein schwacher Geruch in der Luft, den Dörfner auch in homöopathischer Verdünnung wahrnahm. Ein Cocktail aus Schnaps, ein paar Tropfen Pisse und einem großen Schuss Verwahrlosung. Sein eigener Vater hatte so gerochen.

»Wenn Rudolf Sattler Investor war«, sagte er, als er an der Tür mit der Nummer 17 klopfte, »dann haben hier wahrscheinlich die Aktionärsversammlungen stattgefunden.«

Er hörte Lammers hinter sich kurz auflachen. In dem Zimmer quietschte ein Bettgestell, dann näherten sich schlurfende Schritte. Ein untersetzter Mann öffnete die Tür. Er trug einen blauen Zweireiher mit goldenen Knöpfen über der nackten Brust. Sein Gesicht war faltig, und er kniff die Augen halb zu, als blickte er gegen Wind und Sonne in die Ferne.

Dörfner stellte sich und seine Kollegin vor. Ludwig Zimmermann trat einen Schritt zurück. »Was verschafft mir die Ehre?«, fragte er. Seine Stimme klang dumpf, als käme sie vom Grund eines tiefen Brunnens.

»Wir ermitteln in einem ungeklärten Todesfall«, sagte Lammers. »Dazu würden wir Sie gern als Zeugen befragen.«

Zimmerman musterte Lammers von Kopf bis Fuß. Was er sah, schien ihm zu gefallen. »Na, dann kommen Sie doch rein.

Eigentlich ist hier ja kein Damenbesuch erlaubt, aber in dem Fall können wir wohl eine Ausnahme machen.« Er zog einen Plastikstuhl aus der Ecke und stellte ihn Lammers mit der Andeutung einer Verbeugung hin. »Das ist leider der einzige Stuhl.«

Dörfner hatte ohnehin nicht vorgehabt, es sich gemütlich zu machen. Er lehnte sich neben dem Heizkörper an die Wand, während Zimmermann sich auf sein schmales Bett setzte. Auf dem Regalbrett über ihm stand ein Radiowecker, aus dessen winzigem Lautsprecher eine Fußballübertragung knisterte. Daneben hingen mehrere Fotos von Frauen. Der Mann an dem obligatorischen Kruzifix über der Tür hatte angesichts ihrer spärlichen Bekleidung den Kopf abgewandt.

Die Luft im Zimmer war so stickig, dass sie sich beim Atmen dickflüssig anfühlte. »Können wir vielleicht das Fenster aufmachen?«, fragte Dörfner.

»Schön wär's«, sagte Zimmermann. »Die Griffe wurden letztes Jahr abgeschraubt, nachdem der alte Drexler erst seine Einrichtung und dann sich selbst in den Hof befördert hat. Seitdem werden wir künstlich beatmet.« Er grinste und zeigte mit seinen kurzen Fingern auf das Lüftungsgitter an der Wand.

Lammers räusperte sich. »Erinnern Sie sich noch an Rudolf Sattler?«

»Mein alter Freund Rudi«, sagte Zimmermann. »Natürlich. Das waren noch Zeiten. Ist er tot?«

»Wie kommen Sie darauf?«, fragte Lammers.

Zimmermann zuckte mit den Schultern. »Keine Ahnung. Sie haben gesagt, jemand wäre gestorben.«

»Rudolf Sattler ist zurzeit nicht auffindbar. Wann haben Sie ihn zuletzt gesehen?«

»Augenblick«, sagte Zimmermann. »Ich schau mal eben in meinem Terminkalender nach.« Er lehnte sich auf dem Bett mit dem Bayern-München-Bezug zurück. »Oder sollen wir meine Sekretärin anrufen?«

»Witzig«, sagte Dörfner.

»Ungefähr?«, fragte Lammers.

Zimmermann strich sich mit den Fingern durch seinen Kinnbart. Im Großen und Ganzen machte er einen gepflegten und gesunden Eindruck. Wie ein pensionierter Kapitän, dachte Dörfner.

»Ich wohne jetzt seit zwei Jahren in dieser Luxusherberge«, sagte Zimmermann. »Das war auf jeden Fall vorher. Einen Monat. Oder ein Jahr. Oder zwei. Ist alles ein bisschen verschwommen, wenn Sie verstehen, was ich meine. Damals habe ich noch ab und zu ein Gläschen getrunken.«

»Klar«, sagte Lammers. »Wissen Sie denn noch, wo Sie ihm zuletzt begegnet sind?«

»Das muss in diesem Park in Schwabing gewesen sein. Da, wo die Schachspieler sich treffen.«

Dörfner gab sich Mühe, sich die Überraschung nicht anmerken zu lassen. Waren sie gerade auf eine Verbindung zwischen Jakob Holler und Rudolf Sattler gestoßen? Oder war das nur ein merkwürdiger Zufall? Er sah zu Lammers. In ihrem schmalen Gesicht zuckte kein Muskel. »Welche Schachspieler?«, fragte er mit ruhiger Stimme.

Zimmermann gähnte. »Was weiß ich. Schachspieler eben. Rudi hat denen gerne zugeschaut. Er meinte immer, das würde ihn beruhigen. Dabei kannte er nicht mal die Regeln. Für den war ja schon ›Mensch ärgere Dich nicht‹ zu kompliziert.« Er lachte. »Aber dafür hatte er ein großes Herz. Oder genauer gesagt, immer ein Schlückchen für einen Kollegen übrig.«

»In welcher Verfassung war Rudolf Sattler an diesem Tag?«, fragte Lammers. »Ist Ihnen irgendwas Besonderes aufgefallen?«

»Er war gut gelaunt. Und schon halb besoffen. Aber das würde ich jetzt nicht als ungewöhnlich bezeichnen.« Die Erinnerung rief ein Lächeln auf Zimmermanns Gesicht hervor. »Mein Gott, was haben wir gebechert. Das waren noch andere Zeiten. Meiner Leber ging's noch gut, und mir schien die Sonne aus dem Arsch.«

»Wie lange sind Sie an diesem Tag in dem Park geblieben?«, fragte Dörfner.

Zimmermann streckte sich und schaltete den Radiowecker über seinem Kopf aus. Auf der Hauptstraße vor dem Fenster donnerte ein Laster vorbei. Irgendwo im Haus rauschte eine Klospülung. »Weiß nicht mehr genau. Wie gesagt, alles ein bisschen verschwommen.«

Dörfner hatte das deutliche Gefühl, dass der Mann etwas zurückhielt. »Denken Sie noch mal gut nach«, sagte er. »Wir werden auch noch andere Zeugen befragen. Wenn sich rausstellt, dass Sie uns was verschweigen, haben wir ein Problem.«

»Außerdem wollen Sie doch sicher wissen, was aus Ihrem alten Freund geworden ist«, sagte Lammers.

Abrupt setzte sich Zimmermann auf seinem Bett auf. »Jetzt weiß ich's wieder!« Er strahlte Lammers an. »Rudi ist in Spanien. An dem Tag hat er die ganze Zeit davon geredet. Er hatte eine Flasche Whisky gekauft. Irgendwas Teures. Um seinen Abschied zu feiern, hat er gesagt. Als ich ihn gefragt habe, woher er das Geld hat, hat er behauptet, er hätte im Lotto gewonnen. Ich habe ihm natürlich nicht geglaubt. Es war mir auch egal. Hauptsache Whisky.«

»Und dann haben Sie sich verabschiedet?«, fragte Dörfner. »In dem Park?«

Zimmermann mied seinen Blick. Er sah auf die nackten Wände, zur Tür, zu den schmutzigen Fensterscheiben, zu Lammers, nur nicht zu ihm. »Nicht direkt. Wenn ich genau drüber nachdenke, waren wir noch woanders. In einer Kneipe. In mehreren sogar. Rudi hat alles bezahlt. Ich weiß aber wirklich nicht mehr, wo das war. Das Einzige, woran ich mich noch erinnere, ist dieser Stripklub, in den Rudi unbedingt wollte. Das muss mitten in der Nacht gewesen sein.«

Er drehte sich um und tippte auf ein zerknittertes Foto, das mit Heftzwecken über dem Fußende des Bells befestigt war. Dörfner hatte gedacht, Zimmermann hätte es aus irgendeinem Wichsheft aus dem vergangenen Jahrhundert ausgeschnitten, denn es zeigte eine leicht übergewichtige, barbusige Blondine vor einer rustikalen Schrankwand.

»Meine Freundin«, sagte Zimmermann mit unverhohlenem Stolz. »Damals. Deswegen konnte ich leider nicht mitgehen. Ob Sie es glauben oder nicht, wenn ich mit einer Frau zusammen bin, bin ich treu wie ein Hund.«

Lammers Plastikstuhl quietschte, als sie sich zu Zimmermann vorbeugte. »Wie hieß der Stripclub?«

»Irgendwas Englisches. Moment. *Dark Angels*, glaube ich.«

»Und Rudi ist alleine reingegangen? Da sind Sie sich sicher?«

»Ja.« Zimmermann gab ein Schnauben von sich. »Zwei Wochen später hat die blöde Schlampe mich verlassen. Dann hatte ich einen Zusammenbruch, und als ich im Krankenhaus aufgewacht bin, hieß es, dass ich nie wieder Alkohol trinken soll, wenn ich an meinem Leben hänge.« Er zuckte resigniert mit den Schultern. »Ich hätte mich also an dem Abend genauso gut ein bisschen amüsieren können. Aber wie man's macht, macht man's falsch.«

»Was haben Sie getan, nachdem Rudolf Sattler in den Stripclub gegangen ist?«, fragte Lammers.

Zimmermann lehnte sich zurück. »Irgendwo meinen Rausch ausgeschlafen. Weiß nicht mehr.«

»Und wenn wir Rudi finden, kann er Ihre Geschichte bestätigen?«, sagte Dörfner.

»Natürlich. Falls er sich erinnern kann.«

»Glauben Sie, dass Rudi wirklich nach Spanien gegangen ist?«, fragte Lammers.

»Er schien es ernst zu meinen. Wenn ich mich nicht täusche, hatte er schon länger davon geredet.«

»Haben Sie eine Idee, wohin in Spanien er wollte?«

»Keine Ahnung. An Ihrer Stelle würde ich zuerst in den Strandbars suchen.«

»Danke für den Tipp«, sagte Dörfner. »Da werde ich gleich mal bei meinem Chef eine Dienstreise beantragen.«

Zimmerman verzog keine Miene. Er schien zu den Menschen zu gehören, die nur über ihre eigenen Witze lachen.

Lammers zeigte ihm das Foto von Jakob Holler. »Haben Sie diesen Mann schon mal gesehen?«

»Nein. Nicht dass ich wüsste.«

»Waren Sie schon mal auf dem Gelände der Kolorit-Werke?«

»Wo soll das sein?« Zimmermann lehnte den Kopf an die Wand. »Ich habe alles gesagt, was ich weiß. Würden Sie mich jetzt in Ruhe lassen? Es ist nicht gut, zu viel an die alten Zeiten zu denken. Man kriegt so einen Durst davon.«

Dörfner fragte sich, was diesem Mann noch blieb, außer an die alten Zeiten zu denken. Zimmermann schien den Rest seiner Zeit in diesem Loch absitzen zu wollen, als wäre das Leben eine Gefängnisstrafe. Zum Glück hatte Lammers keine weiteren Fragen, und er musste sich das Trauerspiel nicht länger ansehen. Als sie aus dem schmucklosen Foyer ins Freie traten, holte er tief Luft, aber der Geruch und der Anblick dieser Hoffnungslosigkeit würden ihn noch in seinen Träumen verfolgen. Es war das Schicksal, dem sein Bruder und er entkommen waren.

Lammers schien seine trübe Stimmung zu bemerken. Auf dem Weg zum Auto stieß sie ihn mit dem Ellbogen in die Rippen. Für ihre Verhältnisse eine zärtliche Geste.

»Komm, ich fahr dich nach Hause«, sagte sie. »Heute können wir sowieso nichts mehr erreichen. Und es ist noch früh genug, um was zu unternehmen. Vielleicht solltest du mal ins Kino oder in die Kneipe gehen, damit du auf andere Gedanken kommst.«

»Klar, gute Idee«, sagte er mit so viel Begeisterung, wie er aufbringen konnte, aber im Stillen fragte er sich, seit wann eigentlich alle meinten, ihm gute Ratschläge geben zu müssen, wie er sein Leben einrichten sollte. Er hatte sich immer als denjenigen gesehen, der für gute Laune sorgte, aber jetzt hatte er das Gefühl, in eine Krise zu geraten. Vielleicht wurde es allmählich Zeit, die Rolle des Klassenclowns abzulegen. Lag es daran, dass seine Jugend zu Ende ging und er auf die Dreißig zusteuerte? Oder hatte sein Bruder vielleicht doch recht gehabt?

Sobald er zu Hause war, holte er sein neustes Rennrad aus dem Keller, ein Canyon Ultimate, das er sich von seinem letzten Weihnachtsgeld gekauft hatte. Statt sich in einen stickigen Kinosaal zu quetschen oder sich wie ein einsamer Säufer hinter die Theke zu klemmen, fuhr er unter dem kobaltblauen Himmel Richtung Norden aus der Stadt. Er schlug ein gleichmäßig hohes Tempo ein und schoss über Radwege, Bürgersteige und Straßen an den sich stauenden Autos vorbei. Nach einer Weile wurde der Verkehr dünner, und dann glitt er allein auf Nebenstraßen durch die Felder mit hoch stehendem Mais und Raps.

Mit jeder Umdrehung der Pedale fiel ein Teil der negativen Gedanken von ihm ab, bis sein Kopf sich schließlich leer anfühlte. Er war nur noch Körper, eine biologische Maschine, deren einzige Aufgabe darin bestand, die sieben Komma vier

Kilo Karbonfasern durch die Ebene zu treiben. Wozu brauchte man Zen und Yoga und Meditation, wenn man sich einfach in den Sattel schwingen konnte?

Die Sonne war schon untergegangen, als er mit brennenden Oberschenkeln und schweißgetränktem Trikot zurück in die Stadt rollte. Er war so erschöpft, dass er an einer roten Ampel hielt, obwohl weit und breit kein Auto zu sehen war. Zwei Jugendliche mit Bierflaschen in den Händen überquerten grölend die Straße. In diesem Moment drängte sich Zimmermanns Geschichte zurück in Dörfners Kopf. Die beiden Obdachlosen auf ihrer Sauftour. Rudolf Sattler mit den Taschen voller Geld, woher auch immer er es hatte. In Spendierlaune. Vielleicht hatte er sich selbst ja auch etwas gegönnt. Eine neue Jacke zum Beispiel. Hatte der Inhaber des Lederwarengeschäfts den Käufer des edlen Kleidungsstücks nicht als ungepflegten Betrunkenen in Begleitung einer weiteren Person beschrieben?

Wenn Rudolf Sattler der Mann war, der die Jacke gekauft hatte, dann brauchten sie nicht länger nach ihm zu suchen. Er lag schon gut gekühlt im Keller des rechtsmedizinischen Instituts.

Zur Abwechslung freute sich Dörfner auf die Besprechung, die für den nächsten Tag um 9:30 Uhr angesetzt war. Es gab eine Menge, das er Kant erzählen musste.

19

Hanna Weiß kam eine Stunde vor allen anderen aus ihrem Kommissariat ins Präsidium. Sie genoss es, durch die stillen Gänge zu gehen, in den leeren Zimmern sämtliche Fenster aufzureißen, damit die frische Morgenluft den Behördenmief vertreiben konnte, und allein und ungestört an ihrem Schreibtisch zu sitzen. Kein Telefon klingelte, kein Aktenschrank wurde zugeknallt, selbst auf der Etage über ihr, wo die Kollegen von der Drogenfahndung gern in ihrem Aufenthaltsraum kickerten, herrschte Ruhe. Es war die beste Zeit, um sich die liegen gebliebene Arbeit vom Schreibtisch zu schaffen. Sie hasste es, wenn sich dort Protokolle stapelten und langsam Staub ansetzten. Ein unerledigter Punkt auf ihrer To-do-Liste konnte ihr den Schlaf rauben. Und heute war sie besonders motiviert. Bisher hatte sie ihre Aufgaben vor allem aus Pflichtgefühl erledigt, aber seit sie mit Kant bei diesem Notar gewesen war, hatte sie das Gefühl, eine wichtige Rolle in der Ermittlung zu spielen.

Sie spürte, wie eine Veränderung in ihr vorging. Die Angst, den Anforderungen nicht gewachsen zu sein, ließ nach. In den ersten Wochen hatte die Befürchtung, jemand könne entdecken, dass sie trotz ihrer formalen Qualifikation eine völlige Versagerin war, sie wie ein dunkler Schatten begleitet und ihr den Spaß an der Arbeit verdorben. Natürlich hatte sie versucht, sich nichts anmerken zu lassen, was zu einer weiteren Belastung geworden war. Aber heute fühlte sie sich für alles, was kommen mochte, gewappnet. Vielleicht empfand sie zum ersten Mal einen Anflug von dem, wovon in den Lebenshilferatgebern immer die Rede war, die ihre Schwester ihr mit guter Absicht, aber schlechter Wirkung regelmäßig zu Weihnachten schenkte: Selbstbewusstsein. Apropos. Es wurde Zeit, das ganze Zeug zu entsorgen und im Regal Platz für Neues zu schaffen. Am besten gleich heute Nachmittag. Sie musste lächeln, als sie sich vorstellte, wie sie die Geschenke ihrer Schwester in die Altpapiertonne warf, und hatte nicht einmal ein schlechtes Gewissen dabei.

In dieser für ihre Verhältnisse geradezu euphorischen Stimmung fuhr sie ihren Rechner hoch. Sie begann, im Internet nach Hinweisen auf Rudolf Sattler zu suchen. Wenn es jemals einen Investor dieses Namens gegeben hatte, musste er doch irgendwelche Spuren hinterlassen haben. Und tatsächlich dauerte es nicht lang, bis sie in einem Beitrag eines Finanzforums auf eine Website mit dem Namen Sattler Enterprises stieß. Sie klickte auf den Link. Fehler 404. Die Website existierte nicht mehr.

Sie suchte mit der Wayback Machine im Archiv, in dem Milliarden alter Internetseiten gespeichert waren. Die meisten Leute erlagen dem gelegentlich fatalen Irrtum, dass Informationen, die einmal aus dem Internet gelöscht worden waren, nicht mehr zugänglich wären, aber mit diesem Tool konnte sie sozusagen in die Vergangenheit reisen. Sie brauchte nur ein paar Klicks, bis sie die Seite von Sattler Enterprises fand.

Das Design wirkte halbwegs professionell. Es gab Bilder von verschiedenen Unternehmungen, die mit Hilfe von Sattlers Investitionen umgesetzt worden waren, aber die Referenzprojekte – unter anderem eine Offshore-Windkraftanlage in der Nordsee, ein Regionalflughafen in Honduras und ein Schwimmbad in Südfrankreich – ließen sich auf Anhieb weder bestätigen noch falsifizieren, dazu waren die Angaben zu vage. Nirgendwo standen Namen oder konkrete Daten. Je länger Hanna sich die Website ansah, desto überzeugter wurde sie, dass es sich um einen mittelklassigen Fake handelte.

Sie wollte gerade im Handelsregister nachsehen, ob eine Firma namens Sattler Enterprises dort jemals eingetragen war, als sie auf dem Gang Schritte hörte. Leichtfüßig. Wer konnte das sein? Lammers? Hanna sah auf die Uhr. Eigentlich hatte sie gehofft, noch eine halbe Stunde ihre Ruhe zu haben.

Es klopfte zaghaft an ihrer angelehnten Bürotür.

»Ja, bitte?«, sagte Hanna.

Die Tür ging auf, und eine Jugendliche, vielleicht fünfzehn oder sechzehn Jahre alt, blieb auf der Schwelle stehen. Ihre schwarzen Dreadlocks rasselten wie ein Perlenvorhang, als sie sie mit einer fahrigen Handbewegung über die Schulter warf. »Ich wollte eigentlich zu Herrn Kant«, sagte sie. »Der Mann an der Pforte hat mich hier hochgeschickt.«

»Der Hauptkommissar ist noch nicht da«, sagte Hanna.

Die Jugendliche trat einen Schritt zurück in den Gang. »Ach so, dann komm ich später wieder.« Ihre Stimme klang, als würde sie gleich in Tränen ausbrechen.

Hanna wollte sich wieder ihrer Recherche widmen. Es gehörte nicht zu ihren Aufgaben, irgendwelche Zeugen zu befragen, die unangemeldet im Präsidium auftauchten, aber die Schüchternheit des Mädchens rührte sie. »Warte«, sagte sie. »Wie heißt du?«

»Samira.«

Hanna holte den Besucherstuhl aus der Ecke und wischte mit einem Papiertaschentuch den Staub ab, der sich dort angesammelt hatte, weil normalerweise niemand so lang in ihrem Büro blieb, dass er einen Stuhl brauchte.

»Komm rein. Setz dich.«

Als Samira näher kam, sah Hanna, dass ihre Augen verquollen waren, als hätte sie die ganze Nacht nicht geschlafen. Sie setzte sich auf die Kante des Stuhls. Hanna brachte ihr ein Glas Wasser.

»Was möchtest du denn von Herrn Kant?«

Samira zupfte den Träger ihres schwarzen Tanktops zurecht, bevor sie Hanna ansah. »Ich habe ihn gesehen und zufällig seinen Namen mitgekriegt. Im Boxkeller. Da war er zusammen mit so einem großen Dicken. Die beiden haben den Stefan befragt. Meinen Trainer. Das war wegen dem Toten, der in der alten Fabrik gefunden wurde, oder?«

Die Presse hatte den Fall natürlich ausführlich behandelt, auch wenn Kant versucht hatte, keine Details an die Öffentlichkeit gelangen zu lassen. Und wahrscheinlich geisterte der Tote im Tank auch durch diverse soziale Medien. Ein bisschen Horror brachte schließlich Klicks.

»Ja«, sagte Hanna, »wir ermitteln in dem Fall. Hast du etwas gesehen oder gehört, das uns weiterhelfen kann?«

Samira hatte ein Zungenpiercing, das sie beim Nachdenken gegen ihre Schneidezähne klackern ließ. »Ich will niemandem was anhängen«, sagte sie. »Vielleicht sollte ich doch lieber später wiederkommen.« Ihr Blick huschte zur Tür, aber sie machte keine Anstalten aufzustehen.

»Alles, was du mir erzählst, wird vertraulich behandelt«, sagte Hanna. »Du brauchst keine Angst zu haben.«

Klack, klack, klack. Das Geräusch nervte Hanna jetzt schon, aber sie versuchte, es sich nicht anmerken zu lassen.

»Eigentlich sollen wir nicht ins Büro gehen, wenn Stefan nicht da ist«, sagte Samira. »Wenn er das erfährt, wirft er mich raus. Dabei soll ich bald meinen ersten Kampf haben.«

Sie trank einen winzigen Schluck aus dem Wasserglas, bevor sie es wieder mit beiden Händen umklammerte. »Beim Sparring ist mein Mundschutz durchgebrochen. Stefan war gerade oben in seiner Wohnung, glaube ich. Da bin ich ins Büro, um mir einen neuen zu holen. Die sind in der rechten unteren Schreibtischschublade. Ich hätte ihn auch bezahlt. Beim nächsten Training. Wirklich.«

Hanna wartete darauf, dass sie weitersprach. *Klack, klack, klack.* Die Frequenz wurde immer höher. »Da habe ich die Pistole gesehen.«

Jetzt wurde es langsam interessant. Hanna wünschte, einer ihrer Kollegen wäre da, damit sie die Verantwortung abgeben könnte, aber da sie schon einmal angefangen hatte, konnte sie jetzt schlecht abbrechen. Wer weiß, ob das Mädchen später noch den Mut hat zu reden, dachte sie.

»Eine Pistole? Im Schreibtisch deines Trainers?«, fragte sie möglichst ruhig. Wenn das stimmte, musste die Waffe so schnell wie möglich untersucht werden. Vielleicht konnte sie dem Geschoss zugeordnet werden, das im Kniegelenk des Toten gefunden worden war. Damit wäre der Fall mehr oder weniger gelöst.

Samira nickte. »Die Spitze – wie heißt das? Der Lauf hat unter dem Quittungsblock rausgeschaut.«

»Bist du ganz sicher, dass es wirklich eine Pistole war?«, fragte Hanna.

»Ja.«

»Hast du sie angefasst?«

Klack, klack, klack. »Ich bin doch nicht blöd. Erst habe ich mich total erschreckt und wollte rausrennen. Aber dann habe ich einen Stift genommen und den Block ein Stück hochgehoben. Es war eine Pistole.«

Kein Wunder, dass das arme Mädchen eine schlaflose Nacht hinter sich hat, dachte Hanna. »Hast du mit irgendjemandem darüber gesprochen?«

Samira schüttelte energisch den Kopf. Nachdem sie sich überwunden hatte, ihre Geschichte zu erzählen, wurde sie etwas lebhafter. »Erst habe ich gedacht, vielleicht hat er sie nur zum Schutz. Aber dann fiel mir ein, dass die beiden Polizisten da waren. Ich wusste nicht, was ich machen soll. Stefan hat doch bestimmt nichts mit der Sache zu tun.«

Ihre Augen wurden feucht. Hanna ging zu ihr und tat etwas, das sie sich selbst nie hätte vorstellen können. Sie legte Samira eine Hand auf die Schulter. Nur ganz leicht, aber Samira zuckte unter der unerwarteten Berührung. Hanna riss die Hand zurück. Erschrocken sahen sie einander in die Augen. Und dann mussten sie beide vor lauter Verlegenheit lachen.

»Du hast genau das Richtige getan«, sagte Hanna.

»Danke«, entgegnete Samira. »Kann ich jetzt gehen?«

»Am besten warten wir auf Herrn Kant. Der müsste jeden Moment kommen. Dann können wir deine Aussage offiziell aufnehmen.«

Samira lächelte unsicher. »Okay.« Sie stürzte das restliche Wasser so schnell hinunter, als hätte sie eine Wüstendurchquerung hinter sich.

Hanna setzte sich wieder an ihren Schreibtisch. Wo war sie stehen geblieben? Das Handelsregister. Sie loggte sich ein. Eine Firma namens Sattler Enterprises war dort nicht verzeichnet. Hanna versuchte zu begreifen, wie das alles zusammenhing, aber sie konnte sich nicht richtig konzentrieren, solange das Mädchen vor ihr ununterbrochen auf seinem Stuhl herumrutschte. Und dazu dieses Klackern. So wie Samira mit dem Zungenpiercing gegen die Schneidezähne schlug, konnte sie schon mal einen Zahnarzttermin machen. Das erinnerte Hanna daran, dass sie selbst bald wieder zur Vorsorgeuntersuchung gehen sollte. So konnte sie nicht arbeiten.

»Wärst du so lieb …«

»Ich muss mal aufs Klo«, fiel Samira ihr ins Wort.

Kein Wunder, so wie sie das Wasser in sich hineingeschüttet hatte. Hanna erklärte ihr den Weg. Sie war froh, ihr Büro noch ein paar Minuten lang für sich allein zu haben, bevor Kant und die anderen einfielen.

20

»Guten Morgen«, sagte Kant, aber die junge Frau, die ihm auf der Treppe entgegenkam, senkte nur den Kopf, sodass ihr die Rastazöpfchen ins Gesicht fielen, und huschte an ihm vorbei. Irgendwo hatte er sie schon einmal gesehen. Vielleicht war es die neue Praktikantin aus der Pressestelle, aber dann hätte sie seinen Gruß doch erwidert, oder? Nicht unbedingt. In einem gewissen Alter kamen einem die einfachsten Regeln des Zusammenlebens offenbar überflüssig vor. Frida war genauso, nicht aus Boshaftigkeit, sondern weil sie sich den Großteil des Tages in ihrem eigenen Universum befand, in dem Erwachsene nur schemenhaft auftauchten. Man hatte halt Wichtigeres zu tun. Zum Beispiel einen kabellosen Kopfhörer im Internet zu bestellen.

Sie hatten heute zusammen am Frühstückstisch gesessen, so wie man es in einer normalen Familie eben machte. Immerhin hatte Frida zur Abwechslung ihr Müsli nicht im Stehen gelöffelt. Kant konnte nur ihr Haare und ihre schmalen Schultern sehen, der Rest war von dem Laptop verdeckt, den sie mit allen möglichen Aufklebern – *There is no planet B*, *Kohlekraftwerke abschalten* – zugepflastert hatte.

»Ist alles in Ordnung bei dir?«, fragte Kant beiläufig.

Seit Rademacher ihm erzählt hatte, dass Frida irgendetwas Illegales vorhabe, ließ ihm der Gedanke keine Ruhe mehr. Aber man musste ja nicht gleich mit der Tür ins Haus fallen.

Frida hob kurz den Kopf und runzelte die Stirn, als hätte sie ein störendes Geräusch gehört, bevor sie wieder abtauchte.

»Hallo?«, sagte Kant.

»Mh.«

»Geht es dir gut?«

»Klar.«

Mit der vertrockneten Yuccapalme in der Ecke hätte er sich besser unterhalten können. Es blieb ihm nichts anderes übrig, als direkt zur Sache zu kommen.

»Ich habe gehört, dass Leonie sich Sorgen um dich macht. Hast du ihr irgendwas erzählt, das sie missverstanden haben könnte? Oder steckst du in Schwierigkeiten?«

Frida sah ihn an, aber ihr Blick war leer. »Sechsundneunzig Prozent positiv. Die Rezensionen. Nur die Akkus halten wohl nicht so lange.«

Kant fragte sich, wie man auf so ein Verhalten pädagogisch sinnvoll reagieren sollte. Wahrscheinlich konnte man es so oder so nicht richtig machen. »Du weißt, dass du mit mir über alles reden kannst, oder?«

Wieder dieser kurze Blick über die Kante des Bildschirms. »Die Leonie spinnt doch.«

Damit war für sie das Thema erledigt gewesen. Und da Kant keine Lust gehabt hatte, sich schon vor der Arbeit zu streiten, hatte er es dabei belassen.

Diese Gedanken gingen ihm durch den Kopf, als Hanna aus der Toilettentür gerannt kam und beinahe mit ihm zusammenprallte. »Das gibt's doch nicht«, sagte sie. »Die kleine Zicke ist einfach abgehauen.«

Das war die schlimmste Beschimpfung, die Kant je aus ihrem Mund gehört hatte. Ihre Wangen waren gerötet. Eine Strähne hatte sich aus ihrem perfekten Dutt gelöst und hing ihr ins

Gesicht. Während sie Kant berichtete, was die Zeugin beobachtet hatte, fuchtelte sie mit den Armen in der Luft herum, als wollte sie Fliegen fangen. Der Ärger stand ihr gut.

»Alles halb so schlimm«, sagte Kant. »Du hast doch ihre Personalien aufgenommen, oder?«

Hannas Gesichtszüge, die gerade noch in ungewohnter Lebhaftigkeit ihre Gefühlswelt widergespiegelt hatten, froren ein. »Personalien. Nein. Sie heißt Samira. Ich dachte, wir könnten später ... O Gott.«

»Schon gut«, sagte Kant. »Kann ja nicht so schwer sein, sie zu finden. Jetzt ruf erst mal Oldenburg an. Zusammen mit den übrigen Verdachtsmomenten sollte die Aussage des Mädchens ja wohl für einen Durchsuchungsbeschluss reichen. Ich fahre sofort zu Holler, nicht dass Samira es sich noch anders überlegt und ihn warnt.« Er sah auf die Uhr. »Ist Anton noch nicht da? Ruf ihn an und frag ihn, wo er steckt. Er soll direkt zum Boxkeller kommen. Ich warte vor der Tür auf ihn. Und schick einen Streifenwagen. Für den Fall, dass wir Verstärkung brauchen.«

Kant machte kehrt und ging mit großen Schritten den Gang entlang und die Treppe hinab. An der Pforte begegnete er Dörfner, der gerade seinen Ausweis vor das Lesegerät hielt. Als er Kant sah, nahm er seinen Kopfhörer ab. »Ich hatte gestern eine Eingebung«, sagte er.

»Später«, entgegnete Kant. »Ich muss los. Sprich mit Hanna. Sie weiß Bescheid.«

Dörfner verzog den Mund wie ein beleidigtes Kind. Aber dann zuckte er mit den Schultern und schob sich die tellergroßen Muscheln wieder über die Ohren.

»Was ist das für eine Marke?«, fragte Kant im Vorbeigehen.

»Was?«

Genervt von sich selbst winkte Kant ab. Endlich kam Bewegung in den Fall, und er verschwendete seine Zeit und seine geistigen Kapazitäten darauf, wie andere Leute ihr Trommelfell malträtierten. Er ließ Dörfner stehen und lief zum Auto.

Eine Viertelstunde später, als Kant aus dem Dienstwagen stieg, lehnte Rademacher schon im Schatten der Markise der Bäckerei neben Hollers Boxstudio. »Ich war auf dem Weg zum Präsidium, als Hanna angerufen hat«, sagte er. »Gehen wir rein?«

Kant sah auf sein Handy. »Noch nichts von Oldenburg. Warum dauert das so lange?« Er zögerte einen Moment. »Egal. Wir können nicht ewig warten.«

Sie gingen durch die Toreinfahrt in den Innenhof, in dem sich schon jetzt die Hitze staute. Ein Klappern durchbrach die morgendliche Stille. Kant drehte sich um. Nur eine Katze, die zwischen den Mülltonnen eine Fischdose ausschleckte. Kant gab Rademacher ein Zeichen, oben zu warten, und stieg langsam die Treppe hinab. Die schwere Metalltür war nicht abgeschlossen. Vorsichtig zog Kant sie einen Spalt weit auf. Die Neonröhren an der Betondecke tauchten den Gang in grünliches Licht. Kein Geräusch drang nach außen.

Kant winkte Rademacher zu sich herab. Sie folgten dem Gang um eine Ecke und erreichten den Trainingsraum. Die Boxsäcke schwangen leicht im Durchzug. Ihre Schuhe knirschten auf dem Betonboden, als sie an dem Hantelregal vorbei zum Ring gingen. Nirgendwo war jemand zu sehen. Sie näherten sich den Stahlstufen, die zu Hollers Büro hinaufführten. In dem dunklen Fenster nahm Kant die verzerrte Spiegelung von sich und Rademacher wahr. Und dann eine schnelle Bewegung irgendwo hinter ihnen. Er wirbelte herum und griff nach seiner Pistole.

Holler kam mit einem erhobenen Baseballschläger hinter einer Betonsäule hervor. »Ganz ruhig«, sagte Kant mit der Hand unter dem Jackett.

Holler ließ den Baseballschläger sinken. »Um ein Haar hätte ich euch den Schädel eingeschlagen«, sagte er. Es klang nicht, als hätte er es besonders bedauert.

»So früh schon bei der Arbeit?«, fragte Rademacher erstaunlich ruhig.

Holler zeigte auf einen Eimer mit einem Wischmopp, der neben dem Hantelregal stand. »Ich kann mir keine Putzfrau leisten. Und Sie?«

»Ich schon«, sagte Rademacher.

Die Muskelstränge an Hollers Hals zuckten. »Ich meinte, was machen Sie hier? Wieso schleichen Sie sich rein wie Einbrecher?« Er warf den Baseballschläger in den Metallkorb mit den Medizinbällen. Das Scheppern tat in den Ohren weh.

Kant zog seine Hand aus dem Jackett. »Wir kommen, um die Pistole abzuholen«, sagte er.

»Welche Pistole?«

»Haben Sie mehrere?«, fragte Rademacher. »Dann fangen wir doch mal mit der in Ihrer Schreibtischschublade an.«

»Das ist lächerlich.« Holler verschränkte die Arme vor der Brust. Plötzlich leuchtete in seinen Augen etwas auf. »Logisch. Irgendjemand scheißt mich an, und Sie glauben natürlich jedes Wort, nur weil ich mal ein paar Monate gesessen habe.«

»Gehen wir in Ihr Büro und sehen nach«, sagte Kant.

»Haben Sie einen Durchsuchungsbefehl oder wie das heißt?«

»Gefahr im Verzug«, sagte Rademacher. »Jeder Widerstand kann als versuchte Verdunkelungshandlung ausgelegt werden.«

Es schien eine Angewohnheit Hollers zu sein, beim Nachdenken auf den Fußballen zu wippen. Dieses Mal brauchte er nicht lang. »Ich habe die gleichen Rechte wie jeder andere«, murmelte er, während er zwischen den Boxsäcken auf sein Büro zuging. »Sie können sich schon mal auf eine Beschwerde gefasst machen.«

Kant ließ ihn zuerst die Treppe hinaufsteigen. Als sie in dem engen Raum vor seinem Schreibtisch standen und sich fast mit den Schultern berührten, fühlte sich Hollers körperliche Präsenz noch bedrohlicher an. Kant konnte sich gut vorstellen, dass Holler nicht zum ersten Mal in so eine Situation geriet. Wenn dringend ein Schuldiger gebraucht wurde, zeigten wahrscheinlich alle mit dem Finger auf ihn. Vielleicht hatte das Mädchen sich getäuscht. Oder aus irgendwelchen Gründen gelogen. Vielleicht würde gleich eine Entschuldigung fällig werden.

»Rechts unten«, sagte er.

Rademacher streifte sich Handschuhe über, bevor er sich bückte und die Schublade aufzog. Kant behielt Holler im Auge. Er stand mit hängenden Armen ruhig da. Entweder wusste er, dass sie nichts finden würden, oder er hatte sich mit seinem Schicksal abgefunden.

Aus dem Augenwinkel sah Kant, wie Rademacher den Quittungsblock ganz hinten in der Schublade anhob. Das dunkle Metall des Laufs schimmerte im Licht der Deckenlampe. »Treffer«, sagte Rademacher. »Ich bin kein Waffenexperte. Aber es würde mich nicht wundern, wenn das eine Zastava CZ-99 ist.«

»Die gehört mir nicht.« Man konnte Holler kaum verstehen, weil er die Zähne so fest aufeinanderbiss.

»Mach ein Foto«, sagte Kant.

Rademacher zückte sein Handy und dokumentierte ihren Fund, bevor er die Waffe in eine Plastiktüte verpackte.

Holler sah reglos zu. Sein Gesicht hatte sich zu einer Maske versteift, die jegliche Empfindung verbarg. Es war der Ausdruck derer, die zu oft gedemütigt, beschuldigt und bestraft worden waren und ihren Peinigern nicht den Triumph gönnten, ihren Schmerz zu sehen. »Wer hat Sie hergeschickt?«, fragte er schließlich.

Natürlich konnte Kant ihm keine Antwort geben. »Sie sind vorläufig festgenommen«, sagte er stattdessen. »Ihnen wird vorgeworfen, Ihren Bruder Jakob Holler getötet zu haben.«

Stefan Holler hörte sich mit abwesendem Gesichtsausdruck die Belehrung an und drehte sich unaufgefordert um, damit Rademacher ihm Handschellen anlegen konnte. Widerstandslos ließ er sich in den Hof führen, wo gerade der Streifenwagen in die Einfahrt rollte.

Kant lehnte sich an das rostige Geländer, um sich eine Zigarette zu drehen, während Rademacher Holler an die beiden Uniformierten übergab. Er hatte kein gutes Gefühl bei dieser Verhaftung. Sollten die Labortechniker die Pistole nicht mit dem gefundenen Projektil in Verbindung bringen können, hätten sie nichts gegen Holler in der Hand. Holler hatte sie möglicherweise belogen und ihnen Informationen vorenthalten, aber das machte ihn noch lange nicht zum Mörder. Kant wollte nicht dafür verantwortlich sein, dass seine Existenz, die er sich gerade erst aufgebaut hatte, aufgrund eines falschen Verdachts gleich wieder vernichtet wurde. Er sah dem Streifenwagen nach, der langsam aus der Einfahrt rollte.

Rademacher kam zu ihm. »Geht das jetzt schon morgens wieder los?«, sagte er, als er Kants Zigarette sah. Zum ersten Mal seit Tagen wirkte er halbwegs zufrieden.

Kant blies den Rauch genüsslich durch die Nasenlöcher. »Meinst du, Holler ist wirklich so dumm, die Mordwaffe drei Jahre lang in der Schreibtischschublade liegen zu lassen?«, fragte er. »In einem Raum, in den im Prinzip jeder reinspazieren kann?«

»Ich glaube immer an die einfachste Erklärung. Warten wir die Ergebnisse aus der Ballistik ab.«

»Und das Motiv?«

Rademacher zuckte mit den Achseln. »Jakob ist Groß irgendwie bei seinen krummen Geschäften in die Quere gekommen. Vielleicht weil er Mahler mit dem Bodengutachten erpressen wollte. Und Stefan Holler musste die Schmutzarbeit erledigen.«

»Ich weiß nicht«, sagte Kant. »Das passt alles noch nicht richtig zusammen. Rudolf Sattler ist ungefähr gleichzeitig verschwunden. Nachdem er angeblich das Fabrikgelände kaufen wollte. Und das, obwohl er keinen Cent in der Tasche hatte. Außerdem war er öfter bei den Schachspielern im Park. Das kann doch kein Zufall sein.«

Rademacher bückte sich, um die schwarz-weiß gefleckte Katze anzulocken, die sich zwischen den Mülltonnen herumtrieb. Sie hatte nur ein Auge, mit dem sie sie misstrauisch begutachtete. Als Rademacher einen Schritt auf sie zuging, brachte sie sich mit einem Sprung auf die Hofmauer in Sicherheit. »Kluges Tier«, sagte Rademacher. »Nur weil du aussiehst wie ein Streuner, gibst du dich noch lange nicht mit jedem dahergelaufenen Menschen ab.«

Kant drückte seine halb gerauchte Zigarette aus und warf sie in die Mülltonne. »Lass uns ins Präsidium fahren. Es wird Zeit für eine Besprechung.«

21

Die geschwungene Neonschrift führte einen hoffnungslosen Kampf gegen das Sonnenlicht. Dörfner hatte in seinem Leben noch nie einen Fuß in einen Stripclub gesetzt. Er war überrascht, dass das *Dark Angels* schon um vier öffnete. Wahrscheinlich, damit die Büroangestellten sich auf dem Heimweg schon mal ein bisschen aufgeilen können, bevor sie nach Hause zu Mutti kommen, dachte er.

Lammers zog sich ihren schwarzen Kapuzenpullover über, als sie die Straße überquerten. Bei dreiunddreißig Grad. Dörfner vermutete, dass sie so wenig nackte Haut wie möglich zeigen wollte. »Kannst du mir einen Gefallen tun?«, fragte er.

Lammers drehte den Kopf in seine Richtung, ohne ihn anzusehen. Die ganze Fahrt über hatte sie nicht mit ihm gesprochen. »Wenn du mich jemals privat in so einem Laden erwischst, jag mir eine Kugel in den Kopf.«

Sie verzog nicht einmal das Gesicht. Er hatte es verbockt. Sein großer Auftritt früher am Tag war nicht so gelaufen, wie er sich das vorgestellt hatte.

Als Kant und Rademacher am Vormittag endlich zurückgekommen waren, hatten sie sich alle im Besprechungszimmer versammelt. Dörfner machte einen zweiten Anlauf, seine Theorie zu präsentieren, aber Hanna kam ihm zuvor. In aller Ausführlichkeit berichtete sie, was sie über Sattler Enterprises herausgefunden hatte. Dörfner rutschte auf seinem Stuhl herum.

Das war zwar alles interessant, brachte sie aber nicht weiter, solange sie von einer falschen Grundannahme ausgingen. Er hoffte, Hanna nicht zu sehr vor den Kopf zu stoßen, wenn er gleich an der Reihe war. Schließlich hatte sie Jakob Holler überhaupt erst ins Spiel gebracht.

»Danke«, sagte Kant. »Gute Arbeit. Und wie seid ihr mit Sattler weitergekommen, Petra?«

Lammers fasste ihre vergeblichen Versuche zusammen, Rudolf Sattler ausfindig zu machen. Dörfner musste sich zusammenreißen, sie nicht zu unterbrechen. »Wir wissen also immer noch nicht, wo er ist«, schloss sie. »Die Zeugenaussagen legen aber nahe, dass er sich nach Spanien abgesetzt hat.«

»Wir müssen ihn finden«, sagte Kant. »Selbst wenn jemand nur seinen Namen benutzt hat, weiß er vielleicht etwas.«

Jetzt war der Moment gekommen. Dörfner räusperte sich. »Ich glaube, wir haben ihn schon gefunden.«

Alle sahen ihn an. Ein paar Sekunden lang kostete er es aus. »Rudolf Sattler ist der Tote aus dem Tank.«

Er hatte erwartet, dass irgendwas passieren würde, nachdem er die Bombe platzen ließ. Applaus, Schulterklopfen oder vielleicht auch heftiger Widerspruch. Aber niemand ließ sich zu einer Reaktion verleiten.

»Wie kommst du darauf?«, fragte Kant ruhig.

Dörfner legte seine Theorie dar.

Ein paar Sekunden lang schwiegen alle. Dann gab Rademacher ein Geräusch von sich, bei dem Dörfner nicht wusste, ob es sich um ein Schnauben oder Lachen handelte. »Du hast schon mitgekriegt, dass wir gerade Stefan Holler wegen Mordes an seinem Bruder verhaftet haben?«, fragte er.

»Ich wollte es euch heute Morgen schon sagen, aber ihr hattet es ja so eilig.«

»Und wie erklärst du dir die Schachfigur in der Hand des Toten?«

Dörfner hatte keine Erklärung dafür. Wenn er ehrlich war, hatte er nicht einmal darüber nachgedacht.

»Wir haben bei Holler eine Zastava CZ-99 gefunden«, fuhr Rademacher mit einer Spur Sadismus in der Stimme fort. »Vermutlich die Mordwaffe. Warum sollte er Sattler erschossen haben, einen Mann, den er wahrscheinlich gar nicht kannte?«

Dörfner sah zu Lammers, aber die war gerade damit beschäftigt, ihre Unterlagen zu sortieren und wich auffällig seinem Blick aus. Niemand kam ihm zu Hilfe.

»Morgen müsste die DNS-Analyse aus dem Labor kommen«, sagte Hanna schließlich. »Dann wissen wir so oder so Bescheid.«

Kant nickte. »Bis dahin versuchen wir weiter, Sattler zu finden. Petra und Ben, ihr hört euch in diesem Stripclub um, vor dem Sattler und Zimmermann sich getrennt haben. Anton und ich fahren zu der ehemaligen Büroadresse von Sattler Enterprises.«

Und damit war das Thema erledigt gewesen.

Dörfner blieb vor dem Samtvorhang stehen, der den Eingangsbereich des Stripclubs vor neugierigen Blicken schützte.

»Was ist?«, fragte Lammers.

»War das so dumm? Meine Theorie?«

»Überhaupt nicht. Aber wäre es zu viel verlangt gewesen, vorher mit mir darüber zu reden?«

Sie schlug den Vorhang zur Seite. Dahinter saß ein Türsteher auf einem Barhocker und hatte den Kopf auf den Tisch gelegt, um ein Nickerchen zu machen. Als er sie bemerkte, raffte er sich auf und strich mit der Hand durch seine Gelfrisur. »Zehn Euro Eintritt plus Mindestverzehr«, murmelte er. »Nicht anfassen, nur gucken.«

Ich bin so ein Idiot, dachte Dörfner, während er dem Türsteher seinen Ausweis zeigte.

Der Mann reckte seine muskulösen Arme. »Rabatt gibt's bei uns nur für Behinderte und Senioren.«

»Fresse«, sagte Dörfner.

Lammers hatte sich schon an dem Tisch vorbeigeschoben und öffnete die mit Leder gepolsterte Tür. Ein Song von Guns n' Roses dröhnte in den Vorraum. Bis gerade hatte Dörfner die Band gemocht. Er folgte Lammers in das blaue Licht.

»Viel Spaß den Herrschaften«, rief der Türsteher ihnen unbeeindruckt hinterher.

Auf der runden Bühne in der Mitte stolzierte eine Frau in rotem Lederkostüm umher und desinfizierte mit einer Sprühflasche die drei Stangen. Zwei Männer saßen mit dem Rücken zu ihr an der Theke. In einer Nische klebten ein paar Tänzerinnen mit ihren nackten Oberschenkeln am Kunstleder fest. Eine von ihnen legte eine Patience. Eine andere tippte gelangweilt auf ihrem Handy herum. Insgesamt strahlte der Raum den Charme einer Zahnklinik aus.

Dörfner sah, wie Lammers mit der Bardame sprach, aber die Musik war so laut, dass er kein Wort verstand. Die Frau zeigte mit einem krallenartigen Fingernagel zu den Stangen. Als Lammers geschmeidig auf die Bühne sprang, ließen die beiden Gäste an der Theke einen Moment lang ihre Drinks im Stich und warteten ab, ob sie für ihr Geld etwas Interessantes geboten bekämen.

Sie wurden enttäuscht. Lammers und die Lederfrau verließen die Bühne, und Dörfner folgte ihnen zu einer Nische mit fünf Hockern, die um einen niedrigen Tisch standen. Hier war die Lautstärke einigermaßen erträglich.

»Sie sind die Geschäftsführerin?«, fragte Lammers, sobald sie sich gesetzt hatten.

Aus der Nähe sah Dörfner, dass die Frau, die er erst für eine Tänzerin gehalten hatte, ungefähr im Alter seiner Mutter war. Graue Strähnen durchzogen ihr hochgestecktes Haar. Das Make-up konnte die Falten um den Mund nicht verdecken. Ihre Beine waren noch immer schlank und muskulös, aber von Orangenhaut überzogen.

»Ja«, sagte sie stolz. »Seit vierzehn Jahren. Früher habe ich selbst hier getanzt.« Ihr Händedruck war kalt und hart. »Milena Nowak. Ihr könnt mich Mila nennen.«

Dörfner versuchte, die Gedanken an seinen misslungenen Auftritt zu verdrängen und sich auf die Befragung zu konzentrieren. »Es geht um einen Abend vor etwa zweieinhalb Jahren«, sagte er ohne große Hoffnung. »Vermutlich Ende November oder Anfang Dezember.« Er zeigte Milena ein Foto von Rudolf Sattler. »Können Sie sich erinnern, ob dieser Mann in dem Zeitraum hier war?«

»Vor zweieinhalb Jahren? Im Ernst?« Milena warf nur einen kurzen Blick auf das Foto. »Ich habe ein gutes Gedächtnis für Gesichter, aber seitdem waren ein paar Tausend Männer hier.«

»Achten Sie nicht auf den zerlumpten Mantel. Möglicherweise hatte er eine auffällige Lederjacke von Giorgio Capone an«, sagte Dörfner. »Bitte denken Sie noch mal nach.«

Milena griff in ihre Gürteltasche, zog eine Lesebrille heraus und setzte sie umständlich auf. »Hm. Ja, den habe ich tatsächlich schon mal gesehen«, sagte sie nach einer Weile. »Wann genau das war, weiß ich nicht mehr.«

Dörfner versuchte, sich seine Aufregung nicht anmerken zu lassen. Er nickte ihr aufmunternd zu.

»Der ist mir nur in Erinnerung geblieben, weil er so einen Aufstand gemacht hat. Oder eigentlich nicht er, sondern sein Kollege.«

»Er hatte jemanden dabei?«, fragte Lammers überrascht.
»Können Sie den Mann beschreiben?«

»Kleiner. Kräftiger. Ich glaub, er hatte so einen Ziegenbart.«

Ludwig Zimmermann, dachte Dörfner. Er hatte sie belogen. Die beiden hatten sich nicht vor der Tür getrennt, sondern waren zusammen hineingegangen. »Und was ist passiert?«

»Den Anfang habe ich nicht mitgekriegt. Ich kann euch nur sagen, was Trisha mir erzählt hat. Die hat damals hier getanzt. Ein ganz süßes Mädchen.« Als sie Dörfners Blick bemerkte, verbesserte sie sich schnell. »Kein Mädchen. Frau. Wir sagen das hier so. Bei uns sind alle Mädchen. Außer mir.« Sie lachte. »Jedenfalls hat sie mit den beiden an der Bar gesessen, mit ihnen geredet und sich Getränke ausgeben lassen. Dann wollte der eine, der auf dem Foto, mit ihr nach oben gehen.«

Sie sah abwartend von Dörfner zu Lammers. Da keiner von ihnen eine Reaktion zeigte, fuhr sie fort. »Das ist ja kein Bordellbetrieb hier. Aber was soll ich machen? Manche Mädchen wollen sich was dazuverdienen. Dann gehen sie mit einem Gast nach oben. Auf eigene Rechnung.«

»Klar«, sagte Dörfner. »Aber für die Zimmer müssen die ›Mädchen‹ natürlich bezahlen.«

Milena warf ihm einen spöttischen Blick zu. »Zahlen Sie keine Miete?«

»Bleiben wir beim Thema«, sagte Lammers. »Was ist dann passiert?«

»Nach ein paar Minuten kamen die beiden wieder runter. Trisha war angepisst, weil der Typ angeblich kein Geld hatte. Der Mann wirkte wie vor den Kopf geschlagen, aber vielleicht lag das auch am Alkohol. Er ist zu seinem Kumpel an die Theke gegangen, und der fing dann an rumzubrüllen, dass sie beklaut worden wären. Da bin ich zu ihnen gegangen.«

»Kommt das öfter vor?«, fragte Dörfer. »Dass hier jemand bestohlen wird?«

Milena schlug die Beine übereinander. »Früher schon, aber die Zeiten sind vorbei. Bei mir gibt es so was nicht. Das könnt ihr mir glauben.«

Ihre Augen wirkten hart wie ein zugefrorener See. Dörfner konnte sich vorstellen, dass die Tänzerinnen Respekt vor ihr hatten.

»Um wie viel Geld handelte es sich?«, fragte Lammers.

»Ich glaube, sie haben von zehntausend Euro geredet. Aber ich habe ihnen kein Wort geglaubt. Die sahen nicht aus, als würden sie mit so viel Geld in der Tasche rumlaufen. Deshalb habe ich vorgeschlagen, die Polizei zu rufen. Da wurden sie dann kleinlaut. Wahrscheinlich war es ihnen nur peinlich, dass sie ihre letzten Cents versoffen hatten.« Dörfner bemerkte, wie sie Lammers einen fast verschwörerischen Blick zuwarf. »Männer und ihr verletzter Stolz. Das macht uns hier am meisten Probleme.«

»Das zieht sich durch alle Branchen«, sagte Lammers. »Wie ging es dann weiter?«

»Unser Türsteher hat die beiden freundlich nach draußen begleitet.«

»Der nette Herr, der da vorne an seinem Tisch schlummert?«, fragte Dörfner.

Milena schüttelte den Kopf. »Wir haben hier eine ziemliche Fluktuation. Ich weiß nicht, wer da im Einsatz war. Wenn Sie mir das genaue Datum sagen, kann ich versuchen, es rauszufinden.«

Unwahrscheinlich, dass der Mann ihnen weiterhelfen konnte, selbst wenn er sich noch an den kleinen Vorfall vor fast drei Jahren erinnern konnte, dachte Dörfner. »Was ist mit Trisha? Arbeitet die noch hier?«

»Die meisten Mädchen sind nur ein paar Wochen hier. Sie tingeln von einem Club zum anderen. Wenn die Männer immer die gleichen sehen wollten, könnten sie auch gleich zu Hause bei ihren Frauen bleiben.«

»Und natürlich wissen Sie auch nicht, wo Trisha jetzt arbeitet«, sagte Dörfner.

»Nein.«

»Aber an ihren Nachnamen können Sie sich noch erinnern?«

»Hm. Ich könnte in meinen Unterlagen nachsehen.«

»Und wenn wir sie finden, kann sie Ihre Geschichte bestätigen?«

Milena stand abrupt auf und blieb so dicht vor Dörfner stehen, dass er ihren Bauchnabel inspizieren konnte. Der Geruch von Leder und Parfum stieg ihm in die Nase. Er drehte den Kopf zur Seite. Milena lächelte, als sie es bemerkte.

»Was wollen Sie überhaupt von mir?«, fragte sie. »Haben die beiden etwa doch noch Anzeige erstattet?«

Dörfner betrachtete die leeren Tanzstangen, während er antwortete. »Nein. Der eine sitzt verarmt im Männerwohnheim, der andere ist verschwunden. Und hier wurde er zuletzt gesehen.«

Milena wurde von einer Gruppe von sechs Männern abgelenkt, die gerade zur Tür hereingekommen waren. Alle trugen das gleiche bedruckte T-Shirt. Ihre Gesichter waren vor Aufregung gerötet. Sie lachten und klopften sich gegenseitig auf die Schultern, während sie sich um die Tanzfläche versammelten.

»Ein Junggesellenabschied«, sagte Milena. »Ich muss die Mädchen ein bisschen auf Trab bringen.«

Dörfner beobachtete, wie sie zu den Tänzerinnen ging, die keine Anstalten machten, ihre gemütliche Runde zu verlassen. Milena fuchtelte mit den Armen, als wollte sie einen Schwarm Tauben aufscheuchen. Schließlich schlüpften zwei von ihnen aus der Nische und schlurften in ihren knappen Bademänteln zur Tanzfläche.

Dörfner versuchte sich vorzustellen, wie Rudolf Sattler und Ludwig Zimmermann an der Theke gesessen und den Tänzerinnen zugesehen hatten. Zwei Obdachlose, die reiche Männer spielten. Wahrscheinlich hatten sie mit dem Geld angegeben. Champagner für die Tänzerinnen bestellt. Ihnen Scheine ins Dekolleté gesteckt. Sich volllaufen lassen. Da wäre es kein Wunder, wenn eine der Damen die Gelegenheit genutzt hätte, um sich Kapital für einen Neuanfang zu verschaffen. Und wenn Dörfner ehrlich war, hatte er nicht die geringste Lust, sie deswegen zu belangen.

Natürlich gab es noch eine andere Möglichkeit. Zimmermann hatte behauptet, Sattler und er hätten sich vor der Tür des Clubs getrennt. Vielleicht hatte er nicht in Verdacht geraten wollen, in Sattlers Verschwinden verwickelt zu sein. Vielleicht hatte er einfach nicht zugeben wollen, einen Stripclub besucht zu haben, weil das gegen seinen Ehrbegriff verstieß. Oder er selbst hatte Sattlers Geld gestohlen. So oder so würden sie noch einmal mit ihm reden müssen.

»Willst du noch ein bisschen bleiben?«, fragte Lammers dicht an seinem Ohr. »Dann warte ich so lange im Auto.«

Er hatte gar nicht bemerkt, dass sie schon aufgestanden war. »Irgendwie«, sagte er, als sie durch den Kunstnebel, das flackernde Licht und das Johlen der Zuschauer an der Bühne zum Ausgang gingen, »habe ich das Gefühl, dass ich in letzter Zeit auf mein Geschlecht reduziert werde.«

Immerhin konnte sie schon wieder über seine Witze lachen, stellte er erleichtert fest.

22

Noch zweieinhalb Tage.

Rademacher hatte gehofft, den Operationstermin ein paar Wochen hinauszögern zu können. Man wusste ja, wie schwerfällig die Krankenhausbürokratie war. Befunde mussten kopiert, verschickt, gesichtet und abgeheftet werden. Blutproben mussten abgenommen, Aufklärungsgespräche geführt und Einverständniserklärungen unterschrieben werden. So war es zumindest bei Peters Blinddarmoperation gewesen. Und als bei Leonie die Polypen entfernt wurden. Wenn man fünf Kinder hatte, ließ sich eine gewisse Krankenhauserfahrung nicht vermeiden.

Nur bei ihm sollte plötzlich alles ganz schnell gehen. Kurz nach der Mittagspause hatte Dr. Weiler angerufen, um ihm den Termin mitzuteilen. Rademacher konnte nicht behaupten, dass er das als gutes Zeichen betrachtete. Wenn schon die Ärzte in Panik ausbrachen, wie sollte er da ruhig bleiben? In seinem ganzen Leben hatte er noch keinen einzigen Tag im Krankenhaus verbracht, und im Gegensatz zu einigen Kollegen rannte er auch nicht wegen jeder Erkältung zum Arzt, um sich krankschreiben zu lassen. Mareike hatte schon behauptet, er leide unter Iatrophobie. Das war natürlich lächerlich. Er hatte keine Angst vor Ärzten, er hatte nur keine Lust, sich vor ihnen auszuziehen, damit sie ihn betatschen und inspizieren konnten wie eine gut abgehangene Rinderhälfte. Um ihn dann zu belehren.

Mit Wörtern, die er erst nachschlagen musste. Wie Iatrophobie.

Noch zweieinhalb Tage.

Was fing man damit an? Er erinnerte sich an das alte Spiel, bei dem jeder sagen musste, was er täte, wenn er nur noch einen Tag zu leben hätte. Beliebte Antworten waren: Eine Party feiern, ans Meer fahren, sich eine Knarre besorgen und noch ein paar Arschlöcher mitnehmen. Niemand sagte, er würde aufstehen, zur Arbeit gehen und so tun, als wäre alles ganz normal. Aber das war die Wahrheit, zumindest für ihn.

Noch zweieinhalb Tage, und er hatte weder Kant noch einen anderen Vorgesetzten informiert, dass er ins Krankenhaus musste und für lange Zeit ausfallen würde – falls er die Operation überleben und sich jemals erholen sollte. Irgendwann musste er sich überwinden und mit Kant reden. Aber nicht heute.

Noch zweieinhalb Tage, und er fuhr mit seinem schweigsamen Kollegen durch die Stadt, die von der Sonne ausgebleicht war wie ein altes Foto, um nach den Büroräumen eines Obdachlosen zu suchen, der sich als Investor ausgegeben hatte. Es fühlte sich absurd an, sinnlos, geradezu hirnrissig, aber er wusste nicht, was er sonst tun sollte. Das Einzige, was ihm hätte Trost spenden können, war seine Familie, und von der musste er sich fernhalten, um sie nicht mit sich in den Abgrund zu reißen. Er wünschte, er wäre ein Elefant, der sich zum Sterben in den Dschungel zurückziehen konnte.

Stattdessen stapfte er hinter Kant den glühend heißen Bürgersteig entlang. In der Aufregung des Morgens hatte er ganz vergessen, dass es noch etwas anderes gab, das er mit seinem Kollegen besprechen musste. Er zupfte am Ärmel von Kants Jackett, das der sture Hund trotz der verfluchten Hitze nicht ablegen wollte, und sie blieben im Schatten eines Vordachs stehen.

»Worüber wir neulich gesprochen haben«, sagte er. »Du weißt schon, wegen Frida und diesen Weltuntergangspropheten. Leonie hat sich ein bisschen in der Gruppe umgehört. Weil sie sich Sorgen macht.«

Kant sah ihn mit abwesendem Blick an. Dann nickte er.

»Da ist dieser Typ, der auch bei der Aktion am Marienplatz dabei war. So ein Milchgesicht mit Fusselbart. Stefan heißt der. Ich würde nicht wollen, dass meine Tochter ihm zu nahe kommt. Leonie meinte, der wäre sowieso schon vorbestraft. Der scheint sich für so eine Art Che Guevara zu halten.«

»Und wenn schon«, sagte Kant. »Haben wir als Jugendliche nicht alle von der Revolution geträumt?«

»Ich nicht«, entgegnete Rademacher. »Ich habe mich mehr für Mädchen interessiert. Aber darum geht es nicht. Dieser Stefan scheint irgendwas auszuhecken. Leonie hat gehört, dass er Uran besorgen will. Für irgendeine geheime Aktion, an der auch Frida beteiligt ist.«

Jetzt sah Kant ihn an, als wäre er verrückt geworden. »Uran? So ein Blödsinn. Das sind doch keine Terroristen. Bestimmt hat sich jemand einen schlechten Scherz mit Leonie erlaubt.«

Rademacher hob die Hände. Er hielt es ja selbst für unwahrscheinlich, aber so eine Information konnte er wohl kaum für sich behalten. Sollte Kant damit anfangen, was er wollte. Solange Leonie sich von der Gruppe fernhielt, war das nicht sein Problem. Er hatte genug eigene Sorgen.

Kant sah noch einmal auf den Zettel mit der Adresse. »Da vorne muss es sein.«

Wo laut der Internetseite das Büro von Sattler Enterprises gewesen war, befand sich jetzt, eingeklemmt zwischen einer Apotheke und einem Friseursalon, ein Grafikbüro. Keine besonders glamouröse Lage für eine Investmentfirma, dachte

Rademacher, aber vielleicht hatte der Inhaber ja seine Gründe gehabt, den Ball flach zu halten.

Durch das Schaufenster im Erdgeschoss konnte man eine junge Frau sehen, die konzentriert auf ihren Monitor blickte. Schräg hinter ihr arbeitete ein etwa gleichaltriger Mann an einer Tuschezeichnung. Papierstapel türmten sich auf den Schreibtischen. Überall standen Kaffeetassen, Gläser und sogar leere Weinflaschen herum. Kreatives Chaos nennt man das wohl, dachte Rademacher, aber im Grunde genommen ist es nur mangelnde Disziplin.

Die Tür war abgeschlossen. Als Kant auf die Klingel drückte, rührten sich die beiden nicht. Wahrscheinlich abgestellt, dachte Rademacher. Er schlug mit der flachen Hand gegen das Glas. Die Frau zuckte zusammen, hob den Kopf und erschrak gleich noch einmal, als sie Rademachers an die Scheibe gedrücktes Gesicht sah. Dann schüttelte sie den Kopf, trank einen Schluck aus einer bunten Dose, die aussah, als wäre Motoröl darin, und kam provozierend langsam zum Eingang.

Rademacher wehte der süßliche Duft von Marihuana in die Nase, als sie die Tür öffnete. Die Frau sah ihn aus trüben Augen an. »Was ist los?«, fragte sie. »Können Sie nicht lesen?« Sie tippte auf das Schild mit den Öffnungszeiten, das an der Tür hing.

»Kriminalpolizei.« Rademacher zeigte ihr seinen Ausweis. »Wir würden gern den Inhaber sprechen.«

Rademacher beobachtete, wie ihr Kollege von seinem Schreibtisch aufstand und in einem Hinterzimmer verschwand.

Die kleine dünne Frau vor ihm streckte sich ausgiebig. Gegen seinen Willen bemerkte Rademacher, wie sich ihre spitzen Brüste unter dem ärmellosen T-Shirt abzeichneten. »So was gibt's hier nicht«, sagte sie. »Nur eine Inhaberin. Lisa Ricken. Das bin ich.«

»Auch gut.« Rademacher erklärte ihr, dass sie in einem Mordfall ermittelten, der möglicherweise mit ihrem Vormieter in Zusammenhang stand. »Wie lange haben Sie die Geschäftsräume schon gemietet?«

»Seit knapp drei Jahren. Und den Vormieter kenne ich überhaupt nicht.«

»Als Sie die Räume übernommen haben«, fragte Kant, »wie war da die Einrichtung?«

»Alles leer. Grauer Teppichboden. Weiße Wände. So wie jetzt. Wir sind noch nicht dazu gekommen, richtig zu renovieren.«

Im Inneren klingelte ein Telefon. Lisa Ricken schien nur darauf gewartet zu haben. »Hören Sie, ich kann Ihnen nicht helfen. Außerdem muss ich bis morgen noch eine Druckvorlage fertig machen. Probieren Sie es doch mal bei der Vermieterin. Frau Deiter. Die wohnt gleich über uns. Vielleicht ist sie ja zu Hause.«

Lisa Ricken zog die Tür zu und schloss ab.

»Vielen Dank für Ihre Hilfe«, sagte Rademacher zu seiner Spiegelung in der Glasscheibe.

Sie gingen durch die Einfahrt in den Innenhof. Neben der offen stehenden Tür zum Treppenhaus entdeckte Rademacher knapp über Kopfhöhe ein vergittertes Fenster. Er griff nach den Stangen und zog sich mühsam dreißig Zentimeter hoch. Durch die Scheibe sah er in eine Kammer, in der sich ein Kopierer und ein paar Metallregale befanden. Frau Rickens Kollege stand mit dem Rücken zu ihm auf einem Hocker und deponierte gerade ein daumengroßes Päckchen aus Alufolie in einem Schuhkarton auf dem obersten Brett.

»Was machst du da?«, fragte Kant.

Rademacher ließ sich fallen. In seinem Bauch zwickte etwas. Er ließ es sich nicht anmerken. »Der kleine da Vinci versteckt sein Dope.«

Kant schüttelte nur den Kopf.

»Vielleicht werden sie etwas gesprächiger, wenn eine Anzeige wegen Verstoß gegen das BtM droht«, sagte Rademacher, während er hinter Kant die Treppe zum ersten Stock hinauftrottete.

Frau Deiter öffnete ihnen nach dem ersten Klingeln. Ohne einen Blick auf ihre Ausweise zu werfen, winkte sie Rademacher und Kant in den Flur, wo sie ihre Schuhe ausziehen mussten, bevor sie in ein mit Perserteppichen ausgelegtes Wohnzimmer geschoben wurden. Während Frau Deiter in der Küche verschwand, um Tee zu kochen, sah sich Rademacher um. Bücherregale mit den gesammelten Werken deutscher Klassiker, gerahmte Fotos, auf denen längst verstorbene Verwandte steif in die Kamera blickten, und eine Standuhr, deren lautes Ticken einen daran erinnerte, dass man seine Zeit besser nutzen sollte, ehe sie abgelaufen war. Ein verwelkter Blumenstrauß in einer Vase auf der Fensterbank verbreitete den dazugehörigen Beerdigungsgeruch.

Zum Glück kam Frau Deiter zurück und unterbrach Rademachers trübe Gedanken, indem sie einen Teller mit Buttercremetorte auf den gekachelten Wohnzimmertisch stellte.

»Wir wollten Ihnen eigentlich nur ein paar kurze Fragen stellen«, sagte Rademacher. Frau Deiter zerteilte unbeirrt die Torte. Rademacher hatte keinen Appetit, aber aus Höflichkeit ließ er sich ein Stück Torte auf den Teller geben.

»Die habe ich für meine Enkel gebacken, aber die wollten heute lieber ins Freibad, als ihre Oma zu besuchen«, sagte sie, während sie den Tee in Tassen aus feinem Porzellan schenkte.

»Es geht um den Mann, der die Geschäftsräume unten gemietet hatte«, sagte Kant. »Bevor das Grafikbüro eingezogen ist.«

»Ach, Sie meinen den Herrn Sattler? Wissen Sie, seit mein Mann gestorben ist, kümmere ich mich allein um das Haus.

Schon fast zwanzig Jahre mittlerweile. Normalerweise habe ich ein gutes Gespür für die Mieter. Aber bei dem Herrn Sattler, da habe ich mich wohl getäuscht.«

Rademacher nahm einen Bissen von der Torte. Der Zucker knirschte zwischen seinen Zähnen. »Wie meinen Sie das?«, fragte er.

»Das war ein so höflicher junger Mann. Er hat sogar Pralinen mitgebracht. Ein bisschen schüchtern war er am Anfang. Aber dann hat er von seinen Plänen mit der Firma erzählt.« Sie schüttelte enttäuscht den Kopf. »Da ist ja wohl nichts draus geworden. Das Einzige, was er gemacht hat, war, ein Schild an der Tür anzubringen. Ein schönes goldenes Schild. War direkt schade, dass der Hausmeister das hinterher abschrauben und in den Müll werfen musste. Aber was soll man machen? Der Herr Sattler hat sich ja nicht mehr blicken lassen.«

Das passt zu dem, was Hanna Weiß herausgefunden hat, dachte Rademacher. Sattler Enterprises war nur eine Tarnfirma gewesen, die nicht mehr brauchte als eine Adresse und einen Briefkasten. »Ist Ihnen denn irgendwas aufgefallen in der Zeit, als Herr Sattler das Büro gemietet hat? Irgendwelche Besucher?«

Frau Deiter schüttelte den Kopf. »Ich hänge ja nicht den ganzen Tag am Fenster, um meine Mieter auszuspionieren«, sagte sie. »Aber Sie hätten mal sehen müssen, in welchem Zustand die Räume waren!«

Sie wartete darauf, dass jemand nach dem Grund für ihre Empörung fragte. Rademacher tat ihr den Gefallen.

»Nachdem drei Monate keine Miete kam und Herr Sattler nicht zu erreichen war, habe ich den Schlüsseldienst gerufen und mir Zugang verschafft. Die Fensterscheibe zum Hof war kaputt. Es hat reingeregnet. Da kann man doch wenigstens Bescheid sagen. Und der schöne Teppich. Voller Flecken.

Den musste der Hausmeister auch rausreißen. Die Kaution hat kaum gereicht für das Chaos, das der Herr hinterlassen hat.«

Kant, der sich in seinem Ohrensessel zurückgelehnt und Rademacher die Befragung überlassen hatte, beugte sich vor. »Haben Sie nicht daran gedacht, die Polizei zu informieren? Das ist doch etwas merkwürdig, wenn ein Mieter spurlos verschwindet, oder?«

Frau Deiter verschüttete etwas Tee, als sie die Tasse absetzte. »Soll ich jetzt schuld sein? Was muss man denn als Vermieterin noch alles tun? Soll ich auch noch Kindermädchen spielen für die Leute, die ihre Miete nicht bezahlen?«

»Immer mit der Ruhe«, sagte Rademacher. »Niemand macht Ihnen Vorwürfe.«

Kant legte ein Foto von Rudolf Sattler auf den Tisch. »Ist das der Mieter?«

Frau Deiter zog eine Lesebrille aus der Brusttasche ihrer geblümten Bluse und sah sich das Bild an. »Ich weiß nicht. Vom Alter her könnte es schon passen. Ja, so ein schmales Gesicht. Andererseits sah der irgendwie sympathischer aus. Er könnte es aber schon gewesen sein.«

Na toll, dachte Rademacher, solche Zeugenaussagen helfen uns wirklich weiter. Aber Kant hatte schon das nächste Foto aus seiner Aktentasche gezogen.

»Der war's«, rief Frau Deiter sofort, als das Bild auf dem Tisch lag. »Ganz sicher.«

»Dieser Mann heißt Jakob Holler«, sagte Kant.

»Nein, nein, das ist der Herr Sattler«, beharrte sie.

»Ich fürchte«, sagte Rademacher, »der Mann hat Sie über seine Identität getäuscht.«

»Aber ich habe mir seinen Ausweis zeigen lassen. Das mache ich immer, bevor ich einen Mietvertrag abschließe.«

Jakob Holler hatte also unter falschem Namen die Büroräume angemietet. Offenbar hatte er sich Rudolf Sattlers Ausweis beschafft und Frau Deiter damit getäuscht. Was angesichts der Ähnlichkeit der beiden Männer nicht besonders verwunderlich war. Und kurz darauf waren sowohl Holler als auch Sattler verschwunden. Da Lisa Ricken und ihr Kifferkollege sich so unkooperativ verhielten, mussten sie sich wohl einen richterlichen Beschluss besorgen, um die Büroräume genauer in Augenschein zu nehmen.

Als er Kant aufstehen sah, bedankte sich Rademacher bei Frau Deiter für den Kuchen. So viel Zeit musste sein. Sie machte Anstalten, sich ebenfalls zu erheben, aber Rademacher winkte ab.

»Bleiben Sie sitzen. Wir finden alleine raus.«

Im engen Flur prallte er beinahe mit Kant zusammen, der plötzlich vor einer Vitrine stehen geblieben war. Auf einem der Glasböden stand zwischen Likörgläsern und hölzernen Tierfiguren ein zusammengeklapptes Schachspiel.

»Frau Deiter?«, rief Kant. »Würden Sie bitte mal kommen?«

Es dauerte eine Weile, bis sie im Türrahmen auftauchte.

»Darf ich?«, fragte Kant mit der Hand an der Vitrine.

»Seien Sie vorsichtig mit den Schnitzereien. Das sind Einzelstücke.« Argwöhnisch sah sie zu, wie Kant die Tür öffnete und das Brett herausnahm.

»Spielen Sie Schach, Frau Deiter?«

»Als ich aufgewachsen bin, haben Mädchen noch mit Puppen gespielt«, sagte sie. »Ich weiß nicht mal, wie man die Figuren aufstellt.«

»Darf ich fragen, woher Sie das Spiel haben?«

Sie kniff kurz die Lippen zusammen, bevor sie antwortete. »Ach so, das hatte ich ganz vergessen. Als der Schlüsseldienst die Tür geöffnet hat, lagen die Figuren überall auf dem Boden herum. Sonst hat der Herr Sattler nichts dagelassen, nur die Figuren und das Brett.« Als sie bemerkte, wie Kant und Rademacher sie ansahen, fügte sie hinzu: »War das jetzt etwa wichtig für Sie?«

»Das kann man wohl sagen«, antwortete Rademacher.

»Woher soll man das wissen? Eigentlich wollte ich es meinem Sohn schenken. Der spielt wohl ab und zu. Aber er wollte es nicht, weil eine Figur fehlt. Seitdem steht es hier rum. Ich wollte es schon seit Jahren wegwerfen, aber andererseits ist es ja auch ganz hübsch. Wenn Sie wollen, können Sie es gerne mitnehmen.«

Rademacher und Kant wollten.

23

Lammers startete die Aufnahme. »Anwesend sind der Beschuldigte Stefan Holler sowie die Kriminalkommissare Ben Dörfner und Petra Lammers. Herr Holler, Sie wurden bereits informiert, dass Sie das Recht haben, die Aussage zu verweigern. Auf eine Vertretung durch einen Anwalt haben Sie vorläufig verzichtet. Ist das richtig?«

Stefan Holler sah auf seine Hände. »Ja«, sagte er leise. Er schien jede Hoffnung verloren zu haben.

Lammers glaubte zu wissen, was er dachte: Alle sind gegen mich, wie immer. Er war ein wegen schwerer Körperverletzung vorbestrafter Boxer, der ihnen bei den Ermittlungen wichtige Informationen vorenthalten hatte, und jetzt hatte man auch noch eine Pistole in seinem Schreibtisch gefunden, die als Tatwaffe infrage kam. Der Staatsanwalt würde ihn als notorischen Gewalttäter darstellen, und der Richter würde alles, was er sagte, in Zweifel ziehen.

Lammers hatte das Gefühl, dass man bei diesem Mann mit Druck nichts erreichte. Stefan Holler sah aus wie ein großes Kind, das seine Verletzlichkeit hinter einer Fassade aus Gleichgültigkeit und Trotz verbarg. Wenn man ihn zu sehr reizte, würde er sich zurückziehen oder irgendwas in Stücke schlagen. Deshalb – und weil das ihrem Selbstbild als anständiger Polizistin entsprach – beschloss sie, von Anfang an die Karten auf den Tisch zu legen. Bis auf eine.

»Ich glaube nicht, dass Sie Ihren Bruder getötet haben«, sagte sie.

Und schon hatte sie seine volle Aufmerksamkeit. Aus Erfahrung wusste sie, dass ein verblüffender Einstieg meistens gute Ergebnisse brachte.

»Wieso?« Natürlich blieb er skeptisch. Wenn er einen Polizisten nur von Weitem sah, witterte er schon eine Falle.

»Weil der Mann aus dem Tank nicht Ihr Bruder ist.«

Das wiederum schien ihn nicht besonders zu überraschen. Entweder kannte er die Identität des Toten, oder er wusste, dass Jakob noch lebte.

Vor einer halben Stunde, als Lammers ins Präsidium gekommen war, hatte Hanna ihr das Ergebnis des DNS-Tests mitgeteilt. Eine Wende in den Ermittlungen, die sich allerdings schon angedeutet hatte. Lammers hatte sich zusammenreißen müssen, um nicht zu sagen, dass sie von Anfang an skeptisch gewesen war. Offenbar hatte Dörfner mit seiner Theorie richtig gelegen. Es sprach jetzt einiges dafür, dass Rudolf Sattler der Tote war. Aber warum hielt er eine Schachfigur in der Hand? Und was hatte das mit Jakob Hollers Verschwinden zu tun?

»Dann kann ich jetzt nach Hause gehen?«, fragte Stefan Holler.

»Vorher müssen wir noch ein paar Ungereimtheiten klären. Immerhin haben wir ja noch eine Leiche mit Schussverletzungen. Woher haben Sie die Pistole?«

»Die wurde mir untergeschoben.«

»Von wem?«

»Was weiß ich? Von der Polizei? Wäre ja ziemlich praktisch.«

Lammers begann, in dem Ordner zu blättern, der vor ihr auf dem Tisch lag. Auch wenn Hanna ein bisschen komisch war, hatte sie ganze Arbeit geleistet, das musste man ihr lassen.

»Und das Geld? Jeden Monat dreitausend Euro. Bareinzahlung auf Ihr Konto. Ausgeführt von Ihnen selbst. Wollen Sie uns nicht sagen, woher das stammt?«

Holler antwortete nicht.

»Soll ich raten?«

Sie spürte, wie Dörfner sie von seinem Stuhl in der Ecke aus ansah. Sie hatte ihn gebeten, zuzuhören und sich rauszuhalten, und ausnahmsweise schien er es zu beherzigen. Gebannt wie ein Kinozuschauer in der ersten Reihe wartete er darauf, was als Nächstes geschah.

»Von Ihrem Bruder. Nein, Entschuldigung, Halbbruder.«

Holler atmete aus, als hätte er ein halbes Jahr die Luft angehalten. Seine muskulösen Schultern sackten nach vorn.

»Ist das Schweigegeld? Damit Sie niemandem verraten, dass er noch lebt?«

»Sie haben ja keine Ahnung«, sagte Holler kaum hörbar.

»Dann klären Sie mich auf. Was haben Sie für eine Nummer abgezogen? Warum musste Jakob verschwinden?«

Sie hatte das Gefühl, dass er kurz davorstand, ihr alles zu erzählen. Vielleicht brauchte er noch einen kleinen Schubs. »Sie wollen Ihren Bruder beschützen. Okay, das verstehe ich. Aber er kann sich nicht ewig verstecken. Wir finden ihn. Oder jemand anderes.«

Mit einem Mal löste sich sein maskenhafter Gesichtsausdruck auf, und Lammers konnte den Schmerz sehen, den er mit sich herumtrug. »Ich weiß nicht, wo Jakob ist«, sagte er. »Ich habe ihn zuletzt auf der Beerdigung unserer Mutter gesehen.«

Na also. »Wann war das?«

»Vor zwei Jahren. Am 6. Juli 2016.«

Drei Wochen später hatten die monatlichen Einzahlungen auf sein Konto begonnen.

Holler umklammerte mit beiden Händen die Tischplatte. Lammers war froh, dass es im Vernehmungszimmer keine Möbel gab, die man umstoßen oder an die Wand werfen konnte. Alles war fest am Boden verschraubt.

»Das wäre alles nicht passiert«, sagte Holler, »wenn der Felix nicht so ein mieses Dreckschwein wäre.«

Und dann brach der Damm unter dem Druck, der sich in den letzten beiden Jahren angestaut hatte. Lammers musste nur noch dem Fluss seiner Worte lauschen und ihn gelegentlich sanft in die richtige Richtung lenken.

Stefan Holler hatte Felix Groß kennengelernt, während er in einer Diskothek am Altstadtring als Türsteher arbeitete. Groß war dort Stammgast gewesen. Wenn er mit seiner Entourage auftauchte, geleitete Holler ihn in seine Nische und versorgte ihn mit allem, was er brauchte. Also in erster Linie Koks und Frauen, die den Abglanz seines Ruhms als Bezahlung akzeptierten. Bevor Groß mit verquollenen Augen ins Morgenlicht wankte, drückte er Holler oft einen zusammengeknüllten Hunderter in die Hand, ansonsten ignorierte er ihn weitgehend.

Manchmal gab es Leute, die so ignorant oder high waren, dass sie sich nicht an die Regeln hielten. Dabei war es wirklich nicht schwer zu begreifen: Man ließ die Finger von Felix' Begleitungen. Man wartete, bis man an seinen Tisch geladen wurde, wenn man ihn sprechen wollte. Und vor allem zeigte man ein bisschen Respekt.

Holler machte es keinen Spaß, sich zu prügeln. Wenn er sich mit anderen messen wollte, tat er es im Ring. Die meisten Leute wussten, dass er bei der Deutschen Meisterschaft im Mittelgewicht nur knapp das Finale verpasst hatte, und so reichte es normalerweise, wenn er einfach nur präsent war. Manchmal musste er jemanden mit hochgezogenen Brauen ansehen oder ihm mit leichtem Druck die Hand auf die Schulter legen. Zwei- oder dreimal drehte er einem Störer den Arm auf den Rücken und beförderte ihn an die frische Luft. Keine große Sache.

»Aber dieser Hadir, der wollte es einfach nicht kapieren«, sagte Holler. »Vielleicht war das so ein kulturelles Ding. Verletzter Stolz und so. Der kam nämlich aus Marokko.«

Klar, dachte Lammers, so was ist dir natürlich fremd. Das gibt's nur drüben in Afrika. Aber da Holler gerade so schön ins Plaudern geraten war, behielt sie ihre Gedanken für sich.

Hadir hatte Groß auf der Tanzfläche angerempelt, sodass ihm die Hälfte seines Mai Tais über das Designerhemd schwappte. Und dann hatte er sich auch noch geweigert, ihm einen neuen Drink zu bestellen. Die Fäuste flogen, bis Holler sich durch die Menge drängte und Hadir mit einer platzierten Geraden zu Boden schickte.

So weit war das Geschehen unstrittig gewesen. Aber später, als Hadir bewusstlos auf der Intensivstation lag, hatten andere Gäste zu Protokoll gegeben, dass Holler Hadirs Kopf mehrmals auf den Boden geschlagen habe. Holler verweigerte die Aussage. Er wurde zu zweieinhalb Jahren ohne Bewährung verurteilt. Niemand – auch das Opfer nicht – erwähnte, dass Groß an der Schlägerei beteiligt gewesen war.

Holler saß also seine Strafe ab, und als er entlassen wurde, war seine Boxkarriere beendet, seine Freundin schwanger von einem anderen und weit und breit kein Job in Aussicht. Da kam Groß auf ihn zu und bot ihm an, für ihn als Fahrer zu arbeiten. Holler sagte sofort zu.

Bald stellte sich heraus, dass er nicht nur eingestellt worden war, um Groß mit seinem BMW Z4 durch die Stadt zu kutschieren, sondern auch, um ihn vor seinen geprellten Kunden, Neidern und lästiger Konkurrenz zu beschützen. Holler hatte kein schlechtes Gewissen dabei. Er glaubte der Erzählung seines Chefs, dass sie sowieso nur reiche Leute um ihr Schwarzgeld betrogen.

»Damit hatte ich kein Problem«, sagte er. »Mir hat nie einer was geschenkt. Wenn ich was abhaben wollte, musste ich es mir nehmen. Und Groß hat mich gut behandelt. Ich habe zu ihm aufgesehen. Wie zu einem Vater. Meiner war ja nur mit sich selbst beschäftigt. Erst später wurde mir klar, dass Groß keinen Sohn wollte, sondern einen Hund.«

Womit wir wieder beim Thema Stolz angekommen wären, dachte Lammers.

Holler erzählte, wie Groß im Zusammenspiel mit Sonja Bruckmayr Alois Mahler ausgenommen hatte. Die Farbenfabrik des alten Herrn war vor Kurzem in Konkurs gegangen, und er ließ sich überreden, sein Privatvermögen in eine Wohnanlage in Cottbus zu investieren. Groß und Bruckmayr hatten ihre alte Masche abgezogen. Der Kunde wurde kurz durch die oberflächlich renovierte Anlage geführt, dann tauchten reihenweise andere Interessenten auf, die die einmalige Gelegenheit nutzen wollten, und zufälligerweise hatte Schwarzenberger, der Notar, mit dem Groß und Bruckmayr zusammenarbeiteten, spontan einen Termin frei.

Alois Mahler betrachtete sich als Unternehmer alter Schule und wollte mit der versprochenen Rendite die ausstehenden Löhne für seine leer ausgegangenen Arbeiter bezahlen. Als sich herausstellte, dass die Immobilie nahezu wertlos war, tauchte er völlig verzweifelt in Groß' Büroräumen auf und bettelte ihn an, sein Geld zurückzubekommen. Groß dachte gar nicht daran. Er lachte nur und befahl Holler, den alten Mann rauszuwerfen. Holler setzte Alois Mahler vor die Tür wie früher die besoffenen Discogänger.

Bis zu diesem Punkt deckte sich alles mit dem, was Konstantin Mahler gegenüber Kant und Rademacher zugegeben hatte. Aber dann nahm die Geschichte eine etwas andere Wendung.

»Eine Woche später ist der alte Mahler von einer Fußgängerbrücke gesprungen. Vor den Regionalexpress nach Regensburg«, sagte Holler. »Vielleicht können Sie sich vorstellen, wie ich mich gefühlt habe, als das in der Zeitung stand.«

Lammers versuchte es erst gar nicht.

Danach habe er sich krankgemeldet, fuhr Holler fort. Er kaufte sich drei Flaschen Wodka, prügelte auf den Boxsack ein, der in seiner Zweizimmer-Kellerwohnung von der Decke baumelte, bis seine Fäuste bluteten, und ließ sich auf dem Sofa volllaufen. Als er am nächsten Morgen aufwachte, wiederholte er den Vorgang. Wenn er in seinem Leben etwas gelernt hatte, dann war es Disziplin.

Der Gedanke, dass er an Mahlers Tod schuld war, ließ sich allerdings mit ein bisschen Schnaps nicht vertreiben. Je mehr er sich betrank, desto klarer wurde sein Blick auf Groß. Der Mann, der sich als Robin Hood aufspielte, hatte ihn schon immer manipuliert und ausgenutzt. Es wurde Zeit, etwas dagegen zu unternehmen.

Als ihm nach ein paar Tagen der Wodka ausging, stellte er sich eine Viertelstunde unter die kalte Dusche, rasierte sich, würgte beim Bäcker unten an der Ecke eine trockene Semmel und eine Tasse Kaffee herunter und fuhr zu dem schlausten Mann, den er kannte: seinem Halbbruder.

Es war nicht einfach, Jakob aus seiner acht mal acht Felder großen Welt zu reißen, in der es nicht mehr zu verlieren gab als ein Stück geschnitztes Holz, aber Stefan blieb so lang in seiner Gartenhütte, bis Jakob sich alles angehört hatte. Er wusste, wie das Gehirn seines Halbbruders funktionierte. Wenn alle

Informationen vorlagen, würde es automatisch einen Plan ausspucken.

Am nächsten Morgen schickte Jakob Stefan zurück zu Groß. Er sollte weiter das brave Hündchen spielen, während sein Halbbruder den Köder auslegte. Dabei machte er sich die Geschäftspraktiken der Immobilienholding zunutze.

»Wenn wir gerade keine neuen Opfer hatten«, sagte Stefan Holler zu Lammers, »haben wir probiert, die alten weiter auszupressen. Wenn einer schon Geld verloren hatte, war er oft bereit, neues nachzuschießen, um seine Verluste wiedergutzumachen. Da Alois Mahler schon tot war, habe ich Groß auf die Idee gebracht, mal bei seinem Sohn nachzufragen.«

Und Konstantin Mahler musste nicht lang überredet werden. Aus seiner Sicht hatte sein Vater die Fabrik ruiniert und das Geld, das er erben sollte, verzockt. Das erzählte er zumindest Groß, als dieser telefonisch seine gierigen Finger ausstreckte. Leider habe er kein Geld mehr flüssig, aber vielleicht könne man das Fabrikgelände verkaufen. Groß witterte ein gutes Geschäft, das zur Abwechslung sogar ganz legal ablaufen konnte. Er brauchte nur noch einen Kunden.

Allerdings fehlten ihm zwei entscheidende Informationen. Erstens, Jakob Holler hatte mit Mahler gesprochen und ihm in Aussicht gestellt, den Betrug an seinem Vater zu rächen und doch noch zu einem anständigen Erbe zu kommen, wenn er bei ihrem Plan mitspielte. Zweitens, das Fabrikgelände war unter normalen Umständen nahezu unverkäuflich, weil Quecksilber und Schwermetalle den Boden in Sondermüll verwandelten.

Jakob verschaffte sich eine falsche Identität, indem er Rudolf Sattler, den er von dem Schachfeld am Nordfriedhof kannte, für seine Papiere und das Versprechen, nach Spanien zu verschwinden, zehntausend Euro gab. Er mietete ein Büro an, richtete eine Website ein und gab sich bei Immobilien Bruckmayr als Mittelsmann aus, der für einen Investor aus Katar ein stadtnahes Grundstück für den Bau eines Einkaufszentrums suchte.

Es dauerte nicht lange, bis die Nachricht bei Groß ankam. Die Aussicht auf einen fetten Gewinn ließ ihn übersehen, dass sich die Dinge ein wenig zu glücklich fügten. Sobald Sonja Bruckmayr einen Vorvertrag mit Sattler abgeschlossen hatte, kaufte Groß das alte Fabrikgelände.

Nur ein paar Tage, nachdem Groß das Geld an Mahler überwiesen hatte, machte Sattler alias Jakob Holler einen Rückzieher. Er legte ein Bodengutachten vor, das die Verseuchung dokumentierte, und erklärte den Vorvertrag für nichtig.

Groß hatte nun 6,5 Millionen weniger – überwiegend in Form von Krediten, für die kein echter Gegenwert existierte – und außerdem ein Grundstück, das er niemandem verkaufen konnte. Er wusste nicht, wie Sattler an das Bodengutachten gekommen war, aber er verstand, dass es ihm bei dem nächsten Kaufinteressenten genauso ergehen könnte. Konstantin Mahler hatte ihn betrogen, wie er selbst Mahlers Vater betrogen hatte.

»Wir wussten natürlich, dass er das nicht auf sich sitzen lassen würde«, erklärte Stefan Holler. »Aber wir konnten ja nicht ahnen, dass Mahler so leicht umfällt.«

Groß ließ sich von Holler zu Mahlers Wohnung fahren, wartete im Auto, bis Mahler mit seiner Freundin Anita von einer Vernissage nach Hause kam und hielt den beiden seine Pistole unter die Nase. Er zwang sie, ihn und Holler mit nach oben in Mahlers Luxuswohnung zu nehmen. Dort packte er eine Gartenschere aus und fragte Mahler, ob er Anita zuerst die Finger oder die Zehen abschneiden solle.

Holler war sich sicher, dass er ihm nur Angst einjagen wollte, denn sein Chef würde nicht das Risiko eingehen, im Gefängnis zu landen. Dafür hatte er schließlich seine Angestellten.

Aber Mahler war nur ein verwöhnter Millionärssohn. Er redete und redete. Ungefragt gab er zu, dass er mit Sattler gemeinsame Sache gemacht hatte, und erklärte sich bereit, das Geld zurückzuzahlen. Während sich ein gelber Fleck auf seiner weißen Hose und dem teuren Ledersofa ausbreitete, musste er allerdings zugeben, dass eine Million fehlte. Sattlers Anteil. Ihr Anteil.

»Am nächsten Nachmittag habe ich Jakob im Park abgefangen«, sagte Stefan Holler. »Ich habe ihn gewarnt, dass Groß überall nach Sattler sucht. Er sollte einfach zu Hause bleiben, bis Groß merkte, dass Sattler nur ein Phantom war, und aufgäbe. Aber Jakob hatte offenbar andere Pläne. Seitdem habe ich ihn nur noch einmal gesehen. Auf der Beerdigung unserer Mutter. Ich habe keine Ahnung, wo er sich versteckt.«

Um keinen Verdacht zu erregen, habe er noch einige Monate für Felix Groß gearbeitet, fuhr Holler fort. Als der jahrelange Immobilienbetrug schließlich aufflog, Groß ins Gefängnis musste und Bruckmayr zu einer Bewährungsstrafe verurteilt wurde, nutzte Stefan Holler die Gelegenheit, um endlich sein Leben in die Hand zu nehmen. Durch das Geld, das sein Bruder ihm regelmäßig zukommen ließ, konnte er seinen Traum von einem eigenen Boxstudio verwirklichen.

»Wenn Sie Ihren Bruder seit der Beerdigung nicht mehr gesehen haben, wie sind Sie dann an das Geld gekommen?«, fragte Lammers. »Die Beträge wurden ja nicht überwiesen. Irgendwie muss er Ihnen das Bargeld übergeben haben.«

»Er hat es auf dem Friedhof deponiert. In einer Plastiktüte. Am Grab unserer Mutter.« Stefan Holler lachte bitter. »Er wollte nicht, dass ich zu viel auf einmal kriege. Immer nur dreitausend. Damit ich keinen Blödsinn mache. Mal bringt er das Geld am Monatsanfang, dann mittendrin oder am Ende. Damit ich ihn da nicht abfangen kann. Er schickt mir eine SMS, wann ich das Geld abholen soll.«

Lammers stoppte die Aufnahme. Wenn Jakob Holler noch lebte – und im Moment sprach alles dafür –, dann gab es keinen Grund, Stefan länger festzuhalten. Seine Aussage klang glaubwürdig, und sie konnten ihm nicht nachweisen, dass er etwas mit dem Toten aus dem Chemikalientank zu tun hatte. Außer einem eventuellen Verstoß gegen das Waffengesetz blieb nicht viel übrig.

»Sie können gehen«, sagte sie.

Holler stand auf. Er sah sie an, als rechnete er damit, dass sie sich einen schlechten Scherz erlaubte. »Und was ist mit der Pistole?«, fragte er schließlich.

»Was soll damit sein?«, meldete sich Dörfner von seinem Stuhl in der Ecke. »Es ist zwar eine Zastava CZ-99, aber die Waffe passt nicht zu dem Geschoss, das wir in der Leiche gefunden haben.«

Jetzt kannte Holler ihr komplettes Blatt.

24

Nachdem Kant im engen Nebenzimmer die Vernehmung auf dem Monitor verfolgt hatte, fühlten sich seine Beine vom langen Sitzen steif an. Von dem künstlichen Licht und der stickigen Luft bekam er allmählich Kopfschmerzen. Er schaltete den Bildschirm aus, hängte sich sein Jackett über die Schulter und schlenderte aus dem Präsidium. Wenn die Gedanken ins Stocken gerieten, gab es nichts Besseres, als durch die Stadt zu spazieren. Manchmal musste man nur den Körper in Bewegung bringen, damit der Geist neuen Schwung bekam. Außerdem hatte die Vernehmung Fragen aufgeworfen, die er am besten selbst vor Ort klärte.

Lammers hat ihre Sache gut gemacht, dachte er, während er durch den Alten Botanischen Garten ging. Er wunderte sich immer wieder, wie sie es schaffte, die verstocktesten Zeugen oder Verdächtigen zum Reden zu bringen. Wahrscheinlich lag ihr Geheimnis darin, dass die Männer und Frauen, die ihr im Vernehmungszimmer gegenübersaßen, von ihr gemocht werden wollten. Die meisten von ihnen befanden sich in emotionalen Ausnahmesituationen und suchten instinktiv eine Verbündete. Sie spürten bei Lammers eine Unvoreingenommenheit, die man nicht so leicht vortäuschen konnte. Die psychologischen Aspekte einer Vernehmung konnte sich im Prinzip jeder aneignen, aber diese innere Haltung verschaffte Lammers einen Vorsprung vor ihren Kollegen.

Als Kant an den Pinakotheken vorbeikam, fiel ihm zum ersten Mal auf, wie viele Obdachlose sich auf den Grünflächen tummelten. Er sah eine dünne Frau, die einen überquellenden Einkaufswagen scheinbar ziellos über die Wiese schob. Zwei Männer saßen auf einer Bank und mischten in ihren Pappbechern Wodka und Cola. Im Schatten eines Baums lag ein weiterer Mann trotz der Hitze in seinem Schlafsack, während zwei Hunde seine Plastiktüten bewachten. Studenten der Technischen Universität schlenderten in ihrer Mittagspause an den Obdachlosen vorbei, ohne sie zu beachten. Die Touristen, die mit ihren Handys die alten Bauwerke fotografierten, versuchten, sie aus dem Bildausschnitt herauszuhalten. Kant selbst hätte sie wahrscheinlich nicht bemerkt, wenn dieser Fall ihn nicht immer wieder mit der Nase darauf gestoßen hätte. Jetzt kam es ihm geradezu absurd vor, dass zwischen Museen, Skulpturen und Bildungseinrichtungen Menschen auf der Straße kampierten. Solange wir das nicht in den Griff bekommen, dachte er, brauchen wir uns auf unsere Kultur nicht viel einzubilden.

Rudolf Sattler war einer von ihnen gewesen. Seit die DNS-Analyse Jakob Holler als Opfer ausgeschlossen hatte, war Kant überzeugt, dass Sattler der Tote aus dem Tank war. Holler hatte ihm für ein paar Tausend Euro seine Identität abgekauft, und kurz darauf hatte ihn jemand erschossen und wie Müll auf dem alten Fabrikgelände entsorgt. Er schien ein harmloser, umgänglicher Mensch gewesen zu sein, und sie waren dem Motiv für seine Ermordung noch kein bisschen nähergekommen.

Sattlers Spur verlor sich nach dem Besuch im Stripclub. Lammers und Dörfner würden noch einmal mit Ludwig Zimmermann sprechen müssen. Offensichtlich hatte der Mann sie belogen. Soweit sie wussten, war er der Letzte, der Sattler lebend gesehen hatte. Vielleicht hatte er seinen Freund bestohlen, und sie waren darüber in Streit geraten. Aber warum sollte er sich die Mühe machen, die Leiche durch die halbe Stadt zu dem Industriegelände zu bringen? Nein, das passte hinten und vorne nicht zusammen.

Kant ging im Schatten der Bäume an der Mauer des Alten Nordfriedhofs entlang, bog in die Tengstraße ab und erreichte den kleinen namenlosen Park, in dem sich die Schachspieler trafen. Ivica saß in demselben Jogginganzug wie beim letzten Mal auf der Lehne einer Bank und sah zu, wie zwei Männer mit zerknitterten Gesichtern die Holzfiguren über den Boden schoben. Als er Kant bemerkte, nickte er nur kurz und konzentrierte sich wieder auf die Partie. Kant setzte sich neben ihn, drehte sich eine Zigarette, rauchte und wartete, bis Ivica sich ihm zuwandte.

»Bist du gekommen, um eine Partie zu verlieren?«

»Nein«, sagte Kant. »Heute habe ich keine Zeit. Ich muss dir noch ein paar Fragen stellen. Kennst du einen Mann namens Rudolf Sattler?«

Ivica sah auf die Figuren. Ein Springer hüpfte in die schwarze Bauernkette. Der weiße Turm besetzte eine freie Linie. Kant dachte schon, Ivica hätte keine Lust mit ihm zu reden, als er schließlich antwortete. »Wie gesagt, wir haben es hier nicht so mit Nachnamen. Aber wahrscheinlich meinst du den Rudi. Kein Schachspieler. Der hat öfter da drüben auf der Bank gesessen und uns zugesehen. Meistens war er betrunken.«

»Und Jakob? Hat er mal mit ihm geredet?«

»Kann schon sein. Jakob hat ja normalerweise die Zähne nicht auseinandergekriegt, aber Rudi hat jedem seine Geschichten erzählt, wenn er den richtigen Pegel hatte.«

»Was waren das für Geschichten?«

»Meistens ging es darum, dass er bald abhaut. Nach Spanien. Angeblich war er da mal als Kind mit seinem Vater gewesen.

Wenn er davon geredet hat, klang es, als wäre es das Paradies. Nirgendwo war das Wasser so blau, die Menschen so freundlich, das Bier so billig. Keiner hat ihn ernst genommen. Und er ist ja normalerweise auch spätestens nach einer Woche mit einer Plastiktüte voller Bierdosen wieder hier aufgetaucht. Bis ...«

Ivica schüttelte den Kopf. »Das ist eigentlich kaum zu glauben. Irgendwann kam er hier an, mit einer schicken neuen Lederjacke, und hat verkündet, er hätte im Lotto gewonnen. Ich hätte ihm nicht mal zugetraut, dass er weiß, wie man einen Schein richtig ausfüllt.«

Er blinzelte in die Sonne, die hoch am Himmel stand und versuchte, den letzten Rest Grün aus dem welken Rasen zu saugen. »Und dann war er weg. Vielleicht hat er sich seinen Traum erfüllt. Das wäre fast zu schön, um wahr zu sein.«

Kant beobachtete, wie Ivica sich unauffällig die Augen rieb. Er wusste nicht, was in ihm vorging. Vielleicht dachte er, wenn einer es schaffen konnte, dann war es grundsätzlich für alle möglich. Kant sah keinen Grund, seine Hoffnung vorschnell zu zerstören. »Wann war das?«, fragte er sanft.

»Vor ein paar Jahren. Im Herbst ...« Er zog die Brauen hoch, als er den Zusammenhang begriff. »Kurz nachdem Jakob zum letzten Mal hier war.«

Kant nickte. »Das dachte ich mir fast. Aber ich habe eine gute Nachricht für dich. Soweit wir wissen, lebt dein Freund Jakob noch.«

»Er ist nicht mein Freund«, sagte Ivica so schroff, als schämte er sich für seinen Anflug von Sentimentalität, aber er konnte sich ein Lächeln nicht verkneifen.

»Ich würde wirklich gern mit ihm sprechen«, sagte Kant.
»Schön für dich.«

»Du hast nicht zufällig eine Idee, wo man ihn finden könnte?«
Ivica sah zu den Schachspielern. »Jetzt kommt der Turm auf die zweite Reihe und räumt die Bauern ab. Wusstest du, dass es als unhöflich gilt, in hoffnungsloser Stellung weiterzuspielen?«

Kant hatte sich noch nicht mit den Umgangsformen unter Schachspielern befasst, aber er begriff, was Ivica ihm sagen wollte. Es hatte keinen Sinn, ihn weiter zu bedrängen. Kant stand auf. »Kann ich wiederkommen?«, fragte er. »Ich meine, wenn ich Lust habe, eine Partie zu verlieren?«

»Hast du nichts Vernünftiges zu tun?« Zum ersten Mal grinste Ivica so, dass Kant seinen fehlenden Eckzahn bemerkte. Die Lücke verlieh seinem traurigen Gesicht etwas Sympathisches.

»In einer verrückten Welt vernünftig zu sein«, sagte Kant, »ist der reine Irrsinn.«

Aus einem Impuls heraus klopfte er Ivica zum Abschied auf die Schulter. Kaum hatte er sich abgewandt, rief der Schachspieler ihm hinterher. »Hey. Nur ein kleiner Tipp. Einer wie Jakob, der hört nicht plötzlich auf zu spielen.«

25

Im Gegensatz zu Jakob Holler hatte Rudolf Sattler keine Angehörigen, denen man Vergleichsmaterial für einen Gentest hätte abnehmen können. Er war in diversen Heimen und Pflegefamilien aufgewachsen. Sein leiblicher Vater war den Behörden unbekannt und die Mutter, eine Prostituierte, nach Jahrzehnten des Drogenmissbrauchs verstorben.

Schon während Dörfner aus der Ecke des Vernehmungszimmers Lammers bei der Arbeit zugesehen hatte, hatte er überlegt, wie man die leidige Identitätsfrage endgültig klären könnte. Er konnte keine drei Sekunden über einen Obdachlosen nachdenken, ohne dass sich das Bild von seinem Vater in seinen Kopf drängte. Aber dieses Mal half es ihm. Er erinnerte sich, wie er seine Mutter einmal gefragt hatte, warum sein Vater so schlechte Zähne habe. Sie hatte ihm erklärt, er sei nicht krankenversichert und habe deswegen Probleme, einen Arzt zu finden, der ihn behandelte.

Nach dem Verhör klemmte Dörfner sich sofort ans Telefon und rief Frau Simbach von der Obdachlosenhilfe Morgenröte an. Tatsächlich arrangierte sie Arzttermine für ihre Schützlinge. Sie erinnerte sich, Sattler an einen Zahnarzt vermittelt zu haben. Dann ging alles ganz schnell. Dörfner rief in der Praxis an, der Zahnarzt schickte die Röntgenbilder an die Rechtsmedizin, wo die Aufnahmen mit dem Gebiss des Toten verglichen wurden, und eine halbe Stunde später hatte Dörfner

Gewissheit, auch wenn es sich nur um einen vorläufigen Bericht handelte.

Rudolf Sattler war der Tote im Tank.

Dörfner empfand keine Genugtuung, weil seine Theorie sich bewahrheitet hatte. Hätten sie ihre Ermittlungen nicht auf den Schachspieler konzentriert, wären sie vermutlich nie auf Sattler gestoßen. Niemand hatte ihn vermisst. Die Vorstellung, dass man den Mann, der im Leben nie eine Chance gehabt hatte, auch noch in einem anonymen Grab verscharrt hätte, machte Dörfner traurig. Und wütend. Was ihn auf das Thema Ludwig Zimmermann brachte.

Sattler war zuletzt gesehen worden, wie er mit seinem Saufkumpan kurz nach Mitternacht den Stripclub verlassen hatte. Danach verlor sich seine Spur. Zimmermann wusste, dass Sattler zu Geld gekommen war. Zimmermann hatte sie belogen. Das waren genug Gründe, ihm einen erneuten Besuch abzustatten.

Als Dörfner mit Lammers durch das Tor im Maschendrahtzaun die verdreckte Wiese betrat, die das Grüne Haus umgab, sah er Zimmermann mit zwei anderen Männern unter einer Kastanie auf einer Bank sitzen. Vor ihnen stand ein umgedrehter Eimer, auf den sie ihre Karten legten. Ein paar Zehncentstücke wechselten den Besitzer. »Siebzehn und Vier«, schoss es Dörfner durch den Kopf. Er erinnerte sich, dass sein Vater es ihm beigebracht hatte, als er noch so klein gewesen war, dass er kaum die Karten halten konnte. Wenigstens etwas, das er von ihm gelernt hatte.

Ein Schwarm Tauben, der träge Brotkrumen vom Schotterweg gepickt hatte, flatterte vor Dörfners Füßen auf. Zimmermann drehte den Kopf. Dörfner und Lammers waren noch etwa fünfzehn Meter entfernt, als er sie bemerkte. Er sprang auf und warf den Eimer um. Karten und Münzen flogen durch die Luft. Mit erstaunlicher Geschwindigkeit rannte er auf das Haus zu und verschwand in dem schmalen Durchgang zwischen der Mauer und dem Maschendrahtzaun.

Dörfner dachte nicht nach. Seine Beine bewegten sich wie von allein. Einer der Spieler stellte sich ihm mit ausgebreiteten Armen in den Weg, als er an der Bank vorbeilief. Ein Stoß mit der flachen Hand gegen das Brustbein, und der Mann landete im trockenen Gras auf dem Hintern. Sekunden später tauchte Dörfner in den Schatten der Hausmauer ein.

Er hörte noch, wie Lammers die beiden Männer aufforderte, sich auf die Bank zu setzen, dann nahm er nur noch seinen eigenen Atem und Herzschlag wahr. Der Durchgang führte in einen kleinen Hof hinter dem Haus. Links standen Müllcontainer an der zwei Meter hohen Mauer, die den Zaun abgelöst hatte. Vor ihm stapelten sich Getränkekisten und leere Paletten. Aus einem niedrigen Anbau starrten ihn zwei trübe Fenster an wie die Augen eines blinden alten Manns. Davor glitzerten eine Schubkarre und ein Rasenmäher im Sonnenlicht. Die Metalltür stand offen. Sie quietschte in der leichten Brise.

Zimmermann war nirgendwo zu sehen.

Dörfner ging langsam auf das dunkle Rechteck zu. Aus dem Inneren drang ein merkwürdiges Pochen. Dreimal hintereinander. Er zog seine Dienstwaffe aus dem Holster und richtete sie zu Boden, als er mit eingezogenem Kopf durch die Tür trat. Der Geruch von Öl und Terpentin schlug ihm entgegen. Seine Augen brauchten einen Moment, um sich an das Zwielicht zu gewöhnen. Eine Werkbank, Rechen und Besen, die an Nägeln in der Wand hingen, ein Regal mit Farbeimern. Dahinter bewegte sich eine schemenhafte Gestalt.

»Polizei«, sagte Dörfner. »Ganz ruhig bleiben.«

Ein Mann im grauen Kittel kam hinter dem Regal hervor. In der Hand hielt er drei Dartpfeile. Sein Gesicht war kreidebleich. Der Hausmeister, der sich in seiner Werkstatt die Zeit vertrieb.

Dörfner schob die Waffe zurück ins Holster. »Haben Sie einen Mann …«, begann er, aber ein Klappern aus dem Innenhof unterbrach ihn.

Er rannte nach draußen und sah Zimmermann, der auf einen der Müllcontainer gestiegen war, hinter denen er sich offenbar versteckt hatte, und versuchte, über die Mauer zu klettern. Mit drei Schritten war Dörfner bei ihm. Er griff mit beiden Händen nach seinem Fußgelenk. Zimmermann hockte mit einem Knie schon auf der Mauer. Bevor er sich auf die andere Seite werfen konnte, riss Dörfner an seinem Bein. Zimmermann verlor das Gleichgewicht, fiel von der Mauer und prallte mit dem Rücken auf den Betonboden.

Mit einem Stöhnen entwich die Luft aus seiner Lunge. Die Augenlider zuckten zweimal und klappten dann zu. Zimmermann rührte sich nicht mehr. Dörfner erschrak über sich selbst. Der Mann war Mitte vierzig und vermutlich in keiner besonders guten Verfassung. Vielleicht hätte er ihn fliehen lassen sollen. Weit gekommen wäre er vermutlich sowieso nicht.

Dörfner ging neben ihm in die Hocke und tastete an seinem fleischigen Hals nach dem Puls. Er spürte nichts. So eine Scheiße. Er legte das Ohr an Zimmermanns Gesicht, um nach seinem Atem zu horchen.

Die Faust traf ihn zwischen den Beinen. Dörfner stieß einen Schrei aus und sackte auf den Hintern. Als der Schmerz so weit nachgelassen hatte, dass er wieder klar denken konnte, sah er, wie Zimmermann sich auf allen vieren aufrichtete und auf die Mauer zukroch. Er zog sich an dem Müllcontainer auf die Beine, aber dann bekam er einen Hustenanfall und sackte wieder zu Boden.

Dörfner wusste nicht, was größer war, seine Erleichterung oder seine Wut. Er rappelte sich auf, legte Zimmermann Handschellen an und zog ihn hoch. »Wir wollten nur mit dir reden, du verdammter Idiot«, sagte er.

Der Hausmeister stand in der Tür seiner Werkstatt und sah ihm kopfschüttelnd nach, während er Zimmermann über den Weg neben dem Haus nach vorn führte. Dort saßen die beiden anderen Männer auf der Bank und spielten schon wieder Karten. Sie hoben kaum die Köpfe, als ihr Mitbewohner mit gekrümmtem Rücken und gefesselten Händen an ihnen vorbeigeschoben wurde.

Lammers kam gerade durch das Tor zurück aufs Gelände. Als sie Dörfner mit Zimmermann sah, streckte sie den Daumen hoch.

»Ich habe Verstärkung gerufen und bin andersrum gelaufen«, sagte sie ein wenig außer Atem. Sie wandte sich den Männern auf der Bank zu. »Sie können jetzt gehen.«

Sofort rafften die beiden ihre Karten zusammen und verschwanden im Haus. Dörfner und Lammers brachten Zimmermann zu ihrem Wagen. Er ließ sich widerstandslos auf die Rückbank verfrachten. Dörfner setzte sich neben ihn. Auch wenn er seine Kollegin für ihre einfühlsame Vernehmungstechnik bewunderte, verfolgte er selbst einen anderen Ansatz.

»Widerstand gegen Vollstreckungsbeamte«, sagte er, sobald Lammers losfuhr, »wird mit einer Freiheitsstrafe von bis zu drei Jahren bestraft. Dazu kommt noch Körperverletzung. Sie haben bis zum Präsidium Zeit, mich zu überzeugen, von einer Anzeige abzusehen.«

Zimmermann studierte die Fußmatte. Seine Stirn legte sich in Falten, als müsste er eine schwierige Knobelaufgabe lösen. Dörfner lehnte sich zurück und blickte aus dem Fenster. Es dauerte bis zur nächsten Ampel, bis Zimmermann sich zu einem Entschluss durchgerungen hatte. »Ich bin pleite«, sagte er. »Von dem Geld ist nichts mehr da.«

»Sie meinen die zehntausend Euro, die Sie Ihrem Freund Rudi gestohlen haben?«

Zimmermann nickte, ohne ihn anzusehen. »Wollen Sie einem nackten Mann in die Tasche greifen?«

»Ich will kein Geld von Ihnen, ich will Informationen. Was haben Sie mit Rudolf Sattler gemacht?«

»Ach so«, sagte Zimmermann spürbar erleichtert. »Nichts. Ich habe ihm kein Haar gekrümmt. Wie kann man so blöd sein, jedem zu erzählen, dass man den Arsch voll Geld hat? Gibt mit seiner neuen Jacke an und verteilt Whisky an alle. Er hat ja geradezu darum gebettelt, dass ihm jemand die Kohle abnimmt. Da dachte ich mir, besser ich als jemand anders. Er hatte alles in einem Umschlag in der Innentasche seiner Lederjacke stecken. Und dann lässt er die Jacke auch noch auf dem Barhocker liegen, als er pissen geht. Mann, Mann, Mann.«

»Was ist dann passiert?«, fragte Dörfner.

»Rudi dachte, die Nutte hätte ihm das Geld geklaut. Als er mit ihr auf dem Zimmer war. Ich habe ihn natürlich in seiner Meinung bestärkt. Wir haben einen Aufstand gemacht, bis so ein muskelbepackter Affe uns rausgeworfen hat. Das war's.«

Zimmermann sah trotzig aus dem Fenster und verfiel in Schweigen. Dörfner hatte das Gefühl, dass er ihnen noch nicht alles erzählt hatte. Vielleicht brauchte er noch eine kleine Ermunterung. »Petra, wie weit ist es noch?«, rief Dörfner nach vorn.

»In fünf Minuten sind wir da.«

»Okay, okay«, sagte Zimmermann. »Wir stehen also vor der Tür, und ich warte nur auf eine Gelegenheit, mich mit dem

Geld zu verpissen. Ohne dass er misstrauisch wird, versteht sich. Aber Rudi ist besoffen und wütend und aufgedreht wie ein Schulmädchen auf Koks. Er will mir unbedingt was zeigen. Also latsche ich mit ihm durch die halbe Stadt. Irgendwann kommen wir zu einem Gebäude mit einer großen Messingtafel. Erst denke ich, ich seh nicht richtig. Sattler Enterprises, steht da drauf. Dann wird mir klar, dass er mich verarschen will. Das muss ein Verwandter sein oder einer, der zufällig denselben Nachnamen hat, denke ich.«

»Wo war das?«, fragte Dörfner.

»Weiß nicht mehr. Tun Ihnen eigentlich noch die Eier weh?«

»Nur noch ein leichtes Ziehen. Es könnte aber auch wieder schlimmer werden. Hängt ganz davon ab.«

»Mal überlegen«, sagte Zimmermann. »Könnte sein, dass das Haus irgendwo in Sendling war. Neben einer Apotheke. Der Rudi starrt also auf das Schild mit seinem Namen und sagt so was wie: Wo es Zehntausend gibt, kann man auch noch mehr abzapfen. Plötzlich hämmert er an die dunklen Scheiben. Ich krieg schon Angst, dass jemand die Bullen ruft. Sorry. Die Polizei. Auf jeden Fall sag ich, er soll aufhören. Es ist ja mitten in der Nacht, und natürlich ist keiner im Büro. Aber Rudi ist wie besessen. Er geht in die Einfahrt und will durch ein Fenster einsteigen. Da habe ich mich dann verabschiedet. Ich bin ja ein gesetzestreuer Bürger.«

Lammers fuhr durch die Einfahrt auf den Parkplatz des Polizeipräsidiums. Sie schaltete den Motor aus.

»War doch gar nicht so schwer«, sagte Dörfner. »Jetzt machen wir das Ganze noch schriftlich, und dann müssen wir uns hoffentlich nie wiedersehen.«

»Wie ist die Lage zwischen den Beinen?«, erkundigte sich Zimmermann.

»Gut. Was macht der Rücken?«

»Ich weiß nicht, wovon Sie reden.«

Lammers öffnete die Fondtür und zog Zimmermann aus dem Auto. Während sie auf den Eingang zusteuerten, fragte sich Dörfner, warum es immer die ärmsten Schweine waren, die sich auch noch gegenseitig beklauten.

26

Noch zwei Tage.

Rademacher hatte schlecht geschlafen. Dann musste er auch noch den ganzen Vormittag im Krankenhaus herumsitzen, bis die Anästhesistin endlich Zeit für ihn hatte, obwohl er gar nicht hören wollte, was sie sagen würde. Es trug nicht zu seiner Beruhigung bei, wenn sie ihm erzählte, an welche Maschinen man ihn anschließen und welche Schläuche man ihm in den Hals schieben würde. Außerdem wurden seine Ausreden Kant gegenüber auch nicht gerade glaubwürdiger. Als er um halb eins endlich entlassen wurde, war er so zermürbt, dass er den Vorsatz fasste, als Erstes in Kants Büro zu gehen und ihm endlich die Wahrheit zu sagen.

Auf dem Weg zum Präsidium klingelte sein Handy. Es war Kant. »Anton, ich habe gerade einen Durchsuchungsbeschluss für das Grafikbüro bekommen. Petra und Ben haben sich Zimmermann vorgenommen, und der hat ausgesagt, Rudolf Sattler sei da eingebrochen. In der Nacht, als er zum letzten Mal gesehen wurde. Die Kollegen von der Spurensicherung fahren jeden Moment los. Kannst du die Leitung übernehmen?«

Einen Moment lang starrte Rademacher auf den Lautsprecher der Freisprechanlage. Was sollte er sagen? Joachim, ich kann nicht mehr, ich muss mit dir reden? Er wusste selbst nicht, was daran so schwer war. »Warum?«, fragte er schließlich, um Zeit zu gewinnen.

»Ich muss was anderes erledigen. Ich habe da so eine Idee, wie wir Jakob Holler finden können. Erzähl ich dir später.«

Rademacher hörte, wie Kant mit irgendwelchen Papieren raschelte. Im Hintergrund telefonierte die Neue mit ihrer seltsam monotonen Stimme. »Anton, bist du noch dran?«, fragte Kant.

»Ja.«

»Was ist los?«

Nichts Besonderes, dachte Rademacher, sie schneiden mir nur ein Stück aus dem Darm und tackern alles wieder zusammen. Ich bin bald wieder bei euch, falls der Chirurg nicht gerade zittrige Finger hat.

Rademacher riss das Steuer herum, fuhr über die durchgezogene Linie und scherte knapp vor einem Tanklaster in den Gegenverkehr ein. Er spürte, wie das dumpfe Hupen die Karosserie durchdrang und seine Eingeweide zittern ließ. »Alles in Ordnung bei dir?«, fragte sein Chef.

»Ich bin schon unterwegs.« Er beendete den Anruf und zeigte dem Fahrer des Lastwagens, der ihm an der Stoßstange klebte, den Mittelfinger. Ein Verhalten, für das er sich normalerweise zu Tode geschämt hätte. Aber nicht heute. Scham war ein Luxusproblem, und er hatte seine Komfortzone definitiv verlassen.

Er parkte vor dem Grafikbüro und ließ Motor und Klimaanlage laufen, während er auf die Spurensicherung wartete. Sobald er die beiden Kleinbusse ankommen sah, stieg er aus und dirigierte sie auf den Gehweg direkt vor dem Haus. Es gab keinen Grund, unauffällig vorzugehen, und Zartgefühl fiel in dieselbe Kategorie wie Scham.

Da Vinci öffnete ihnen die Tür. Als Rademacher ihm den Durchsuchungsbeschluss präsentierte, den Manuel Stöger, der Leiter der Spurensicherung, mitgebracht hatte, fuhr er sich mit den Fingern durch die goldenen Locken und sah sich nervös nach seiner Chefin um. »Keine Sorge«, sagte Rademacher. »Ihr Hasch interessiert uns nicht.«

Seltsamerweise trug das nicht zu da Vincis Beruhigung bei. Er schnappte mit seinen dicken Lippen nach Luft wie die Dorsche, die Rademacher im letzten Frühling aus dem Ijsselmeer ins Boot seines Schwagers gekurbelt hatte, und ließ sich kreidebleich auf den nächsten Drehstuhl fallen.

Frau Ricken ließ sich nicht so leicht einschüchtern. Kaum hatte sie die Eindringlinge bemerkt, kam sie auf Rademacher zugestürmt und riss ihm den Durchsuchungsbeschluss aus der Hand. Sie studierte das Dokument ausführlich, und weil sie keinen vernünftigen Einwand vorbringen konnte, begann sie von Willkür und Polizeigewalt zu faseln. Danach zückte sie ihr Telefon, um ihren Anwalt, ihren Steuerberater und ihre Mutter anzurufen. Während der ganzen Durchsuchung wich sie nicht von Rademachers Seite.

Rademacher bat einen uniformierten Kollegen, die Vermieterin aus dem ersten Stock hinzuzuholen. Frau Deiter hatte in der Aufregung ihre Perücke schief aufgesetzt und bedachte ihre Mieterin mit einem missbilligenden Blick, als wäre sie an dem ganzen Durcheinander schuld.

»Zeigen Sie uns doch mal, wo Sie die kaputte Fensterscheibe entdeckt haben, nachdem Ihr Mieter verschwunden war«, bat Rademacher.

Frau Deiter führte ihn durch den Flur in eine Kammer, in der Metallregale voller Aktenordner, ein Kopiergerät und mehrere ausrangierte Monitore standen. Es war das Zimmer, in das Rademacher bei ihrem ersten Besuch vom Hof aus geblickt hatte. Mit einer schwachen Geste deutete die alte Frau auf das Fenster. »Danach habe ich das Gitter anbringen lassen«, sagte sie. »Man fühlt sich ja in seinem eigenen Haus nicht mehr sicher.«

»Und wo waren die Flecken im Teppich, von denen Sie uns erzählt haben?«

»Vorne.«

Mit Frau Deiter und der zeternden Frau Ricken im Schlepptau drängte sich Rademacher an den Spurensicherern vorbei, die ihre Koffer mit Kameraausrüstung, Lampen und Testkits in das enge Büro schleppten. Neben dem Raum, in dem die beiden Grafiker ihre Arbeitsplätze hatten, befand sich eine durch eine Schiebetür abgetrennte Nische, die dem Gestank nach zu urteilen als Raucherzimmer genutzt wurde. Die Einrichtung bestand aus einem verschlissenen Ledersofa, einem niedrigen Tisch und einem schief an der Wand hängenden Poster.

»Hier«, sagte Frau Deiter. »Der Teppichboden musste komplett ausgetauscht werden.«

»Und wie war das Zimmer damals eingerichtet?«

Frau Deiter verzog angewidert das Gesicht. »Eingerichtet? So würde ich das nicht nennen. Da stand nur so eine alte Klappliege, die der Hausmeister in den Müll geworfen hat. Sonst nichts. Ach so, hier lagen übrigens die Schachfiguren herum. Überall auf dem Boden verteilt.«

»Danke, Frau Deiter«, sagte Rademacher. »Sie können wieder nach oben gehen. Mein Kollege begleitet sie.« Er wollte jemanden herbeirufen, aber Frau Deiter winkte ab.

»Das schaff ich noch allein. Sie achten doch darauf, dass Ihre Leute hier keine Unordnung hinterlassen?«

»Auf Wiedersehen, Frau Deiter.«

»Haben Sie gehört?«, fragte Frau Ricken dicht an Rademachers Nacken. »Keine Unordnung.« Sie lachte hysterisch. »Als wenn die Gestapo das interessieren würde.«

Abrupt drehte sich Rademacher zu ihr um. Frau Ricken wich einen Schritt zurück, als befürchtete sie tatsächlich, dass er sie schlagen würde. Er war es gewohnt, je nach politischer Ausrichtung des Betroffenen mit der Stasi oder der Gestapo verglichen zu werden, und normalerweise hätte er für so einen Schwachsinn nicht einmal ein Schulterzucken übriggehabt, aber heute wurde ihm das alles zu viel. Die Hitze, die Enge, das Gewimmel, das Geschrei.

»Klappe halten!«, brüllte er. »Sie und Ihre Witzfigur warten jetzt draußen vor der Tür.«

Frau Ricken sah ihn mit ihren Manga-Augen an und blinzelte. Mit einem Mal flossen Bäche von Tränen über ihr schmales Gesicht.

Verdammt, dachte Rademacher, jetzt bist du genau der Bulle, der du nie sein wolltest. Er atmete einmal tief durch und konzentrierte sich auf einen Punkt knapp unterhalb seines Bauchnabels, wo das Hara saß, die Mitte seines Seins.

»Okay«, sagte er. »Schon gut.« Er kramte in seiner Hemdtasche nach einem Tempo, fand aber nur ein gebrauchtes, mit dem er sich schon den Schweiß von der Stirn getupft hatte. Vorsichtig streckte er den Arm aus und berührte sie an der Schulter. »Bitte lassen Sie uns in Ruhe unsere Arbeit machen. Gehen Sie doch eine rauchen oder eine Runde um den Block spazieren.«

Er wartete, bis sie sich etwas beruhigt hatte und mit ihrem Angestellten das Büro verlassen hatte, bevor er Stöger zu sich rief. »Konzentriert euch auf dieses Zimmer. Sucht nach Blutspuren und Projektilen oder Einschusslöchern. Reißt den Teppich raus, kratzt den Putz von der Wand, zerlegt das Sofa. Ich muss diesen beschissenen Fall so schnell wie möglich loswerden.«

Stöger grinste und strich sich mit dem Handschuh über den struppigen Schnurrbart. »Alles klar.«

Einer der weißen Anzüge tauchte aus dem Flur auf und reichte seinem Vorgesetzten einen Plastikbeutel mit einem zusammengeknüllten Stück Alufolie darin. »Das haben wir hinten im Regal gefunden.«

Stöger öffnete die Tüte, steckte seine Nase hinein und schnüffelte genüsslich. »Haschisch. Vom Geruch her würde ich auf einen hohen THC-Gehalt tippen. Sollen wir das ins Labor schicken?«

Rademacher schüttelte den Kopf. »Nein. Der Beifang interessiert mich heute nicht. Schmeißt es in den Müll oder raucht es von mir aus selber.«

Es kam selten vor, dass Stöger keine passende Antwort parat hatte. Rademacher verspürte eine gewisse Befriedigung, als er sich ohne ein weiteres Wort an ihm vorbeischob und durch die Ladentür in den grellen Sonnenschein trat.

27

Einer wie Jakob hört nicht auf zu spielen, hatte Ivica gesagt. Den ganzen Tag spukte Kant dieser Satz durch den Kopf. Jakob Holler lebte im Untergrund. Vermutlich hatte er sich eine neue Identität verschafft, darin war er schließlich geübt. Sein Bruder hatte erzählt, Jakob deponiere in unregelmäßigen Abständen Bargeld für ihn am Grab ihrer Mutter, also konnte man davon ausgehen, dass er sich irgendwo in München oder Umgebung versteckt hielt.

Viele untergetauchte Verbrecher flogen auf, weil sie nicht imstande waren, ein unauffälliges, zurückgezogenes Leben zu führen. Jeder Kontakt stellte ein Risiko dar, und für eine extrovertierte Persönlichkeit war die Isolation auf Dauer schlimmer als eine Gefängnisstrafe. Nicht so für Jakob. Er brauchte keine Menschen um sich herum. Ihm genügte das Quadrat aus vierundsechzig Feldern. Eine Welt, in der alles berechenbar war.

Wo konnte er Schach spielen, ohne sich in Gefahr zu begeben? Die Antwort war einfach: im Internet.

Kant hatte Hanna Weiß gebeten, ihm den Laptop, der nach Jakobs Verschwinden in der Gartenlaube aufgefunden worden war, aus der Asservatenkammer der Staatsanwaltschaft zu holen. Die Kollegen von der Vermisstenstelle hatten mithilfe der IT-Abteilung schon damals das Passwort geknackt, um in den gespeicherten Daten nach Hinweisen auf ein Verbrechen oder seinen möglichen Aufenthaltsort zu suchen. Sie hatten nichts gefunden.

Als Hanna ihm den Laptop auf den Schreibtisch stellte, hing die Sonne tief über den Hausdächern gegenüber. Kant stand auf und ließ die Jalousien herunter. Hanna zog sich einen Stuhl heran und fuhr das Gerät hoch, das mit seinem klobigen Gehäuse und dem kontrastarmen Display aussah wie aus einem anderen Zeitalter, obwohl das Modell erst vor zehn Jahren auf den Markt gekommen war.

»Danke«, sagte Kant. »Wir sehen uns dann morgen zur Besprechung.«

Hanna beugte sich über den Laptop und klapperte in absurdem Tempo mit den Tasten. »Wonach suchen wir denn überhaupt?«

Sie war zu höflich, um zu sagen, dass sie ihm nicht zutraute, allein einen fremden Laptop zu durchforsten. Oder war es der Ehrgeiz, der sie antrieb? Kant fiel es schwer, ihre Miene zu deuten. Am Anfang hatte er geglaubt, der distanzierte Gesichtsausdruck käme von ihrem trägen Gefühlsleben, aber mittlerweile war er überzeugt, dass er als Tarnung für ein emotionales Feuerwerk diente, bei dem keine Zuschauer erlaubt waren.

»*Wir* suchen gar nichts«, sagte er. »Weil du jetzt Feierabend machst und den schönen Sommerabend genießt.«

»Jawoll.« Abrupt stand Hanna auf. »Genießen. Ganz wie Sie wünschen.« Sie verließ das Büro und zog die Tür eine Spur fester zu als nötig.

Kant musste lächeln. So viel Insubordination hatte er ihr gar nicht zugetraut. Er betrachtete es als gutes Zeichen. Sie fügte sich allmählich ins Team ein.

Für das, was er vorhatte, brauchte er wirklich keine Hilfe. Er öffnete den Browser und ließ sich den Verlauf anzeigen. Eine ziemlich einseitige Angelegenheit. Achtundneunzig Prozent Schach und zwei Prozent Pornografie. Für einen Mann in

Jakobs Alters eine ungewöhnliche Quote. Ohnehin schien sein Interesse am anderen Geschlecht nicht besonders ausgeprägt, zumindest wusste niemand etwas von einer Freundin.

Unter den Schachseiten stach eine besonders hervor. *Chessmaster.com*. Es gab keinen einzigen Tag, an dem Holler sie nicht aufgerufen hatte. Kant öffnete die Seite und tauchte in ein Universum ein, von dessen Existenz er nichts geahnt hatte. Tausende Stunden von Online-Schachkursen. Chats, in denen über die Vorzüge von Läufern gegenüber Springern philosophiert wurde, als handelte es sich um existenzielle Fragen. Und Hunderte von gleichzeitig ablaufenden Blitzpartien, bei denen man kiebitzen konnte.

Kant warf einen Blick auf die Liste der registrierten Spieler. Es waren Tausende. Hinter ihrem jeweiligen Nickname konnte man das Anmeldedatum und ihre Spielstärke sehen, die wie in der Schachwelt üblich in Elo-Punkten ausgedrückt wurde. Vielleicht war Jakob Holler einer von ihnen. Vielleicht saß er in diesem Augenblick irgendwo an seinem Rechner und spielte eine Partie.

Wenn man auf die Namen der gerade aktiven Spieler klickte, konnte man ihnen zusehen. Kant entschied sich für die Blitzpartie von einem der stärksten Spieler. Die Figuren bewegten sich so schnell übers Brett, dass er Mühe hatte zu folgen. Wie konnte jemand in dieser Geschwindigkeit komplizierte Berechnungen anstellen? Nach drei Minuten klappte er frustriert den Laptop zu.

Er verließ das Präsidium und schlenderte durch die Abendsonne, die den Fassaden einen goldenen Anstrich verlieh, wieder einmal zu dem kleinen Park am Nordfriedhof.

Diejenigen, die tagsüber anderweitig beschäftigt waren, hatten jetzt den Park übernommen. Jugendliche spielten auf dem Ascheplatz Fußball. Unter jedem zweiten Baum qualmte ein

Grill. Berufstätige Väter saßen auf den Bänken und checkten E-Mails, während ihre Kinder sich im Sandkasten aufs Leben vorbereiteten, indem sie sich gegenseitig das Spielzeug aus den Händen rissen.

Das schwarz-weiße Quadrat des Schachbretts war verlassen. Jemand hatte einen Großteil der Figuren umgestoßen. Sie lagen herum wie Tote, die man auf dem Schlachtfeld vergessen hatte. Da er ihre Mörder nicht ermitteln konnte, stellte Kant sie wenigstens wieder in Reih und Glied auf.

Als er keinen Grund mehr fand, es länger aufzuschieben, zog er sein Notizbuch aus der Innentasche. Bei der ersten Befragung hatte er Ivicas Personalien aufgenommen, aber jetzt, als er seine Adresse heraussuchte, fühlte es sich wie eine Grenzüberschreitung an. Er befürchtete, dass Ivica ihn wegschicken würde, wenn er plötzlich bei ihm vor der Tür stünde. Als Polizist war er Zurückweisung gewohnt, aber Ivica war mehr als ein Zeuge für ihn. Aus irgendeinem Grund fühlte er sich zu dem Mann hingezogen.

Zu Fuß brauchte er nur fünf Minuten vom Park bis zu Ivicas Adresse. Er war überrascht, vor einem liebevoll restaurierten Altbau mitten in Schwabing zu stehen. Das war die allgegenwärtige Macht des Vorurteils. Nur weil sich Ivica tagsüber im Jogginganzug im Park herumtrieb, war Kant davon ausgegangen, dass er von staatlicher Fürsorge lebte und im letzten Loch wohnte. Was wusste er schon von dem Mann? Er konnte Millionen geerbt haben, nachts erfolgreiche Liebesromane schreiben oder mit Waffen aus dem ehemaligen Ostblock handeln.

Kant läutete an der schweren Holztür mit den schmiedeeisernen Griffen und blickte in die Kamera der Gegensprechanlage. Nach einem Augenblick hörte er eine dumpfe Stimme.

»Hallo?«

»Ivica? Hier ist Kant, also, Joachim«, sagte er in das Mikrofon.
»Hallo?«

Erst jetzt begriff er, dass die Stimme nicht aus dem Lautsprecher kam, sondern von weiter unten, irgendwo schräg hinter ihm. Verwirrt trat er einen Schritt zurück. Nah an der Hauswand war ein Gitter in den Bürgersteig eingelassen. Der Lichtschacht zu einem Kellerfenster. Ivicas rundes Gesicht blickte von unten auf seine Schuhsohlen. Okay, dachte Kant, wahrscheinlich doch kein Millionärssohn.

»Ich weiß ja nicht, wie da unten das Klima ist«, sagte er, »aber hier oben scheint noch die Sonne. Wie wär's mit einem Glas Bier?«

Seine Sorge erwies sich als unbegründet. Drei Minuten später stand Ivica in Jeans und T-Shirt neben ihm auf dem Bürgersteig und kämmte sich das dichte dunkle Haar aus der Stirn. »Was?«, sagte er, als er Kants Blick bemerkte. »Hast du gedacht, ich gehe in Spielerkleidung aus?«

Sie fanden einen freien Tisch im Hinterhofbiergarten einer nahen Wirtschaft. Nachdem er die ersten Schlucke aus seiner Maß getrunken hatte, wurde Ivica deutlich gesprächiger als am Schachbrett. Er erzählte Kant, er sei mit seiner kroatischen Frau im Krieg aus dem zerfallenden Jugoslawien geflohen. Mit seinem Status als »Geduldeter« habe er nicht arbeiten dürfen. Und als er endlich eine Arbeitserlaubnis bekommen hatte, nutzte ihm seine Ausbildung zum Radio- und Fernsehtechniker nichts mehr, weil niemand mehr Radios und Fernseher reparieren ließ. Er fing an, zu trinken und an Automaten zu spielen. Seine Frau ließ sich von ihm scheiden und warf ihn aus der gemeinsamen Wohnung. Nachdem er einige Jahre auf der Straße, in Obdachlosenunterkünften oder auf den Sofas von flüchtigen Bekannten übernachtet hatte, vermittelte ihm ein Sozialarbeiter die Kellerwohnung, deren Miete durch seine Hausmeistertätigkeit abgegolten wurde. Aber das Einzige, was ihm Halt gab und seinem Tag Struktur verlieh, war das Schachspielen im Park.

Als ihre Krüge fast leer waren und das schwindende Licht die scharfen Kanten der Welt abschliff, sprach Kant das Thema an, das ihn seit ihrer letzten Begegnung beschäftigte.

»Glaubst du, dass man einen Schachspieler an seinem Stil erkennen kann?«

Die Glut von Ivicas Zigarette leuchtete mit den bunten Lichterketten in den Kastanien um die Wette, als er einen tiefen Zug nahm. »Kommt drauf an. Wenn man ihn gut genug kennt, vielleicht. Natürlich nicht mit absoluter Sicherheit.« Seine Stimme ging fast in dem allgemeinen Gemurmel unter, das in einem sanften Strom von Tisch zu Tisch floss. »Ist das eine theoretische Frage? Oder hast du irgendwas Spezielles vor?«

Kant berichtete ihm von der Website, auf der Jakob Holler gespielt hatte. »Ich muss diesen Mann finden, um den Fall aufzuklären.«

»Die Anzahl der Spieler, die infrage kommen, ist begrenzt«, sagte Ivica. »In Blitzpartien hat Jakob sicher eine Spielstärke von über 3000 Elo. Wie viele gibt es denn da in dem Bereich?«

»Ich weiß nicht genau«, musste Kant zugeben. »Vielleicht fünfzig oder hundert.«

»Ein paar davon kann man ausschließen, weil sie bekannte Großmeister sind. Andere spielen vielleicht unter ihrem Klarnamen. Auf jeden Fall bräuchte man jemanden, der viel Zeit und ein außergewöhnliches Schachverständnis hat.«

Kant trank den letzten Schluck aus seinem Krug.

»Dann hätte ich einen Job für dich.«

»Trinken wir noch eine?«, fragte Ivica.

28

Frida saß schon mit ihrer unvermeidlichen Müslischale am Tisch, als Kant mit einem leichten Pochen im Kopf in die Küche schlurfte. Sie warf ihm diesen Blick zu, den sie sich bei den Erwachsenen abgeschaut hatte. Eine Mischung aus Tadel, Mitleid und Belustigung.

»Guten Morgen«, sagte sie betont munter. Sie hatte sich dunkle Schatten unter die Augen geschminkt und schon ihren zerknautschten schwarzen Hut aufgesetzt.

»Morgen.« Kant kochte sich einen Espresso. Er hatte noch keinen Appetit. Aus den zwei Maß waren drei geworden. Er war zu spät ins Bett gegangen und hatte unruhig geschlafen.

»Wo warst du gestern so lang?«, wollte Frida wissen.

Kant fragte sich, ob sie diese sadistische Ader von ihrer Mutter geerbt hatte. »Besprechung mit einem Informanten«, murmelte er.

»Klar«, sagte Frida. »Saufen für Recht und Ordnung.«

»Sehr witzig.«

»Irgendwelche Frauen kennengelernt?«

Kant sah demonstrativ auf die Uhr. »Musst du nicht langsam in die Schule?«

Statt ihre Schüssel in die Spülmaschine zu stellen, krönte Frida damit den Zeitungsstapel, der sich auf dem Tisch angesammelt hatte. Bevor ihm ein passender Kommentar einfiel, sprang sie auf, küsste ihn auf die Wange und lief zur Tür.

»Vergiss nicht deinen Rucksack«, rief er ihr hinterher.

»Vergiss nicht, dich zu rasieren«, antwortete sie, und dann war sie weg, ohne Rucksack, ohne Jacke und wahrscheinlich ohne Schlüssel und Portemonnaie, wie letzte Woche, als sie ihn mitten in der Besprechung angerufen hatte, weil sie vor der verschlossenen Tür stand. Sie war in einem Alter, wo solche Kleinigkeiten keine Bedeutung hatten. Wenn man die Welt verändern wollte, konnte man nicht auch noch darüber nachdenken, ob genügend Klopapier im Schrank war. Irgendwie beneidenswert, dachte er. Andererseits musste man diese Phase auch erst mal unbeschadet überstehen.

Kant duschte kalt, zog sich einen frischen Anzug an und fuhr ins Präsidium. Als er in den Besprechungsraum kam, bemerkte er sofort die Anspannung, die in der Luft lag. Dörfner kippelte hektisch mit seinem Stuhl. Lammers blätterte mit zusammengekniffenen Augen in ihren Unterlagen. Rademachers Atem ging schneller, als wäre er die Treppe hochgerannt. Hanna Weiß nippte alle paar Sekunden an ihrem Wasserglas.

Mit einem Mal war Kant hellwach. »Was ist los?«, fragte er in die Runde.

»Ich kann es einfach nicht glauben.« Lammers schüttelte den Kopf. »Dieser beschissene Boxer hat mich dermaßen verarscht.«

»Kann ja jedem mal passieren«, sagte Dörfner. Lammers sah ihn so scharf an, dass er einen Moment lang vergaß, auf seinem Kaugummi zu kauen.

Rademacher räusperte sich. »Gerade ist der Bericht gekommen. Die Spurensicherung ist in dem Grafikbüro fündig geworden. Blutanhaftungen auf dem Estrich. Vermutlich durch den alten Teppich gesickert. Und ein Projektil im Putz. Etwa in Brusthöhe. Wahrscheinlich hatte der Hausmeister das Loch einfach zugespachtelt, ohne die Kugel zu bemerken. Und jetzt kommt's. Das Geschoss stammt nicht aus der Zastava CZ-99, mit der Rudolf Sattler ins Knie geschossen wurde. Sondern höchstwahrscheinlich aus der Waffe, die bei unserem Freund Stefan Holler gefunden wurde.«

»Es könnte das Projektil sein, das die Absplitterungen an Sattlers Rippen verursacht hat«, ergänzte Lammers. »Aber das muss noch genauer untersucht werden.«

Rudolf Sattler wurde also in dem Büro ermordet, das Jakob Holler unter seinem Namen angemietet hatte, dachte Kant. Nachdem ihm das Geld, das er für die Überlassung seiner Identität bekommen hatte, gestohlen worden war, war Sattler in das Büro eingestiegen. Wahrscheinlich hatte er gedacht, dass er aus Holler noch mehr herausholen konnte. Stattdessen hatte er sich zwei Kugeln eingefangen. Eine ins Knie, die andere in die Brust. Von zwei verschiedenen Schützen. Der eine war anscheinend Stefan Holler gewesen. Und der andere? Jakob Holler? Hatten die beiden ihn beseitigt, weil er zu gierig geworden war?

Dörfner kippte beinahe seinen Stuhl um, als er aufstand. »Worauf warten wir noch? Schnappen wir uns den Arsch.«

»Falls er noch nicht untergetaucht ist«, sagte Lammers. »Wie sein Bruder.«

Kant überlegte einen Augenblick, ob er warten sollte, bis Oldenburg einen Haftbefehl beantragt hatte, entschied sich aber dagegen. Lammers hatte recht. Es bestand die Gefahr, dass der zweite Bruder auch noch verschwand.

»Hanna, informier doch bitte Oldenburg über die neuen Entwicklungen.«

»Soll ich das SEK anfordern?«

Kant blickte in die Runde.

»Mit dem werden wir auch alleine fertig«, sagte Dörfner.

»Außerdem haben wir ja seine Pistole schon einkassiert«, meinte Rademacher.

Lammers stand wortlos auf und band sich ihren Zopf straffer.

»Gut«, sagte Kant. »Aber das SEK soll sich für den Notfall bereithalten. Wir treffen uns in zehn Minuten am Wagen.«

Sobald alle das Zimmer verlassen hatten, wandte Kant sich noch einmal an Hanna. »Ist unser Gast schon da?«

»Um Punkt acht eingetroffen. Zimmer 312.«

Kant hatte sie am Abend zuvor, während Ivica neues Bier holte, schon zu Hause angerufen und sie gebeten, am Morgen als Erstes ein Einzelbüro mit Computer vorzubereiten. »Gut«, sagte er. »Wollte er noch irgendwas?«

Hanna lächelte hintergründig. »Ein Aspirin.«

Kant holte seine Pistole aus dem Waffenschrank und legte das Schulterholster an. Auf dem Weg zum Treppenhaus kam er an Zimmer 312 vorbei. Durch die Glasscheibe in der Tür sah er Ivica mit dem Rücken zu ihm am Schreibtisch sitzen. Die Figuren sprangen über den Bildschirm, tauschten die Positionen und bildeten in faszinierender Geschwindigkeit immer neue geometrische Muster. Hätte Kant noch länger zugesehen, hätte er auch eine Kopfschmerztablette gebraucht. Er war froh, diesen Tag nicht am Schreibtisch verbringen zu müssen.

Sie fuhren mit zwei Zivilfahrzeugen zum Boxstudio. Die Straße vor dem Haus lag wie ausgestorben im grellen Sonnenlicht. Schwarze Rollos verdeckten die Fenster der Wohnung im ersten Stock. Als sie in die Hofeinfahrt traten, stank es noch stärker nach Müll als beim letzten Mal. Kant fragte sich, warum die verdammten Tonnen nicht geleert wurden.

Die Haustür stand offen. Sie wussten nicht, ob Holler sich in seiner Wohnung oder im Boxstudio aufhielt, falls er nicht schon geflohen war. Kant schickte Lammers und Dörfner zu der schmalen Betontreppe, die aus dem Hof in die Kellerräume führte. Mit Rademacher im Schlepptau betrat er das kühle Treppenhaus und stieg in den ersten Stock hinauf.

Er klingelte an der Tür. Das Schrillen hallte durch den stillen Hausflur. Niemand öffnete. Kant legte das Ohr an die Holztür. Kein Geräusch. Er läutete erneut. Während er noch überlegte, ob sie sich gewaltsam Zutritt verschaffen sollten, knisterte es in seinem Ohrstöpsel.

»Wir haben ihn.«

Als er Dörfners gepresste Stimme hörte, wusste Kant sofort, dass etwas nicht in Ordnung war. »Anscheinend war jemand vor uns da.«

»Bleibt, wo ihr seid«, sagte Kant sinnloserweise.

Er rannte an Rademacher vorbei die Stufen hinab. Aus dem Haus, vorbei an den überquellenden Mülltonnen, die Kellertreppe hinab, durch die Stahltür, zwischen den reglos von der Decke hängenden Boxsäcken hindurch.

Stefan Holler lag auf einer Hantelbank hinter dem Ring. Er trug eine blaue Trainingsjacke, deren Reißverschluss weit offen stand. Auf den Muskeln seiner fast unbehaarten Brust balancierte er eine Langhantel, die sich unter ihrem eigenen Gewicht leicht durchbog. Die Stange hatte sich schon tief ins Fleisch gedrückt. Hollers Arme hingen schlaff zu Boden, als wäre ihm mitten in der Übung die Kraft ausgegangen. Ein dünner Blutfaden floss aus seinem Mundwinkel. Dann sah Kant den dunklen Fleck auf dem Betonboden unter der Hantelbank.

Dörfner streifte sich Handschuhe über und tastete an Hollers Hals nach dem Puls. Nach einem Augenblick schüttelte er den Kopf. Kant sah zu, wie er mit den Fingerspitzen den Reißverschluss weiter aufzog, bis links neben dem Bauchnabel ein

Einschussloch von der Größe eines Fünfcentstücks zum Vorschein kam.

Lammers lehnte an einem Betonpfeiler. Ihre Gesichtsfarbe unterschied sich kaum von der der Leiche. Kant ging zu ihr und legte ihr die Hand auf die Schulter. Sie schien es nicht einmal zu bemerken.

»Wenn ich ihm nicht jedes Wort geglaubt hätte, würde er vielleicht noch leben«, sagte sie.

»Niemand hat ihn gezwungen zu lügen.« Kant wusste, dass es nur ein schwacher Trost war. Lammers hatte geglaubt, Holler hätte Vertrauen zu ihr gefasst. Sie war enttäuscht von ihm und von sich selbst.

»Habt ihr das gesehen?«, fragte Dörfner leise hinter ihm.

Kant wandte sich um.

Keine zwei Meter entfernt stand auf dem Rand des Rings eine stolze weiße Dame und starrte auf den Toten.

29

Die Lampen der Spurensicherer vertrieben sämtliche Schatten aus den Ecken des Kellerraums. Ihre weißen Anzüge bildeten eine Ameisenstraße von den Kleinbussen im Innenhof zu der Ecke mit den Hantelbänken im hinteren Teil des Boxstudios. Sie hatten vier Leute gebraucht, um die Stange von Hollers Brust zu heben und ins Labor zu transportieren. Während sie den Tatort in kleine Quadranten aufteilten und Millimeter für Millimeter dokumentierten, betrachtete Kant die weiße Dame, die das Blitzlichtgewitter der hochauflösenden Kameras unbeeindruckt über sich ergehen ließ, und fragte sich, warum jemand den Tatort so inszeniert hatte. Er konnte keinen Sinn in der Symbolik erkennen.

In Rudolf Sattlers Hand war eine schwarze Dame gefunden worden, die offensichtlich auch aus dem Schachspiel in dem Büro des angeblichen Investors stammte, auch wenn das vom Labor noch nicht bestätigt worden war. Entweder hatte jemand sie dort platziert oder Sattler hatte sie im Augenblick seines Todes umklammert. Leider war dieses Detail an die Presse durchgesickert, sodass nicht nur Sattlers Mörder über das Wissen verfügte.

Als die Leiche zum rechtsmedizinischen Institut abtransportiert wurde, folgte Kant Grumann in den Innenhof. Im Schatten des dort aufgebauten Zelts zündete sich der Rechtsmediziner eine Zigarette an.

»Kannst du schon was zum Todeszeitpunkt sagen?«, fragte Kant.

»Rigor mortis vollständig ausgeprägt, Totenflecke noch wegdrückbar«, antwortete Grumann. »Die Rektaltemperatur lag noch bei 27 Grad, die Umgebungstemperatur bei 22 Grad. Wenn man von einem Temperaturverlust von 0,8 Grad pro Stunde ausgeht, was nur ein grober Anhaltspunkt ist, würde ich sagen, er ist zwischen zehn und vierzehn Stunden tot.«

Kant sah auf die Uhr. Es war kurz vor zehn. Der Mörder musste also gestern Nacht zwischen acht und zwölf Uhr zugeschlagen haben. Wenn sie herausfanden, wann am Abend das letzte Training stattgefunden hatte, könnten sie den Zeitraum vielleicht weiter eingrenzen. Er rief Rademacher an, der gerade mit Lammers und Dörfner die Nachbarn befragte, und teilte ihm mit, sie sollten sich auf Beobachtungen innerhalb dieser Zeitspanne konzentrieren. Allerdings bezweifelte er, dass viel dabei herauskommen würde. Die dicke Betondecke des Kellers dämpfte alle Geräusche, und wenn doch etwas nach oben drang, ließ sich ein Schussgeräusch wahrscheinlich kaum von dem gewohnten Knallen eines Handschuhs auf einem Boxsack unterscheiden.

»Und der Mann wurde mit einem einzelnen Schuss in den Bauch getötet?«, fragte er Grumann, als er aufgelegt hatte.

Grumann nickte. »Von schräg oben. Meine erste Vermutung wäre, dass das Opfer auf der Hantelbank lag, und der Täter sich von hinten genähert und geschossen hat. Es gibt keine Austrittswunde. Vielleicht ist das Projektil in der Wirbelsäule stecken geblieben.« Obwohl der ganze Innenhof voller Kippen lag, zog Grumann einen silbernen Taschenaschenbecher aus seinem Anzug und drückte die Zigarette darin aus.

»Und nach dem Bauchschuss ist die Hantelstange auf seine Brust gefallen?«, fragte Kant.

»Das ist anzunehmen. Mehrere Rippen sind gebrochen.«

»Aber so ein Bauchschuss ist doch in der Regel nicht sofort tödlich. Wie lange kann man in einer solchen Lage überleben?«

Grumann zog seinen Autoschlüssel aus der Tasche und ließ ihn ein paarmal um den Finger kreisen. »Schwer zu sagen. Das hängt davon ab, welche Organe getroffen wurden. Mit der Hantel auf der Brust hatte er mit Sicherheit Probleme zu atmen. Oder um Hilfe zu rufen.«

Kant nickte nachdenklich. Wenn er nicht sofort gestorben war, musste Holler unerträgliche Schmerzen gehabt haben. Hatte sein Mörder danebengestanden und ihm beim Sterben zugesehen?

»Ich fahre jetzt ins Institut«, sagte Grumann. »Morgen kann ich dir mehr sagen.«

Kant bedankte sich, und der Rechtsmediziner schlurfte mit seinem leicht gebeugten Gang aus dem Innenhof. Eine junge Frau von der Spurensicherung, die Kant noch nie gesehen hatte, kam mit einem durchsichtigen Plastikbeutel in der Hand die Kellertreppe herauf. »Herr Kant?«, sagte sie. »Der Chef meinte, ich soll Ihnen das zeigen, bevor wir es ins Labor bringen.«

Sie reichte ihm die Tüte. Darin lag ein Handy. Es war ein einfaches Modell, dessen Display von Sprüngen durchzogen war. Kant erinnerte sich, dass Stefan Holler bei seiner Festnahme ein anderes Telefon gehabt hatte. Da der Täter wohl kaum sein Handy am Tatort zurücklassen würde, hatte Holler anscheinend ein Zweitgerät besessen. Es lag nahe, dass er es für die Kommunikation mit seinem Bruder genutzt hatte.

»Wo haben Sie das gefunden?«

»Unter dem Ring. Sehen Sie die Gummianhaftungen da? Wenn Sie mich fragen, würde ich sagen, jemand hat mit dem Fuß draufgetreten.«

»Absichtlich?«, fragte Kant.

»Woher soll ich das wissen?« Sie befreite ihr schulterlanges Haar aus der Kapuze. »Entschuldigung, war nicht so gemeint. Wir sind ziemlich im Stress. Da unten sind eine Million Abdrücke und Haare und Hautschuppen und so weiter.«

»Schon gut«, sagte Kant. »Ich hab direkt noch eine dumme Frage. Haben Sie schon probiert, ob es noch funktioniert?«

»Ich wollte Ihnen nicht den Spaß verderben.«

Kant schaltete das Gerät durch die Plastikfolie ein. Das Fenster für die PIN-Eingabe leuchtete auf. »Bringen Sie das bitte in die Kriminaltechnik. Es muss so schnell wie möglich ausgelesen werden. Damit meine ich heute noch.«

Sie nickte. »Eine andere Sache noch. Jemand hat offenbar das Büro durchwühlt. Alle Schubladen standen offen.«

»Danke«, sagte Kant und gab ihr die Tüte zurück. In diesem Augenblick schrillte ein Klingeln durch den Hof. Die Frau von der Spurensicherung zuckte zusammen und ließ beinahe das Gerät fallen. Kant lächelte. Er klopfte sich auf die Hemdtasche. »Das ist meins.«

Während die junge Kollegin zu einem der Kleinbusse ging, nahm er das Gespräch an.

»Hier ist Polizeiobermeister Mühlbauer«, meldete sich der Anrufer. »Ich weiß nicht, ob Sie sich noch an mich erinnern. Wir waren letzten Winter mal zusammen an einem Tatort. In Obermenzing. Da war so eine Scheißkälte ...«

»Ich erinnere mich«, sagte Kant ungeduldig. Der tote Anwalt. Mühlbauer sorgte schon durch seine umständliche Art dafür, dass man ihn nicht so schnell vergaß. »Wie kann ich Ihnen helfen?«

Er hörte Mühlbauer am anderen Ende schlucken. »Also, eigentlich wollte ich Ihnen helfen. Es geht mich zwar nichts an, aber ich dachte, ich gebe Ihnen trotzdem Bescheid, wo wir doch schon mal zusammen ... Also, kurz gesagt, die Kollegen haben gerade Ihre Tochter verhaftet.«

»Was?« Kant hatte das Gefühl, jemand träte ihm von hinten in die Kniekehlen. »Wo ist sie jetzt?«

»Hier. Bei mir. Also, am Eisbach. Sie wissen schon, wo diese Welle ist, wo die Deppen mit ihren Brettern ...«

»Geht es ihr gut?«

»Ein bisschen durchgefroren vielleicht, aber sonst sieht sie ganz munter aus.«

»Ich bin in zehn Minuten da«, sagte Kant und legte auf.

Während er sich durch den Verkehr kämpfte, der in der Hitze des Vormittags stockte, als klebten die Reifen am Asphalt fest, dachte er an Rademachers Warnungen. Seine Tochter Leonie hatte ihm gesagt, Frida plane etwas Illegales. Sie wolle sich Uran besorgen. Natürlich hatte er das keinen Augenblick lang geglaubt. Erstens war sie keine Terroristin, und zweitens konnte man radioaktives Material nicht wie ein Briefchen Koks bei einem Dealer am Hauptbahnhof kaufen. Trotzdem, irgendwas war passiert. Und Mühlbauer hatte geklungen, als ginge es um mehr als einen aufgeknackten Zigarettenautomaten. War sie deshalb heute Morgen so aufgedreht gewesen? Er verfluchte sich, weil er die Zeichen nicht richtig gedeutet hatte.

Als er an der Prinzregentenstraße ankam, parkten zu beiden Seiten Streifenwagen, Feuerwehrfahrzeuge und Krankenwagen. Ein Großeinsatz. Auf der Brücke über dem Eisbach schwenkten Jugendliche Transparente. *Aufstehen oder Aussterben. Tell the truth. Tierindustrie = Klimakiller.* Uniformierte Polizisten hatten die Demonstranten eingekesselt. Kant fuhr neben der Gruppe auf den Bürgersteig, sprang aus dem Wagen und hielt nach Frida und Mühlbauer Ausschau.

Unter ihm schlängelte sich der Eisbach giftig grün durch den Englischen Garten.

Kant dachte erst, der Schreck hätte ihm eine Halluzination oder Sehstörung beschert. Er hielt sich mit beiden Händen am Geländer fest und sah hinab. Weiter flussabwärts zogen zwei Polizisten gerade einen jungen Mann aus dem verfärbten Wasser, der sich wie eine Leiche auf dem Rücken treiben ließ. Als sie ihn auf das Ufer gezerrt hatten, wo sich Kameraleute und Fotografen um die besten Positionen stritten, meine Kant, sein Gesicht zu erkennen. Es war der bärtige XR-Aktivist, den er schon auf dem Marienplatz gesehen hatte.

Weitere »Tote« wurden angeschwemmt oder wärmten sich schon in den Sonnenstrahlen, die durch die Baumkronen fielen. Kant suchte Frida unter den Aktivisten, konnte sie aber nirgendwo entdecken. Eine schwere Hand legte sich auf seinen Rücken. Ruckartig wandte er sich um. Mühlbauer wich einen Schritt zurück. »Nicht schießen«, sagte er.

Kant war nicht in Stimmung für Scherze. »Wo ist Frida?«

»Die Kollegen kümmern sich gerade um sie.« Er zeigte auf einen Einsatzbus.

»Was ist denn überhaupt passiert?«

Mühlbauer schnaubte. »Die Spinner haben irgendwo unter der Brücke einen Behälter mit Farbstoff im Bach versenkt. Wir suchen noch danach. Das Zeug tritt langsam aus und verfärbt das Wasser. Laut Aussagen der Beteiligten handelt es sich um Uranin. Angeblich harmlos. Trotzdem kann das teuer werden, wenn die den Einsatz bezahlen müssen und so. Beziehungsweise ihre Eltern. Oder Väter. Oder wer auch immer.«

»Uranin?«, fragte Kant. Er spürte ein Zucken in seinem Bauch und holte tief Luft, aber es war zu spät. Nach der Anspannung der letzten Stunden brach das Lachen mit urtümlicher Kraft aus ihm heraus. Es war eine Befreiung, auch wenn Mühlbauer ihn ansah, als hätte er den Verstand verloren.

»Nachdem die Kollegen die Personalien der Verdächtigen aufgenommen haben«, sagte Mühlbauer förmlich, »gibt es keinen Grund, sie länger festzuhalten. Ich glaube, Sie können Ihre Tochter jetzt mitnehmen.«

Kant bemühte sich um eine ernste Miene. »Natürlich. Und vielen Dank für Ihre Hilfe, Kollege.«

Er ließ Mühlbauer stehen und ging zu den Einsatzbussen. Eine uniformierte Polizistin brachte Frida heraus. Sie trug den geblümten Badeanzug, den sie letztes Jahr von ihrer Mutter zum Geburtstag bekommen hatte, und hielt ein Bündel aus Kleidern und Schuhen in der Hand. Das nasse Haar klebte an ihrem Kopf, als sie ihn mit wilden Augen ansah. Kant musste an die Bilder der Vögel denken, die regelmäßig an ölverseuchten Stränden gerettet wurden. Er legte den Arm um Fridas schmale Schultern und brachte sie zum Auto.

Er spürte, wie sie trotz der Hitze zitterte. Er nahm sein Jackett vom Rücksitz und wickelte sie darin ein. Sie lehnte sich an den Kotflügel. »Tut mir leid, Papa, ich wollte dich nicht in Schwierigkeiten bringen.« Ein paar Tränen flossen über ihre Wangen. »Ich musste einfach irgendwas unternehmen. Das kann doch nicht alles immer so weitergehen.«

Kant nickte. »Geht's dir gut?«

»Besser als vorher.«

»Und dieses Uranin? Ist das wirklich ungefährlich?«

»Total harmlos.«

Kant sah auf den leuchtend grünen Eisbach. »Sieht echt spektakulär aus«, sagte er.

Sie wischte sich mit dem Handrücken die Tränen ab. »Bist du nicht sauer?«

Im Moment war er einfach nur erleichtert, aber das musste er sich ja nicht unbedingt anmerken lassen. »Weißt du, was Rademacher mir erzählt hat?«, sagte er. »Dass Leonie gesagt hat, ihr wolltet euch Uran besorgen.«

Vorsichtig breitete sich ein Lächeln auf ihrem Gesicht aus. »Diese Petze. Hast du das etwa geglaubt?«

»Natürlich nicht. Und jetzt steig ein.«

Sie griff nach seiner Hand und sah ihn plötzlich sehr ernst an. »Ich muss dir was sagen. Eigentlich habe ich Leonie versprochen, es nicht weiterzuerzählen, aber wenn sie kein Geheimnis für sich behalten kann ...«

»Raus damit«, sagte Kant.

»Sie hat belauscht, wie ihre Eltern sich unterhalten haben. Dein Kollege, der Anton, der ist krank. Er hat Darmkrebs.«

»Was?«, sagte Kant.

Sie drückte seine Hand. »Von mir hast du das nicht.«

Kant löste sich von seiner Tochter und schlug mit der flachen Hand auf das Autodach. »Das kann doch nicht wahr sein«, rief er so laut, dass ein Streifenbeamter einen wachsamen Blick in seine Richtung warf.

Wieso hatte dieser Idiot ihm nichts gesagt? In all den Jahren, die sie jetzt zusammenarbeiten, waren sie zwar keine engen Freunde geworden, aber sie hatten einander immer vertraut. Und er selbst war genauso dämlich, weil er ihm seine Ausreden und Lügengeschichten abgenommen hatte.

Es dauerte nur ein paar Sekunden, bis sich sein Ärger in Traurigkeit verwandelte. Ausgerechnet Rademacher. Wenn noch nicht mal Rademacher mit seiner Korrektheit, seiner Gelassenheit und seiner Bilderbuchfamilie seine Pension im Schaukelstuhl auf der Terrasse genießen konnte, was sollte dann aus allen anderen werden?

Er atmete tief durch, bevor er sich zu Frida umwandte. »So was kann man heutzutage gut behandeln«, sagte er ohne große Überzeugung.

»Hoffentlich.« Frida setzte sich auf den Beifahrersitz. »Kannst du mich jetzt nach Hause fahren? Ich bin einfach nur wahnsinnig müde.«

Kant stieg auf der anderen Seite ein und knallte die Tür zu. »Das hast du dir so gedacht. Erst mal wird ein neuer Badeanzug gekauft. Meinst du, ich lass dich damit noch länger rumlaufen? Das Scheißding ist doch viel zu klein.«

30

Die Boxer trudelten im Zehnminutentakt ein. Das jüngste Mitglied des Clubs war ein knochiges siebenjähriges Mädchen mit blonden Zöpfen, das älteste ein pensionierter Versicherungsvertreter mit grauem Haarkranz und Bierbauch. Lammers saß an ihrem Schreibtisch und stellte die immer gleichen Fragen. Waren Sie gestern Abend zwischen zwanzig und einundzwanzig Uhr dreißig beim Training? An welche anderen Teilnehmer erinnern Sie sich? Wann haben Sie den Boxkeller verlassen? Sind Ihnen Fremde aufgefallen? Hat sich Stefan Holler in irgendeiner Weise ungewöhnlich verhalten?

Die Antworten waren genauso ergiebig wie die der Nachbarn, die sie zusammen mit Dörfner und Rademacher am Vormittag befragt hatte. Niemand hatte etwas Außergewöhnliches beobachtet. Keine unbekannten Autos im Hof oder vor dem Haus, keine fremden Gesichter, kein auffälliges Verhalten seitens des Boxtrainers.

Lammers fiel es schwer, sich auf ihr Gegenüber zu konzentrieren, weil in ihrem Hinterkopf eine quälende Gedankenschleife lief. Das alles war so unnötig, so vermeidbar gewesen. Wenn Holler ihr bei der Vernehmung die Wahrheit gesagt hätte – dass er in irgendeiner Weise an Sattlers Ermordung beteiligt gewesen war –, dann würde er jetzt in einer hübschen, sauberen Zelle sitzen und auf seinen Prozess warten. Stattdessen hatte er ihr eine lange Geschichte erzählt, um sich zu entlasten, und sie hatte sich um den Finger wickeln lassen wie eine Anfängerin. Und kaum hatten sie ihn entlassen, hatte jemand dafür gesorgt, dass er nicht noch einmal mit der Polizei redete. Das war zumindest Lammers' Vermutung.

Ihr aktueller Gesprächspartner, ein leicht übergewichtiger Einzelhandelskaufmann, der ihr schon dreimal erzählt hatte, dass er erst seit einem halben Jahr dabei sei und schon acht Kilo abgenommen habe, aber auf ihre Fragen am liebsten mit Schulterzucken und Kopfschütteln reagierte, sah sie abwartend an.

»Wann haben Sie den Boxkeller verlassen?«, fragte Lammers.

Er zuckte mit den Schultern. »Nach dem Duschen.«

Lammers übte sich in Geduld. »Sie haben nicht zufällig auf die Uhr gesehen?«

Er schüttelte den Kopf. »Ich war einer der Letzten. Muss so gegen zehn gewesen sein.«

»Wer war zu dem Zeitpunkt außer ihnen noch da?«

»Weiß nicht. Zwei oder drei andere vielleicht. Und der Trainer. Wenn wir alle weg sind, stemmt der gerne noch ein paar Gewichte. Sollte ich vielleicht auch mal machen, um die restlichen Kilos loszuwerden.« Grinsend klopfte er sich auf den Bauch. Als er Lammers' Gesichtsausdruck sah, wurde er schnell wieder ernst. »Aber jetzt muss ich mir wohl einen anderen Verein suchen.«

»Sie können jetzt gehen«, sagte Lammers.

Er stand auf und schlurfte zur Tür. Lammers strich ihn von ihrer Liste. Aus den Aussagen der bisher vernommenen Zeugen ergab sich, dass gestern Abend siebzehn Leute bei Holler trainiert hatten. Zwölf davon hatten sie schon befragt. Einer saß gerade vor Dörfners Schreibtisch. Mit zwei weiteren hatte Hanna telefonisch einen Termin vereinbart, weil sie auf der Arbeit unabkömmlich waren. Blieben noch zwei, die sie nicht hatten erreichen können. Ein Junge, von dem niemand mehr als den Vornamen wusste, weil er erst vor einer Woche in den Boxclub eingetreten war. Sie würden ihn finden, sobald die Spurensicherung die Unterlagen aus dem Büro freigab. Und eine Jugendliche, die weder auf dem Festnetzanschluss noch über ihr Handy zu erreichen war.

Als Lammers den Namen las, drehten ihre Gedanken – Holler ist selbst schuld, ich bin an allem schuld – eine letzte Runde und hielten endlich die Klappe. Mit einem Mal war sie hellwach und konzentriert.

Samira Müller.

Die Zeugin, die den Hinweis auf die Pistole in Hollers Schreibtisch gegeben hatte.

Lammers sprang auf und lief zum Büro der Neuen. Hanna zuckte hinter ihrem Monitor zusammen, als sie ohne anzuklopfen hineinstürmte. »Samira Müller«, sagte Lammers. »Du hast doch mit ihr gesprochen, oder?«

»Ja. Wieso?« Hanna wirkte misstrauisch, als befürchtete sie, dass ihr jemand Vorwürfe machen würde. Lammers hatte im Moment weder Zeit noch Lust, sich um ihre Befindlichkeiten zu kümmern.

»Haben wir ihre Adresse?«

»Natürlich.« Hanna holte sie mit ein paar Klicks auf den Bildschirm.

»Gehen wir«, sagte Lammers.

»Wir?« Die Neue sah auf ihren Monitor. »Ich weiß nicht, ich habe hier noch zu tun. Außerdem bin ich eigentlich nur für den Innendienst …«

»Ben muss die restlichen Boxer befragen. Und Anton ist noch am Tatort, weil der Chef gerade andere Probleme hat.« Es hatte sich schnell herumgesprochen, dass Kants Tochter vorübergehend festgenommen worden war. Lammers beteiligte sich nicht an dem unvermeidlichen Spott, den das bei manchen Kollegen auslöste, aber jetzt versuchte sie sich an einem verschwörerischen Lächeln. Hanna ließ sich nicht anstecken. Sie rollte mit ihrem Bürostuhl vor und zurück, während sie mit sich rang.

Lammers hätte die Neue gern dabeigehabt, weil sie schon eine Beziehung zu dem Mädchen aufgebaut hatte. Vielleicht konnte das nützlich sein. Sie beschloss, noch einen letzten Versuch zu unternehmen. »Du meintest doch, die Kleine wäre ein bisschen verstört. Vielleicht ist es besser, wenn wir das unter Frauen regeln.«

Hanna fummelte an den Hebeln für die Höheneinstellung und die Rückenlehne herum, als wäre ihr gerade aufgefallen, wie unbequem ihr Stuhl war. »Also gut«, sagte sie schließlich. Gib mir fünf Minuten.«

Im Auto bemerkte Lammers, dass sich ihre Kollegin in jeder Kurve verstohlen an der Tür festklammerte. Sie sah gar nicht ein, deswegen vom Gaspedal zu gehen. »Bei deinem Gespräch mit Samira«, sagte sie, »hattest du da den Eindruck, dass sie die Wahrheit sagt?«

Hanna studierte das Karomuster der Fußmatte, während sie nachdachte. »Ich hatte keinen Grund, daran zu zweifeln.«

»Mir kommt das merkwürdig vor«, sagte Lammers. »Niemand außer ihr hat die Pistole bei Holler gesehen. Und dann rennt sie aus dem Präsidium und ist nicht mehr zu erreichen. Die meisten Mädchen in dem Alter können doch keine fünf Minuten ohne ihr Handy überleben.«

Lammers bemerkte, wie Hanna unter ihrem sorgfältigen Make-up eine Spur bleicher wurde.

»Meinst du, ihr ist was passiert?«

»Ich würde eher vermuten, dass sie sich vor uns versteckt«, sagte Lammers.

Während der restlichen Fahrt starrte Hanna mit zusammengekniffenen Lippen aus dem Fenster und sagte kein Wort. Lammers fragte sich, ob es an der Sorge um Samira oder an ihrem Fahrstil lag. Sie befürchtete schon, die Neue würde ihr das Auto vollkotzen, als sie endlich vor einem unscheinbaren Mehrfamilienhaus direkt am Frankfurter Ring auf den Bürgersteig fuhr.

Ein Schleier aus Abgasen und Staub hatte die ehemals gelbe Fassade grau verfärbt. Sämtliche Fenster waren geschlossen und die Rollos gegen die Hitze und den Straßenlärm heruntergelassen. Am Klingelbrett klebten die provisorischen Papierstreifen mit den Namen der Bewohner kreuz und quer wie bei einem Scrabble-Spiel. Lammers vermutete, dass die Übereinstimmung mit dem Melderegister nicht besonders hoch war.

Niemand öffnete auf ihr Läuten. Lammers drückte mit der flachen Hand auf sämtliche Klingeln, bis schließlich der Türsummer ertönte. Durch ein schmuckloses Treppenhaus stiegen sie in die zweite Etage, wo auf der Rückseite ein Laubengang die Wohnungen miteinander verband. Es roch nach Essensdünsten und Waschpulver.

In der Wohnung, in der Samira lebte, war ein schwerer Samtvorhang vor das einzige Fenster auf der Rückseite gezogen. Statt zu klopfen, blieb Lammers vor dem gekippten Fenster stehen und lauschte. Aufgeregte Fernsehstimmen drangen heraus. Sie schob Hanna, die einen halben Meter hinter ihr geblieben war, nach vorn und nickte ihr zu.

Hanna zögerte einen Augenblick, aber dann hämmerte sie energisch mit ihren spitzen Fingerknöcheln gegen die Tür. Immerhin kann sie schon klopfen wie eine Polizistin, dachte Lammers.

Der Fernseher verstummte. Lammers nahm eine winzige Bewegung hinter dem Vorhang wahr. »Sprich mit ihr«, flüsterte sie Hanna ins Ohr.

Die Neue kratzte sich unter der Achsel, während sie nach den richtigen Worten suchte. »Samira«, sagte sie dann mit sanfter Stimme. »Hier ist Hanna. Die Polizistin. Ich muss mit dir reden.«

Keine Antwort.

»Ich weiß, dass du da bist. Bitte mach auf.«

Nichts geschah.

»Ich hör doch dein Zungenpiercing klackern.«

Lammers war verblüfft. Sie hörte nur das Rauschen der Straße und das Gluckern eines Abwasserrohrs aus der Nachbarwohnung.

Die Tür wurde einen Spalt geöffnet, und Samiras blasses Gesicht tauchte auf. Die Schatten unter ihren Augen waren so dunkel, als hätte sie seit einer Woche nicht mehr geschlafen. »Was wollen Sie?«, brachte sie hervor. »Ich hab Ihnen doch schon alles gesagt.«

»Können wir kurz reinkommen?«, fragte Hanna.

Samira schüttelte den Kopf. »Meine Mutter ist arbeiten. Ich soll niemanden reinlassen, wenn sie weg ist.«

»Natürlich«, sagte Hanna, »du hast recht. Dann komm doch zu uns raus.«

Samira überlegte einen Augenblick. Schließlich setzte sie eine Sonnenbrille auf, die die Hälfte ihres schmalen Gesichts verdeckte, und trat barfuß und in einem ärmellosen T-Shirt auf den Laubengang. Als sie bemerkte, dass Hanna nicht allein war, legte sie den Rückwärtsgang ein, aber Lammers stellte sich mit einem schnellen Schritt zwischen sie und die Tür.

»Warum gehst du nicht ans Telefon?«, fragte Hanna.

»Mein Handy ist kaputt.«

»Das Festnetztelefon auch?«

Samira schwieg. Lammers warf einen Blick in das beengte Wohnzimmer. Eine Schrankwand mit großem Fernseher. Ein übervoller Wäscheständer. Schmutziges Geschirr auf dem Couchtisch. Daneben haufenweise zerknüllte Papiertaschentücher. Samira zog die Tür zu, bevor Lammers mehr sehen konnte.

»Hast du noch nicht gehört, was mit deinem Trainer passiert ist?«, fragte Hanna.

Samira schüttelte den Kopf.

»Warum heulst du dann den Taschentuchvorrat für einen halben Winter voll?«, fragte Lammers.

Samira sah sich hektisch um. Hanna legte ihr eine Hand auf den Unterarm. »Lauf nicht wieder weg.«

Samira schluckte. »Okay. Jemand hat es auf Facebook gepostet. Ich war einfach zu fertig, um ans Telefon zu gehen.«

Eine Sekunde lang dachte Lammers, sie würde wieder anfangen zu weinen, aber stattdessen lehnte sich Samira neben der Tür an die Hauswand und verschränkte die Arme vor der Brust.

»Ich will dir jetzt mal was erklären«, sagte Lammers. »Nur damit wir uns richtig verstehen. Ich habe Stefan Holler vernommen, bevor wir ihn wieder gehen lassen mussten. Das war erst gestern. Er hat mir jede Menge Schwachsinn aufgetischt, und ich bin drauf reingefallen. Deshalb nehme ich es ziemlich persönlich, dass ich ihn heute Morgen in seinem eigenen Blut liegen sehen musste. Verstehst du, was ich meine?«

Samira nickte, aber die dunkle Brille verbarg, was in ihren Augen vorging.

»Mein Problem ist, dass ich ihm in einem Punkt immer noch glaube. Oder vielleicht ist das eher *dein* Problem. Stefan Holler wusste nichts von der Pistole in seinem Schreibtisch. Würdest du eine Mordwaffe in einem Büro aufbewahren, wo jeder reinspazieren kann? In einer Schublade zwischen Bandagen und Mundschutzen?«

Samira blickte zwischen ihnen hindurch auf die grauen Hallen des Gewerbegebiets hinter dem Haus. Lammers sah ihren Kehlkopf flattern wie ein Vögelchen, das aus dem Nest ausbrechen wollte. »Lügen ist einfach, Samira. Schwer ist es, die Wahrheit zu sagen. Aber einer muss damit anfangen. Oder eine.«

Samira rutschte mit dem Rücken an der Wand hinab, bis sie auf dem Fliesenboden saß. »Ich war so sauer auf ihn«, sagte sie. »Aber jetzt ... jetzt bin ich nur noch traurig.«

»Willst du uns nicht erzählen, was passiert ist?«, fragte Hanna.

»Ich wollte endlich meinen ersten Kampf haben. Alle sind drangekommen. Die ganzen Jungs. Nur mich wollte er nicht in den Ring lassen. Wir haben uns gestritten. Danach war ich im Hof und habe geheult. Da kam diese Frau. Sie stand plötzlich vor mir und hat mich auf einen Kaffee eingeladen. Ich habe ihr alles erzählt. Sie hat mich verstanden, weil sie auch wütend auf Stefan war.«

»Und dann hat sie dir die Pistole gegeben?«, fragte Lammers.

»Ja. In einer Plastiktüte. Ich glaub, sie wollte sie eigentlich selber bei ihm in den Schreibtisch legen, hat sich aber nicht getraut. Sie hat mir auch Geld dafür gegeben. Fünfhundert Euro. Deswegen habe ich es aber nicht gemacht.«

Anscheinend hat die Fremde Samira zufällig ausgewählt, dachte Lammers. Sie wollte die Waffe in seinem Büro deponieren, war dem heulenden Mädchen begegnet und hatte beschlossen, sie auszunutzen. »Warum solltest du ihm die Pistole unterschieben?«

Samira nahm die Sonnenbrille ab, wischte sich über die feuchten Augen und sah Lammers zum ersten Mal direkt an. »Sie hat gesagt, Stefan ist ein Mörder und muss dafür bezahlen. In dem Moment hab ich ihr geglaubt. Wir waren Verbündete. Weil wir beide wütend auf ihn waren.« Sie presste ihre schmalen Lippen zusammen. »Ist Stefan deswegen tot? Wegen mir?«

Hanna machte eine Bewegung auf sie zu, als wollte sie ihr über den Kopf streichen, schien es sich jedoch im letzten Moment anders zu überlegen. »Nein. Er ist tot, weil ihn irgendein Verbrecher erschossen hat.«

Keine schlechte Antwort, dachte Lammers. »Hat die Frau, die dir die Pistole gegeben hat, gesagt, du sollst zur Polizei gehen?«, fragte sie Samira.

»Nicht von Anfang an. Sonst hätte ich gar nicht mitgemacht. Aber nachdem ich die Pistole in die Schublade gelegt habe, hat sie mich angerufen. Erst habe ich mich geweigert. Plötzlich war sie gar nicht mehr nett. Sie hat gesagt, jetzt hänge ich mit drin. Wenn ich nicht zur Polizei gehe, zeigt sie mich an, weil ich ihm die Waffe untergeschoben habe. Ich wusste nicht, wie ich da anders rauskommen soll.«

»Weißt du, wie die Frau hieß?«

Samira schüttelte den Kopf.

»Und wie sah sie aus?«

»Mittelgroß. Schwarze Haare. Oder dunkelbraun. Ich weiß nicht mehr genau. Älter als Sie, jünger als meine Mutter.«

Wer auch immer die Frau war, sie hatte die Pistole besessen, mit der auf Rudolf Sattler geschossen worden war. Also hatte sie ihn entweder selbst getötet oder zumindest Kontakt zu seinem Mörder gehabt. »Steh auf und hol deine Sachen. Wir fahren ins Präsidium. Ich will, dass du dir ein paar Fotos ansiehst.«

Samira verschwand kurz in der Wohnung und kam mit einer rosafarbenen Umhängetasche zurück, auf der ein Katzengesicht aus Strass abgebildet war. Das erinnerte Lammers daran, dass sie noch ein halbes Kind war. Trotzdem achtete sie auf dem Weg zum Auto darauf, dicht an Samiras Seite zu bleiben, schließlich hatte sie sich schon einmal aus dem Staub gemacht. Aber Samira zog nur ihre Kopfhörer aus der Tasche, setzte sie auf und trottete neben ihnen her, als ginge sie das alles nichts mehr an. Im Auto fläzte sie sich quer über die Rückbank.

»Füße runter«, sagte Hanna in ungewohnt scharfem Ton vom Beifahrersitz aus.

Ohne sie anzusehen, ließ Samira ihre schwarzen Stiefel vom Sitz rutschen. Hanna drehte sich um und wischte mit hektischen Handbewegungen über das Polster, bis das letzte Staubkorn verschwunden war. Dann sah sie Lammers an. »Tut mir leid«, sagte sie. »Ich bin in manchen Sachen ein bisschen komisch.«

Lammers schnaubte. »Das ist mir auch schon aufgefallen.« Dann hatte sie das Gefühl, etwas klarstellen zu müssen. »Tut mir leid, wenn ich so abweisend zu dir war. Ich bin halt nicht wie Ben, der sich gleich in jede verknallt.«

Die Röte breitete sich über Hannas Gesicht aus wie der Schatten einer Wolke. »Ach Ben«, sagte sie. »Der ist echt süß. Wie ein Welpe.«

»Vielleicht sollte ihn jemand adoptieren.«

»Genau. In liebevolle Hände abzugeben.«

Lammers war verblüfft, dass die Neue tatsächlich Humor hatte. Und sie nahm sich vor, sie von jetzt an nicht mehr »die Neue« zu nennen.

31

Nachdem Kant mit Frida einen neuen Badeanzug gekauft hatte – nachhaltig produziert und fair gehandelt –, hatte er sie nach Hause gebracht und zwei Tiefkühlpizzen mit Spinat in den Ofen geschoben. Sie aßen auf dem Sofa und sahen sich dabei eine Dokumentation über das Schmelzen der Polkappen an. Nach ihrem aufwühlenden Erlebnis war Frida ruhig und anhänglich. Schon in der Mitte des Films rutschte ihr Kopf an seine Schulter, und ihr Atem wurde zu einem ruhigen Strom an seinem Ohr. Er wartete, bis er sicher sein konnte, dass sie schlief, legte sie vorsichtig auf das Sofa und deckte sie mit einem Laken zu. Eine Weile betrachtete er ihr Gesicht. Im Schlaf schlich sich ein kaum merkliches Lächeln auf ihre Lippen. Sie wirkte so zufrieden wie schon lang nicht mehr.

Leise verließ er die Wohnung und fuhr durch die hereinbrechende Dämmerung zum Präsidium. Auf den Gängen war es still, und nur in wenigen Büros brannte noch Licht. Manchmal beneidete Kant die Kollegen, die ihren Job nach Dienstschluss ablegen konnten wie ein Schauspieler sein Kostüm. Sie konnten die warmen Sommerabende, von denen es im Leben nicht allzu viele gab, mit ihren Familien oder Freunden beim Grillen auf der Terrasse ausklingen lassen. Oder mit einer Flasche Wein im Englischen Garten. Wo sie einen schönen Blick auf den leuchtend grünen Eisbach hätten.

Kant musste lächeln. Er wusste, dass er ein ernstes Wort mit Frida hätte reden sollen. Sie würde eine Anzeige wegen Gewässerverunreinigung oder Ähnlichem bekommen, und eventuell wäre auch eine Geldstrafe fällig. Vielleicht musste sie auch anteilig für die Kosten des Einsatzes aufkommen, wie Mühlbauer angedeutet hatte. Einige Kollegen würden sich vor Lachen auf die Schenkel klopfen, wenn er sein Polizistengehalt gleich wieder an die Staatskasse überweisen konnte. Aber das alles war ihm egal. Wenn er tief in sich hineinhorchte, empfand er nichts als Stolz.

Aus dem fensterlosen Büro, das Ivica zugeteilt worden war, fiel ein bläulicher Schein auf den Gang. Kant klopfte an den Türrahmen und trat ein. Ivica saß noch genauso da wie am Morgen. Er drehte sich mit dem Schreibtischstuhl um und nickte ihm zu, bevor er den Blick wieder auf das computergenerierte Schachbrett richtete.

Kant zog sich einen zweiten Stuhl heran und sah ihm eine Weile beim Spielen zu. »Wie läuft's denn so?«, fragte er.

»Schlecht.« Ivica nestelte an dem kleinen silbernen Kreuz herum, das er um den Hals trug. Am Rücken hatte sich ein Schweißfleck auf seinem unvermeidlichen Jogginganzug gebildet. »Zu viele Kids. Die haben das Spielen am Computer gelernt. Sie sind schnell und gnadenlos wie Maschinen. Ehrlich gesagt, sehne ich mich jetzt schon zurück in den Park.«

»Hast du schon einen passenden Kandidaten gefunden?«

Ivica setzte seinen Gegner mit drei schnellen Zügen matt und schloss das Brett. »Der hier ist es garantiert nicht. Aber ich habe dir drei Usernamen aufgeschrieben. Alle würden von der Spielstärke und dem Stil zu Jakob passen.« Er sah auf den Block auf dem Schreibtisch. »Hier. Blue Bishop. Turm1234. Luisechess. Scheint allerdings eine Frau ...«

»Luise?«, unterbrach ihn Kant. »Wenn mich nicht alles täuscht, hieß Jakobs Mutter so. Sie ist vor einem halben Jahr gestorben.«

Ivica klickte auf dem Monitor herum. »Der Account wurde erst vor fünf Monaten angelegt. Vielleicht hat er vorher unter anderem Namen gespielt.«

Kant stand auf. »Gute Arbeit, danke. Mach Feierabend. Ich melde mich bei dir.«

»Hm. Wenn du nichts dagegen hast, würde ich doch noch ein paar Partien spielen. Mein Rating ist erbärmlich. Das kann ich nicht auf mir sitzen lassen.«

Kant war schon halb aus der Tür. »Wie du meinst. Wir sehen uns.«

Er ging in sein Büro. Jemand musste die IP-Adresse von Luisechess herausfinden und versuchen, sie mit einer physischen Adresse zu verknüpfen. Als er nach dem Telefon greifen wollte, sah er den Ausdruck auf seinem Schreibtisch. Die Auswertung von Stefan Hollers Handy. Das war ausnahmsweise schnell gegangen.

In Hollers Telefon befand sich eine Prepaidkarte. Nur eine einzige Nummer war in den Kontakten verzeichnet, und sämtliche auf dem Gerät gespeicherten SMS stammten vom selben Absender, einer anonymen SIM-Karte, wie man sie problemlos im Internet erwerben konnte. Sie bestanden lediglich aus einem Datum und einer Uhrzeit. Die erste Nachricht war knapp zwei Jahre alt. Kant verglich die Daten mit den Bargeldeinzahlungen auf Hollers Konto. Der Zusammenhang war offensichtlich: Zwischen den SMS und den Einzahlungen lagen nie mehr als drei Tage.

Stefan Holler war von seinem Bruder benachrichtigt worden, sobald ein neuer Geldbetrag für ihn bereitlag. Am Grab seiner

Mutter, wie er bei der Vernehmung durch Lammers schon eingeräumt hatte.

In dem gesamten Zeitraum war nur eine einzige Nachricht von Stefan an Jakob gesendet worden. Gestern Abend um 22:34 Uhr. Um den Zeitpunkt seiner Ermordung herum. *Muss untertauchen. Brauche den Rest meines Anteils. An Luisas Grab. Sofort!!!*

Die Antwort hatte nicht lang auf sich warten lassen. Es war die letzte SMS, die auf Stefan Hollers geheimer Nummer eingegangen war. *Morgen, 8 Uhr. Sei vorsichtig.*

Kant ließ den Ausdruck auf den Schreibtisch sinken und lehnte sich auf seinem Stuhl zurück. Dann hob er ihn wieder auf und las ihn noch einmal. *An Luisas Grab.* Das war gleich in mehrfacher Hinsicht merkwürdig. Ihre Mutter hieß nicht Luisa, sondern Luise. Und selbst wenn die beiden sie aus irgendwelchen Gründen so genannt hatten, warum erwähnte Stefan Holler überhaupt den Übergabeort? Jakob wusste doch, wohin er das Geld bringen sollte. Kant fiel nur eine logische Erklärung ein. Stefan war gezwungen worden, Kontakt zu Jakob aufzunehmen und hatte absichtlich einen Fehler eingebaut, um seinen Bruder zu warnen. Hatte er die SMS getippt, während er mit einer Kugel im Bauch auf der Hantelbank lag?

Jedenfalls musste der Mörder von der Million gewusst haben, um die die Brüder Felix Groß betrogen hatten, und hatte sie sich auf diesem Weg unter den Nagel reißen wollen. Wahrscheinlich war er heute Morgen am Grab gewesen, um sich Stefans Anteil abzuholen. Oder er war schon früher gekommen, um Jakob dort aufzulauern und ihn zur Herausgabe der gesamten Beute zu zwingen.

Wenn Letzteres zutrifft, dachte Kant, hat Jakob vermutlich seine letzte Partie gespielt. Es sei denn, er hatte den Fehler in der SMS bemerkt und den richtigen Schluss daraus gezogen.

Kant griff zum Telefon. Hanna Weiß nahm nach dem zweiten Klingeln ab. Offenbar war er nicht der Einzige, der den Abend nicht mit Freunden im Biergarten verbrachte. »Tut mir leid, dass ich dich so spät noch stören muss«, sagte er, »aber ich brauche deine Hilfe.«

Er erklärte ihr, dass er so schnell wie möglich wissen musste, wer sich hinter dem Benutzernamen Luisechess verbarg, und Hanna versprach, ihr Bestes zu geben.

Kaum hatte er aufgelegt, klopfte es leise an der Tür. Kant hatte erwartet, dass Ivica kam, um sich zu verabschieden, aber stattdessen trat Rademacher in sein Büro. Er blieb vor seinem Schreibtisch stehen und schabte mit der Schuhspitze an einem kleinen Schmutzfleck im Teppich herum. Kant fiel auf, wie eingefallen und blass sein Kollege wirkte, aber vielleicht hatte das, was Frida ihm erzählt hatte, auch nur seine Wahrnehmung beeinflusst.

»Setz dich«, sagte er.

Rademacher zog umständlich einen Stuhl heran und ließ sich nieder. »Ich habe bis gerade die Anwohner befragt. Es ist frustrierend. Keiner hat was gesehen oder gehört. Beziehungsweise, die Nachbarn sind schon so an den Lärm und das ständige Kommen und Gehen gewöhnt, dass niemandem was aufgefallen ist.«

»Mh«, sagte Kant.

»Stefan Holler hat wohl oft noch spätabends trainiert, nachdem seine Schüler gegangen sind. Jeder konnte durch die Tür in den Keller spazieren und ihn erschießen. Ein Schuss aus einer schallgedämpften Waffe wäre sicher niemandem aufgefallen.«

Kant beschloss, ausnahmsweise das Rauchverbot zu ignorieren, und drehte sich eine Zigarette. »Bist du extra noch mal reingekommen, um mir das zu sagen?«

Rademacher zögerte einen Augenblick. »Ich habe von der Geschichte mit Frida gehört«, sagte er dann. »Tut mir leid, das Ganze. Außerdem hat Leonie da wohl was falsch verstanden.«

Kant winkte ab. »Vergiss es. Das ist jetzt nicht mehr wichtig.«

»Ja. Ist gut.«

»Ich weiß Bescheid, Anton.«

Rademacher nickte langsam, als er zu begreifen begann, wovon Kant sprach.

»Es tut mir wirklich leid.«

»Mir auch. Ich wollte es dir schon lange sagen, aber irgendwie...« Rademacher schluckte. »Ich denke die ganze Zeit, dass ich irgendwann aufwache und der Albtraum vorbei ist. Und je mehr man drüber redet, desto realer wird es.«

»Wie schlimm ist es?«

»Die Ärzte sagen, die Chancen stehen gut. Sie müssen nur ein Stück Darm rausschneiden und alles wieder zusammentackern. Aber wenn die so einen Optimismus verbreiten, bin ich prinzipiell misstrauisch.« Er sah Kant in die Augen. »Ich habe eine Scheißangst.«

»Wann ist es so weit?«, fragte Kant.

Rademacher kniff die Lippen zusammen. »Morgen soll ich ins Krankenhaus, übermorgen wäre die Operation. Aber ich habe schon überlegt, es zu verschieben. Bis der Fall abgeschlossen ist.«

»Kommt nicht infrage«, sagte Kant.

»Das hat Mareike auch gesagt.«

Kant stand auf. »Wir brauchen dich noch. Deshalb legst du dich morgen schön für ein paar Wochen ins Krankenhaus. Und danach gehst du Karpfen angeln, bis du wieder ganz gesund bist.«

»Ich hasse Karpfen. Die erinnern mich immer so an mein Spiegelbild.«

Immerhin, dachte Kant, hat er seinen Humor noch nicht ganz verloren. »Komm, ich fahr dich nach Hause.«
»Ich kann sehr gut selber fahren.«
»Keine Widerrede.«
»Und mein Auto? Soll ich das etwa hier stehen lassen?«
»Mit deinem Auto. Ich habe eh noch bei dir in der Gegend zu tun. Danach nehme ich mir ein Taxi. Auf Staatskosten, versteht sich.«
Er hielt es für besser, ihm zu verschweigen, dass er sich noch an Luise Hollers Grab umsehen wollte. Sonst wäre Rademacher aus Trotz womöglich noch mitgekommen. Und um Friedhöfe sollte Rademacher in nächster Zeit besser einen großen Bogen machen.

32

Ein Tag, an dem die Morgenbesprechung ausfällt, dachte Dörfner, kann so schlecht nicht werden. Hanna Weiß wirkte übernächtigt und hob kaum den Blick vom Monitor, als er den Kopf durch die Tür streckte. Kant rauschte auf dem Gang an ihm vorbei und sagte nur, sie wüssten ja, was sie zu tun hätten. Rademacher ließ sich überhaupt nicht blicken. Vielleicht saß er schon unten im Auto und wartete auf Kant, der geradezu besessen davon schien, diesen Schachspieler zu finden.

Das traf sich gut, dann konnten Lammers und er in der Zwischenzeit die beiden Morde aufklären.

Die kleine Boxerin, die Hanna und Petra gestern ins Präsidium geschleppt hatten, hatte nicht lang gebraucht, um auf den Fotos die Frau wiederzuerkennen, von der sie die Pistole bekommen hatte. Die Waffe, mit der Rudolf Sattler in die Brust geschossen worden war.

Dörfner fand Lammers in der Kaffeeküche. Als sie ihn kommen sah, goss sie den letzten Schluck aus ihrer Tasse in den Ausguss. »Fahren wir«, sagte sie. »Ich habe mich noch nie so auf einen Besuch beim Makler gefreut wie heute.«

Eine Viertelstunde später parkten sie vor der Glasfassade des Bürogebäudes. Das Empfangspult wurde von einer Traube Wohnungssuchender belagert, und Lars teilte gerade mit wichtiger Miene Formulare aus. Er versuchte, Dörfner und Lammers aufzuhalten, aber sie ignorierten ihn und gingen an zwei besetzten

Schreibtischen vorbei in den hinteren Bereich, wo Sonja Bruckmayr mit ihrem Plastiklächeln und dem künstlichen Erdbeerduft einem mittelalten Paar ein Exposé zeigte. Dörfner fiel auf, dass der Mann sich mehr für ihre Brüste interessierte als für die Vorzüge von Parkettboden und Dreifachverglasung.

Als Bruckmayr die Polizisten wiedererkannte, verrutschte ihr Lächeln einen Moment lang. Dörfner war sich sicher, dass sie wusste, warum sie kamen. Bruckmayr brauchte nur eine Sekunde, um sich wieder zu fangen. Das Paar wurde mit Verweis auf dringende Termine auf nächste Woche vertröstet, und sie bat Dörfner und Lammers in ein fensterloses Hinterzimmer, in dem eine Espressomaschine zischte und der Geruch von kaltem Rauch in der Luft hing. Kaum hatte sie die Tür hinter sich zugezogen, schien sie ihre guten Manieren zu vergessen. Sie ließ sich auf einen der Plastikstühle fallen, ohne ihnen einen Platz anzubieten, und kramte eine Schachtel Davidoff Gold aus der Handtasche. Lammers rümpfte die Nase, als Bruckmayr sich eine der langen dünnen Zigaretten anzündete und mit unverhohlener Gier den Rauch einsog.

»Sagt Ihnen der Name Samira Müller etwas?«, fragte Dörfner ohne Einleitung.

Bruckmayr sah zwischen ihnen hindurch auf die nackte Wand. »Das war dumm von mir. Ich hätte mir denken können, dass die kleine Schlampe keine drei Tage den Mund halten kann.«

Dörfner war überrascht, wie schnell sie aus der Rolle fiel. Als hätte sie es kaum erwarten können, die Maske abzulegen und ihr wahres Gesicht zu zeigen. Ihre Stimme klang mit einem Mal so gefühllos, dass sich seine Nackenhaare aufstellten.

»Wollen Sie uns erklären, wo Sie die Pistole herhaben?«, fragte Lammers.

»Sie haben immer noch keine Ahnung, oder?« Bruckmayr drückte ihre halb gerauchte Zigarette in dem überquellenden Aschenbecher aus. »Wenn Sie Ihre Arbeit gemacht hätten, könnte ich jetzt mit der netten Grundschullehrerin und ihrem notgeilen Mann ein bisschen durch die Stadt fahren.« Sie lachte bitter. »Jetzt ist alles im Arsch. Weil Felix zu blöd ist, seinen Kram zu regeln.«

»Wie sind Sie an die Pistole gekommen?«, wiederholte Lammers.

»Ganz einfach. Ich bin in den Perlacher Forst gefahren und habe sie ausgegraben. Da, wo ich sie vor drei Jahren versteckt habe.«

»Nachdem Sie Rudolf Sattler in seinem Büro erschossen hatten«, sagte Dörfner.

»Schwachsinn. Ich habe niemanden erschossen. Holler hat Sattler getötet. Weil er Angst hatte, dass er den Mund aufmacht.«

»Und warum sollen wir das glauben?«, fragte Lammers.

»Dafür gibt es genau eine Million Gründe.«

»Es gibt auch eine Million Gründe, Sie festzunehmen«, sagte Lammers. »Es sei denn, Sie überzeugen mich vom Gegenteil.«

»Sattler und Mahler haben Felix mit dem Fabrikgelände betrogen. Mahler hat den Großteil des Gelds zurückgegeben, als Felix ihn unter Druck gesetzt hat. Aber Sattler war mit der restlichen Million verschwunden. Deshalb ist Felix mit Stefan Holler immer wieder an seinem Büro vorbeigefahren. Eines Morgens brannte da Licht, und die beiden sind reingegangen und haben ihn gefunden. Felix meinte hinterher, er hätte nur Unsinn geplappert. Er hat ihm ins Knie geschossen, damit er ihnen sagt, wo das restliche Geld ist. Danach hat Holler ihn getötet. Aus Versehen, hat er behauptet. Angeblich wollte er ihm nur in die Schulter schießen. Damals habe ich ihm noch geglaubt.« Sie zündete sich eine neue Zigarette an und nahm ein paar Züge.

»Felix war in Panik. Er kam zu mir gerannt und hat mich gefragt, was er machen soll. Wie ein kleiner Junge. Ich habe ihm gesagt, er soll die Leiche wegschaffen. Dann habe ich die Pistolen im Wald vergraben. Als Rückversicherung sozusagen, falls mir einer der beiden mal in die Quere kommt.«

Bisher hatte sie nicht erkennen lassen, dass sie über Stefan Hollers Tod Bescheid wusste. Dörfner beschloss, die Information noch einen Moment zurückzuhalten. »Und wieso haben Sie Holler die Pistole jetzt untergeschoben?«

Bruckmayr sah ihn mit ihren dunklen Augen an. Dörfner hatte das Gefühl, eine Spur von Spott darin zu erkennen.

»Das ist Ihre Schuld«, sagte sie. »Als Sie mir vor einer Woche das Foto von Jakob Holler gezeigt haben, wurde mir erst klar, was damals wirklich ablief. Ich kannte das Gesicht auf dem Foto. Aber für mich hieß der Mann Rudolf Sattler und war seit drei Jahren tot. Erst da habe ich begriffen, dass Jakob Holler sich als Rudolf Sattler ausgegeben hat. Und dass Stefan uns zusammen mit seinem Bruder betrogen hat.«

Es war ein bisschen so wie in dem populärwissenschaftlichen Buch über Quantenmechanik, das er vor ein paar Jahren von einem Bekannten zum Geburtstag bekommen und etwa zu einem Viertel gelesen und einem Zehntel verstanden hatte: Der Beobachter veränderte das Beobachtete. Das würde Kant gefallen, dachte Dörfner.

»Als Felix Groß dann mit Stefan zu dem angeblichen Investor gefahren ist«, fuhr Bruckmayr fort, »war anscheinend der echte Rudolf Sattler in dem Büro. Ich weiß bis heute nicht, was er da gemacht hat. Aber Stefan musste ihn zum Schweigen bringen, bevor er Felix erzählte, dass sein Bruder hinter allem steckte.«

Dörfner wusste, dass Sattler in das Büro eingestiegen war, um sich neues Geld von Jakob Holler zu beschaffen, nachdem er bestohlen worden war. Bis hierhin deckte sich ihre Geschichte also durchaus mit den Ermittlungsergebnissen.

»Sie wollten sich also an Stefan rächen«, sagte Lammers. »Deshalb haben Sie Samira die Mordwaffe in seinem Schreibtisch platzieren lassen.«

»Sagen wir, ich wollte der Polizei helfen, den Mörder zu finden«, entgegnete Bruckmayr.

»Und als wir Holler wieder freilassen mussten, haben Sie selbst für Gerechtigkeit gesorgt«, sagte Dörfner.

»Was soll das heißen?«

»Wo waren Sie vorgestern zwischen 21:30 und 1:00 Uhr?«

Bruckmayr musste nicht lang nachdenken. »Da war unser Sommerfest. Hier im Hof. Ich war bis halb zwei mit Aufräumen beschäftigt. Mein Chef war dabei und unser Praktikant auch. Was ist passiert?«

»Jemand hat Holler in seinem Boxstudio erschossen«, sagte Lammers.

Dörfner beobachtete Bruckmayrs Reaktion. Sie wirkte überrascht. Natürlich konnte das in ihrem Fall genauso gut gespielt sein. Aber warum sollte sie sich ein Alibi ausdenken, das sich so leicht widerlegen ließ? Nein, dachte Dörfner ein wenig enttäuscht, sie ist ein kaltherziges manipulatives Miststück, aber sie hat Stefan Holler nicht ermordet. »Haben Sie Felix Groß von Ihrem Verdacht gegenüber Stefan Holler erzählt?«, fragte er.

»Verdacht? Das ist eine Tatsache. Und mit Felix rede ich schon lange nicht mehr. Der Idiot hat mir nur Unglück gebracht.«

»Gehen wir«, sagte Lammers.

»Wohin?«, fragte Bruckmayr. »Ich habe Ihnen alles erzählt, wollen Sie mich jetzt trotzdem verhaften?«

»Noch nicht. Zuerst fahren wir in den Perlacher Forst, und Sie zeigen uns, wo Sie angeblich die Waffen versteckt hatten.«

33

Kant hatte einen Namen.

Die Betreiber der Schachwebsite hatten sich kooperativ gezeigt und Hanna Weiß die IP-Adresse gegeben, unter der Luisechess spielte. In aller Früh hatte Hanna den Staatsanwalt kontaktiert, und Oldenburg hatte ihnen einen richterlichen Beschluss verschafft, der den Provider verpflichtete, Namen und Anschrift des Internetnutzers herauszugeben.

Manuel Huber. Wohnhaft in der Säbener Straße in München-Harlaching. Laut Melderegister 1989 in Dachau geboren. Katholisch. Keine Einträge in den Datenbanken der Polizei.

Es wäre nicht das erste Mal, dass Jakob Holler sich eine falsche Identität verschafft hatte, aber es konnte sich auch um einen anderen talentierten Schachspieler handeln, der irgendeine Verbindung zu dem Namen Luise hatte und zufällig einen ähnlichen Stil pflegte. Es gab nur eine Möglichkeit, es herauszufinden.

Während Kant nach Harlaching fuhr, dachte er an die letzte Nacht zurück. Er hatte Rademacher zu Hause abgesetzt und war zu Fuß zum Friedhof gegangen. Das schmiedeeiserne Tor in der Backsteinmauer war verschlossen gewesen. Unter normalen Umständen hätte er am nächsten Morgen die Friedhofsverwaltung kontaktiert und sich Luise Hollers Grab zeigen lassen, aber nach dem Mord an Stefan Holler hatten sie keine Zeit zu verlieren. Es bestand die Gefahr, dass Jakob das nächste Opfer sein würde.

Kant kletterte über das Tor und suchte die Gräberreihen systematisch mit der Taschenlampe ab. Nach zwanzig Minuten entdeckte er Luises Grabstein unter den überhängenden Ästen einer Linde. Eine niedrige Hecke umgab das Rechteck aus Kies. Unmittelbar vor dem Stein stand eine Vase mit einem Blumenstrauß. Im Schein der Lampe wirkten die Lilien blass, aber ihre Köpfe standen aufrecht. Sie konnten noch nicht lang dort sein. Hatte Jakob den Strauß gebracht, als er das Geld für seinen Bruder deponierte? War er überhaupt hier gewesen, oder hatte er das Täuschungsmanöver durchschaut?

Kant suchte im Gras nach Fußabdrücken, aber die Hitze der letzten Wochen hatte den Lehmboden steinhart gebacken. Irgendwo in der Nähe musste es ein geeignetes Versteck geben, in dem Jakob regelmäßig die Geldbeträge für Stefan hinterlegt hatte. Kant sah hinter den Grabstein. Er ging in die Hocke und leuchtete unter die Hecke. Er streifte Handschuhe über und grub mit den Fingern im Kies. Nach wenigen Zentimetern stieß er auf undurchdringlichen Boden. Er zog die Blumen aus der Vase und leuchtete in die Öffnung. Nichts. Die Vase stand auf einer in den Kies eingelassenen Marmorplatte. Er stellte das Gefäß zur Seite und bohrte zwei Finger unter die Platte. Sie ließ sich leicht anheben.

In dem quadratischen Loch darunter war genug Platz, um etwas von der Größe eines Schuhkartons zu deponieren. Jetzt war es leer. Bis auf ein gelb-weißes Papierknäuel in der Ecke. Kant nahm es heraus, klemmte die Taschenlampe zwischen die Zähne und faltete es auseinander, bis er die Aufschrift lesen konnte. Es war eine Tüte aus einer Bäckerei mit dem schönen Namen Goldstück.

Kant verpackte die Tüte in einem durchsichtigen Plastikbeutel, legte die Marmorplatte über das Loch und stellte die Vase zurück. Morgen würde die Spurensicherung sich die Grabstelle noch einmal in aller Ruhe vornehmen müssen.

Jetzt, gerade einmal zehn Stunden später, trat er so abrupt auf die Bremse, dass der Lieferwagen hinter ihm beinahe gegen seine Stoßstange prallte. Er hatte gerade in die Säbener Straße einbiegen wollen, als er den Schriftzug über dem Schaufenster eines zweistöckigen Neubaus wiedererkannte. Bäckerei Goldstück. Hatte Jakob das Geld in einer Tüte aus der Bäckerei verpackt, in der er sich morgens seine Semmeln holte? Ein solcher Leichtsinn passte nicht zu seinem Charakter, andererseits war niemand vor dummen Fehlern gefeit.

Kant hob entschuldigend die Hand und bog nach links ab. Langsam rollte er die schnurgerade Straße entlang. Dürre Fichten ragten zu beiden Seiten in den Himmel auf, an dem sich zum ersten Mal seit Wochen Wolken ballten. Wohnblöcke, die sich nur durch die Farbe ihrer Balkonbrüstungen unterschieden, gingen rechtwinklig von der Straße ab. Die wenigen Autos, die am Straßenrand parkten, machten einen bescheidenen Eindruck. Auf den weitläufigen Rasenflächen zwischen den Häusern zog ein Mann in blauem Kittel mit seinem Aufsitzmäher schnurgerade Bahnen, sonst war kein Mensch auf der Straße zu sehen. Kein schlechter Ort, um ein unauffälliges Leben zu führen, dachte Kant.

Er suchte die richtige Hausnummer, parkte und folgte dem Gehweg an der Mauer des ockerfarbenen Blocks. Am dritten Eingang sah er aufs Klingelbrett. M. Huber. Im zweiten Stock. Er trat einen Schritt zurück und sah zu den Fenstern auf. Rollos versperrten ihm den Blick.

Über den trockenen Rasen ging er zu dem Hausmeister und zeigte ihm seinen Ausweis. Der Mann stieg vom Rasenmäher, nahm seine Ohrenschützer ab und sah ihn verwundert an.

»Kennen Sie den Herrn Huber aus dem zweiten Stock?«, fragte Kant.

»Natürlich. Der wohnt schon seit fast zehn Jahren hier. Hat er seine Strafzettel nicht bezahlt? Der Mann fährt wie ein Irrer.«

Zehn Jahre? Kant hatte Mühe, seine Enttäuschung zu verbergen. Trotz aller Skepsis hatte er sich innerlich darauf eingestellt, gleich Jakob Holler ins Gesicht zu sehen. »Sind Sie sicher, dass er schon so lange hier wohnt?«

Der Hausmeister wischte sich mit dem Unterarm den Schweiß aus dem Gesicht und sah zum Himmel auf. »Verdammt, wochenlang wartet man auf Regen, und sobald man den Mäher rausholt, zieht ein Gewitter auf.« Er setzte seine Ohrenschützer wieder auf. »Fragen Sie ihn doch persönlich, wenn Sie mir nicht glauben. Er geht gerade zu seinem Behindertenparkplatz.«

Kant drehte sich um. Er sah einen Mann, der auf einen Stock gestützt zur Straße humpelte. Mit ein paar schnellen Schritten hatte er ihn eingeholt. »Herr Huber?«

Der Mann wandte sich um und blickte ihn durch eine zentimeterdicke Brille an. Er war im richtigen Alter, hatte aber ansonsten keinerlei Ähnlichkeit mit Jakob Holler.

»Ja?«

Kant stellte sich vor und erklärte ihm, dass sein Internetanschluss im Zusammenhang mit einer Vermisstensuche aufgetaucht war. »Spielen Sie im Internet Schach?«

»Nein.« Huber stützte sich schwer auf seinen Stock. »Ich spiele eigentlich nur Grand Theft Auto.«

»Wohnen Sie allein?«

»Nur ich und meine Katze.«

»Hat sonst jemand Zugang zu Ihrem Internetanschluss?«

»Außer der Katze? Nein.« Huber sah zu den Fenstern im zweiten Stock auf. »Wobei, damals, als mein Nachbar eingezogen ist, hat er mich gefragt, ob er sich mal kurz bei mir einloggen kann, weil er noch keinen Anschluss hat. Meinen Sie etwa …«

»Wann war das?«

»Im Winter. Vor zwei oder drei Jahren.«

Kant zog das Foto von Jakob Holler hervor. »Dieser Mann?«

Huber betrachtete es eine Weile. »Ehrlich gesagt, bin ich nicht sicher. Ich bin ihm danach überhaupt nur ein paarmal im Hausflur begegnet. Er lebt anscheinend ziemlich zurückgezogen. Man hört und sieht nichts von ihm. Manchmal habe ich mich schon gefragt, ob er überhaupt noch da wohnt.«

»Vielen Dank«, sagte Kant. »Sie haben mir sehr geholfen.«

Er ließ Huber stehen und stellte sich dem Hausmeister in den Weg, der wieder begonnen hatte, seine Bahnen über den Rasen zu ziehen. Mit mürrischer Miene stieg der Mann ein zweites Mal von seinem Mäher. »Was denn jetzt noch?«

»Schließen Sie mir bitte die Tür auf.«

Mit hängenden Schultern schlurfte der Hausmeister zum Eingang und öffnete ihm. »Haben Sie auch einen Schlüssel für die Wohnungstüren?«, fragte Kant.

»Im Prinzip ja.«

»Für die Wohnung neben Herrn Huber?«

Der Hausmeister schüttelte den Kopf. »Für die gerade nicht. Der Herr Krichel hat nämlich das Schloss austauschen lassen, nachdem es angeblich einen Einbruchsversuch gegeben hat. So was ist hier in meiner ganzen Dienstzeit nicht vorgekommen. Eigentlich sollte er mir einen Zweitschlüssel geben. Hat er aber bis heute nicht.«

»Okay«, sagte Kant. »Danke.«

»Was wollen Sie denn von dem?«

Kant trat in das Halbdunkel des Hausflurs. »Gehen Sie weitermähen, bevor es noch anfängt zu regnen.«

Er fing die zuschwingende Tür auf und ließ sie sanft einrasten. Einen Moment lang überlegte er, ob er Verstärkung rufen sollte, aber dann beschloss er, erst einmal allein mit Herrn Krichel zu reden, falls er ihn antraf. Sollte Jakob Holler sich unter diesem Namen dort versteckt halten, ging von ihm vermutlich keine Gefahr aus. Nach allem, was Kant in den letzten Tagen über ihn herausgefunden hatte, vertraute er eher auf seine geistigen Fähigkeiten. Durch Gewalttätigkeit war er bisher nicht aufgefallen.

Leise stieg Kant die Treppe in den zweiten Stock hinauf. Der Flur war weder schmutzig noch sauber. Es gab keine Blumen auf den Fensterbänken, aber die hellgrünen Wände hätten einen neuen Anstrich gebrauchen können. Das Haus strahlte eine Normalität aus, die in München schon beinahe exotisch geworden war.

Vier Türen gingen vom Flur ab. Die erste führte in Hubers Wohnung, die zweite in Krichels. Keine Fußmatte, keine Schuhe vor der Tür, nur ein kleines gedrucktes Schild an der Klingel. Kant legte das Ohr an das furnierte Holz.

Stille.

Irgendwo weiter oben weinte ein Kind, sonst war im ganzen Haus kein Geräusch zu hören. Als Kant auf die Klingel drückte, hallte das Schrillen unnatürlich laut durch den Flur. Niemand öffnete.

Kant sah sich das neue Schloss an, das Krichel nach seinem Einzug hatte einbauen lassen. Der silberne Knauf glänzte heller als die der benachbarten Türen. Auf Höhe des Schließzylinders befanden sich Kerben im Rahmen, als hätte dort jemand einen Schraubenzieher ins Holz gerammt. Kant fragte sich, ob es sich um Spuren des Einbruchversuchs handelte, von dem der Hausmeister berichtet hatte.

Er bückte sich und strich mit der Hand unterhalb des Schlosses über die Bodenfliesen. Feine Lack- und Holzsplitter blieben an seinen Fingerkuppen haften. Wenn man davon ausging, dass der Flur einmal in der Woche gewischt wurde, konnten die Beschädigungen nur ein paar Tage alt sein.

Kant zog seine Bibliothekskarte aus dem Portemonnaie. Als Frida gerade frisch bei ihm eingezogen war und sie sich noch einen Schlüssel hatten teilen müssen, hatte er reichlich Gelegenheit gehabt, an seiner eigenen Tür zu üben. Er war überrascht gewesen, wie einfach es ging. Allerdings wunderte sich die nette Frau von der Stadtteilbibliothek, dass er ständig neue Karten brauchte, weil der Magnetstreifen beschädigt war.

Er schob die Karte in den Spalt zwischen Tür und Rahmen und führte sie mit sanftem Druck nach unten. Beim zweiten Versuch sprang die Tür nahezu geräuschlos auf.

Aus dem leeren Wohnungsflur strömte ihm eine Welle warmer Luft entgegen. Der Hauch von Rasierwasser, den sie mit sich brachte, weckte bei Kant eine Assoziation, die er nicht sofort einordnen konnte.

Langsam ging er über den Linoleumboden. An der Wand hing an einem Nagel eine Jeansjacke. Eine nackte Energiesparlampe baumelte von der Decke. Die Tür zum Schlafzimmer auf der rechten Seite stand offen. Kant warf einen Blick hinein. Ein schmales, ordentlich gemachtes Bett. Ein wackliger Kleiderschrank, kaum breiter als ein Spind im Schwimmbad. Keine Bilder an den Wänden, keine persönlichen Gegenstände.

Auf der linken Seite des Flurs gab es eine kleine Küche mit einem Tisch, einem Stuhl und Hängeschränken. Frisch gespültes Geschirr trocknete in einem Plastikgestell auf der Ablage. Auch hier sah es aus, als wäre der Bewohner nur zu Besuch und wollte möglichst wenig Spuren hinterlassen.

Kant ging weiter zum Wohnzimmer. Scharfe Lichtstreifen aus den Rollos zerschnitten den grauen Teppichboden. Durch ein gekipptes Fenster drang das Brummen des Rasenmähers. Das Zimmer hatte einen L-förmigen Grundriss, und als Kant um die Ecke bog, sah er einen niedrigen Glastisch, auf dem ein Schachspiel stand.

Auf dem Sofa dahinter saß ein Mann in dunkelblauem Anzug und richtete eine Pistole auf ihn.

34

Es roch nach Regen.

Während Dörfner mit dem Schlüssel, den sie sich zusammen mit einem Spaten bei der Forstverwaltung ausgeliehen hatten, die Schranke aufschloss, beobachtete Lammers im Rückspiegel Sonja Bruckmayr. Die Maklerin hatte jeden Versuch eingestellt, ihre liebenswürdige Fassade aufrechtzuerhalten. Es verblüffte Lammers, wie sehr sich auch ihre äußere Erscheinung verändert hatte. Zusammengesunken saß sie auf der Rückbank und sah mit leerem Blick aus dem Fenster. Ohne das künstliche Lächeln und die graziöse Haltung sah man ihr mit einem Mal an, dass sie die Vierzig schon überschritten hatte und nicht auf der Sonnenseite des Lebens geboren worden war. Lammers gefiel diese Demontage. Jetzt hatte sie einen richtigen Menschen vor sich, hart, rücksichtslos, aber immerhin authentisch. Damit konnte man arbeiten.

Gefolgt von einer Staubfahne fuhr Lammers mit hoher Geschwindigkeit über die Wege, die den Perlacher Forst in ordentliche Quadrate aufteilten. Eine entgegenkommende Frau wich mit ihrem Kinderwagen demonstrativ ins Unterholz aus. Ein Jogger, den sie überholten, bekam einen Hustenanfall und zeigte ihnen den Mittelfinger.

»Hier rechts«, sagte Bruckmayr mit tonloser Stimme.

Lammers bog in einen weiteren schnurgeraden Forstweg, der sich durch nichts von dem vorigen unterschied. Reihen von Fichten, zwischen denen kümmerliche Farne in der Hitze vertrockneten. Eine Monokultur, in der die Bäume bei jedem Sturm umknickten wie Streichhölzer. Nichts als Futter für den Borkenkäfer. Die Luft, die durch das offene Fenster wehte, war kaum kühler als in der Stadt.

»Links«, sagte Bruckmayr und kramte ihre Zigaretten aus der Handtasche.

»Hier wird nicht geraucht«, sagte Lammers.

Bruckmayr warf ihr über den Rückspiegel einen hasserfüllten Blick zu und steckte die Packung wieder ein. Lammers bemerkte aus dem Augenwinkel, dass Dörfner sich ein Grinsen nicht verkneifen konnte.

Nachdem sie noch drei- oder viermal abgebogen waren und Lammers schon das Gefühl hatte, dass Bruckmayr sie im Kreis herumführte, um Zeit zu gewinnen oder sich einfach nur über sie lustig zu machen, spürte sie einen Schlag gegen ihre Kopfstütze. »Anhalten«, sagte Bruckmayr.

Trockene Äste knackten, als Lammers mit zwei Rädern zwischen die Bäume fuhr. Authentizität ist eine schöne Sache, dachte sie, aber den Befehlston kann sie sich gleich wieder abgewöhnen.

Sie stiegen aus, und Lammers blickte sich um. Die Stelle sah aus wie jede andere auch, aber Bruckmayr schien sich ihrer Sache sicher. Sie marschierte mit ihren hohen Hacken ins Unterholz, als hätte sie Bergstiefel an. Dörfner holte den Spaten aus dem Kofferraum und schwang ihn sich über die Schulter. Gemeinsam folgten sie Bruckmayr in das Zwielicht zwischen den Bäumen.

Nach etwa hundert Metern erreichten sie eine kleine Lichtung, an deren Rand eine Vogelbeere wuchs. Bruckmayr maß zwei Schritte vom Stamm ab, bückte sich und wischte den

Teppich aus Fichtennadeln zur Seite. Dunkle lockere Erde kam zum Vorschein. Wenn Bruckmayr die Wahrheit sagte, hatte sie an dieser Stelle erst vor wenigen Tagen gegraben.

Die Maklerin sah Dörfner an, der durch die Baumkronen zu den Gewitterwolken aufblickte, die von Westen heranzogen. »Worauf warten Sie?«

Dörfner ließ den Blick über die mit Moos bedeckten Stämme schweifen. »Wie sind Sie ausgerechnet auf diese Stelle gekommen?«, fragte er.

»Normalerweise gehe ich nicht in den Wald. Ich meine, wir sind irgendwann von den Bäumen geklettert und haben uns Häuser gebaut, warum sollte man sich als erwachsener Mensch danach zurücksehnen? Aber damals, als Felix völlig verstört vor meiner Tür stand, ist mir die Lichtung wieder eingefallen. Ich bin hier in der Nähe aufgewachsen, und mein erster ›Freund‹ hat sie mir gezeigt. Hier habe ich meine Unschuld verloren«, sagte sie mit ironischem Unterton.

»Wie romantisch.«

»Ich war zwölf, er sechzehn. Zur Belohnung hat er mir eine Schachtel Marlboro gegeben.«

Dörfner musterte sie mit seinen klaren blauen Augen, als würde er sie zum ersten Mal sehen. Dann rammte er den Spaten tief in den Waldboden. Das durchdringende Geräusch ließ die Vögel in den Bäumen verstummen.

Schon nach wenigen Spatenstichen glänzte ein Schweißfilm auf Dörfners Unterarmen. Bruckmayr lehnte sich an einen Baum und beobachtete ihn mit gelangweiltem Gesichtsausdruck. Lammers zog ihr Handy aus der Tasche und machte ein paar Fotos von der Umgebung, um die Wartezeit zu überbrücken. Es dauerte nicht lang, bis sie hörte, wie der Spaten auf etwas Hartes prallte.

Das Loch war keinen halben Meter tief. Lammers sah zu, wie Dörfner sich Handschuhe überzog, in die Hocke ging und einen halb zerrissenen Müllsack aus der Erde hob. Sie schoss weitere Fotos, während er den Knoten löste und mit beiden Händen eine rostige Metallkassette heraushob. An der Vorderseite glitzerten die Rädchen eines kleinen Zahlenschlosses.

Dörfner zog probeweise an dem Griff am Deckel. Die Kassette klappte auf. Sie war leer.

Bruckmayr löste sich von ihrem Baum und starrte in das leere Fach. »Das kann nicht sein«, sagte sie.

»Wo ist die zweite Pistole?«, fragte Lammers.

»Ich weiß es nicht.«

»Sind Sie sicher, dass Sie nicht beide Waffen rausgenommen haben?«

Bruckmayr riss den Kopf herum. »Halten Sie mich für schwachsinnig?« Sie gab sich Mühe, wütend zu klingen, aber Lammers meinte, in ihrer Miene eine andere Emotion aufflackern zu sehen: Angst.

Dörfner hatte einen Pinsel aus seinem Rucksack geholt und befreite die Kassette von Erdresten. Mit einer Lupe untersuchte er das Schloss. Nach einer Weile schnalzte er mit der Zunge. »Sieht so aus, als wäre das Ding aufgebrochen worden.«

Eines steht fest, dachte Lammers, Bruckmayr hat nicht gewusst, dass die Kassette leer ist. Warum hätte sie uns erst anlügen und dann herführen sollen, wenn das, was wir finden, ihrer Geschichte widerspricht? Jemand hatte die Pistole, mit der man aller Wahrscheinlichkeit nach Rudolf Sattler ins Knie geschossen hatte, ohne Bruckmayrs Wissen ausgegraben. Und Lammers hätte einiges darauf gewettet, dass dieser Jemand die Waffe benutzt hatte, um Stefan Holler zu töten.

»Wusste Felix Groß von dem Versteck?«, fragte sie.

Bruckmayr schüttelte den Kopf. »Ich habe ihm nichts davon erzählt. Die Pistolen waren meine Lebensversicherung, falls jemand versucht, mir Sattlers Ermordung anzuhängen. Ich hatte sie extra in Folie verpackt, damit die Spuren erhalten bleiben.«

Ein Schatten schob sich über die Lichtung. Dörfner wischte sich mit dem Ärmel den Schweiß von der Stirn und legte den Kopf in den Nacken. Lammers folgte seinem Blick. Dunkle Wolken hatten sich über die Baumwipfel geschlichen. Es lag ein Knistern in der Luft wie unter einem Hochspannungsmast.

»Wenn Sie die Wahrheit sagen, muss jemand von dem Versteck gewusst haben«, sagte Lammers. »Oder wollen Sie mir erzählen, ein Pilzsucher hat die Kassette ausgegraben und das Loch wieder ordentlich zugeschaufelt?«

Bruckmayr verschränkte die Arme vor der Brust. »Ich glaube«, sagte sie, »ich möchte jetzt doch lieber mit einem Anwalt reden.«

»Gut«, entgegnete Lammers. »Über diese Möglichkeit wollte ich Sie gerade informieren. Sie sind nämlich vorläufig festgenommen. Wegen Verdachts auf Beihilfe zum Mord und Strafvereitelung.«

Wortlos wandte sich Bruckmayr ab und ging Richtung Auto.

»Wissen Sie was?«, sagte Lammers, während sie zu ihr aufschloss. »Wenn Sie Stefan Holler die andere Pistole untergeschoben hätten, dann hätten wir ihn wahrscheinlich nicht gehen lassen. Er würde jetzt in Haft sitzen und Sie in Ihrem schicken Büro.«

Bruckmayr blieb stehen. Ein Windstoß wehte ihr das Haar ins Gesicht. »Dann habe ich ja alles richtig gemacht. Irgendwann muss das Ganze doch vorbei sein.«

Dörfner griff nach ihrem Ellenbogen und schob sie weiter. Sie ließ es sich widerspruchslos gefallen. Lammers fragte sich, ob

Bruckmayr wirklich erleichtert war, dass die alte Geschichte sie nicht länger verfolgte, oder ob sie vor jemandem solche Angst hatte, dass sie das Gefängnis als kleineres Übel betrachtete.

Als sie Bruckmayr auf den Rücksitz verfrachteten, spürte Lammers den ersten Regentropfen auf ihrer Nasenspitze.

35

»So sieht man sich wieder«, sagte Kant und wich einen Schritt zurück, um sich hinter der Wand in Sicherheit zu bringen.

Der Schuss aus der schallgedämpften Pistole klang wie ein hart geschlagener Badmintonball. Kants rechtes Bein knickte ein. Erst als er mit dem Rücken auf den Boden prallte, spürte er den glühenden Schmerz im Oberschenkel. Reflexhaft griff er nach seinem Schulterholster, aber ein spitzer brauner Schuh nagelte seine Hand auf der Brust fest. Er konnte das Leder und die frische Politur riechen.

»Leider«, sagte Schwarzenberger mit gelassener Stimme, »unter äußerst ungünstigen Umständen.«

Der Notar richtete die Pistole mitten auf Kants Gesicht. Aus dieser Entfernung konnte er ihn unmöglich verfehlen.

»Töten Sie nicht wieder den falschen Mann«, sagte Kant.

Schwarzenberger zog die Dienstwaffe aus Kants Schulterholster und steckte sie sich in den Hosenbund »Sie meinen Rudolf Sattler? Ja, das war bedauerlich. Aber ich habe ihn nicht getötet. Ich dachte, das hätten Sie mittlerweile herausgefunden.«

Kant spürte, wie sich Wärme über seinen Oberschenkel ausbreitete. Er sah nach unten. Blut fraß sich in den grauen Teppichboden. Schwarzenberger brauchte ihn nicht zu erschießen. Wenn er ihn hier liegen ließ, hatte sich das in einer halben Stunde von selbst erledigt. »Gut«, brachte er hervor. »Dann können wir ja alle nach Hause gehen.«

Schwarzenberger lachte. Es klang fast fröhlich. »Schön wär's.« Er ging zu dem Pilotenkoffer, der neben dem Sofa stand, und klappte ihn auf. »Leider müssen wir noch auf jemanden warten.«

Kant richtete sich auf den Ellbogen auf, um besser in den Koffer sehen zu können. In den Fächern entdeckte er einen Zimmermannshammer, ein Teppichmesser, Zangen und Schraubenzieher sowie Packungen mit Abdeckfolie. Schwarzenberger nahm das Messer und eine Rolle Gaffer Tape heraus.

»Machen Sie es sich doch so lange bequem.« Der Notar zeigte auf einen Holzstuhl mit gerader Lehne, der in der Zimmerecke stand.

Als Kant aufzustehen versuchte, explodierte der Schmerz in seinem Oberschenkel. Er ließ sich auf den Hintern fallen und kroch auf allen vieren zu dem Stuhl. Langsam. Mit jeder Minute, die verstrich, stieg die Wahrscheinlichkeit, lebendig hier herauszukommen. Seine Kollegen wussten, dass er zur Adresse des Schachspielers gefahren war. Irgendwann würden sie anfangen, nach ihm zu suchen. Vielleicht würde auch der Hausmeister die Polizei rufen, wenn er nicht wieder auftauchte.

Kant schaffte es, sich auf den Stuhl zu ziehen. Schwarzenberger tastete sein Jackett ab, zog das Handy aus der Innentasche und nahm den Akku heraus. Dann wickelte er eine halbe Rolle Klebeband um Kants Oberkörper und die Stuhllehne. Wenn der Mann sich so viel Mühe gab, schien er immerhin nicht vorzuhaben, ihn gleich zu töten.

»Versprechen Sie mir, dass Sie nicht schreien?«

Kant nickte.

»Dann spare ich mir den Knebel, und wir können uns ein bisschen unterhalten, bis unser gemeinsamer Freund kommt. Strecken Sie das Bein aus.«

Schwarzenberger schnitt mit dem Teppichmesser das Hosenbein auf. Aus dem Einschussloch an Kants Oberschenkel pulsierte das Blut im Rhythmus seines Herzschlags. Er biss die Zähne zusammen und sah durch die Schlitze der Jalousien nach draußen, während Schwarzenberger Klebeband um die Wunde wickelte. Unbeirrt zog der Hausmeister mit dem Mäher seine Bahnen. Vermutlich hatte er Kant schon vergessen und seine einzige Sorge war, ob er noch fertig wurde, bevor der Regen einsetzte.

»Nicht gerade steril, aber ich bezweifle, dass Sie an einer Infektion sterben werden.« Schwarzenberger setzte sich wieder auf das Sofa. »Jetzt bin ich aber neugierig. Erzählen Sie doch mal, wie Sie diese Wohnung gefunden haben.«

»Was haben Sie mit mir vor?«, fragte Kant.

»Ich? Gar nichts. Ich habe nur auf Jakob Holler gewartet. Der schuldet uns nämlich noch ein bisschen Geld. Und da meine ehemaligen Geschäftspartner sich als unfähig erwiesen haben, musste ich mich selbst darum kümmern.« Mit zufriedener Miene lehnte er sich auf dem Sofa zurück. »Ich konnte ja nicht ahnen, dass Sie hier reinplatzen. Andererseits ist es auch ganz praktisch. Vielleicht versuchen Sie ja, Holler festzunehmen, und er wehrt sich. Mit dieser Zastava hier, die man später bei ihm findet. Deshalb müssen Sie auch noch eine Weile frisch bleiben. Wäre ja dumm, wenn die Todeszeitpunkte hinterher nicht zusammenpassen.«

Hybris, dachte Kant. Daran gingen viele halbwegs gebildete Verbrecher zugrunde. Sie glaubten, nur weil sie studiert hatten und ein paar Jahre nicht gefasst worden sind, wären sie schlauer als sämtliche Ermittlungsbehörden zusammen. Und natürlich mussten sie über ihre Taten reden, damit die Welt endlich ihre Genialität erkannte.

»Also?«, sagte Schwarzenberger. »Wie sind Sie auf die Wohnung gestoßen?«

»Sie zuerst.«

Schwarzenberger schnaufte. »Glauben Sie wirklich, Sie wären in einer Position, in der man Forderungen stellen kann?«

Kant schwieg. Von den Rändern her zogen sich dunkle Spinnweben durch sein Blickfeld. Er blinzelte, aber sie ließen sich nicht vertreiben. Der Schmerz in seinem Oberschenkel fühlte sich weit entfernt an. Er konzentrierte sich auf das schwache Pochen, um nicht das Bewusstsein zu verlieren.

Schwarzenberger beobachtete ihn. »Egal«, sagte er nach einer Weile. »Ich bin Ihnen schließlich zu Dank verpflichtet. Ohne Sie wäre ich jetzt nicht hier. Erst als Sie mir das Foto von Jakob Holler gezeigt haben, wurde mir klar, was damals wirklich ablief. Dass Holler Sattlers Identität angenommen hatte, um uns zusammen mit seinem Bruder auszunehmen. Und dass das Geld noch nicht verloren war.«

Aus dem Hausflur waren Schritte zu hören. Schwarzenberger legte den Finger an die Lippen und hob die Pistole. Kant sah eine Schweißperle über seine glatt rasierte Wange rollen. Der Mann hatte sich erstaunlich gut unter Kontrolle, aber auch ihm machte die Anspannung zu schaffen. Irgendwann würde er müde und nachlässig werden, vielleicht ergab sich dann eine Chance. Die Schritte im Flur entfernten sich, und kurz darauf wurde weiter oben eine Tür ins Schloss gezogen.

Schwarzenberger legte die Pistole vor sich auf den Tisch. »Der Rest war eine Kleinigkeit. Ich bin in Stefan Hollers Boxstudio gegangen und habe ihm in den Bauch geschossen, bevor er auch nur wusste, was los war. Bei solchen Gewaltmenschen darf man kein Risiko eingehen. Dann habe ich das Büro durchsucht und das Handy gefunden. Ich wusste ja, dass er irgendwie mit seinem Bruder kommunizieren musste. Da ging Holler unter seiner Hantel schon langsam die Puste aus. Ich habe ihm versprochen, dass ich einen Krankenwagen rufe, wenn er für mich eine Nachricht an Jakob schreibt.«

Schwarzenberger versuchte sich an einem bedauernden Lächeln. »Leider war es da schon zu spät. Vielleicht hätte er nicht so viel Gewicht auflegen sollen.«

Er hat ihn also kaltblütig krepieren lassen, dachte Kant. Keine guten Neuigkeiten für seine eigene Lage.

»Wenn Jakob nicht so geizig gewesen wäre, wäre alles schon vorbei. Aber er hat nur Zehntausend am Grab deponiert. In einer Tüte aus der Bäckerei um die Ecke. Er dachte ja, das Geld wäre für seinen Bruder. Die Bäckerei Goldstück war leicht zu finden, und die nette Angestellte wusste gleich, wen ich meine, als ich ihr Jakob beschrieben habe. Allerdings kannte sie ihn unter dem Namen Krichel. Also bin ich hergekommen, um mein Geld abzuholen. Jakob war aber nicht zu Hause. Darum habe ich beschlossen, auf ihn zu warten. Ich bin sicher, er erzählt mir, wo der Rest von der Million ist.« Er klopfte auf den Pilotenkoffer neben dem Sofa. »Früher oder später.«

Kant hatte Mühe, ihm zu folgen. Seine Augenlider wurden schwerer und schwerer. Wenn er jetzt einschlief, würde er vielleicht nicht mehr aufwachen. Bilder aus tieferen Bewusstseinsschichten stiegen an die Oberfläche und versuchten, die Realität zu verdrängen. Die halb verweste Leiche im Tank. Die schwarze Dame zwischen den verkrampften Fingern. Der tote Boxtrainer unter der Hantelstange. Die weiße Dame am anderen Ende des Rings. »Was sollte das?«, sagte er mit einer Stimme, die er kaum als seine eigene erkannte. »Die Schachfigur am Tatort?«

Schwarzenberger lachte. »Ach, das war nur ein kleines Ablenkungsmanöver. Ich hatte in der Zeitung gelesen, dass bei der Leiche im Tank eine schwarze Dame gefunden wurde. Da konnte ich einfach nicht widerstehen.« Er sah Kant an, als erwartete er Beifall für seine schlaue Idee. Als die erwünschte Reaktion ausblieb, schlug er die Beine übereinander und lehnte sich zurück. Weit zurück. So weit, dass Kant ihn kaum noch erkennen konnte. Eine winzige Gestalt am Ende eines schwarzen Tunnels. Wie durch ein umgedrehtes Fernrohr betrachtet.

»Hallo?«, sagte eine Stimme aus der Tiefe. »Ich habe gesagt, Sie sind dran.«

Weitere Tote verlangten Kants Aufmerksamkeit. Der erwürgte Anwalt im Schnee, dessen Mörder er im letzten Winter gejagt hatte. Sein Kollege Weber, blutüberströmt. Frida auf dem Pflaster des Marienplatzes. Nein, dachte Kant, nein, nein, nein.

Er spannte seinen Oberschenkel an, bis der Schmerz aus der Wunde ihn zurück in die Gegenwart holte. Schwere Tropfen fielen auf den Boden. Kant riss die Augen auf. Dort war nichts, kein frisches Blut auf dem Teppich. Das Geräusch stammte vom Regen, der jetzt gegen das Fenster prasselte.

Schwarzenberger grinste. Plötzlich wieder nah.

In diesem Moment durchbrach eine Erkenntnis Kants Benommenheit: Jakob würde nicht kommen. Er war schlauer als sie alle zusammen. Nur Schwarzenbergers Selbstgefälligkeit hinderte ihn daran, das zu erkennen. Und solange sie warteten, hatte Kant eine Chance.

Er begann zu reden. Erst stockend und unzusammenhängend, aber ein Satz zog den nächsten nach sich, bis er seine Gedanken einfach nur noch fließen lassen musste. Während draußen die Welt unterzugehen schien, erzählte Kant in aller Ausführlichkeit, wie er Jakob Hollers Wohnung gefunden hatte. Je mehr er redete, desto weniger kam Schwarzenberger zum Nachdenken.

36

Der Regen prasselte auf die Straße, als hätte er sich vorgenommen, die ganze Stadt wegzuschwemmen. Dörfner sah aus dem Seitenfenster zu den zusammengeklappten Tischen und Stühlen, die an der Hauswand lehnten. Eine rostige Kette sicherte sie gegen Diebstahl. Die Neonbeleuchtung über der Tür war ausgeschaltet. Rollläden versperrten den Blick durch die Fenster. Ein lang anhaltender Blitz zuckte über den Himmel und beleuchtete die kostenlosen Zeitungen, die sich im Eingang türmten. Es sah nicht so aus, als hätte Groß seine Bar in letzter Zeit aufgemacht.

Nachdem sie ihn telefonisch nicht hatten erreichen können, waren Dörfner und Lammers zu seiner Wohnung gefahren, aber auf ihr Läuten hatte niemand geöffnet. Keiner der Nachbarn, die sie befragt hatten, war ihm in den letzten vierundzwanzig Stunden begegnet. Wenn er nicht in seiner Kneipe hinter dem Tresen stand, würde ihnen nach Bruckmayrs Aussage nichts anderes übrig bleiben, als ihn zur Fahndung auszuschreiben.

»Willst du mal klopfen?«, fragte Lammers.

Dörfner stieß die Autotür auf und sprintete durch die Pfützen zu dem Vordach über dem Eingang. Er hämmerte mit der Faust gegen das Holz der Kneipentür. Nachdem er eine Minute gewartet hatte, versuchte er, einen der Rollläden vor den Fenstern hochzuschieben. Das Ding bewegte sich keinen Millimeter, aber durch die Ritzen meinte er einen schwachen Lichtschein wahrzunehmen.

Er gab Lammers, die immer noch im trockenen Auto saß, ein Zeichen und lief zur Einfahrt neben dem Haus. Ein niedriges Tor versperrte ihm den Weg. Er flankte hinüber. An der Seite des Hauses befand sich eine Stahltür, die vermutlich als Lieferanteneingang diente. Ohne große Hoffnung drückte Dörfner die Klinke. Die Angeln quietschten leise, und die Tür schwang auf. Dunkelheit hüllte ihn ein, als er in den schmalen Gang trat. Die Luft roch modrig. In der Ecke neben der Tür ertastete er einen Lichtschalter. Eine Neonröhre an der Decke flackerte auf. Getränkekisten und Kartons mit Gläsern stapelten sich an der Wand.

Als er zur Tür am anderen Ende des Gangs ging, musste er daran denken, wie sie Stefan Hollers Leiche im Boxkeller gefunden hatten. Bruckmayr hatte offensichtlich vor jemandem Angst gehabt, und Groß war nicht zu erreichen. Dörfner fragte sich, ob jemand dabei war, potenzielle Zeugen zu beseitigen.

Er schob die Tür einen Spalt auf. Der Lichtschein, den er von außen wahrgenommen hatte, stammte von der Beleuchtung des Regals hinter der Theke. Die verzerrten Schatten der Flaschen auf den Brettern fielen auf den Holzboden. Dörfner sah im Halbdunkeln, dass die Stühle auf den Tischen und die Barhocker auf der Theke standen. Aber durch das Plätschern des Regens hörte er leise Musik aus einem Radio knistern. Und der scharfe Geruch von Zigarettenrauch durchdrang die abgestandene Luft.

Dörfner zog die Pistole aus dem Holster und richtete sie zu Boden, bevor er sich seitlich durch den Türspalt schob.

Rechts stand ein abgedeckter Billardtisch. An den Wänden hingen alte Filmplakate. Die drei oder vier Tische darunter waren leer. Dörfner wandte sich zur Theke um. Zwischen den hochgestellten Barhockern lag ein Kopf auf der Theke.

Dörfner riss die Pistole hoch.

Der Kopf hob sich von der Theke. In der spärlichen Beleuchtung konnte Dörfner nur das Weiße in den Augen sehen.

»Nicht.« Langsam nahm Groß die Arme von der Theke und streckte sie in die Luft.

»Keine Bewegung«, sagte Dörfner. Mit der linken Hand drückte er auf den Lichtschalter an der Wand.

Als die runden Metalllampen über der Theke den Raum in ihr weißes Licht tauchten, erkannte Groß offenbar, wen er vor sich hatte. Kraftlos ließ er die Arme fallen und stieß dabei die Whiskyflasche um, die neben ihm stand. Sie zersprang auf dem Boden.

Dörfner lief auf die andere Seite der Theke, wo Groß zusammengesackt auf seinem Hocker hing. »Sie sind festgenommen wegen der Beteiligung an der Ermordung von Rudolf Sattler«, sagte er. »Ich weise Sie darauf hin …«

»Schon gut«, sagte Groß. »Ich brauch keinen Anwalt. Es ist sowieso alles im Arsch.«

»Hände hinter den Rücken«, sagte Dörfner.

Groß drehte sich zu ihm um. »Jetzt weiß ich, wer du bist. Du kamst mir die ganze Zeit schon so bekannt vor. Du bist der kleine Bruder. Von Frankie. Der Typ, der immer alleine in der Ecke saß.« Er stieß ein trostloses Lachen aus.

Dörfner erinnerte sich an die überschäumenden Partynächte im Club seines Bruders, in denen Groß oft im Mittelpunkt gestanden hatte. Seine Mischung aus übersteigertem Selbstbewusstsein, zur Schau gestelltem Reichtum und aufgepumpten Muskeln hatte jede Menge Bewunderer beiderlei Geschlechts angezogen. Wenn man ihn jetzt so ansah, konnte man regelrecht Mitleid bekommen.

»Ihre Hände«, sagte Dörfner. Er schob seine Pistole zurück ins Holster.

Die Eingangstür flog auf und knallte gegen die Wand. Überraschend schnell ließ sich Groß vom Hocker fallen und kauerte sich hinter der Theke zusammen. Dörfner ging nur in die Hocke und zog den Kopf ein.

»Polizei!«, rief Lammers.

»Alles unter Kontrolle«, sagte Dörfner. »Groß ist hier bei mir. Er leistet keinen Widerstand.«

Lammers hinterließ eine nasse Spur auf dem Boden, als sie den Raum durchquerte. Ihr schwarzer Kapuzenpullover klebte an ihr wie eine zweite Haut. »Ich habe einen Knall gehört. Was war hier los?«

»Der besoffene Idiot hat seine Flasche umgeworfen.«

»Hey«, beschwerte sich Groß vom Boden aus.

»Scheiße«, sagte Lammers, »erst bist du ewig weg und dann das.«

Dörfner spürte, wie er errötete. Es fühlte sich gut an, wenn sich jemand Sorgen um einen machte. Besonders wenn dieser jemand Lammers hieß. Er packte Groß an den Armen und zog ihn grob auf die Beine. »Gehen wir«, sagte er. »Der König der Nacht will uns bestimmt seine Geschichte erzählen.«

Groß klammerte sich an der Theke fest. »Lassen Sie mich noch mein Glas austrinken, dann sage ich alles, was ich weiß.« Obwohl sein Atem roch, als hätte jemand einen Aschenbecher mit Whisky ausgespült, konnte er sich noch halbwegs artikulieren.

Dörfner sah zu Lammers. Sie nickte. Er legte Groß die Handschellen vor dem Körper an. »Von mir aus trinken Sie. Könnte für eine Weile der letzte Single Malt sein.«

Mit beiden Händen fasste Groß sein Glas und nahm einen kleinen Schluck. »Jemand aus dem Boxclub hat mir erzählt, dass Stefan ermordet wurde. Als ihr reingekommen seid, dachte ich schon, jetzt wäre ich an der Reihe.«

»Ach ja?«, sagte Lammers. »Vor wem haben Sie denn solche Angst?«

»Vor wem?« Groß stieß ein kurzes, fast hysterisches Lachen aus. »Vor dem Schachspieler natürlich. Ich weiß nicht, wer er ist oder was er will, aber er hat immer seine Finger im Spiel. In Sattlers Büro, da fing der Albtraum an. Wir hätten das Scheißgeld einfach abschreiben sollen. Aber Schwarzenberger hat keine Ruhe gegeben.«

Auch wenn das, was Groß in seinem gegenwärtigen Zustand erzählte, vor Gericht keinen Bestand haben würde, konnte es zur Aufklärung des Falls beitragen, dachte Dörfner. Er nahm einen Hocker von der Theke und setzte sich neben Groß. Lammers lehnte sich gegenüber mit dem Ellbogen auf das glatt polierte Holz. Wie drei Saufkumpane beim unverbindlichen Plausch.

»Schwarzenberger hat Sie also geschickt?«, sagte Dörfner. »Sie und Stefan Holler? Und dann ist die Sache aus dem Ruder gelaufen?«

Groß starrte mit zusammengekniffenen Augen in seinen Whisky. »Schwarzenberger hat immer den Großteil des Gewinns eingestrichen. Die ganze Immobiliengeschichte war schließlich seine Idee. Und das Geld für das Fabrikgelände stammte natürlich auch von ihm. Die Zeit, die ich gesessen habe, die hätte eigentlich ihm zugestanden, aber das ist eine andere Geschichte.«

Als er wieder nach seinem Whisky griff, legte Dörfner die Hand auf das Glas. »Was ist in Sattlers Büro passiert?«

»Wir haben gesehen, dass Licht brannte. Die Tür war abgeschlossen, aber Stefan hat sie mit einem Schraubenzieher aufgehebelt. Der Sattler saß da in dem fast leeren Büro. Nur ein Schachspiel stand vor ihm auf dem Schreibtisch. Er war verstockt. Wollte nicht mit uns reden. Bis ich ihm ins Knie geschossen habe. Da hat er die Figuren vom Tisch gefegt und angefangen rumzuschreien. Unverständliches Zeug. Dass er beklaut worden wäre. Dass sein Leben mehr wert wäre als zehntausend Euro. Stefan hat die Nerven verloren und ihm in die Brust geschossen. Hinterher hat er gesagt, er wollte ihn nur an der Schulter treffen, aber ich war mir nie ganz sicher, ob das die Wahrheit war.«

Bisher stimmte seine Geschichte mit dem überein, was ihnen Sonja Bruckmayr erzählt hatte, dachte Dörfner. Nur dass Bruckmayr ihnen Schwarzenbergers Beteiligung verschwiegen hatte. Offenbar machte ihr der Notar mehr Angst als der Schachspieler. Dörfner wartete, bis Groß weitersprach.

»Sattler ist vom Stuhl gefallen. Aber er war nicht sofort tot. Er ist über den Boden gekrochen. Zu einer der Schachfiguren. Eine schwarze Dame war das. Er hat sie umklammert, als wollte er sich daran festhalten auf seiner letzten Reise. Das werde ich nie vergessen. Wir haben Panik gekriegt und sind abgehauen.«

»Zu Sonja Bruckmayr«, sagte Lammers.

Groß sah sie erstaunt an. »Ich wusste nicht, wohin sonst. Schwarzenberger wollte ich erst mal aus dem Weg gehen. Das Geld konnten wir schließlich abschreiben. Ich dachte, ich könnte Sonja vertrauen. Aber offenbar hat sie schon wieder gequatscht. Wie bei dem Prozess. Sie war schon immer gut darin, anderen die Schuld in die Schuhe zu schieben. Egal. Jedenfalls hat sie gesagt, sie kümmert sich um die Waffen, und wir sollen die Leiche wegschaffen.«

Rudolf Sattler hatte seine Identität verkauft, um sich einmal im Leben einen Traum zu erfüllen, dachte Dörfner. Er war von seinem angeblichen Freund bestohlen worden. Dann hatten Stefan Holler und Felix Groß ihn getötet, um ihn schließlich wie Müll zu entsorgen. »Ist Ihnen klar, dass Sie einen völlig Unschuldigen getötet haben?«, fragte er mit unterdrückter Wut.

»Erst seit Sonja mich angerufen hat, nachdem Sie ihr das Foto gezeigt haben. Ich hatte den angeblichen Investor ja nie zu Gesicht bekommen.«

»Nachdem Sie bei Frau Bruckmayr waren«, fragte Lammers, »sind Sie also zurück ins Büro gefahren?«

»In der Nacht, ja. Ich wollte dem Sattler die Schachfigur aus der Hand nehmen, aber er war schon ganz steif. Da dachte ich, was soll's? Niemand bringt ihn mit uns in Verbindung. Wir haben ihn in einen Teppich gewickelt, auf das Fabrikgelände gebracht und in den Tank geworfen. Das kam mir passend vor. Wenn er irgendwann gefunden würde, sollte Mahler den Ärger haben. Er hatte uns das schließlich alles eingebrockt.«

Dörfner sah, wie Lammers angewidert das Gesicht verzog. »Ist das Ihre Vorstellung von Gerechtigkeit?«, fragte sie.

Groß antwortete nicht. Er hob mit seinen gefesselten Händen das Glas und trank den letzten Schluck. »Die weiße Dame, die bei Stefan gefunden wurde. Das war ein Zeichen. Oder eine Warnung. Ich weiß es nicht. Sie müssen diesen durchgedrehten Schachspieler stoppen.«

Dörfner bezweifelte, dass der Schachspieler etwas mit Stefan Hollers Ermordung zu tun hatte. Warum sollte er seinen eigenen Bruder töten? Entweder hatte Groß noch immer nicht begriffen, was geschehen war, oder er wollte sie auf eine falsche Fährte locken.

»Wo waren Sie gestern Abend zwischen zweiundzwanzig und ein Uhr?«, fragte er.

»Zu Hause.«

»Hat Frau Bruckmayr Ihnen gesagt, wo sie die Waffen versteckt hat?«

»Nein.«

»Wer könnte sonst noch von dem Versteck gewusst haben?«

Groß zuckte mit den Achseln. »Da müssen Sie schon Sonja selber fragen.«

»Was ist mit Schwarzenberger?«, fragte Lammers.

»Mein Glas ist leer«, sagte Groß. »Wir können jetzt gehen.«

Dörfner packte ihn am Oberarm und zog ihn von seinem Barhocker. Widerstandslos ließ sich Groß durch den Hausflur führen. Obwohl ihr Auto nur zwanzig Meter entfernt auf der anderen Straßenseite stand, waren sie alle bis auf die Haut durchnässt, als er Groß auf den Rücksitz geschoben hatte.

Lammers setzte sich hinters Steuer und fuhr los. »Ruf Joachim an«, sagte sie nach einer Weile, »und frag ihn, ob er was dagegen hat, wenn wir Schwarzenberger einen Besuch abstatten.« Wasser tropfte von ihrer Nase, als sie einen Blick über die Schulter warf. »Nachdem wir den König der Nacht abgeliefert haben.«

Dörfner drehte sich um. Groß war auf dem Rücksitz eingeschlafen. Sein hängender Kopf wippte auf und ab. Man konnte sehen, dass ihm allmählich die Haare ausgingen. Eine dünne Spur Färbemittel floss über seine Wange.

»Deine Erinnerung täuscht dich, alter Mann«, sagte Dörfner halblaut. »Ich habe nicht immer alleine in der Ecke gesessen.«

»Was?«, fragte Lammers.

»Nichts.«

Kant hob nicht ab. Dörfner ließ es klingeln, bis die Mailbox ansprang, dann rief er Rademacher an. »Wo seid ihr?«, fragte er, als sein Kollege sich meldete.

»Wir? Wir sind nirgendwo.« Der Regen trommelte so laut auf das Autodach, dass Dörfner nur die Hälfte verstand.

»Weißt du, wo Joachim ist?«

»Wieso?«

»Er geht nichts ans Handy, und ich muss dringend mit ihm sprechen.«

»Ich bin krankgeschrieben. Keine Ahnung. Ich kann gerade nicht reden.« Rademacher legte auf.

Dörfner war sich nicht sicher, ob er richtig gehört hatte. Seit er in die Abteilung für Tötungsdelikte versetzt worden war, hatte Rademacher keinen einzigen Tag krankheitsbedingt gefehlt. Irgendwie geriet gerade alles durcheinander.

37

»Papa muss für ein paar Tage ins Krankenhaus«, hatte Mareike gesagt, als sie alle am Frühstückstisch saßen. Oder hätten sitzen sollen. Genau genommen war Anna-Lena das einzige Kind am Tisch. Aus ihrem Hochstuhl konnte sie schließlich schlecht fliehen. Jan hockte auf dem Sofa und spielte mit seinem neuen Handy. Hank saß daneben und versuchte, ihn abzulenken, indem er ihn mit Schokostreuseln von seiner Semmel bewarf. Leonie stand in der Tür zum Bad und föhnte sich die Haare, obwohl es draußen schon wieder fast dreißig Grad waren. Und Peter las an der Küchentheke den Wirtschaftsteil der *Süddeutschen*. Er war schon immer der Ernsthafteste von allen gewesen.

In letzter Zeit machte sowieso jeder, was er wollte, und Rademacher war nicht in der Stimmung, seine Kinder zurechtzuweisen. Wenn sie so mit sich beschäftig waren, wirkten ihre Gesichter am natürlichsten. So wollte er sie in Erinnerung behalten.

»Nunella.« Anna-Lena streckte den Arm nach dem Glas aus.

»Hallo?«, sagte Mareike jetzt etwas lauter. »Hört ihr mir alle mal kurz zu?«

Hank drehte sich zu seiner Mutter um. Peter ließ die Zeitung sinken und sah seinen Vater an. »Was hast du denn?«, fragte er pflichtschuldig.

»Nicht der Rede wert«, sagte Rademacher. »Reine Routine. Aber sie müssen eine Gewebeprobe entnehmen. Deshalb kann es ein paar Tage dauern.«

Rademacher stand auf, bevor noch jemand auf die Idee kam, blöde Fragen zu stellen. Der Koffer, den Mareike ihm gepackt hatte, stand schon im Flur. Anna-Lena quietschte, als er ihr einen Kuss auf die Wange drückte. Im Vorbeigehen gab Rademacher seinem ältesten Sohn einen Klaps auf den Hinterkopf, dann sah er zu, dass er rauskam.

Mareike folgte ihm zur Haustür. »Bist du sicher, dass ich dich nicht hinbringen soll?«

Die Morgensonne schien durch die offene Tür in den Flur und brachte ihr weißblondes Haar zum Leuchten. Sie trug ein einfaches ärmelloses Kleid, in dem sie aussah wie ein Bauernmädchen. In den letzten Jahren hatte sie ein paar Kilo zugelegt, aber alles an ihr war fest und drall. Rademacher konnte sich keine schönere Frau vorstellen. Er musste an die Zeit denken, bevor Peter geboren worden war, als sie oft das halbe Wochenende im Bett verbracht hatten. Einen schwindelerregenden Augenblick lang gab er sich dem Gedanken hin, einfach mit ihr nach oben zu gehen, die Schlafzimmertür hinter sich abzuschließen und mit seiner Frau zu verschmelzen, bis die Welt um ihn herum zu existieren aufhörte.

Stattdessen gab er ihr einen Kuss auf den Mund, kaum länger als sonst, und hob seinen Koffer auf.

»Wozu?«, fragte er. »Du glaubst doch nicht, dass ich Angst vor einem kleinen Schnitt in den Bauch habe, oder?«

»Natürlich nicht«, sagte Mareike. »Ich komme morgen Nachmittag nach der Operation. Wenn du die Augen aufmachst, bin ich das Erste, was du siehst.«

»Lieber nicht, sonst glaube ich noch, ich wäre im Paradies«, sagte er, und dann ging er schnell durch den Vorgarten zur Straße, wo glücklicherweise gerade sein Taxi ankam. Er stieg ein, ohne sich noch einmal umzusehen.

Vier Stunden später, nachdem er einen beunruhigend dicken Stapel von Einverständniserklärungen unterschrieben und somit die Kontrolle über sein Leben praktisch abgegeben hatte, saß er im Jogginganzug auf seinem Bett und starrte auf den Fernseher unter der Decke, auf dem absurderweise eine Krankenhausserie lief. Sein Zimmernachbar hatte den Ton abgestellt, damit man besser hören konnte, wie er röchelte und schnaufte, während er sich im Halbschlaf von einer Seite auf die andere wälzte. Rademacher beneidete ihn, denn er hatte seine Operation schon hinter sich.

Das Mittagessen wurde gebracht und wieder abgeholt, ohne dass Rademacher oder sein Nachbar es anrührten. Eine gut gelaunte Schwester maß seinen Blutdruck. Für sie war es ein Tag wie jeder andere.

Rademacher sah zu, wie vor den großen Fenstern im fünften Stock Gewitterwolken aufzogen, wie die ersten Tropfen Spuren in der Staubschicht auf den Scheiben hinterließen, wie Leute mit bunten Regenschirmen vom Besucherparkplatz zum Eingang rannten. Der Himmel wurde immer dunkler, der Regen heftiger. Wenn der Wind um die Betontürme strich, machte er ein Geräusch wie ein Junge, der durch seine Zahnlücke pfiff.

Er streckte sich auf dem Bett aus und versuchte, sich zu entspannen. Gerade als er es geschafft hatte, sich gedanklich an einen Nordseestrand zu versetzen, und den Köder mit seiner Brandungsrute in das aufgewühlte Wasser schleudern wollte, vibrierte etwas in der Schublade seines Beistelltischs. Sein stummgeschaltetes Handy. Bevor er den Anruf wegdrücken konnte, fiel sein Blick auf das Display. Ben Dörfner. Er hatte keine Lust mit ihm zu reden, aber schließlich gewann sein Pflichtgefühl die Oberhand.

Nach dem Gespräch war es mit der inneren Ruhe endgültig vorbei. Er stand auf und blätterte in den Zeitschriften, die auf einem Stuhl in der Ecke lagen, ohne dass der Inhalt zu ihm durchdrang. Sein Nachbar begann, selig zu schnarchen. Uringeruch breitete sich in der viel zu warmen Luft aus. Er versuchte, ein Fenster zu öffnen, aber der Mechanismus war mit einem Schloss gesichert.

Rademacher nahm sein Handy und ging durch den stillen Gang in die Besucherecke. Zum Glück lungerten gerade keine nervigen Angehörigen auf den Plastikstühlen herum. Er rief Kant an. Sein Chef nahm nicht ab. Er wählte Hannas Nummer und fragte sie, ob sie wisse, wo Kant sei. Sie berichtete, er habe einen Verdacht gehabt, wo und unter welchem Namen sich Jakob Holler verstecken könnte.

»Aber er ist nicht allein dahingefahren?«, fragte Rademacher.

»Doch.« Er hörte Hanna schlucken. »Soll ich jemanden hinschicken? Petra und Ben sind unterwegs zu diesem Notar, aber ich könnte …«

»Nein«, sagte Rademacher. »Schon gut. Ich kümmere mich darum.«

Er legte auf, bevor sie widersprechen konnte.

Die Operation würde erst morgen stattfinden, und es war sowieso reine Schikane, dass er schon einen Tag vorher hatte einrücken müssen. Sämtliche Untersuchungen waren abgeschlossen, die Skalpelle gewetzt, die Ärzte beim Tennisspielen. Es gab keinen Grund, warum er nicht einen Abstecher machen sollte. Falls Kant etwas zustieß, während er hier herumlag, würde er nie mehr ruhig schlafen können. Und wenn Kant nur sein Handy im Auto vergessen hatte und mit dem Schachspieler bei einer erbaulichen Partie saß, würde niemandem auffallen, dass Rademacher überhaupt das Krankenhaus verlassen hatte.

Er ging zurück in sein Zimmer, nahm den Friesennerz aus dem Schrank, den Mareike ihm für alle Fälle eingepackt hatte, und schlüpfte in seine Sandalen. Als sein Blick auf den Spiegel neben der Tür fiel, musste er feststellen, dass die Kombination aus gelber Regenjacke, lila-grünem Jogginganzug und weißen Gesundheitsschuhen etwas befremdlich wirkte, aber er war schließlich nicht auf dem Weg zu einem Schönheitswettbewerb.

Bevor er das Zimmer verließ, sah er durch den Türspalt. Eine Diskussion mit der Stationsschwester, die ihn am Morgen schon mit kritischen Fragen zu seinen Ernährungsgewohnheiten genervt hatte, war das Letzte, was er jetzt gebrauchen konnte, aber bis auf eine alte Dame, die ihren Infusionsbeutel spazieren führte, schien der Gang leer zu sein. Unbemerkt erreichte er die Glastür am Ende des Flurs. Er drängte sich zu zwei Putzfrauen in den Aufzug, passierte im Erdgeschoss den verglasten Empfang und war frei.

Der Regen prasselte auf seine Kapuze, als er unter dem Vordach hervortrat, aber er blieb einen Moment stehen und hob das Gesicht zum Himmel. Tief atmete er die kühle Luft ein, die zum ersten Mal seit Wochen nicht wie Sirup seine Atemwege verklebte. Schon lange hatte er sich nicht mehr so lebendig gefühlt.

Der Taxistand war verwaist, aber davon ließ er sich nicht aufhalten, denn das südliche Ende der Säbener Straße, wo Manuel Huber wohnte, lag gerade einmal zwei Kilometer entfernt. Rademacher verließ das Klinikgelände und folgte der schmalen Straße am Rand des Perlacher Forsts. Obwohl das Gewitter zum Alpenrand weitergezogen war, fiel der Regen mit unverminderter Stärke. Im Rinnstein sprudelte ein Bach, und aus den überlaufenden Gullys drang ein tiefes Gurgeln. Sämtliche Stadtbewohner hatten sich in ihre sicheren Behausungen verkrochen.

Rademacher machte sich nicht einmal die Mühe, den knöcheltiefen Pfützen auszuweichen. Als er den Wohnblock erreichte, sah er in seinem Friesennerz aus wie ein Seemann, der von einer Welle überrascht worden war.

Schon von Weitem entdeckte er Kants Dienstwagen am Straßenrand. Er ging an dem Häuserblock entlang und las die Klingelschilder, bis er den richtigen Eingang gefunden hatte. Hubers Wohnung befand sich im zweiten Stock. Rademacher blickte an der schlammbraunen Fassade nach oben. Zwei Balkons, vier Fenster, die beiden linken mit Jalousien verschlossen. Trotz des dunklen Himmels brannte nirgendwo Licht.

Rademacher hatte noch nicht darüber nachgedacht, wie er weiter vorgehen sollte. Er sah sich um. Auf der halb gemähten Wiese vor dem Haus stand ein Aufsitzmäher. Dampf stieg von der Motorhaube auf. Am Ende des Blocks stand ein Mann in blauer Latzhose unter dem Vordach eines Geräteschuppens und rauchte eine Zigarette. Rademacher hatte das Gefühl, dass der Unbekannte ihn schon eine Weile beobachtete.

Er ging zu ihm. »Sind Sie der Hausmeister?«

Der Mann nahm sich Zeit, ihn von Kopf bis Fuß zu mustern, bevor er antwortete. »Mh. Und Sie? Der Klabautermann?«

»Polizei«, sagte Rademacher und hoffte, dass der Hausmeister nicht seinen Ausweis sehen wollte, der zu Hause in der Schreibtischschublade lag.

»Noch einer«, sagte der Hausmeister. »Ist hier irgendwo ein Nest?«

Rademacher setzte seine Kapuze ab. »Haben Sie etwa meinen Kollegen gesehen?«

Der Hausmeister schnippte seine Kippe in eine Pfütze. »So ein langer Dünner? Der wollte zum Krichel. Ist schon eine Weile da drin.«

»Zu welchem Krichel?«, fragte Rademacher.

»Der Nachbar vom Huber. Erst wollte er zum Huber, dann zum Krichel.«

»Haben Sie Schlüssel zu den Wohnungen?«

»Für Huber ja, für Krichel nein.«

Rademacher streckte die Hand aus. »Dann geben Sie mal her.«

»Ich weiß nicht«, sagte der Hausmeister. »Das kommt mir langsam komisch vor, dass da einer nach dem anderen …«

Es war nicht der richtige Zeitpunkt für Diskussionen oder die penible Einhaltung von Vorschriften, für die Rademacher sich normalerweise einsetzte. »Wollen Sie, dass Ihnen der Klabautermann in den Arsch tritt?«, fragte er.

38

Kant wusste nicht, wie viel Zeit vergangen war, seit Schwarzenberger ihn an den Stuhl gefesselt hatte. Er musste das Bewusstsein verloren haben. Als er jetzt die Augen aufschlug und durch die Schlitze der Jalousie sah, konnte er Streifen des auberginefarbenen Himmels erkennen, aber es war unmöglich, aus dem Dämmerlicht auf eine Tageszeit zu schließen. Die Wunde an seinem Oberschenkel hatte aufgehört zu bluten, oder zumindest spürte er keine warme Flüssigkeit mehr an seinem Bein herabfließen. Sein Mund fühlte sich ausgetrocknet an, aber er hatte weder Hunger noch Durst.

Schwarzenberger hatte sich sehr interessiert an den Ermittlungen gezeigt, und Kant hatte sich alle Mühe gegeben, seine Ausführungen in die Länge zu ziehen, ohne allzu viele kritische Details preiszugeben, aber irgendwann war er an einem Punkt angelangt, an dem es offensichtlich nichts mehr zu erzählen gab. Seitdem saßen sie sich schweigend gegenüber. Schwarzenberger hatte die Pistole im Schoß liegen und blickte mit zusammengekniffenen Augen auf einen Punkt hinter Kants Schulter. Es war nur eine Frage der Zeit, bis er die Geduld verlieren würde.

Mittlerweile war Kant sicher, dass Jakob Holler nicht in seine Wohnung zurückkehren würde. Der Fehler in der SMS seines Bruders musste ihn alarmiert haben. Vermutlich hatte er geahnt, dass jemand Stefan gezwungen hatte, die Nachricht zu schreiben. Aber statt gleich abzutauchen, hatte er eine kleine Summe

Geld am Grab deponiert. In einer Tüte aus der Bäckerei, in der ihn jeder kannte. Das passte nicht zu dem umsichtigen Verhalten, das er bisher an den Tag gelegt hatte. Einen solchen Fehler würde er niemals begehen. Die einzige logische Erklärung war, dass er Schwarzenberger in seine Wohnung hatte locken wollen. Aber warum? Damit die Polizei ihn dort antraf? Dazu hätte Holler wissen müssen, dass sein Unterschlupf aufgeflogen war.

Die entscheidende Frage lautete: Wie lang brauchte Schwarzenberger, um zu begreifen, dass Holler nicht mehr auftauchte?

Er wird mich so oder so töten, dachte Kant.

Schwarzenberger hatte Stefan Holler ermordet, und wenn er glaubte, seine Taten auf diese Weise vertuschen zu können, würde er auch nicht davor zurückschrecken, einen Polizisten umzubringen. Wahrscheinlich würde er es vor sich selbst als rationale Entscheidung rechtfertigen, aber Kant war überzeugt, dass hinter jedem Mord neben dem offensichtlichen noch ein tieferes Motiv steckte. Schwarzenberger strebte nach Macht. Deshalb war er Notar geworden, deshalb hatte er Leute betrogen, deshalb brauchte er Geld. Und gab es eine größere Machtdemonstration, als über Leben und Tod zu richten?

Kant stellte sich vor, wie seine Kollegen Frida beibringen würden, dass ihr Vater nicht mehr nach Hause käme. Was würde aus ihr werden? Eigentlich hatte er seine Tochter erst richtig kennengelernt, seit sie von ihrer Mutter zu ihm gezogen war. Sie war auf gewisse Weise schwierig – frühreif und renitent und manchmal an der Grenze zur Depressivität –, aber er liebte sie mehr, als er sich je hatte vorstellen können. Und er bildete sich ein, ihr im Rahmen seiner Möglichkeiten geholfen zu haben, ein glücklicher und selbstbestimmter Mensch zu werden. Sie war auf einem guten Weg, aber sein Tod würde ihr mühsam erworbenes Vertrauen in die Welt zerstören.

Ein leises Piepsen riss Kant aus seinen traurigen Gedanken. Es kam von hinten. Vermutlich von dem Regalbrett an der Wand. Er konnte den Kopf nicht weit genug drehen, um den genauen Ursprung auszumachen. Ein Wecker? Nein, dafür war das Geräusch zu leise. Eher einer dieser Töne, mit denen gewisse elektronische Geräte vor zwei Jahrzehnten begonnen hatten, um menschliche Aufmerksamkeit zu buhlen.

Schwarzenberger hörte es auch. Er rieb sich die Augen und sah sich um, als wäre er gerade aus einem Traum erwacht und wüsste nicht genau, wie er an diesem Ort gelandet war. Dann legte er die Pistole auf den Tisch und ging zum Regal. Kant hörte, wie er hinter seinem Rücken die Bücher verrückte.

Als er wieder auftauchte, hielt er einen dicken gelben Einband in den Händen. Kant konnte den Titel lesen. *Die moderne Theorie des Endspiels.* Ein kleines dunkles Auge glitzerte zwischen den Buchstaben.

Schwarzenberger schlug das Buch auf und griff hinein. Das Piepsen endete. Einen Moment lang verlor er die Kontrolle, und Kant konnte die zerstörerische Wut sehen, die sich hinter seiner gelassenen Miene verbarg. Schwarzenbergers Hand zitterte, als er die Kamera aus den ausgehöhlten Seiten zog. Er warf das Buch auf das Sofa und hielt sie Kant vors Gesicht.

»Wussten Sie davon?«, fragte er leise.

»Nein«, sagte Kant.

Mit aller Kraft warf Schwarzenberger die Kamera gegen die Wand. Kant spürte, wie Plastiksplitter seinen Rücken trafen.

»Er hat mich schon wieder verarscht«, sagte Schwarzenberger. »Er kommt nicht mehr.«

Kant nahm aus dem Augenwinkel eine Bewegung wahr. Eine leichte Schwankung der Helligkeit, als hätte sich etwas an der Balkontür vorbeibewegt.

»Wer weiß?«, sagte er, um Schwarzenberger abzulenken. »Vielleicht kommt er ja, um den Akku zu wechseln.«

Schwarzenberger ging zu seinem Pilotenkoffer und klappte ihn zu. Mit einem Klicken rasteten die Schnallen ein. Er verdrehte das kleine Zahlenschloss in der Mitte. Das Leder knarzte, als er den Koffer mit der linken Hand aufhob.

»Haben Sie nachgesehen, ob an der Kamera ein Sender hing?«, fragte Kant. »Vielleicht hat sich Holler alles live angesehen und lacht sich gerade kaputt.«

Schwarzenberger hatte sich schon zum Sofatisch umgewandt. Er zögerte nur den Bruchteil einer Sekunde, bevor er sich bückte, um die Pistole aufzuheben.

»Wahrscheinlich schickt er gerade eine Kopie der Aufnahmen an die Polizei. Sie sollten sich gut überlegen, was Sie als Nächstes tun«, sagte Kant.

Schwarzenberger drehte sich zu ihm um. »Keine Sorge«, sagte er. »Ich hatte jede Menge Zeit zum Nachdenken.«

Kant bemerkte die dunklen Flecken unter Schwarzenbergers Achseln, als er die Pistole hob, und ein animalischer Geruch drang in seine Nase. Er wollte seinem Mörder in die Augen sehen, aber Schwarzenbergers Blick ging an ihm vorbei. Zur Fensterfront.

Die Balkontür brach aus den Angeln.

Kant ließ sich mit seinem Stuhl zur Seite kippen und prallte mit der Schulter auf den Boden. Die ganze Wohnung bebte, als die Tür knapp neben seinen Beinen aufschlug. Seltsamerweise überstand das Glas den Aufprall. Auf dem weißen Holz des Rahmens prangte knapp unterhalb des Griffs der Abdruck einer schmutzigen Schuhsohle. Mindestens Größe sechsundvierzig, dachte Kant.

Schwarzenberger hielt die Pistole jetzt mit beiden Händen, aber statt abzudrücken, wich er einen Schritt zurück. Kant drehte den Kopf. Die Gestalt füllte den gesamten Türrahmen aus. Ein Windstoß ließ den gelben Regenmantel flattern. Die Haare klebten an dem runden Kopf. Falten durchzogen die leicht gesenkte Stirn.

Rademacher war unbewaffnet. Er hob die Hände, überwand mit einem großen Schritt die Balkontür und stand mitten im Wohnzimmer. Wasser tropfte auf den Teppichboden und bildete eine Pfütze um die weißen Gesundheitsschuhe.

»Stopp«, sagte Schwarzenberger, aber seiner Stimme fehlte die gewohnte Autorität.

Rademacher ging langsam auf ihn zu. »Hören Sie auf mit dem Unsinn. Mir können Sie keine Angst machen, ich bin sowieso schon so gut wie tot.«

Kant sah Schwarzenberger rückwärts gehen, bis er mit dem Rücken gegen die Wand stieß. In den Augen des Notars zerbrach etwas. Sein Blick ruckte zur Wohnzimmertür, als überlegte er zu fliehen. Durch das Prasseln des Regens und das Jaulen des Windes war in der Ferne ein Martinshorn zu hören.

»Geben Sie mir die Pistole«, sagte Rademacher ruhig.

Schwarzenberger atmete langsam aus, dann legte er die Waffe in die fleischige Hand, die sich ihm entgegenstreckte. Rademacher nickte, sicherte die Pistole und steckte sie in die Tasche seines Regenmantels.

Kant sah es nicht kommen, und Schwarzenberger auch nicht. Die Ohrfeige traf den Notar mit solcher Wucht, dass sein Kopf gegen die Wand flog. Sofort floss ein dünner Faden Blut aus seinem Mundwinkel.

»So«, sagte Rademacher. »Das war für meinen Kollegen.«

Kant schloss die Augen. Wenn man nicht dagegen ankämpfte, fühlte es sich ganz angenehm an, das Bewusstsein zu verlieren.

39

Dem Gewitter folgte eine Woche Dauerregen, bevor der Himmel aufklarte. Die Sonne kehrte zurück, aber sie schien nicht mehr mit grimmiger Entschlossenheit auf die Stadt, sondern wirkte milde gestimmt. Selbst am Nachmittag, als Kant zu einem seiner Spaziergänge aufbrach, war die Luft noch frisch und sauber.

Die Schusswunde an seinem Oberschenkel war mit ein paar Stichen genäht worden und verheilte schnell, nur wenn er kräftig ausschritt, spürte er noch ein leichtes Ziehen. Der Arzt hatte ihn für drei Wochen krankgeschrieben, aber es war weniger sein Körper, der die Erholung brauchte, als sein Geist. Auch wenn er das Hilfsangebot des psychologischen Dienstes abgelehnt hatte, musste er zugeben, dass die Stunden der Todesangst Spuren hinterlassen hatten.

Die ersten Tage hatte er in einer Art Starre auf dem Sofa verbracht. Er hatte keinen Appetit, und jeder Schluck Kaffee brannte in seinem Magen. Stundenlang starrte er auf die Zeitung, die Frida ihm jeden Morgen vor der Schule kaufte, ohne einen einzigen Artikel zu lesen. Manchmal schaltete er den Fernseher ein und zappte durch die Programme, bis er irgendwann merkte, dass er nicht auf den Bildschirm, sondern auf die nackte Wand daneben blickte. Nachts wachte er schweißgebadet und mit rasendem Herzen aus dem immer gleichen Traum auf: Er kam in ein leeres Zimmer, in dem ein Mann ohne

Gesicht mit einem Zimmermannshammer die Köpfe altmodischer Porzellanpuppen zertrümmerte.

Oft dachte er an Rademacher, der im strömenden Regen vom Balkon der Nebenwohnung hinübergeklettert war und sein eigenes Leben riskiert hatte, um ihn zu retten. Gleich nachdem Rademacher Kant befreit und uniformierte Polizisten und Sanitäter die Wohnung gestürmt hatten, war er mit einem Taxi zurück ins Krankenhaus gefahren. Nach seiner Operation am nächsten Tag hatte Hanna Weiß Kontakt mit Mareike aufgenommen und Kant Bescheid gegeben, dass alles gut verlaufen war. Wenn die Gerüchte der Wahrheit entsprachen, fing Rademacher schon an, sich über das Krankenhausessen zu beschweren.

Ohne Rademacher hätte Kant seine Tochter nie wiedergesehen. Er nahm sich vor, ihn so bald wie möglich zu besuchen. Statt Blumen würde er ihm eine Schüssel Wurstsalat mitbringen.

In ihrer stark dezimierten Abteilung im Präsidium hatte Petra Lammers als Dienstälteste vorläufig das Kommando übernommen. Schwarzenberger und Groß saßen in Untersuchungshaft, und in Sonja Bruckmayrs Fall bereitete die Staatsanwaltschaft eine Anklage wegen Strafvereitelung vor. Es gab jede Menge zu tun. Beschuldigte und Zeugen mussten vernommen, Spuren ausgewertet, Berichte geschrieben werden. Erstaunlicherweise schien man dabei auch ohne ihn und Rademacher zurechtzukommen.

Letzte Nacht hatte Kant zum ersten Mal durchgeschlafen, und im Lauf des Vormittags hatte sich ein Gedanke aus der Deckung gewagt, der ihn schon die ganze Zeit hintergründig beschäftigte. Jakob Holler musste Kants Zusammentreffen mit Schwarzenberger in der Wohnung an der Säbener Straße geplant haben.

Aber woher hatte er gewusst, dass Kant seinen Unterschlupf aufgespürt hatte und dort auftauchen würde?

Kant hatte schon eine Idee, wer ihm diese Frage beantworten könnte. Bei seinem Nachmittagsspaziergang beschloss er, von seiner üblichen Runde abzuweichen und einen Abstecher zu dem kleinen Park am Alten Nordfriedhof zu machen.

Die Blätter an den Bäumen begannen sich schon zu verfärben, der Himmel war so blau, dass einem schwindelig wurde, wenn man zu lang nach oben sah, und der Regen hatte die Pflastersteine saubergeschrubbt. Im Park wimmelte es von kreischenden Kindern, übermütigen Hunden und Obdachlosen, die ihre nassen Kleider trockneten. Frisbees segelten über die Wiese, Grills qualmten und Fahrradklingeln klingelten, als könnten sie so den nahenden Herbst verscheuchen. Selbst die Flaschensammler gingen ihrer Arbeit mit einem Lächeln auf den Lippen nach.

Am Schachfeld herrschte Hochbetrieb. Zuschauer drängten sich auf den Bänken zu beiden Seiten. Eine Gruppe weniger interessierter Beobachter saß auf der Wiese dahinter und ließ eine Literflasche Wein kreisen. Auf dem Feld schob ein hochgewachsener Mann seinen schwarzen Bauern lässig mit dem Fuß nach vorn. Sein Gegenspieler, ein bärtiger Alter, kniff die Lippen zusammen und verfiel in längeres Nachdenken. Kant entdeckte Ivica, der etwas abseits mit dem Rücken an der Friedhofsmauer lehnte. Er ging zu ihm.

»Wie geht's dem Bein?«, sagte Ivica statt einer Begrüßung. »Ich habe von deiner netten Kollegin gehört, dass du ein bisschen was abgekriegt hast.«

Lammers hatte vor ein paar Tagen Ivicas Aussage aufgenommen. Offenbar hatten die beiden sich gut verstanden. »Halb so schlimm.«

»Ich hätte nicht gedacht, dass du hier noch mal auftauchst«, sagte Ivica. »Jetzt, wo ihr den Mörder geschnappt habt.«

»Ich bin krankgeschrieben. Jede Menge Zeit zum Schachspielen.«

Ivica sah ihn zweifelnd an. »Ja, ja. Mir hat mal ein Großmeister erklärt, dass Finten was für Anfänger sind. Man sollte einfach den besten Zug machen.«

Kant drehte sich eine Zigarette, um den unangenehmen Moment hinauszuzögern. Vielleicht täuschte er sich. Wenn er Ivica zu Unrecht beschuldigte, könnte ihre beginnende Freundschaft ein abruptes Ende nehmen. Es nützte nichts. Er brauchte Gewissheit.

»Warum hast du Jakob Holler gewarnt?«, fragte er schließlich.

Ivica beobachtete das Drama, das sich auf dem Schachbrett ankündigte. Die weißen Figuren waren hoffnungslos in die Enge gedrängt. »Wenn du wirklich was lernen willst«, sagte er, »dann schau dir das an.«

Eine Viertelstunde lang sahen sie schweigend zu. Die weißen Figuren leisteten verzweifelt Widerstand, aber schließlich mussten sie kapitulieren. Flüchtig reichten sich die Kontrahenten die Hand. Der Bärtige zog widerstrebend einen Zehneuroschein aus dem Portemonnaie und reichte ihn dem Sieger. Der hochgewachsene Mann steckte ihn in die Hosentasche und ging davon, ohne sich umzusehen.

»Also?«, sagte Kant.

»Es tut mir leid, dass du verletzt wurdest, aber soweit ich weiß, hat Jakob nichts Schlimmes getan. Er hat nur die Betrüger betrogen. Und dann ist er untergetaucht, weil er Angst hatte. Ist das in Deutschland verboten?«

»Immerhin hat er gegen die Meldepflicht verstoßen«, sagte Kant.

Ivica sah ihm ernst in die Augen. »Ich war nie mit ihm befreundet, aber trotzdem ist er einer von uns. Als ich ihn auf der Schachwebsite gefunden habe, habe ich ihm im Chat eine Nachricht geschickt. Ich konnte nicht anders.«

Kant nickte. Letztlich hatte Ivicas Tipp zur Aufklärung des Falls geführt. Wenn auch nicht so wie geplant. »Danke, dass du mir die Wahrheit gesagt hast.«

Auf dem Fußballplatz nebenan brach Jubel aus. Die Spieler klatschten sich ab. Mittendrin entdeckte Kant den übergewichtigen Jungen, der allein mit seinem Ball gespielt hatte, als er Ivica zum ersten Mal gesehen hatte. Obwohl die Begegnung gerade einmal zwei Wochen zurücklag, kam es Kant vor, als wäre seitdem eine Ewigkeit vergangen.

Ivica stieß sich mit dem Fuß von der Mauer ab. »Also, spielen wir eine Partie?«

Sie gingen zum Schachfeld, wo zwei neue Spieler gerade ihre Figuren aufbauten. Ivica erklärte ihnen, dass sie nicht an der Reihe waren, und die beiden setzten sich gehorsam wieder auf die Bank. »Der Mann, der vorher die schwarzen Figuren hatte«, fragte Kant. »War das …?«

»Ja«, sagte Ivica.

Gerade als Kant seinen ersten Zug machen wollte, klingelte sein Handy. Er sah auf das Display. Hanna Weiß. Kant schaltete das Telefon aus. Es gab nichts, was so wichtig war, dass es nicht noch eine Stunde warten konnte.